HEYNE BÜCHER

D1932826

SCIENCE FICTION

Herausgegeben
von Wolfgang Jeschke

Von Kate Wilhelm erschienen in der Reihe
HEYNE SCIENCE FICTION & FANTASY:

Hier sangen früher Vögel · 06/3600
Der Clewiston-Test · 06/3765
Winterlicher Strand ↗ Science Fiction Jahresband 1983, hrsg. von Wolfgang Jeschke · 06/3962
Wacholderzeit · 06/3983
Fühlbare Schatten · 06/4050
Margaret und ich · 06/4114
Somerset träumt · 06/4527
Huysmans Schoßtierchen · 06/4596
Verrückte Zeiten · (in Vorb.)
Das dunkle Tor · (in Vorb.)

In der BIBLIOTHEK DER SCIENCE FICTION LITERATUR:

Hier sangen früher Vögel · 06/1

In der ALLGEMEINEN REIHE:

Die Hamlet-Falle · 01/7785

Liebe Leser,

um Rückfragen zu vermeiden und Ihnen Enttäuschungen zu ersparen: Bei dieser Titelliste handelt es sich um eine Bibliographie und NICHT UM EIN VERZEICHNIS LIEFERBARER BÜCHER. Es ist leider unmöglich, alle Titel ständig lieferbar zu halten. Bitte fordern Sie bei Ihrer Buchhandlung oder beim Verlag ein Verzeichnis der lieferbaren Heyne-Bücher an. Wir bitten Sie um Verständnis.

Wilhelm Heyne Verlag GmbH & Co. KG, Türkenstr. 5–7, Postfach 201204, 8000 München 2, Abteilung Vertrieb

KATE WILHELM

HUYSMANS SCHOSSTIERCHEN

Roman

Deutsche Erstausgabe

Science Fiction

WILHELM HEYNE VERLAG
MÜNCHEN

HEYNE SCIENCE FICTION & FANTASY
Band 06/4596

Titel der amerikanischen Originalausgabe
HUYSMAN'S PETS
Deutsche Übersetzung von Irene Bonhorst
Das Umschlagbild zeigt eine Elfenbeinschnitzerei
von Hans Bolzmacher

Redaktion: Wolfgang Jeschke
Copyright © 1986 by Kate Wilhelm
Copyright © 1989 der deutschen Übersetzung
by Wilhelm Heyne Verlag GmbH & Co. KG, München
Printed in Germany 1989
Umschlaggestaltung: Atelier Ingrid Schütz, München
Satz: Schaber, Wels
Druck und Bindung: Elsnerdruck, Berlin

ISBN 3-453-03462-7

Für Amit Goswami

PROLOG

14. März 1970: Kansas City. Nasser Schnee schmolz und bildete Rinnsale, die ineinanderflossen und in den Gossen zu Strömen wurden. Bereits gegen acht war die Luft lind. Kinder trugen die Mäntel offen, die Fausthandschuhe steckten in den Taschen; ihre Finger waren feurig rot und fühlten sich heiß an. Der schwere, nasse Schnee eignete sich hervorragend für Schneebälle. Die Schulglocke schrillte, und zögernd trottete die Horde Kinder zu den Türen, hie und da wurde noch ein letzter Schneeball geworfen, noch einmal über die Fläche geschlittert. Einer der Jungen stopfte einem der Mädchen zwei Handvoll Schnee unter den Pullover, und das Mädchen jagte ihn kreischend um das Backsteingebäude herum. Die Glocke klingelte zum zweitenmal; von jetzt an würden sie eine Eintragung wegen Zuspätkommens erhalten. Lisa Robbins, die die sechste Klasse besuchte, hatte sich abgesondert, da sie nicht mit den kleineren Kindern spielen wollte. Jetzt rannte sie hinter den anderen her die breite Treppe hinauf, auf der obersten Stufe hielt sie jedoch abrupt inne. Jemand prallte von hinten auf sie, und sie strauchelte; sie griff nach dem Geländer, um sich einen Halt zu verschaffen. Ihr Gesicht sah zusammengeschrumpft aus, wie vor Kälte erstarrt. Sie drehte sich um und ging die Treppe wieder hinunter, gegen den Strom der Nachzügler, die jetzt noch in die Klassenzimmer hasteten. Nach der letzten Stufe beschleunigte sie ihren Schritt, entfernte sich vom Gebäude; sie warf keinen Blick zurück, ihre Körperhaltung war steif, mit starr geradeaus sehenden Augen und verkrampften Händen. Bei jedem Schritt stieß ihr der Behälter mit der Pausenverpflegung gegen das Bein.

Das Haus, in dem sie wohnte, lag nur vier Blocks entfernt, eine Doppelhaushälfte in einer Wohnanlage, wo alle Gebäude nichtssagend grau waren und weder Garagen hatten noch richtige Gärten, sondern nur ein Fleckchen Rasen zwischen jedem Haus und der Straße, wo die Autos so dicht, wie es nur ging, geparkt waren – Schnauze an Heck an Schnauze. Ihre Fußabdrücke im Schnee waren zerflossen, jeder war größer als ihre beiden Füße zusammen, rund und schwarz durch geschmolzenen Schnee und schmutziges Wasser.

Zu dieser Zeit war niemand auf der Straße; die Kinder waren alle in der Schule und die Eltern zur Arbeit gegangen, oder sie machten sich noch fertig, um zur Arbeit zu gehen; für den Postboten oder die Lieferanten war es noch zu früh. Sie mußte erst den Schlüssel in ihrer Tasche suchen, bevor sie die Tür aufschließen konnte. Ihre Mutter befand sich im Badezimmer und machte sich für ihren Job im Restaurant fertig. Das Kind zog weder Stiefel noch Jacke aus. Es stellte den Behälter mit der Pausenverpflegung auf den Küchentisch und klopfte an die Tür des Badezimmers.

Judy war bereits mit Duschen fertig und halbwegs angezogen. Als sie die Tür öffnete und ihre Tochter sah, mit aschfahlem Gesicht und vor Angst wie gelähmt, sog sie heftig die Luft ein.

»Jene Leute sind in der Schule«, sagte Lisa.

»Ich beeile mich«, antwortete ihre Mutter. »Hol die Kiste aus der Kammer und die Koffer!«

Fünfzehn Minuten später saßen sie in dem zwei Jahre alten Ford und verließen die Stadt in Richtung Westen. Es dauerte noch fast eine Stunde, bis sich das Kind langsam erholte.

3. April 1970: In diesem Jahr besuchten sechs schwarze Kinder die sechste Klasse der Lincoln-Grundschule, und in den Pausen sonderten sie sich mit Bedacht gegen die anderen Schüler ab. Es waren vier Mädchen und zwei Jungen; sie spielten mit einem Ball nach Regeln, die nur sie kannten. Die Schüler der dritten Klasse hatten zur gleichen Zeit Pause, aber die größeren Kinder schenkten den kleineren keinerlei Beachtung. Ihr Spiel war zu rauh für diese Babies. Die Glocke ertönte, und sie schossen wie ein winziger Insektenschwarm durcheinander, wobei sie den Ball immer noch in der Luft hielten. Einer von ihnen, Franklin Gillette, blieb plötzlich stehen, mit einem Gesichtsausdruck, als ob er auf etwas lauschte. Ein Mädchen gab ihm einen Stoß in die Seite und flitzte davon, aber er bewegte sich nicht von der Stelle. »Los, komm!« riefen sie ihm zu und rannten lachend vor und zurück. Er drehte sich um und lief schnell weg, zu den Fahrradständern, wo er die Kette eines Rads aufschloß und mit höchster Geschwindigkeit davonbrauste.

Er fuhr in Richtung des Apartmenthauses, in dem er wohnte, aber als er fast dort angekommen war, bog er scharf ab und radelte statt dessen eine Allee entlang und anschließend durch eine Seitenstraße, bis er schließlich auf die Hauptstraße kam, die zum Highway und aus der Stadt hinaus führte. Er trat mit aller Kraft in die Pedale. Der Geschmack der Angst in seinem Mund erinnerte ihn an die Münzen, die sie manchmal auf Eisenbahnschienen legten; es war der gleiche kupferne Geschmack, der nicht verschwinden wollte.

Er wußte, daß er nicht auf dem Highway weiterfahren konnte. Er nahm eine Ausfahrt in der Nähe der Verladeanlage, und dort ließ er das Fahrrad fallen und schwang sich auf die Ladefläche eines Güterwaggons. Er hatte so etwas noch nie gemacht, aber er hatte es im Kino gesehen, und die anderen Kinder hatten davon erzählt. Er kauerte sich so weit in die Ecke, wie er konnte, und man fand ihn erst, als der Zug schon außerhalb von Oklahoma City war; dort warf man ihn hinaus.

1. Juni 1970: Mrs. Hendersons Gesicht war gerötet, und ihr Haar war vom Schweiß durchnäßt, als die Sechstkläßler endlich in die Turnhalle getrottet kamen und ihre Plätze einnahmen, ohne daß einer von ihnen hingefallen wäre oder einen anderen angerempelt hätte, ohne jedes ungehörige Geräusch, das sie alle zu einem Ausbruch wilden Gelächters hingerissen hätte, ohne ungebührliches Scharren und Schieben und Poltern beim Einnehmen der Plätze. Es war ein Fehler, dachte sie mißgestimmt, sie paarweise hereinmarschieren zu lassen. Sie hatte es allen anderen immer wieder gesagt, daß das ein Fehler war, aber wer hörte schon auf sie? Keiner! Fünfmal war sie gezwungen gewesen, die Übung wiederholen zu lassen. Fünfmal!

»Und denkt morgen daran, es wieder genauso zu machen«, hatte sie sie streng ermahnt. »Wenn ihr wieder durcheinanderlauft, dann werde ich ... werde ich ...«

Jemand kicherte, und auch sie mußte lächeln. Was konnte sie tun?

»Das hat gut geklappt«, sagte sie dann. »Es hat wirklich ordentlich ausgesehen. Bobby, scharre nicht mit dem Stuhl, wenn du dich hinsetzt, ja? Und Sandra ...«

Eins der Mädchen – Michelle? – war aufgestanden. Sie sah bleich aus, krank.

»Was ist los, meine Liebe?«

Das Mädchen schüttelte den Kopf, mit weit aufgerissenen Augen, alle Farbe war bis zu den Lippen aus ihrem Gesicht gewichen.

»Alle übrigen gehen jetzt zurück in ihre Klassenzimmer. Also los, und seid leise in den Fluren! Denkt daran, daß die anderen Klassen Unterricht haben. Setz dich, Michelle! Geht es dir nicht gut?«

Ein paar der Mädchen drängten sich in einer Traube um Michelle. Einige der Jungen spielten quer durch die Turnhalle Fangen; Stühle wurden mit dem scharrenden Geräusch von Holz auf Holz verschoben. Der Turnlehrer würde einen Anfall bekommen ...

»Ihr Mädchen, geht jetzt! Ich werde mich um Michelle kümmern.« Mrs. Henderson griff nach der Hand des

Mädchens. Sie war kalt, feucht. »Komm mit, meine Liebe! Ich bringe dich ins Büro, dort kannst du dich etwas ausruhen. Ich nehme an, die Aufregung war zuviel für dich.«

»Ich muß nach Hause gehen«, flüsterte sie.

»Das werden wir sehen. Vielleicht solltest du dich einfach erst mal für eine Minute oder zwei hinlegen.«

»Ich muß gehen. Ich ... ich muß mich übergeben.«

Mrs. Henderson drückte sie sanft auf einen Stuhl. Sie sah die drei Mädchen an, die immer noch herumstanden. »Sandra, bitte geh ins Büro und bitte Mr. Holbein, herzukommen! So, und jetzt weg mit euch, mit euch allen! Hinaus!«

Offensichtlich zögernd entfernten sie sich. Mrs. Henderson setzte sich neben Michelle und hielt ihre Hand. »Ich werde dich nach Hause bringen, aber wir müssen erst die Erlaubnis von Mr. Holbein einholen. Einverstanden? Kannst du es noch eine oder zwei Minuten aushalten?«

Sie nickte, aber es war nicht zu übersehen, daß sie krank war und unter Schüttelfrost litt. Mrs. Henderson seufzte. Sie konnte sich nicht erinnern, daß jemals eine Abschlußfeier ohne irgendeinen Zwischenfall abgelaufen wäre, und jedes zweite Jahr war sie für die verdammte Veranstaltung verantwortlich.

»Was ist los?« fragte Gregory Holbein in gebieterischem Ton, als er die Halle betrat, die sein Echo zurückwarf. Er war der Schuldirektor.

»Ich muß Michelle nach Hause bringen. Sie fühlt sich nicht wohl.«

Er kam zu ihnen, sah das Mädchen forschend an und runzelte die Stirn. »Würden Sie für einen Moment mit mir hier hinübergehen, Mrs. Henderson?« Er durchkreuzte die Halle bis zur Wand und wartete ungeduldig, daß sich Mrs. Henderson zu ihm gesellte.

»Sie wissen, daß wir eine vollzählige Teilnahme bei diesen Tests benötigen«, sagte er mit einem strengen

Unterton. »Heute ist der erste Tag seit einem Monat, an dem alle Teilnehmer vollzählig anwesend sind. Sie wissen doch, wie wichtig das Ganze ist.«

»Sehen Sie sie doch an! Sie wird sich jeden Augenblick übergeben.«

»O Gott! Ich habe angerufen und gesagt, daß sie heute kommen könnten. Sie warten, alles ist vorbereitet. Ich habe gesagt, daß heute alle Teilnehmer vollzählig anwesend wären.«

»Nun, lassen Sie es bei dieser Information. Was soll ich sagen? Sie ist krank. Ich dachte schon, sie würde ohnmächtig. Die Kleine muß nach Hause. Sagen Sie keinem, daß jemand fehlt. Dies ist kein Test, der für uns oder den Vorstand entscheidend ist; es wird kein Protokoll geführt. Sagen Sie einfach niemandem, daß jemand fehlt.«

Er atmete tief durch. »Geleiten Sie sie zur Hintertür hinaus. Ich werde kein Wort darüber verlieren, und Sie um Himmels willen auch nicht!«

»Ich werde mindestens eine Stunde lang wegbleiben. Bis dahin werden sie gegangen sein. Keine Sorge, Greg. Bis nachher.«

Sie ließ sich ihre Belustigung nicht anmerken. Wie er innerlich kochte, wenn ihm einer der älteren Lehrer sagte, was zu tun war oder ihn beim Vornamen ansprach, als ob er ein Kind sei! Sie tat das nicht oft, nur ab und zu, um ihn nicht übermütig werden zu lassen. Sie ging zurück zu Michelle. »Kannst du laufen, meine Liebe?«

»Ich glaube schon.« Sie schwankte. Als sie durch die Tür ins Freie traten, hielt sie sich am Rahmen fest, und ihr Gesicht krampfte sich zusammen.

»Warte hier, ich bringe den Wagen hierher. Geht das?«

»Ja, ich werde es schaffen.«

Mrs. Henderson beeilte sich, und als sie mit dem Wagen zurückkam, hielt sich das Mädchen immer noch an der gleichen Stelle fest. Sie half ihr beim Einsteigen. Michelle legte den Kopf auf die Knie, während Mrs. Henderson über das Schulgelände und hinaus auf die Straße fuhr und in Richtung ihrer Wohnung steuerte. Als sie sich einige Blocks von der Schule entfernt hatten, setzte sich die Kleine wieder aufrecht hin; ihre Wangen bekamen wieder Farbe, trotzdem sah sie nicht so aus, als ob sie wieder ganz gesund wäre. Es war das beste, daß sie nach Hause kam, das wußte Mrs. Henderson. Wahrscheinlich brauchte sie einen Arzt, eine gründliche Untersuchung, irgend etwas in der Art.

Michelles Mutter war zu Hause, dem Aussehen nach ein alleinerziehender Elternteil. Das Haus war gediegen eingerichtet, sauber, wenn auch klein. Kein Anzeichen deutete darauf hin, daß ein männliches Wesen hier wohnte.

Die Mutter des Mädchens sah besorgt aus, und Mrs. Henderson versicherte ihr, daß es nichts Ernstes sei, daß Mädchen in diesem Alter oft durch das Einsetzen der Periode Schwächeanfälle erlitten, oder durch Aufregung ... Als sie die Kleine und ihre Mutter verlassen hatte, fuhr sie langsam davon; sie hatte es nicht eilig, in die Schule zurückzukommen. Genaugenommen hatte sie nicht die Absicht, vor dem Ende des Unterrichts zurück zu sein. Sie hielt vor einem Café an, trank einen Kaffee und rauchte eine Zigarette, bis es Zeit war, zurückzukehren. Als Michelle am nächsten Tag fehlte, war sie nicht überrascht; sie hatte eigentlich anrufen und sich nach ihr erkundigen wollen, aber die Generalprobe fand statt, und einer der Jungen stieß einen Stuhl von der Empore, und im ersten Moment dachten alle, daß der Junge, auf den er gefallen war, einen Arm gebrochen hätte, aber ihm fehlte nichts, und dann war der Tag auch schon vorbei. Michelle erschien zur Abschlußfeier an diesem Abend nicht. Mrs. Henderson sah sie niemals wieder.

EINS

Die Strasse war eine nasse schwarze Schlange, die sich durch einen dichten Wald im nördlichen Teil des Staates New York wand. Der Regen hatte aufgehört, aber es tropfte noch von den Bäumen, und Pfützen schimmerten auf dem Körper der Schlange, hinterhältige Flecken, die glatt und eben oder genausogut Schlaglöcher sein konnten. Und es war verdammt kalt. Juli, dachte Clay Moseby immer wieder voller Mißmut. Es war Juli, und es war kalt! Er verlangsamte das Tempo von fünfundzwanzig Meilen auf zwanzig und beugte sich vor, um die Namen auf einer Gruppe von Briefkästen zu lesen, die plötzlich aufgetaucht war. Er suchte Jay Rissel. Er hatte den Glauben an Jay Rissel verloren. Gleich ein paar Meilen nach der Abzweigung, ha! Ein Tier flitzte über die Straße, und er drosselte die Geschwindigkeit noch mehr. Er hatte nicht erkannt, was es war. Ein Opossum? Ein Murmeltier? Ein Waschbär? Tiere gehörten in den Zoo, mit Namensschildchen vor ihren Käfigen, verdammt! Eine weitere Gruppe von Briefkästen stand neben der Straße in Reih und Glied. Der dritte war mit JAY RISSEL beschriftet. Er fuhr noch langsamer und suchte die Einfahrt. Die erste nach den Briefkästen, rechts. Wenn er das Haus nicht bald fände, das wußte er, dann würde er es heute überhaupt nicht mehr finden. In einer halben Stunde wäre es dunkel. Niemand konnte auf einer Straße wie dieser etwas finden, wenn es erst einmal dunkel war. Schwarze Bäume, schwarze Straße, Regen, Tiere, die die Straße für sich beanspruchten, sobald sich das Tageslicht senkt. Vielleicht Bären und ähnliche gefährliche Viecher, wer weiß?

Fast hätte er die Einfahrt übersehen, so schmal war

sie, so dicht von Bäumen gesäumt. Manche Leute wohnten tatsächlich hier, das ganze Jahr über, steckten im Winter bis zu den Arschbacken im Schnee. Sie schickten ihre Kinder in Bussen zur Schule, die sich durch die Bäume schlängelten und kaum ausreichend Platz zum Wenden hatten, und wenn ihnen etwas Breiteres als ein Fahrrad entgegenkam, sah es ganz düster aus ... Die Einfahrt war ein Kiesweg, gerade breit genug für einen Wagen, und der Wind peitschte hier noch stärker als auf der Straße. Unvermittelt endete er vor einem Blockhaus.

Niemand antwortete, als er gegen die Tür pochte; er drückte auf die Klinke und stellte fest, daß nicht abgeschlossen war. Er trat ein, machte einen Rundgang durch das Haus, in dem es dunkler war als draußen, und fand schließlich Drew Lancaster auf einer Plattform hinter dem Haus, von der aus man über den See blicken konnte. Der See lag so reglos da, daß er wie künstlich aussah, ein Gemälde, auf dem die Farbe noch naß war.

»He, Drew, wie geht's?«

»Gut, Clay. Wie hast du mich gefunden? Oder besser, warum hast du dir die Mühe gemacht?«

»Pat hatte deine Adresse. Sie läßt dich grüßen.«

»Sei gegrüßt, Pat.«

Drew war groß; so wie er jetzt ausgestreckt auf einer Liege lag, sah er sogar noch größer aus als seine Einsachtzig und noch was und dünner, als ihn Clay in Erinnerung hatte.

Clay setzte sich und sah ihn forschend an. Ein paar Minuten lang sprach keiner von beiden, bis Clay fragte: »Wo gibt's was zu trinken?«

»In der Küche. Bedien dich!«

»Gut. Gleich wieder da.«

Diesmal schaltete er ein Licht an, wühlte in den Schränken herum, fand ein Glas und füllte es zur Hälfte aus einer Flasche, die auf der Bartheke stand. Das Zeug war zu kalt, als daß er noch hätte Eis zufügen müssen.

»Was machst du hier draußen?« fragte er, als er wieder auf die Plattform zurückgekehrt war.

»Zusehen, wie die Fische springen.«

Clay nahm einen tiefen Schluck.

»Schau mal! Siehst du den Ring da draußen, wo ich hinzeige? Fische. Sie kommen zu dieser Tageszeit an die Oberfläche, um sich was zu essen zu fangen.«

»Wenn du nicht gerade Fische beobachtest, was machst du dann hier draußen?«

»Ich hüte das Haus für meinen alten Freund. Schade, daß er nicht hier ist. Ich könnte euch vorstellen: ›Clay, Jay‹.«

»Pat hat gesagt, daß das Haus neun oder zehn Monate im Jahr leer steht. Das braucht keiner zu hüten.«

Drew hob die Schultern.

»Wann kommst du wieder in die Stadt?«

»Welches Datum haben wir?«

»Den zehnten Juli.«

»Vielleicht im Oktober. Vielleicht im Dezember. Vielleicht nie.«

»Hast du die Sachen gelesen, die ich dir geschickt habe?«

»Über Huysman? Einiges davon.«

»Wirst du das Buch schreiben?«

»Wahrscheinlich nicht.«

»Warum nicht?«

»Ich habe mich zur Ruhe gesetzt.«

Clay nahm noch einen Schluck, einen noch tieferen. Es war guter Bourbon. »Du kannst dich noch nicht zur Ruhe setzen, verdammt. Du bist erst vierzig Jahre alt.«

»Zweiundvierzig.«

»Ich bin zweiundsechzig. Huysman war fünfundachtzig, als er starb.«

»Da siehst du ja, was es ihm gebracht hat, daß er sein ganzes Leben lang gearbeitet hat. Es hat ihn schließlich umgebracht.«

»Sehr komisch! Hör mal, er war ein berühmter Mann.

Nobelpreis und all so was. Er ist genau das Richtige für dich. Seine Witwe sagt, daß niemand sonst an seine privaten Sachen rankommt. Searles will, daß du es machst. Ich kann den größten Vorschuß für dich lockermachen, den du je bekornmen hast. Tatsächlich ist er schon in die Wege geleitet, du wirst entzückt sein.«

»Er war ein schrecklicher Kerl. Ich mag ihn nicht.«

»Du brauchst ihn nicht zu mögen. Niemand mochte ihn, nicht mal seine Witwe, aber er liefert Stoff für ein wahnsinniges Buch! Niemand erwartet, daß du ein Loblied auf ihn singst, verdammt.«

»Weißt du, warum ich ihn nicht leiden kann? Nicht etwa, weil er ein Faschist war – falls er das wirklich war –, auch nicht, weil er ein Arschkriecher der Regierung war, und das war er wirklich. Nicht aus diesen Gründen. Sondern weil er ein Genie war. Deswegen hasse ich ihn. Ich bin kein Genie. Du bist keins. Nur wenige von uns sind es, aber er war eins; und er wußte es und verachtete jeden, der keins war. Deswegen hasse ich ihn.«

»Drew, mag sein, daß du heute das Geld nicht brauchst, auch nicht dieses Jahr, aber denk doch an nächstes Jahr oder an die Zeit in zehn Jahren. Du mußt an die Zukunft denken, und es kommt verdammt viel Geld dabei raus. Seine Witwe hat mich sogar angerufen. Weißt du, wer alles hinter seinen privaten Sachen her ist? Vidal! McPhee! Sogar Manchester! Und allen hat sie gesagt, sie sollen abhauen. Sie mag die Art, wie du schreibst. Ihr gefiel das Buch über Strawinsky und das über Eisenhower. Sie möchte, daß du auch dieses schreibst. Eine autorisierte Biographie. Niemand anders als du!«

»Sehr schmeichelhaft.«

Es wurde zu dunkel, als daß man seine Gesichtszüge noch hätte erkennen können; sein Gesicht war ein blasser Fleck im düsteren Licht der Dämmerung. »Hast du irgendwas zum Essen im Haus?«

»Steaks im Gefrierschrank. Gemüse und Salat im Frischhaltefach. Bedien dich!«

»Ich mache uns was zu essen. Bist du bekifft?«

Drew lachte mit einem tiefen, grollenden Ton, der sich irgendwie freudlos anhörte. »Komisch. Dafür bin ich eigentlich hier rausgekommen, ich wollte jeden Abend durch irgendwas high werden, und bis jetzt habe ich es noch nicht einmal gemacht. Aber ich werde es machen. Ich vergesse es bloß dauernd, aber eines Tages werde ich es machen.«

Drew merkte nichts davon, als Clay ihn verließ. Die Leuchtkäfer drehten jetzt ihre Runden, blitzten da und dort über dem See auf, und Fledermäuse schrien, wenn sie aus dem Gleitflug zum Sturzflug ansetzten ... Am gegenüberliegenden Seeufer waren die Lichter in den Sommerhäusern angegangen, und aus der Ferne drangen nicht voneinander zu unterscheidende Stimmen herüber, Worte, die nur Geräusche waren und nichts bedeuteten. Wahrscheinlich hatte Clay recht, dachte er; er sollte an nächstes Jahr denken, an die nächsten zehn Jahre. Doch er beschloß, daß Clay nichts verstand, auch Pat nicht, niemand verstand etwas. Huysman würde es jetzt verstehen, obwohl er vor seinem Tod die gleichen Schwierigkeiten wie alle anderen auch gehabt hatte, daran bestand kein Zweifel, Genie oder nicht. Aber jetzt würde er es verstehen. Alles war so verdammt gleichgültig, das war das Geheimnis, und um darüber nachzudenken, war Drew an den See gekommen; und jetzt hatte er schon wie lange darüber nachgedacht? Sechs Wochen, zwei Monate? Er wußte, das war das letzte Geheimnis, das kaum jemand anerkennen konnte.

Clay würde ihm vorschlagen, sich eine neue Frau zu suchen, wenn er seine Entdeckung ihm gegenüber erwähnen würde. Das war Clays Lösung für jedes Problem – ein neues Betterlebnis, ein neuer Kitzel, eine neue Bindung. Das Leben ist wie Quecksilber, sagte er manchmal, es rast hierhin und dorthin, bleibt niemals still. Wenn du aufhörst, dich zu bewegen, bist du tot, Junge. Finito! Beweg dich! Bleib am Ball! Such dir was Neues, das Spaß macht. Clay dachte bestimmt, es läge daran, daß ihn Pat verlassen habe; bestimmt dachte er das. Die meisten Leute waren der Ansicht, daß er etwas viel zu schwer nahm, das schließlich jeden Tag überall auf der Welt vorkam. Niemand konnte doch erwarten, daß ein Mann und eine Frau viel länger als ein paar Jahre zusammenblieben, verdammt. Das war doch total altmodisch! Er, Drew, erwartete es nicht. Und er, Drew, war sich klar darüber, daß er seine Entdeckung gemacht hatte, lange bevor Pat mit Sack und Pack aus der Wohnung auszog, auch Sherrys Sachen mitnahm und zurückzog nach Richmond und Washington, ein Wunder auf Treu und Glauben, das gleichzeitig an zwei Orten lebte.

Er brauchte das Geld wirklich nicht, grübelte er, während er die blaßgrünen Lichter und gelben Lichter in ihren ziellosen Bewegungen beobachtete, Brownsche Bewegungen. Seine Bedürfnisse waren verhältnismäßig gering. Es war angenehm, wenn man eine Frau mit einem eigenen Vermögen hatte, die klagte nicht auf Unterhaltszahlung, und es fielen keine Rechtsanwaltgebühren an. Deins bleibt deins, und meins bleibt meins, hatte sie gesagt, und sie hatte Sherry mitgenommen, die also demnach ihrs war, außer in den Ferien und an einigen Feiertagen und wenn er nach Richmond kommen durfte. Er durfte jederzeit nach Richmond kommen, hatte Pat ihm versichert. Er könnte leben, wo es ihm Spaß machte. Aber bestimmt nicht in Richmond, Baby, an keinem Ort im Süden, in dem Land, wo Frauen noch Frauen sind und Männer Männer und nur ein toter Schwarzer ein guter Schwarzer ist und weibliche Kinder automatisch ihrer Mutter gehören.

»He, Drew, komm rein und iß was! Mein Gott, da draußen ist es saukalt.«

Sie aßen in der Küche. Das Haus war karg eingerichtet mit Sperrmüll-Stühlen und wackeligen Tischen. In den beiden Schlafzimmern standen primitive Bettgestelle, und im Wohnzimmer gab es noch ein Feldbett.

Sie aßen schweigend. Clay hatte eine Tomate zu den Steaks aufgeschnitten, und beide tranken Bourbon.

»Im Ernst«, sagte Clay und schob seinen Teller zurück, »was machst du an einem Ort wie diesem?«

»Schwimmen. Fischen. Wandern.«

»Und denken?«

»Kaum.« Er hatte festgestellt, daß er stundenlang wandern konnte und sich hinterher an keinen einzigen Gedanken erinnerte. Er fragte sich, ob sein Gehirn abgestorben war oder nur Ferien machte. Das bereitete ihm jedoch keinerlei Sorgen.

»Komm zurück, Junge! Überleg dir die Sache mit dem Buch, und wenn du es dann wirklich nicht machen willst – okay. Ich werde dir nicht böse sein. Manchmal geht es einfach nicht. Aber befasse dich wenigstens mal damit.« Er stand auf. »Hast du irgendwo Kaffee?«

»Im Kühlschrank.« Er leerte sein Glas in einem Zug, prüfte, ob er an sich ein Anzeichen von Betrunkenheit finden konnte und fand keins. Er hatte etwas zuwenig getrunken, entschied er. Er war kein ernsthafter Trinker. Pat hatte recht: Er war in keiner Beziehung ernsthaft. »Warum arbeitest du noch?« fragte er Clay.

»Wegen des Geldes. Warum sonst?«

»Du hast mehr davon als jeder andere. Wieviel ist genug?«

»Das gibt es nicht, Junge. Es ist niemals genug. Egal wo du bist, es ist niemals genug.«

Drew nickte. Das war ein offenes Geheimnis. Geld. Antriebskraft erster Ordnung. Der eigentliche Anlaß, der hinter jedem anderen Anlaß stand. Das wahre Geheimnis war, daß es Antrieb für sich selbst war. Wo was ist, kommt immer mehr dazu, sagte man. Wo nichts ist, kann man nicht damit rechnen, jemals in den Genuß einer ordentlichen Prise zu kommen. Ganz einfach. Er war sich nicht sicher, wie er in dieses Schema paßte. Der Süden war nichts für ihn, denn er konnte sich nicht in der Art der ›anständigen Kerle‹ verhalten, aber genausowenig konnte er dem Geld auf die Art, wie man sie im Norden pflegte, nachjagen. Er beschloß, daß für ihn eine dritte Kategorie geschaffen werden mußte: Typen, die sich nichts draus machten, stolperten von Zeit zu Zeit über Berge von Geld, ohne sich dafür anzustrengen, und es war ihnen völlig egal; oder sie landeten irgendwann in der Gosse, und das war ihnen ebenfalls völlig egal.

Die Stille wurde unterbrochen, als der Kaffeekessel sein eigenartiges schniefendes Geräusch von sich gab. Er protestierte jedesmal, wenn er etwas zu tun bekam. Schließlich ertappte er sich doch dabei, daß er über Stanley Everett Huysman nachdachte. Warum hatte er bis zu seinem Ende gearbeitet, oder immerhin so lange, bis ein Schlaganfall ihn niederstreckte, dem der Tod innerhalb eines Jahres folgte? Das war ein Mysterium. Fünfundachtzig beschissene Jahre alt. Eine biblische Lebensdauer. Ein ehrfurchtgebietendes Alter, das Alter, das unsere Vorväter mit Würde und harter Arbeit und der sicheren Überzeugung erreichten, daß es ein Leben nach diesem geben werde, das noch länger und würdevoller und ehrfurchtgebietender sein würde. Er lachte, und als Clay ihn fragend ansah, zuckte er die Achseln.

»Warum nicht? Vielleicht mache ich es. Was hat ihn getrieben? Geld?«

»Wahrscheinlich. Hast du irgendwo Sahne?«

»Nein. Und Zucker auch nicht. Ich vergeß das dauernd.«

Clay seufzte, goß für sie beide Kaffee ein und stellte die Tassen auf den Tisch. »Laß mich dir etwas über Irma, die Witwe, erzählen.« Er nippte probierend an seinem Kaffee, verzog das Gesicht und gab einen Schuß Bourbon hinein. »Sie lebt einen Teil der Zeit in New

Haven, den Winter über in Mesa, Arizona, und einen oder zwei Monate verbringt sie im Sommer in Princeton. Sie ist dabei, das Haus in Princeton zu verkaufen. Deswegen ist ihr so daran gelegen, daß du bald anfängst, sagt sie. Seine Sachen werden zur Zeit in Kisten verpackt, und irgendwann werden sie als Schenkung einer Universität vermacht, aber vorher sollst du dich durchwühlen. Ihre Schenkung ist nämlich mit einer Auflage verbunden: fünfundzwanzig Jahre lang wird das Zeug unter Verschluß sein und für niemanden zugänglich.«

Drew nickte geistesabwesend, er hörte kaum zu. Drei Häuser, wenn das nicht allerhand ist! Das kam dabei heraus, wenn die Leute mehr Geld hatten, als sie ausgeben konnten: sie kauften immer noch ein Haus und noch ein Haus. Huysman hatte also nicht des Geldes wegen bis zu seinem Ende gearbeitet. Macht? Ehre? Prestige? Gewohnheit? Er grinste. Wahrscheinlich Gewohnheit. Was hätte er sonst tun sollen?

»... fragte Ed Searles, ob er der Ansicht sei, daß das Erscheinen einer Biographie zum jetzigen Zeitpunkt den Wert der anderen Bücher steigern würde, und Ed versicherte ihr, daß das seine Ansicht sei. Huysman muß im Lauf der Jahre ein Dutzend populäre Bücher geschrieben haben, die sich alle sehr gut verkauften.«

Am Nachmittag hatte sich eine Schlechtwetterfront aufgebaut und peitschenden Regen und eisigen Wind mitgebracht, und jetzt war es in der Blockhütte feucht und kalt. Er sollte ein Feuer anzünden, dachte Drew, und machte keinerlei Anstalten, hinauszugehen und unter dem Vordach nach trockenem Holz zu sehen. Irma war siebzig, erinnerte er sich. Er hatte das Material durchgesehen, das ihm Clay damals im Juni nach New York geschickt hatte, oder vielleicht war es auch schon im Mai gewesen, und er hatte es immer noch im Kopf. Sie war siebzig, also sechzehn Jahre jünger als ihr Mann. Sie war zweiundzwanzig gewesen und er achtunddreißig, als sie heirateten. Und was dann? Was hatte sie aus ihrem Leben gemacht, verheiratet mit einem berühmten, wenn auch etwas verrückten Wissenschaftler? Seine gleichermaßen verrückten Freunde unterhalten? Ihn von Juli bis August in Princeton besucht? Für eine ausreichende Zeit nach Hause zurückgekehrt, um abzustauben, einige Vorräte aufzustocken, zu prüfen, ob die Gardinen nicht schimmelten ...?

Und jetzt wollte sie, daß von seinen Büchern noch mehr Exemplare verkauft würden, wollte noch mehr Geld machen. Wofür? Wofür brauchte sie noch mehr Geld? Für ein weiteres Haus? Pat war achtunddreißig. Sie war zweiundzwanzig gewesen, als sie heirateten, und er sechsundzwanzig. Pat hatte genau die Zeitspanne durchlebt, die Stanley Everett Huysman und seine Braut voneinander trennte, und Pat sagte, daß sie nicht mehr das Mädchen von einst sei, daß sie sich statt dessen zu einer neuen Frau entwickelt habe ... Er unterdrückte das Lachen, das in ihm aufstieg, da er keine Lust hatte, es Clay zu erklären, und wußte, daß er es nicht würde erklären können. Ihm war schon mal der Gedanke gekommen, daß Pat im Falle seines Todes möglicherweise allerlei Anstrengungen unternähme, um den Erfolg seiner Bücher zu verlängern, den weiteren Verkauf zu sichern. Nicht wegen des Geldes, würde sie sagen und auch daran glauben, sondern eben so.

Später stand Drew auf der hinteren Terrasse und beobachtete, wie Nebelschwaden über den See zogen. Das Wasser war jetzt wärmer als die Luft, und dichte Nebelwände hatten sich aufgebaut, doch in der Mitte des Sees war er wie Schleier, ohne sich seiner selbst sicher zu sein. Durch den Dunst schimmerten die Lichter der anderen Häuser, lösten sich auf, verdichteten sich wieder, nur um erneut den Zusammenhalt zu verlieren. Geister wandelten über das Wasser, breiteten sich über dem Boden aus, wurden immer kühner und kletterten auf Bäume, streckten flüchtige Hände nach anderen

Geistern aus, Hände, die dennoch den Himmel wegwischten und schließlich alles andere auch, bis es nur noch den Nebelgeist gab, der Besitz von der Nacht ergriffen hatte.

Er müßte nach Washington gehen und sämtliche Artikel lesen, die Huysman in all den todlangweiligen wissenschaftlichen Zeitschriften veröffentlicht hatte, die sich in der Kongreß-Bibliothek befanden. Er dachte an die Holzstühle und verkratzten Tische dort, die stickige Luft, die düstere Beleuchtung, und er dachte an Pat, die in Washington ein Apartment hatte. Und ein Haus in Richmond. Er verließ die Terrasse, ging zum Telefon und wählte die Nummer der Telegrammaufnahme. Sein Text lautete: HABE ARBEIT; LASSE MIR DIE HAARE SCHNEIDEN; KANN ICH KOMMEN? ALLES IST VERGEBEN.

»Mein Mann«, sagte Irma Huysman in harschem Ton, »wird als *der* eigentliche Denker des Jahrhunderts in die Geschichte eingehen. Er ist oft verunglimpft und sogar lächerlich gemacht worden von seinen Zeitgenossen, die im Vergleich zu seinem Genie Mückengehirne waren, aber ihm wird die gebührende Ehre noch zuteil werden. Er war für die Physiologie und Biologie und Genetik das, was Einstein für die Physik war, nein, mehr als Einstein für die Physik war.« Sie war groß und hielt sich aufrecht, mit breiten Schultern und schweren Brüsten, doch dünnen Armen und Beinen. Ihr Haar war metallisch grau, kurzgeschnitten mit akkurat liegenden Locken, die wie aufgemalt aussahen.

»Ja, Ma'am«, sagte Drew von Zeit zu Zeit, wenn sie eine Pause machte und von ihm erwartete, daß er sich äußerte.

Das Haus in Princeton war dreigeschossig und elegant eingerichtet – französischer Landhausstil, edle Hepplewhite-Stücke. Ein chinesischer Teppich in blassem Blau und Gold war einige Zentimeter dick; es gab

Lacktische mit schmuckvollen blauen Vasen, in denen Sträuße aus gold- und kupferfarbenen Dahlien arrangiert waren, und einen Leuchter, der funkelte und glitzerte, als ob er mit Diamanten bestückt wäre. Drew hatte Angst, sich zu bewegen.

Mit ihm und Irma Huysman befanden sich in diesem museumsartigen Ambiente noch Florence Charmody, von der er außer ihrem Namen nichts wußte, und ein Notar, Malcolm Letterman. Florence war eine steife Frau im Alter von irgendwas zwischen dreißig und fünfzig; sie hatte rote Haare und grüne Augen und trug etwas, das man als vernünftige Kleidung bezeichnen würde – ein maßgeschneidertes Kostüm, Schuhe mit flachen Absätzen, kein Make-up, keinen Schmuck außer einer schlichten Goldkette. Ihre Fingernägel waren kurzgeschnitten, sie trug keine Ringe, nur eine Uhr blitzte ab und zu hervor, wenn sie sich bewegte. Letterman war in den Sechzigern und gelangweilt.

»Ich möchte Ihnen eine Geschichte über meinen Mann erzählen«, sagte Irma. »Um zu verdeutlichen, was für ein Mensch er war. Die Leute bezeichneten ihn als Rassisten, und sie hatten nicht recht damit. Er machte sich niemals Gedanken über die Reinheit der Rassen. Das einzige, was er anstrebte, war eine Verbesserung der Qualität des menschlichen Geistes. Das war sein Lebensziel, sein Traum. Er widmete sein ganzes Leben diesem Zweck. Bei einer seiner Vorlesungen fragte ein Mann aus den Reihen der Zuhörer, ob Stanleys Eltern Genies gewesen seien. Nun, natürlich waren sie das nicht. Es waren ziemlich durchschnittliche Menschen gewesen, muß ich leider zugeben. Sein Vater war ein kleiner Regierungsangestellter, Buchhalter oder so etwas. Und seine Mutter ... nun, ich vermute, sie konnte gut kochen. Wie auch immer, egal. Jedenfalls, als Stanley antwortete, daß sie ganz gewöhnliche Leute gewesen seien, gab der Mann einen Laut des Abscheus von sich, und lautes Lachen erklang. Nachdem es aufgehört hatte, sagte Stanley, und zwar so, als ob er die Unterhaltung weiterführen wollte: ›Was dazu noch zu sagen wäre, Sir, ist, daß sich durch die Beobachtung Ihres Verhaltens eindeutig bestimmen läßt, wo Ihre Eltern sich in der Intelligenzskala einordnen lassen.‹«

Drew blickte zu Florence, um zu sehen, ob sie die Pointe verstanden habe, aber ihre Aufmerksamkeit war von ihrem Daumennagel in Anspruch genommen. Letterman unterdrückte gerade ein Gähnen.

»Er achtete Intelligenz«, fuhr Irma fort. »Das war alles. Nicht Wohlstand, nicht gesellschaftlichen Rang, nicht irgendeine Art von Einfluß, sondern nur Intelligenz.« Sie stand auf. Drew bemerkte, daß sie sich an der Armlehne des Sessels festhielt, bis sie sicher auf den Füßen stand. »Es wird die Regel gelten, wie ich bereits Mr. Searles erklärt habe, daß nichts dieses Haus verlassen darf, bevor entweder ich oder Florence ihr Einverständnis dazu gegeben haben. Und ich behalte mir die letzte Entscheidung darüber vor, welches Material Sie zur Verwendung auswählen können. Wenn Sie mich jetzt bitte entschuldigen würden.«

Letterman war aufgesprungen und hatte sich ihr sofort zur Seite gestellt; jetzt hielt er ihr die Hand in der Schwebe hin, ohne jedoch ihren Arm direkt zu berühren. Gemeinsam verließen sie den Raum.

»Er berührt sie mit keinem Finger«, sagte Drew, als sich die Tür hinter ihnen geschlossen hatte.

»Das hat er noch nie getan. Niemand würde es wagen. Ich bin übrigens eigentlich Dr. Florence Charmody«, sagte sie mit einem Seufzer. »Diesen Teil vergißt sie immer. Ich sehe seine Papiere durch, um zu untersuchen, ob nicht noch irgend etwas auftaucht, das posthum unbedingt veröffentlicht werden sollte.«

»Doktor der Medizin?«

Sie schüttelte den Kopf. »Physiologin. Er war mein Studienberater, und anschließend habe ich ein paar Jahre für ihn gearbeitet. Ich unterrichte am Sarah-Lawrence-College, oder vielmehr, ich werde es wieder tun, wenn das hier vorbei ist.«

»Okay, Sie sind also der Aufpasser. Welche Rechte habe ich, wie sind die Arbeitszeiten? Werde ich hier beköstigt oder esse ich außerhalb?«

Sie grinste und sah jetzt eher wie dreißig aus als fünfzig. »Wir wollen auf Letterman warten. Ihm macht die Sache hier übrigens ganz schön zu schaffen. Er hat Angst, jemand klaut das Silber.«

»Höchstens den Teppich. Wieviel, schätzen Sie, wird er wert sein?«

»Vierzigtausend Dollar? Fünfzig?«

»Ich möchte nicht derjenige sein, der Tinte darauf verschüttet.«

»Er sieht aus, als könnte man sich gut darauf herumwälzen, finden Sie nicht? Haben Sie ihn eigentlich mal befühlt? Seidig durch und durch.«

»Vielleicht können wir uns mal zusammen darauf herumwälzen, bevor unsere Arbeit hier beendet ist.«

Sie sah ihn nachdenklich an.

»Sie sind nicht verheiratet? Oder lesbisch?«

»Keins von beiden.« Sie blickte an ihm vorbei, und er drehte sich um und sah Letterman hereinkommen. »Ich habe Mr. Lancaster gerade darüber informiert, daß in diesem Raum nicht gegessen oder getrunken werden darf.«

»Um Himmels willen, nein! Sehen Sie Lancaster, ich bin keineswegs davon überzeugt, daß das alles hier ein gutes Ende nimmt. Ich meine, Sie müssen einen großen Teil Ihrer Arbeit hier im Haus erledigen, und wir versuchen, es schätzen zu lassen ... Es gibt bereits Interessenten ...«

»Ich werde die tropfenden Wasserhähne und den Schimmel im Keller nicht erwähnen.«

»O Gott! Das ist nicht zum Lachen, Mr. Lancaster. Glauben Sie mir, das ist es ganz und gar nicht. Wir hatten hier schon einmal einen Dieb, und offen gesagt, gefällt mir die Vorstellung überhaupt nicht, daß Leute hier ungehindert ein und aus spazieren.«

Drew sah zu Florence hinüber, die eine Augenbraue hob und leicht die Achseln zuckte. »Wir wissen nicht, ob wirklich etwas gestohlen wurde«, sagte sie. »Vielleicht wurde es nur verlegt. Einige der Akten sind nicht dort, wo sie sein sollten.«

»Wenn sie sich irgendwo im Haus befinden, werden wir sie auftreiben«, sagte Drew ungerührt. »Ich verspreche Ihnen, Mr. Letterman, wir werden sie finden.«

Der Notar schloß einen Moment lang die Augen. »Ich verstehe. Nun, hoffentlich werden sich unsere Wege nicht allzu oft kreuzen. Ich werde Ihnen Ihr Arbeitszimmer zeigen und einen Raum, in dem Sie schlafen können, wenn Sie wollen.« Sein Ton war eisig, sein Gesicht starr.

Er wies den Weg aus dem Raum, und Drew folgte ihm langsam. Als er an Florence vorbeikam, flüsterte er ihr zu: »Ich glaube nicht, daß er mich besonders gut leiden kann.« Er hatte den Eindruck, daß er mit einem kaum unterdrückten Schmunzeln belohnt wurde.

Er kam um Mitternacht in Washington an und drückte mit einem Finger, der sich wie Gummi anfühlte, auf den Klingelknopf von Pats Apartment. Sie öffnete die Tür.

»Du bist schön«, sagte er und rührte sich nicht vom Fleck.

»Komm herein! Was für ein albernes Telegramm. Und die Haare hast du dir auch nicht schneiden lassen.«

»Aber eine Arbeit habe ich.« Er hielt seine Aktentasche hoch. »Heute Arbeit, morgen ein Haarschnitt.«

»Geht es dir gut?«

»Du bist schön. Bist du allein?«

»Natürlich. Hast du vor hereinzukommen, oder willst du da draußen stehenbleiben?«

»Können wir ins Bett gehen?«

Ihre Augen weiteten sich. Er wußte, daß sie blau waren, aber jetzt, da das Licht von hinten auf sie fiel, sahen sie schwarz aus, unergründlich tief. Er wollte sich in ihnen ertränken. Das sagte er ihr.

»Komm rein, Drew! Hast du heute schon etwas gegessen?«

»Ich kann mich nicht daran erinnern.«

Sie nahm seine Hand und zog ihn sanft hinein. Sie trug einen bodenlangen Hausmantel aus irgendeinem dünnen Stoff, der an ihrem Körper haftete, wenn sie sich bewegte. Ihr Haar fiel locker, nicht gewellt, nicht glatt; dunkelbraunes Haar mit einem silbernen Schimmer, wenn das Licht darauffiel. Er schob die Tür mit dem Fuß zu und verstärkte den Griff um ihre Hand. Sie leistete keinen Widerstand, sondern folgte ihm durch das Apartment ins Schlafzimmer, wo eine Lampe brannte und ein Buch auf einem Tischchen neben dem Bett lag.

Dann waren sie im Bett, und seine Hände waren auf ihrem Körper, überall, und er glitt in sie und murmelte: »Rutschig, glitschig, warm, heiß ...«

»Pst«, sagte sie, »sprich nicht!«

Und er sprach nicht mehr.

ZWEI

ER WACHTE UM ACHT UHR AUF. Sie war in der Küche, bereits angezogen, nicht mit vernünftiger Kleidung, ganz im Gegenteil, mit einem hübschen grünen Leinenkleid und passenden hochhackigen Sandalen. Ein weißer Leinenblazer hing über einem Stuhl, eine weiße Ledertasche lag auf der Sitzfläche.

»Laß uns an den Strand von Rio gehen! Erinnerst du dich an den Sand wie brauner Zucker, wo die Kinder ihre Drachen fliegen ließen? Und die Bikinis!«

»Wir waren noch nie in Rio. Ich muß ins Büro.«

»Paris. Wir können unser Essen in braunen Papiertüten mitnehmen und die nächsten beiden Wochen damit zubringen, uns im Louvre zu verlaufen.«

»In Paris wimmelt es im Sommer nur so von Touristen. Es gibt Schinken und Eier ...«

»Madrid. Das grelle weiße Licht auf den roten Ziegeldächern ...«

»Im Kühlschrank steht Orangensaft. Ich habe ihn gestern schon ausgepreßt, aber er ist noch gut.«

»Ich treffe dich zum Mittagessen. Hot Dogs und Plätzchen und kalte Cola im Park.«

»Ich bin verabredet. Wenn du rausgehst, zieh die Tür einfach zu, sie schnappt ein. Und an der Kaffeemaschine ist die Uhr eingestellt, du brauchst also nicht daran zu denken, sie auszuschalten.«

»Gehst du immer noch mit diesem Senator?«

»Ich arbeite für den Senat. Das ist nicht ganz dasselbe.«

»Ich hoffe nicht. Immer noch mit dieser Untersuchung über die Finanzierungsmöglichkeiten für den großen verschlammten Stausee beschäftigt?« Er sah ihr zu, wie sie den Blazer anzog und sich mit der Hand unter den Kragen fuhr, um die eingeklemmten Haare zu befreien, eine Geste, an die er sich sehr gut erinnerte. »Ich dachte, um diese Jahreszeit wären alle Senatoren auf vergnüglichen sogenannten Dienstreisen.«

»Die Leute von Senator Wiley arbeiten hart. Ich gehöre zu seinen Leuten.« Sie nahm ihre Handtasche auf. »Ich habe keine Lust, mit dir über den Senator oder über den Stausee zu reden.«

»Warum nicht?«

»Du weißt, was du letztesmal gesagt hast, als ich versuchte, mit dir über meine Arbeit zu sprechen.« Sie betrachtete sich im Korridorspiegel.

»Ich habe es vergessen.«

»Du sagtest, ich würde weniger Schaden in der Welt anrichten, wenn ich einfach zu Hause bleiben und mein Geld zählen würde. Auf Wiedersehen, Drew. Ich komme erst sehr spät nach Hause, also warte nicht auf mich.« Sie wandte sich zur Tür. »Fast hätte ich es vergessen. Deine Post ist von New York nach hier geschickt worden. Hör auf damit, Drew, sonst schreibe ich ›Annahme verweigert‹ drauf und sende sie zurück.« Sie ging.

Er trank ihren Orangensaft und ihren Kaffee, ihren Schinken und ihre Eier aß er jedoch nicht. Wahrscheinlich hätte er ihr das nicht sagen sollen, dachte er. Und schon gar nicht an dem Tag, als ihre Scheidung über die Bühne ging. Sie waren an dem Tag zusammen ins Bett gegangen, und irgendwann im Laufe des langen Nachmittags zwischen Feiern und Jammern hatte er es zu ihr gesagt und sie wieder auf die Palme gebracht. Er hatte eine besondere Begabung, sie auf die Palme zu bringen. Du liebst mich, hatte er an jenem Tag beharrlich behauptet, und sie hatte gesagt, ja, ich liebe dich, und ich kann es mit dir nicht mehr aushalten. Er liebte sie, liebte sie immer noch, würde sie immer und ewig lieben, und sie würde ihn immer und ewig lieben, aber sie traf sich mit dem Senator, und er würde sich mit Florence Charmody bei der ersten sich bietenden Gelegenheit auf dem Teppich wälzen, und die Welt war so verrückt wie er selbst, so verrückt wie sie, alles war verrückt.

Nachdem er geduscht hatte, schrieb er mit Seife auf den drei Meter langen Badezimmerspiegel: *Der große verschlammte Stausee ist reine Steuerverschwendung, und alle Finanzierungspläne, alle Erklärungen zur Kosteneffektivität ändern daran gar nichts.* Die letzte Zeile mußte er etwas quetschen, aber es war eindrucksvoll, entschied er, als er noch einmal einen Blick darauf warf.

Er nahm die Post auf, die ihm von seiner New Yorker Wohnung nachgeschickt worden war. Das meiste waren Werbesendungen zum Wegwerfen und Rechnungen. Er schleuderte sie weg. Das Telefon klingelte. Einen Moment lang starrte er es an; es klingelte weiter. Schließlich nahm er den Hörer ab.

»Sie sind mit dem Wohnsitz von Miss Patricia Stevens verbunden. Hier spricht James, der Butler. Kann ich behilflich sein?«

Es folgten Schweigen und dann ein Räuspern, dann sprach eine Männerstimme. »Ähm, kann ich bitte Mister Drew Lancaster sprechen?«

»Einen Augenblick, Sir. Für den Fall, daß sich Mister Lancaster in den Gebäuden aufhält, wen darf ich als Anrufer melden?«

»Leon Lauder. Aber er kennt mich nicht. Sagen Sie ihm einfach ...«

Drew hängte ein. Er kannte tatsächlich keinen Mr. Leon Lauder und hatte auch kein Verlangen, einen Mr. Leon Lauder kennenzulernen, und schon gar nicht wollte er mit einem Mr. Leon Lauder am Telefon sprechen. Er verließ das Apartment. Hinter ihm fing das Telefon erneut an zu klingeln.

»Sie brauchen wirklich nicht nach Washington zu gehen«, hatte Florence zu ihm gesagt. »Die meisten Artikel sind hier, und von den wenigen, die wir nicht haben, können wir Kopien anfordern.«

»Ich weiß. Aber ich bin ein gründlicher und gewissenhafter Mensch. Ich sehe es als meine Pflicht an, mich persönlich davon zu überzeugen.«

»Sie sind ein komischer Kauz, wissen Sie das?«

Ja, das wußte er. Er füllte eine Anforderung für die Artikel aus, die er noch brauchte, verglich den Katalog mit der Liste, die ihm Florence zusammengestellt hatte, ob etwas fehlte, und damit war seine Arbeit in Washington beendet. Draußen war es grell und heiß, und in Washington, wie in Paris, wimmelte es von Touristen. Sie kamen in Bussen, in Kombiwagen, zu Fuß, mit Flugzeugen ... Und sie bevölkerten die Straßen, alle mit Kameras behängt. Ihr Schweiß war die Ursache für die sprichwörtliche Luftfeuchtigkeit in Washington, entschied er.

»Mister Lancaster?«

Er spürte eine Berührung am Arm, und als er sich umdrehte, sah er einen grauhaarigen Mann an seiner Seite. »Ich bin Lauder vom Sicherheitsdienst«, sagte der Mann und öffnete die Hand, um wie eine magische Macht seine Erkennungsmarke zu zeigen. »Könnten wir uns ein wenig unterhalten? Irgendwo an einem kühlen Plätzchen?«

»In einer netten dämmerigen kühlen Bar?«

»Äh ... em. In einem netten hellen Café? Es gibt eins gleich um die Ecke. Mein Gott, dieses Wetter!«

Im Café fiel Drew ein, daß er noch nicht gefrühstückt hatte; er bestellte Corned beef und Bier. Lauder wählte Eiskaffee mit einer Haube aus Vanilleeis.

»Wie praktisch, daß wir beide uns zur selben Zeit am selben Ort aufhalten«, sagte Drew.

»Ihre Exgattin hat keinen Butler.«

»Hat sie ihn schon wieder rausgeworfen? Ihr früherer, der arme alte Mann, konnte die Hitze nicht vertragen und verendete wie ein Hund.«

»Ja, so kann es gehen.«

Lauder war in jeder Dimension dick: dicker Körper, dicker Hals, dicke Hände und Handgelenke. Sogar sein graues Haar war dick und buschig. Er hatte einen Sonnenbrand. Er sprach bewundernd über das Eisenhower-Buch, während Drew aß.

Drew schob sich den letzten Bissen seines Sandwichs in den Mund und spülte mit dem letzten Schluck Bier nach, dann wischte er sich den Mund ab. Er griff nach der Rechnung, aber Lauder kam ihm zuvor.

»Ich darf Sie einladen. Es ist schön, einen berühmten Schriftsteller zu treffen und mit ihm zu Mittag zu essen. So was passiert nicht alle Tage.«

»Es war mir ein Vergnügen«, sagte Drew höflich.

»Sie arbeiten an einem neuen Buch? Stimmt das? Ihre Exgattin sagte, Sie seien bei den Recherchen.«

»Ja.«

»Muß ein angenehmes Leben sein. Arbeiten, wenn einem danach zumute ist, die Arbeitszeit selbst bestimmen, sich ein Thema auszusuchen, das einem behagt, all das. Muß schön sein.«

»Ja.«

»Und Sie stellen mir gar keine Frage, wie?« Er lachte. »Mann, an Ihrer Stelle würde ich vor Neugier umkommen. Warum hängt sich der Sicherheitsdienst an meine Fersen, beobachtet die Wohnung meiner Exfrau, holt Erkundigungen über mich ein. Ich hätte lauter Fragen, wenn ich Sie wäre.«

»Sie machen Ihre Arbeit. Führen Befehle aus.«

»Ich bin der Chef der Abteilung für den Nordosten.«

»Dann muß es sich um Pflichterfüllung handeln, nicht Befehle, sondern Pflicht. Man wird nicht Chef, ohne daß man seine Pflicht kennt und sie treu erfüllt, Tag für Tag, Jahr für Jahr.«

»Da haben Sie recht, Mister Lancaster. Kennen Sie Arnie Sorbies?«

»Nein.«

»Sicher kennen Sie ihn. Er hat eine Buchhandlung in New York. Ein Antiquariat. Sie gehen dort ein und aus.«

»Oh, diesen Laden meinen Sie. Heißt er so?«

»Einer der Besitzer. Wir suchen ihn, suchen ihn dringend. Wir sind seit langem hinter ihm her. Stand er in Verbindung mit Ihnen?«

»Wann?«

»In letzter Zeit?«

»Nein.«

»Doch, wir haben Grund zu der Annahme, daß er das tat, Mister Lancaster. Das heißt, wir wissen sogar genau, daß er es tat. Es ist nämlich so, daß er Ihnen vor einigen Wochen einen Brief geschickt hat.«

»Ach, wirklich? Vielleicht hat er mein Buch hereinbekommen.«

»Welches Buch?«

»Das geheime Liebesleben der eingeborenen Aleuten vor der Ankunft der russischen Pelzhändler.«

Lauder seufzte und machte der Bedienung ein Zeichen, noch mal Kaffee zu bringen. »Möchten Sie sonst noch etwas?«

»Nur Kaffee. Heiß und schwarz.«

Lauder wartete, bis die Bedienung gegangen war. »Sehen Sie, Mister Lancaster, es ist Ihre Pflicht, dem Geheimdienst zu helfen, wenn man es von Ihnen verlangt. Ich weiß, daß es vielen Leuten nicht gefällt, Informationen über andere zu erteilen, aber manchmal ergibt sich diese Notwendigkeit im Leben.«

»Es fällt mir schwer, mir Sorbies als Attentäter vorzustellen«, sagte Drew. In Gedanken registrierte er Pflichterfüllung als ein weiteres Motiv für die wahnsinnigen Dinge, zu denen Menschen fähig waren.

»Mit der Abteilung hat es nichts zu tun. Der Geheimdienst hat ebenfalls die Aufgabe, Fälscher aufzuspüren und dingfest zu machen, Mister Lancaster. Ihr Freund Sorbies hat seinen Laden mit Blüten gekauft, hat jahrelang ein üppiges und angenehmes Leben mit Blüten geführt. Worüber haben Sie mit ihm gesprochen?«

»Ein Fälscher? Sorbies? Das ist ja allerhand!«

»Worüber haben Sie mit ihm gesprochen?«

»Bücher. Meine Bücher, Bücher, die ich haben wollte und die er für mich auftreiben und kaufen konnte. Er ist Buchhändler. Ich bin Schriftsteller.«

»Ja. Was hat er Ihnen vor einigen Wochen geschrieben?«

»Soviel ich weiß, habe ich keinen Brief von ihm bekommen. Aber ich war jetzt seit einigen Monaten nicht mehr in meiner Wohnung. Der liebe Gott mag wissen, was sich dort alles angesammelt hat.«

»Ihre Post ist Ihnen zu Ihrer Exgattin nachgeschickt worden.«

»Das stimmt. Rechnungen, Spendenaufrufe für gute und gerechte Zwecke, einige wenige Briefe.«

»Wo sind die Briefe?«

»Hier, wenigstens einige davon.« Er öffnete seine Aktentasche und zog die Post heraus, knallte sie auf den Tisch. Lauder sah hastig die Umschläge durch und zog einen heraus, hielt ihn hoch. »Aha, es sieht so aus, als hätte Ihr Informant recht gehabt«, sagte Drew. »Er ist tatsächlich von Sorbies' Antiquariat!«

»Würden Sie ihn bitte öffnen und mich dann einen Blick darauf werfen lassen, Mister Lancaster? Wir können es auf diese Weise erledigen, oder ich kann einen schriftlichen ...«

Drew öffnete bereits den Briefumschlag. Er zog ein Blatt heraus, überflog es und reichte es Lauder. Es war die vervielfältigte Kopie einer Bücherliste.

»Der Katalog«, sagte er. »Darin ist mein erstes Buch mit fünfzig Dollar aufgeführt. Viel zu billig.«

»Mist«, sagte Lauder.

»Sind Sie daran interessiert? Wenn er sich aus dem Staub gemacht hat, bezweifle ich sowieso, daß er einen Auftrag dafür bekommt.«

»Okay, ich werde darüber nachdenken. Haben Sie eine Ahnung, wohin er gegangen sein könnte? Kennen Sie irgendwelche Freunde von ihm?«

Drew schüttelte bedauernd den Kopf.

»Na gut. Sobald er mit Ihnen Kontakt aufnimmt, melden Sie es uns bitte. Es tut mir leid, daß wir Sie belästigen müssen.« Lauder stand auf. »Ihre Exgattin hat mich gebeten, Sie wiederum zu bitten, daß Sie sie anrufen mögen, um ihr zu erklären, was das Ganze zu bedeuten hat. Bis dann, Mister Lancaster.« Er ließ die Rechnung auf dem Tisch liegen.

»Du liebe Zeit, Drew!« Pat war kalkweiß im Gesicht. Sie saßen in seinem Wagen.

»Wir können nicht in der Öffentlichkeit reden«, hatte er ihr zugeflüstert. »Steig ein!« Sie war eingestiegen. Er steuerte den Wagen durch den sehr dichten Nachmittagsverkehr, ohne ein bestimmtes Ziel zu haben. Das Wageninnere war heiß wie ein Backofen. Sie sah kühl wie ein Zitronendrops aus.

»Was meinst du damit, um Himmels willen, *dein* Fälscher?«

»Erinnerst du dich an Sorbies in New York? Ich habe dir erzählt, daß er mir alles gestanden hat. Er wollte, daß ich seine Geschichte schreibe, erinnerst du dich?«

»Ich erinnere mich nicht. Ich habe kein Wort davon geglaubt.«

»Überdenke diese Aussage, Pat. Untersuche die Verästelung dieser Aussage im Lichte deiner verschiedenen persönlichen Schwierigkeiten ...«

»Du treibst mich in den Wahnsinn! Begreifst du nicht? Du bringst mich um den Verstand!«

»Wahrscheinlich sind sie uns genau in dieser Sekunde auf der Spur, nehmen deine Aufregung zur Kenntnis, deinen schrecklichen Ausbruch von Schuldbewußtsein ...«

»Hör auf! Was hast du ihm gesagt? Du mußt es abgelehnt haben. Du hast dich nicht weiter mit ihm abgegeben, oder?«

»Ich habe ihm gar nichts gesagt. Er beschloß zu warten, bis die Angelegenheit verjährt wäre – irgendwann dieses Jahr, glaube ich, hat er gesagt. Ich war bereit, mich darauf einzulassen.«

»Du hast meinem Vater keine Zusage gemacht«, sagte sie verbittert.

»Mit deinem Vater war es etwas anderes.«

»Inwiefern anders? Er wollte nichts weiter als seine Biographie. Er hat ein faszinierendes Leben geführt, und du weißt es.«

»Warum sollte er etwas Besseres gewesen sein?« Beide hatten Geld gemacht, sinnierte er. Warum war der eine langweilig und der andere interessant? Darüber mußte er noch einmal nachdenken. Es lag wohl an dem Wort *machen,* das die Dinge in ein zweifelhaftes Licht rückte, entschied er.

Sie atmete tief ein. »Hör mir zu, Drew, und sei bitte wenigstens ein einziges Mal ernst! Wir dürfen uns mit diesem Mann auf gar keinen Fall in irgendeiner Weise einlassen. Du nicht und ich nicht, keiner von beiden. Nach dem Gesetz macht man sich der Beihilfe oder so ähnlich schuldig, wenn man weiß, wo er ist, und es nicht verrät. Wenn du weißt, daß er sich strafbar gemacht hat, und die Behörden nicht darüber informierst, machst auch du dich strafbar. Weißt du das?«

»Strafbar in welcher Hinsicht?«

»Wegen Unterstützung eines Kriminellen und Vorschubleistung.«

»Ich habe ihm doch nur zugehört.«

»Es ist mir egal, was du getan hast oder nicht getan hast, sie werden dich auf jeden Fall für schuldig befinden. Geht das nicht in deinen Kopf?«

Er sah sie voller neuerwachter Hochachtung an. »Verdammt soll ich sein! Da haben wir noch eine Kraft. Ich habe geglaubt, es wäre nur Geld, oder Gewohnheit, oder Pflichtbewußtsein, was die Leute dazu treibt, Dinge zu tun. Dir ist noch ein weiteres Motiv eingefallen: Schuldgefühl. Das veranlaßt die Menschen, sich zu rühren, wenn sie lieber stillsitzen würden, sich hinzulegen, wenn sie lieber aufstehen würden, sich zu überfressen, wenn sie lieber ...«

»Halte an! Ich will aussteigen. Ich gehe nach Hause.«

»Ich kann jetzt nicht anhalten. Ich bin auf der mittleren Spur.«

»Dann verlasse die mittlere Spur!« quetschte sie zwischen zusammengekniffenen Lippen hervor.

»Schuld. Du hast das Schlüsselwort gefunden, Pat. Was für ein Geistesblitz! Deswegen arbeitest du für den Senator. Und ich bin bis heute nicht drauf gekommen!« Sobald sich eine Lücke ergab, wechselte er auf die rechte Spur hinüber und bog bei der nächsten Abzweigung ab. »Merkst du, ich fahre dich nach Hause?«

»Es ist mir egal, wenn sie dich verhaften. Es ist mir egal, wenn sie dich für immer ins Gefängnis stecken. Ich werde abstreiten, daß ich jemals etwas über diesen Mann gehört habe, daß ich auch nur seinen Namen kenne. Ich werde total alles abstreiten.«

»Wirst du mich besuchen?«

»Halt den Mund!«

Er parkte in der zweiten Reihe vor dem Haus, in dem sie wohnte, gerade so lange, daß sie aussteigen konnte.

»Ich fahre morgen früh nach Richmond«, sagte sie wütend. »Ich will nichts von dir hören oder über dich. Mach, daß du wegkommst, Drew! Verschwinde für immer aus meinem Leben!«

Hinter ihm heulte eine Hupe auf, und eine Stimme brüllte ihn an. »Bye, Pat«, rief er ihr hinterher, legte den Gang ein, winkte dem Fahrer hinter sich freundlich zu und ließ sich von dem Verkehrsstrom davontreiben. Er wußte nicht, ob er verfolgt wurde, aber wenn es so wäre, würde er seine Verfolger zu dem Haus in Princeton führen, damit sie mal einen Blick auf wahre Klasse werfen konnten.

Es tat ihm jetzt fast leid, daß Pat seine Botschaft finden würde, wenn sie ins Bad ging; in ihrem aufgebrachten Zustand würde sie womöglich etwas kaputtschlagen.

Es hatte Drew nicht überrascht, als sich Sorbies ihm anvertraute. Die Leute neigten zu so etwas. Einmal hatte ihm ein deutscher ehemaliger Lageraufseher in Richmond erzählt, wie er illegal ins Land gekommen war, wie er drei Jahre später seine Frau hereingeschmuggelt hatte. Mit gefälschten Papieren und Lügen waren sie seither über vierzig Jahre lang durchgekommen. Ein andermal hatte sich einer der jüngsten Nachwuchskräfte im Senat zu einer Karriere als Ladendieb bekannt. Und sogar Pats Tante Hazel hatte ihm von ihrem Liebhaber erzählt, den sie fünfzehn Jahre lang ausgehalten hatte, und zwar trotz einer guten Ehe, drei Kindern, der Mitgliedschaft in jedem angesehenen Verein in Richmond. Nichts von alledem hatte ihn überrascht.

Sorbies mußte etwa siebzig sein, dachte er, während er in gemäßigtem Tempo auf der Staatsstraße dahinfuhr, um möglichen Verfolgern keinen Anlaß zur Beunruhigung zu geben. Und er hatte gesagt, er wolle redlich werden und die Blüten nicht mehr unters Volk bringen. Er hatte seinen Frieden mit der Welt geschlossen, war zufrieden mit seinen seltenen Büchern, sicher. Vielleicht würde Lauder eine Verzweiflungstat begehen, da er genausogut wie Sorbies wußte, wann die Sache verjährt wäre. Vielleicht hatte Sorbies auch die Druckpresse wieder in Betrieb genommen.

»Warum schreiben Sie nur Bücher über berühmte Menschen?« hatte ihn Sorbies in Form einer Beschwerde gefragt.

»Ich weiß nicht.«

»Interessant, das kann schon sein. Aber ich glaube, alle anderen sind auch interessant.«

»Das stimmt.«

»Weltveränderer, ist es das? Interessieren Sie sich für Leute, die die Dinge verändern?«

»Könnte sein.«

Dann hatte Sorbies eine Frage an ihn gerichtet, die Drew verblüfft hatte, immer noch verblüffte.

»Glauben Sie, man kann einem Dieb etwas stehlen?« hatte der alte Mann gefragt.

»Man kann sich gestohlenes Gut aneignen.«

»Das ist nicht das gleiche wie Stehlen.«

»Wenn man sich etwas aneignet, das einem nicht gehört, ist das nach der Definition Stehlen.«

»Was ist mit dem Kassieren von Steuern?«

Drew hatte darüber nachgedacht. »Nach der Definition ist das Stehlen. Es sei denn, sie werden freiwillig gezahlt. Es wird behauptet, wir hätten in den USA das einzige Steuersystem auf freiwilliger Basis in der ganzen Welt.«

»Es wird behauptet, der Mond sei aus grünem Käse.«

»Dabei wissen wir, daß er gelb ist.«

»Eben. Wenn Sie zweifelhaftes Geld unter die Leute bringen wollten, wie würden Sie das machen?«

»Ich weiß nicht.«

»Ein durchtriebener Mann würde in Holland Diamanten kaufen. Die Händler dort klauen sie nämlich buchstäblich, wissen Sie. Oder er würde Gold in Südafrika kaufen. Sie wissen ja, wie diese Typen an das Gold kommen, oder? Aber wir wollen jetzt nicht zu Moralaposteln werden, nicht wahr? Oder man könnte nach Hongkong reisen und chinesische Antiquitäten erwerben, die aus dem Ursprungsland herausgeschmuggelt worden sind. Wäre das gestohlen? Kann man einem Dieb etwas stehlen?«

»Auf die Art haben Sie es gemacht?«

»Mhm. Und das wäre doch Stoff für ein interessantes Buch, meinen Sie nicht?«

»Doch.«

»Es gibt noch andere Methoden, noch ausgefallenere. Man muß sich sein Opfer nach reiflicher Überlegung auswählen, nicht den Tante Emma-Laden an der Ecke oder so etwas. Das wäre unmoralisch. Aber es gibt wirklich interessante Wege.« Er hatte eine Pause gemacht, als ob er etwas abwägen müßte. »Ein andermal, jetzt noch nicht. Noch drei Jahre, dann bekommen Sie die ganze Story. Haben Sie Lust, sie zu schreiben?«

»Ich weiß nicht.«

»Keine übereilte Entscheidung. Wenn das Ganze erst einmal verjährt ist, dann haben wir jede Menge Zeit. Wenn ich jemals das Gefühl haben sollte, ich müßte mich verstecken, werde ich Verbindung mit Ihnen aufnehmen. Ich werde Ihnen irgend etwas zusenden, einen Katalog oder etwas Ähnliches, damit Sie Bescheid wissen, und später werde ich dann richtig mit Ihnen Kontakt aufnehmen? Einverstanden? Abgemacht?«

Keiner von beiden hatte das Thema je wieder angeschnitten. Und jetzt hatte er einen Katalog erhalten. Na ja, dachte er, na ja.

DREI

In seinem Büro schob Leon Lauder einen Zwanzigdollarschein auf der Platte seines Schreibtischs in Kreisen herum. Er sah täuschend echt aus, sogar unter einem Vergrößerungsglas sah er perfekt aus. Unter ultravioletter Bestrahlung wurde er etwas fragwürdig, aber nur aus dem einen Grund, weil dieses spezielle Papier seit einigen Jahren nicht mehr verwendet wurde. Es waren immer noch viele Scheine daraus im Umlauf, dadurch verriet er sich nicht als Blüte. Nur wenn man die Seriennummer gründlich überprüfen würde, käme man darauf, daß es sich um Falschgeld handelte. Aber nicht viele Leute machten sich die Mühe, Seriennummern zu überprüfen.

»Glaubst du, daß Lancaster etwas über Sorbies weiß?« fragte Bob Samson. Bob war sein Assistent. Bob war scharf auf Leons Job. Das wußten sie beide.

»Wer weiß. Auf jeden Fall schert er sich keinen Deut darum. Von ihm können wir keine Hilfe erwarten. Ich will diesen Indianer!«

»Er ist zu groß, um sich lang versteckt zu halten. Wir werden ihn finden.«

Leon Lauder gab einen Grunzlaut von sich und zog Kreise mit dem Schein. Er bewunderte die Ausführung des Scheins mehr, als er irgend jemandem eingestehen würde. Sorbies war ein wahrer Künstler, der beste, der ihm je begegnet war; der einzige, bei dem es ihm in seiner dreißigjährigen Karriere nicht gelungen war, ihm das Handwerk zu legen, einer Karriere, die ansonsten keinen Makel aufwies. Insgeheim nannte er Sorbies ›den Künstler‹, weil die Scheine so meisterhaft gemacht waren, sogar die Seriennummern waren mit der Hand eingezeichnet, auf jedem Schein eine andere, und damit war er nicht in diese Falle getappt, die den anderen häufig zum Verhängnis geworden war; alles übrige war auf einer alten, aber feinen Offsetpresse gedruckt. Einer guten, alten Maschine, ein Qualitätserzeugnis; nicht die Methoden, die der Nachwuchs anwandte – Geldphotokopien, Spielgeld, das nicht besser aussah als Monopoly-Geld. Nein, der Künstler hatte ein hervorragendes Werk geschaffen, ein zu hervorragendes Werk. Und wenn sie ihn nicht bis Ende des Jahres schnappen würden, würde er straffrei ausgehen, würde ihnen eine lange Nase machen, sie auslachen, ja sogar vielleicht an die Öffentlichkeit damit gehen. Ein Buch schreiben. Ein Buch schreiben? – Leons Augen verengten sich zu Schlitzen, und er sah den Schein vor sich jetzt nicht mehr. Ein Buch schreiben! War das die Verbindung?

»Manchmal denke ich, wir sollten uns ein paar von diesen Scheinen beiseite nehmen und sie selbst ausgeben«, sagte Bob Samson. »Wer könnte uns je beweisen, daß wir ihn wissentlich übers Ohr gehauen haben?«

»Schlag dir das aus dem Kopf. Geh jetzt nach Hause! Ich räume nur noch das Zeug hier weg«, sagte Leon, ohne seinen Assistenten anzusehen. Sie beide taten so, als sei die Bemerkung ein Scherz gewesen, aber er wußte, wenn er dem jüngeren Mann ins Gesicht sehen würde, könnte keiner von ihnen mehr den Schein aufrechterhalten. Er selbst hatte den gleichen Gedanken zu viele Male gehabt.

Eddie der Springer hatte ihnen ihren ersten und einzigen Hinweis auf den Künstler gegeben. Eddie hatte Sorbies einen Stapel von Erstausgaben verkauft, die er aus den Archiven des Vatikan gestohlen hatte. Sorbies mußte sich damals einen neuen Namen geben, und Eddie mußte ein paar Jahre für den Job absitzen. Als er herauskam und zu seinem Versteck ging, stellte er fest, daß er mit Falschgeld bezahlt worden war. Als er wieder im Gefängnis landete, war er verständlicherweise zutiefst verletzt und wütend bis an die Grenze des Wahnsinns; so war er zu Leon Lauder gekommen, um Gerechtigkeit zu fordern.

In den ersten sechs Monaten gingen ihre Ermittlungen zügig voran. Sie hatten Sorbies ziemlich bald ausfindig gemacht – das war nicht schwer gewesen –, aber sie brauchten Unterlagen, Papier, Druckplatten, Farbe, Tusche, eine eindeutige Identifizierung durch jemanden, der nicht Eddie der Springer war. Sie hatten Photos anfertigen lassen und sie an die Sicherheitsdienste in Ländern geschickt, wo das Falschgeld aufgetaucht war. Sie hatten seine Wohnung und seine Buchhandlung durchstöbert. Sie hatten ihn verfolgt, seine drei Banken ermittelt, wußten, wo er aß und was, mit wem er sprach ... Einmal hatte er übers Wochenende die Stadt verlassen, und sie hatten seine Spur verloren, was Leon Lauder fast einen Herzstillstand bescherte. Sie warteten ab, und er kehrte zurück, und danach waren noch mehr Leute mit seinem Fall befaßt, und sie zogen die Schlinge immer enger. Aber er entwischte ihnen erneut, und diesmal kam er nicht zurück.

»Aber du kannst dich nicht ewig verstecken, alter Mann«, flüsterte Leon. Jetzt nicht mehr, da sie sein Photo hatten, seine Fingerabdrücke, alles. Die einzige entscheidende Frage war, ob sie ihn vor Jahresende finden würden, und diese Frage ließ Leon nachts nicht ruhig schlafen, verdarb ihm den Appetit, drohte seine Ehe zu zerstören. Und Bob Samson belauerte ihn mit einem übertrieben solidarischen Gebaren, schlug ihm vor, doch mal einen Tag frei zu nehmen, Urlaub zu machen, auszuspannen ... Einer seiner Männer war dicht genug an Sorbies herangekommen, um auf einem Umschlag, den er am letzten Tag vor seinem Verschwinden abschickte, Lancasters Namen zu lesen. Lancaster war verreist, der alte Mann war verschwunden, den verrückten Indianer hatten sie aus den Augen verloren ... Nun, Lancaster war wieder erreichbar, und Leon Lauder hatte seinen Mitarbeitern mit tödlicher Eindringlichkeit vor Augen geführt, was er mit ihnen machen würde, wenn sie seine Spur verlören. Und während der ganzen Zeit ging die Suche weiter nach Sorbies und nach Jack Silberfuchs – Tonto, der Freund des Einsamen Reiters.

Arnie Sorbies saß gerade beim Mittagessen an jenem Tag, als er erkannte, daß man ihn beobachtete. Seit Tagen schon hatte er ein Jucken verspürt, das nicht nachließ, wie sehr er sich auch kratzte, und jetzt wußte er, warum. Nach einigem Überlegen kam er zu der Erkenntnis, es war der rechte Schuh des Agenten, der jeden Bissen seiner Spinatpizza bis in den Mund verfolgte. Auf der Außenseite des rechten Schuhs befand sich ein eigentümlicher Kratzer, als ob jemand mit einer Rasierklinge über das Leder gefahren wäre und eine blasse Spur hinterlassen hätte. Er hatte diesen Kratzer jetzt dreimal gesehen. Natürlich hätte der Mann, zu dem der Schuh gehörte, ein Ladenbesitzer aus der Umgebung sein können, einer, der neu zugezogen war und von Zeit zu Zeit in den Restaurants auftauchte, in denen Arnie gerne aß, sich seine tägliche Zeitung am selben Kiosk kaufte und zur gleichen Zeit wie Arnie über die Vierzehnte Straße zu spazieren pflegte. Keins dieser vernünftigen Argumente erschien ihm sehr einleuchtend, auch wenn er sie sich immer wieder einredete. Er beendete sein Mahl und trank seine üblichen zwei Tassen mittelsüßen griechischen Kaffee; dann verließ er das Restaurant und ging schnurstracks zurück zu seinem Laden.

Sein erster Gedanke war natürlich gewesen, abzuhauen, aber er widerstand ihm und tat den ganzen Tag nichts, was von seinen üblichen Gewohnheiten abwich. Er analysierte, was es bedeutete, daß sie ihm so dicht auf den Fersen waren, ohne den letzten Schritt zu tun. Er kam zu dem Schluß, daß sie ihn hatten, aber nicht sein Haus auf dem Land. Wenn sie ihm damals vor ein paar Wochen dorthin gefolgt wären, hätten sie ihn jetzt schon festgenommen. Sie schienen auf unschlagbare Beweise aus zu sein und auf Zeit zu spielen, bis ihn jemand eindeutig identifizieren würde – was nicht mehr lange dauern mochte –, oder bis sie die Druckmaschine und das Papier fänden. Er hatte keine Ahnung, ob sie seine Fährte aufgenommen hatten, als er das letztemal die Stadt verlassen hatte, aber so oder so, das machte keinen großen Unterschied. Er hatte nicht den geringsten Zweifel daran, daß sie ihm nicht bis zu dem Haus in den Bergen gefolgt waren, sonst wäre er nicht mehr auf freiem Fuß.

Am Freitag, als er sich vergewissert hatte, daß ihn mindestens drei Männer beobachteten, machte er sich auf. Es war ihm in letzter Sekunde in den Sinn gekommen, einen Katalog an Drew Lancaster zu schicken, und es belustigte ihn, daß sich einer seiner Verfolger ihm so dicht an die Fersen heftete, daß er ihn, als er sich vom Briefkasten umdrehte, zur Seite stieß. An diesem Nachmittag schloß er seinen Laden ein paar Minuten früher als sonst und nahm sich auf der Vierzehnten ein Taxi. Er hatte zwei Bücher dabei, die sorgfältig verpackt und verschnürt waren, so wie er es immer machte. Er hatte den Verdacht, daß der Mann, der in dem Moment in den Laden gestürmt kam, als er das Päckchen packte, wahrscheinlich ein Agent des Sicherheitsdienstes war.

Er nannte eine Adresse in der Achten Avenue und lehnte sich zurück. Der Verkehr war um diese Tageszeit grauenvoll; Freitagabend im Sommer auf den Straßen war ein Alptraum. Er sah sich nicht um. Er wußte, daß für Anlässe wie diesen immer einer ihrer Wagen kreuz und quer unterwegs war. Wenn sie beim letztenmal seine Spur verloren hatten, dann wären sie diesmal noch aufmerksamer. Als das Taxi anhielt und der Fahrer die Uhr abschaltete, beugte sich Arnie nach vorn und sagte: »Ich brauche nur eine Minute, um dieses Päckchen abzugeben. Sie können noch zwanzig Dollar verdienen, wenn Sie nur eben um die Ecke fahren und mich ungefähr nach der Hälfte des Blocks am Seitenausgang abholen.« Er zahlte den Fahrpreis, der keine fünf Dollar ausmachte, mit einem Zehndollarschein und ließ sich nichts herausgeben.

»Ich werde nicht warten«, sagte der Fahrer.

»Das brauchen Sie nicht. Ich werde wahrscheinlich schon dort stehen, wenn Sie vorfahren.«

Das Geschäft, das er betrat, war Wassermanns Secondhand-Laden, der mit allem handelte, von Babykrippen über Flöten zu gebrauchten Büchern. Er und Wasserman trafen sich manchmal zum Kartenspielen. Zweifellos wußten das die Agenten. Er marschierte ohne anzuhalten durch den Laden, winkte seinem alten Freund zu, legte sein Päckchen ab und ging durch die Seitentür hinaus. Sein Taxi kam herangefahren und hielt an, und zwei Frauen winkten dem Fahrer mit wilden Gesten zu.

»Es ist mein Taxi«, sagte Arnie freundlich. »Aber ich teile es sehr gern mit Ihnen. Wohin möchten Sie?«

Die Frauen waren zwischen vierzig und fünfzig und mißtrauisch. »Macy's«, zischte eine kurzangebunden.

»Dann lassen Sie uns einsteigen«, sagte er. »Ich zahle bis zur Fünfundzwanzigsten.« Sie stiegen alle ein. Er legte einen Zwanzigdollarschein neben den Fahrer. »Glauben Sie mir, es war wirklich mein Taxi.«

Während der nächsten zwei Stunden spann er sich ein Netz aus Wegen in die Stadt und aus der Stadt heraus, im Bus, im Taxi, zu Fuß, und schließlich landete er in der U-Bahn nach Hoboken. Er wußte, daß ihm niemand mehr folgte.

Nachdem er die U-Bahn-Station verlassen hatte, machte er sich wieder zu Fuß auf den Weg. Es wurde langsam dunkel, und er hatte Hunger. Später, ermahnte er sich streng. Er würde später an der Landstraße etwas essen. Er hielt vor einer Reihe von Garagen inne, zog einen Schlüssel aus der Tasche, schloß eines der Tore auf und trat ein.

Dort war ein Lastwagen abgestellt. Ein alter Lastwagen mit Lattenaufbau, beladen mit Rupfensäcken und beschrifteten Kisten. Im Fahrerhaus lag ein Seesack. Er öffnete ihn, zog ein Paar fleckige, ausgebleichte Jeans, ein abgetragenes Karohemd, Arbeitsschuhe und Socken und eine fadenscheinige Unterhose heraus. Die Zehenpartie der Socken war durchlöchert. Er zog sich um und faltete seinen Anzug, sein Hemd und seine Unterwäsche ordentlich zusammen und packte alles in den Seesack. Dann durchsuchte er seine Brieftasche und entnahm ihr viele Papiere: seinen Führerschein, Kreditkarten, alle Ausweise. Er steckte sie in eine kleine Segeltuchtasche, in der bereits fünf Pfund schwere Angelgewichte lagen. Er fügte seine Schlüssel hinzu, alle, bis auf den Schlüssel für den Lastwagen und den für das Haus. Er steckte einige Papiere, die er dem Seesack entnommen hatte, in seine Brieftasche, sah dann in die Gesäßtasche. Arnie Sorbies wurde systematisch ausgerottet, überlegte er. Schade, er hatte sich so an ihn gewöhnt, es hatte ihm gefallen, er zu sein und eine Buchhandlung zu betreiben.

Als die Verwandlung vollzogen war, fuhr er aus der Garage, verließ Hoboken und machte sich auf den Weg zu seinem Haus auf dem Land. Er kannte eine Stelle, wo er die Segeltuchtasche in den Fluß werfen konnte, er wußte, wo er haltmachen konnte, um zu essen; er war diese Strecke schon viele Male gefahren.

Gegen ein Uhr morgens war er noch etwa zwanzig Meilen von seinem Haus entfernt auf einer Landstraße, die entlang dem Delaware nach Norden führte. Der Fluß war an dieser Stelle tief, auf der Straße gab es um diese Zeit keinen Verkehr. Eine Brücke führte hinüber nach Pennsylvania. Er fuhr darauf, befreite sich von der Segeltuchtasche und kehrte ans Ufer von New Jersey zurück. Er war müde bis zur Erschöpfung, wurde nicht mehr von einem erhöhten Adrenalinspiegel angetrieben. Die Straße war sehr kurvig, die Nacht dunkel. Er fuhr um eine Biegung, nicht übermäßig schnell, und sah im Augenwinkel Lichter aufzucken, hörte Bremsen quietschen; er versuchte, das Lenkrad herumzureißen, den Zusammenstoß zu verhindern, aber er schaffte es nicht. Er warf sich einen Arm vors Gesicht, spürte einen Stoß, hatte das Gefühl zu fliegen, und dann fühlte er nichts mehr.

Als er die Augen wieder öffnete, schien die Sonne, und verschwommen sah er den Raum, in dem er sich befand.

»Mister Bramwell, wie fühlen Sie sich?« fragte jemand.

Er blinzelte, bis die Benommenheit in seinem Kopf etwas nachließ. Neben seinem Bett stand ein Arzt in einem weißen Kittel. Er war in einem Krankenhaus, erkannte er, und er konnte sich nicht bewegen.

»Mister Bramwell«, sagte der Arzt. »Ich bin Dr. Dohemy. Sie hatten einen Unfall. Erinnern Sie sich?«

»Ich erinnere mich ziemlich genau.«

»Ähm, ich befürchte, Ihr Bein ist gebrochen, Mister Bramwell. Haben Sie jemanden, den wir benachrichtigen sollen? Jemand, der Sie holen kommen kann?«

»Gebrochen? Mein Bein ist gebrochen?« Jetzt konnte er es fühlen, einen entfernten Schmerz, bei dem er an Wellen denken mußte, die gegen eine Küste klatschten, eine nach der anderen, ohne nachzulassen. »Ich habe niemanden.«

»Nun, dann könnte Sie vielleicht ein Krankenhaus aufnehmen, oder ein Genesungsheim?«

»Ich habe kein Geld«, brummte Arnie. »Wer ist auf mich draufgefahren?«

»Ich würde nicht sagen, daß jemand auf Sie draufgefahren ist«, antwortete Dr. Dohemy. »Es war ein Unfall. Ein Zusammenstoß.«

»Und ich sagte, daß ich mich ziemlich genau erinnere.

Wo bin ich hier? Es sieht ganz nach einem Krankenhaus aus.«

»Es ist eins, aber nicht für die Allgemeinheit. Es ist eine Privatklinik für gestörte Jugendliche. Ihr Fall war ein Notfall, und ich habe Ihr Bein letzte Nacht behandelt, aber Sie können hier nicht bleiben, das steht fest.«

»Wer ist auf mich draufgefahren?« fragte Arnie. »Fragen Sie den doch, wer sich um mich kümmern wird.«

»Sie brauchen Krankenhauspflege oder etwas Ähnliches. Wie sind Sie denn versichert?«

»Sie waren es, Doktor, nicht wahr? Waren Sie es?«

»Sehen Sie, Mister Bramwell, es war ein Unfall. Ich kam aus einer Ausfahrt, und plötzlich waren Sie da, es war genauso Ihre Schuld wie meine.«

»Ich werde hierbleiben«, sagte Arnie und schloß die Augen. »Warten wir ab, ob die Untersuchung der Versicherung ergibt, daß ich schuld war. Und ich möchte Wasser trinken.«

Dohemy sah ihn mordlüstern an. »Sie können nicht hier bleiben!«

»Ich werde Sie verklagen, bis Sie schwarz werden!«

Dohemy sah ihn weiterhin mit einem Gesichtsausdruck an, der Mordlust verriet. Es wäre so einfach. Das Kopfkissen hochnehmen und es ihm ein paar Minuten lang aufs Gesicht drücken. Oder noch einfacher, ihm eine zu hohe Dosis zu verpassen. Er hätte mit mehr Wucht auf ihn prallen sollen, dachte er voller Zorn und wünschte sich, er hätte einen Panzerwagen gefahren. Er riß sich mit Gewalt von der Versuchung los. Zu viele Fragen würden danach auftauchen, und es war die ungünstigste Zeit für auch nur eine einzige Frage. Das erste, was man von ihm wissen wollen würde, wäre, wohin er mitten in der Nacht unterwegs war, und seine Antwort, daß er auf dem Weg nach Princeton war, um ein Haus auszurauben, würde bestimmt nicht gut aufgenommen werden. Der alte Mann begann zu schnarchen.

Okay, du Mistkerl, dachte er in seine Richtung, für die nächsten paar Monate hast du einen Ort, wo du bleiben kannst, und deinen Privatarzt. Er würde ein Entlassungsformular vorbereiten und den alten Furzer dazu bringen, es zu unterschreiben, und sobald er dieses Wrack von einem Lastwagen wieder fahren könnte, nichts wie weg mit ihm. In der Zwischenzeit könnte er ihn irgendwo isoliert unterbringen, weg von den Kindern, weg von den Besuchern, weg von allem und jedem.

Einige Nächte später unternahm Dohemy einen zweiten Anlauf, nach Princeton zu fahren, und diesmal verlief die Fahrt ohne Zwischenfall.

VIER

»STANLEY«, SAGTE IRMA, »war sehr stark von Nietzsche beeinflußt, von seiner Vorstellung vom Übermenschen. Er sah nicht ein, daß die Evolution so lange brauchen sollte, wie sie es tat, um den menschlichen Organismus – nichts anderes waren wir alle für ihn – zu verbessern.« Sie nippte an ihrem Tee und betrachtete in Gedanken versunken die Teekanne aus Delfter Porzellan. Sonnenstrahlen fluteten durch das Fenster herein und zeichneten Glanzlichter auf das blaue Muster, die feine Glasur. Wo die Sonnenstrahlen auf ihr Haar fielen, sah es ebenfalls blau aus. »Er war in Wien, um Psychiatrie zu studieren, wissen Sie. Zuerst bei Dr. Freud, dann bei Dr. Jung. Von beiden wandte er sich nach einer gewissen Zeit voller Widerwillen ab. Mystiker nannte er sie, die nach nichtstofflichen Ursachen für etwas suchten, dem eindeutig stoffliche Voraussetzungen zugrunde lagen, dem menschlichen Verhalten. In Berlin studierte er bei Hans Oberschmidt, einem entfernten Verwandten meines Vaters. Und dadurch haben wir ihn kennengelernt. Mein Onkel lud seine Studenten häufig auf unseren Landsitz zu unseren besonderen Festessen ein. Die meisten von ihnen waren natürlich sehr arm. Stanley war sehr arm.«

Drew nickte. Huysman hatte seine Laufbahn als Medizinstudent begonnen, dann als Psychiatriestudent, dann als Rassist? Er wartete.

»In Berlin«, fuhr Irma fort, »bat man Stanley um die Mitarbeit an einer Fachzeitschrift für Physiologie, und das brachte ihm den Ruf ein, Rassist zu sein. Sie werden seine Beiträge zur gegebenen Zeit lesen und sich selbst ein Urteil bilden können. Sein Standpunkt war, daß bestimmte Menschen anderen genetisch überlegen sind, das war alles. Aber die Nazis benutzten seine Artikel, genau wie sie die Texte Nietzsches, die Musik Wagners und vieles andere für ihre Zwecke benutzten. Sie deuteten alles, was ihnen behagte, auf eine Art und Weise, die ihnen behagte, und wer einmal mit dem Makel behaftet war, von ihnen akzeptiert worden zu sein, konnte sich schwerlich wieder reinwaschen. Stanley war kein Rassist, kein Nazi, kein Faschist. Er war sein ganzes Leben lang wahrhaft unpolitisch.«

Drew hatte die Artikel gelesen, und sie boten sich für eine derartige Deutung an. Er sagte nichts dazu. »Ihre Familie war sehr wohlhabend, stimmt das?«

»Mein Vater war Graf mit ausgedehntem Landbesitz, der aus dem sechzehnten Jahrhundert herrührte«, sagte sie steif. Sie erhob sich vom Tisch und hielt sich noch eine oder zwei Sekunden lang am Stuhl fest, bevor sie sich in Richtung Tür in Bewegung setzte. »Mein Vater verkaufte mich an Stanley, um meine Sicherheit zu gewährleisten für die äußerst schlimmen Zeiten, die er auf uns zukommen sah.« Sie ging zur Tür, die in die Eingangshalle führte, und hielt inne. »Das war nichts Ungewöhnliches, verstehen Sie. Unter dem europäischen Adel herrschte zu jenen Zeiten Ausverkauf. Jetzt ist der europäische Adel verschwunden. Was ist besser? Wer könnte das sagen? Stanley litt nicht unter dem Handel. Ich war ihm eine gute Ehefrau, und das Vermögen blieb erhalten. Es ist nur schade, daß aus der Ehe keine Kinder hervorgingen. Natürlich konnte ich nichts dafür. Stanley war zu sehr mit geistigen Dingen beschäftigt, um für Nachkommen zu sorgen. Ihn interessierte nichts außer seiner Arbeit. Das wußten wir alle von Anfang an. Man konnte es akzeptieren.«

»Sie gingen höflich miteinander um«, sagte Florence Charmody vorsichtig. »Ich habe nie gesehen, daß einer den anderen geschlagen hat, und nie gehört, daß einer den anderen beschimpft hat.«

»So war das also, hm?«

»So war das.«

Sie saß auf dem Boden, mit dem Rücken zu dem Aktenschrank, an dem sie gearbeitet hatte. »Hat sie ihr Liebesleben überhaupt mit einem Wort erwähnt?«

Er schüttelte den Kopf.

»Es fand nicht statt, ein halbes Jahrhundert lang, vermute ich. Seiner Ansicht nach war Sex etwas für niedere Tiere, nicht für erleuchtete menschliche Organismen.«

»Ist ein Doktor der Philosophie automatisch ein erleuchteter Organismus?«

Sie lachte und wandte sich wieder der offenen Schublade des Aktenschranks zu, der sie einen Ordner entnahm. »Lesen Sie Ihre Artikel«, sagte sie, während sie den Ordner öffnete und durch die Papiere darin blätterte.

Was war er für ein Wesen? sinnierte er und ignorierte die Stapel von Zeitschriftenartikeln vor sich auf dem breiten, polierten Schreibtisch. Wahrscheinlich ein niederes Tier, das vorgab, erleuchtet zu sein. Oder möglicherweise ein erleuchteter Organismus mit dem Wunsch, wieder ein niederes Tier zu sein.

»Ich habe eine Verabredung mit Dr. Lincoln Blackman«, sagte er nach einigen Minuten. »Ist er ein höherer und niederer Organismus? Kennen Sie ihn?«

»Er ist der Leiter des Fachbereichs Biologie, und zwar schon seit zwanzig Jahren. Jeder, der Princeton durchlaufen hat, muß ihn kennen, und ich würde ihn als höheren Organismus einschätzen.«

»Vielen Dank. Ich werde ihm nicht zu nahe treten.«

Dr. Blackman war ein sehr kleiner Mann von zarter Statur mit feinen Gliedern und einem puppenhaften Gesicht, das seine mangelnde Größe durch einen buschigen Vollbart und Schnauzer wettzumachen versuchte. Seine Miene war huldvoll und tolerant.

»Was soll ich Ihnen sagen«, fragte er mild. »Stanley

bezog lange Zeit ein Gehalt und hielt mindestens fünfzehn Jahre lang nicht regelmäßig Vorträge. Man war der Meinung, es genügte, seinen Namen als Aushängeschild zu benutzen. So was ist nicht selten, befürchte ich.«

»Was machte er denn? Kam er überhaupt jemals in sein Büro?«

»Warum sollte er? Er hatte seine eigenen Forschungsmöglichkeiten, seine eigenen Mitarbeiter, seine eigenen Quellen. Seine Stellung hier war die eines Professors ehrenhalber. Hin und wieder stellte er sich als Doktorvater zur Verfügung.« Er lächelte Drew an. »Er war nicht sehr beliebt, muß ich sagen. Natürlich, vielleicht waren einige etwas neidisch auf ihn, aber was entscheidender war, er machte sich nichts daraus, ob er beliebt war oder nicht.«

»Worin bestand seine Forschungsarbeit?«

»Das weiß ich nicht. Darin liegt vielleicht ein weiterer Grund für seine Unbeliebtheit. Er ließ sich niemals von jemandem in die Karten gucken, wenn er es vermeiden konnte.«

»Aber wer finanzierte seine Arbeit, und wo führte er sie durch?«

Blackman zuckte die Achseln. »Das kann ich nicht mit Bestimmtheit sagen. Die Regierung? Wahrscheinlich. Hinsichtlich der Art seiner Forschungen könnten Sie Claude Dohemy fragen. Ich kann Ihnen da nicht weiterhelfen. Seine Arbeit unterlag der Geheimhaltung, und ich habe seit vielen Jahren den Verdacht, daß sie zum größten Teil imaginär war. Es spielte sich alles in seinem Kopf ab. Er trieb die Geheimniskrämerei derart auf die Spitze, daß es am Schluß schwierig war, das Ganze noch ernst zu nehmen. Ich meine, was ist so Geheimnisvolles an der Genforschung? Wenn Sie in die Zeit vor fünfzehn Jahren oder mehr zurückgehen, werden Sie auf das wahre Genie stoßen, das Huysman eine lange Zeit in seinem Leben war. Es ist ein Jammer, daß so ein Mann noch so lange weitermacht, nachdem er sich hätte zur Ruhe setzen sollen, finden Sie nicht? Aber wer ist berufen, darüber zu urteilen? Ich nicht.«

»Sprechen Sie über seine Experimente mit Schimpansen? Die Arbeit, die ihm den Ruf eines Genies einbrachte?«

»Du lieber Himmel, nein. Das wurde von den Medien aufgegriffen und ausgeschlachtet, aber es war keine ernsthafte Arbeit, nur ein Nebengleis für Huysman, ein oder zwei Gedanken, die als Abfallprodukt entstanden waren. Ein Geist wie der seine bringt Abfallprodukte zustande, die für einen gewöhnlicheren Geist ein Lebenswerk darstellen würden. Aber glauben Sie mir, das wollte er selbst zu keiner Zeit ernstgenommen wissen.«

»Von welcher Arbeit sprechen Sie dann?«

»Von seiner Schrift über pflanzliche Klone. Also nicht einmal etwas aus seinem Fachbereich, verstehen Sie. Aber heutzutage hat sie den Stellenwert wie die Bibel für religiöse Fanatiker.«

»Pflanzliche Klone«, wiederholte Drew.

»Genau. So ist es immer, Mister Lancaster. Der Laie wird sich stets auf alles Sensationelle stürzen, doch der Fachmann ... – aber das gehört jetzt nicht hierher. Pflanzliche Klone. Dadurch wird Huysmans Ruhm unsterblich werden.«

»Und seine Studien zum Thema Zwillinge? Sind sie bedeutungslos? Und die Experimente mit Schimpansen, bei denen er dem Anschein nach die Intelligenz der Tiere drastisch erhöht und bewiesen hat, daß sie etwas wie ein außersinnliches Wahrnehmungsvermögen besitzen müssen? Hat all das keinen wissenschaftlichen Wert?«

»Glauben Sie mir, Mr. Lancaster, die Bedeutung all dessen wird verblassen, ist zum Teil schon verblaßt, aber die pflanzlichen Klone werden sich für ein ganzes Jahrhundert oder länger als nützlich erweisen.«

»Sie glauben nicht an außersinnliches Wahrnehmungsvermögen? Oder an intelligente Schimpansen? Oder daran, daß eineiige Zwillinge, die gleich nach ihrer Geburt getrennt werden, in ihrem Lebenslauf überraschende Übereinstimmungen aufweisen?«

Dr. Blackman lachte nachsichtig. »Ich glaube ebensowenig an fliegende Untertassen und kleine grüne Männchen vom Mars. In der Wissenschaft, Mister Lancaster, befürchte ich, werden nur solche Ergebnisse anerkannt, die von anderen nachvollzogen werden können. Eine Zeitlang war es die Sensation, daß Plattwürmer klüger wurden, wenn sie dressierte Plattwürmer verspeisten, aber inzwischen haben wir das Interesse an der Gattung der Plattwürmer verloren, weil sich diese Erkenntnis schlecht übertragen läßt. Wenn Sie jetzt vor meinen Augen zur Decke schweben, muß ich leider die Aufhebung der Schwerkraft immer noch so lange in Abrede stellen, bis es jemand anderem auch gelingt. So ist das nun mal in der Wissenschaft, Mister Lancaster.«

»Und seine Theorie des Quantenfeldes, mit der er das Verhalten von Zwillingen erklärt? Stellen Sie die auch in Abrede?«

Dr. Blackmans Lachen war jetzt weniger nachsichtig, sondern eher voll ungestümer Verachtung. »Das wird nicht einmal von den Physikern anerkannt.«

Drew stand auf. »Vielen Dank, daß Sie mich empfangen haben, Dr. Blackman. Ich sammle jetzt noch erste Eindrücke, aber vielleicht darf ich Sie zu einem späteren Zeitpunkt noch einmal anrufen?«

»Selbstverständlich, gern. Es ist mir eine Ehre, das versichere ich Ihnen.«

An der Tür blieb Drew noch einmal stehen und fragte: »Was wäre, wenn ich mit Ihnen in den Armen zur Decke schwebte? Würden Sie es dann glauben?«

Dr. Blackman sah ihn mitleidig an. »Nein, Mister Lancaster. Ich bedaure, ich kann das Unmögliche nicht akzeptieren, auch wenn ich es am eigenen Leibe erfahre.«

Drew nickte und ging hinaus. Auf der Straße vor Blackmans Haus wartete er, bis er sich überzeugt hatte, daß sein Verfolger seine Aufmerksamkeit auf ihn richtete, und dann machte er sich zu Fuß auf den Weg zurück zu Huysmans Haus. Huysman ein schrulliger Exzentriker? Auf die Idee war er bisher noch nicht gekommen, aber die Vorstellung hatte etwas für sich, sie machte den alten Mann interessanter als alles, was er sonst in der letzten Zeit über ihn erfahren hatte. Es gefiel ihm, in ihm einen Sonderling zu sehen, der an die Aufhebung der Schwerkraft glaubte, an kleine grüne Männchen, an beseelte Affen. Asexuell und verrückt? Verrückt, weil er asexuell war? Überhaupt nicht asexuell, sondern unbefriedigt?

Wenn er Florence erklären würde, daß Menschen, die sexuell unbefriedigt sind, häufig verrückt werden und an kleine grüne Männchen glauben, würde sie vielleicht einwilligen, sich mit ihm auf dem Teppich zu wälzen. Vielleicht sollte er vorschlagen, daß sie zuerst zusammen essen gingen, und ihr dabei seine Theorie auseinandersetzen. Sie war Wissenschaftlerin, sie würde die Logik in seinen Gedankengängen erkennen. Er begann zu pfeifen.

Sie aßen in einem schummerigen Restaurant, das etwas entfernt Französisches und viel zu hohe Preise hatte. Florence trug immer noch ihre vernünftige Kleidung – Kostüm, warme Strümpfe, bequeme Schuhe. Sie hatte immerhin die Jacke ausgezogen, ein Zugeständnis an die Hitze, die lange nach Sonnenuntergang immer noch brütete. Beim Kaffee erklärte sie einiges über Huysmans Arbeit.

»Alle wußten von seinen Schimpansen«, sagte sie. »Es stand in *Time* und allen anderen Zeitungen des Landes. Er behauptete, daß er Gene entwickelt habe, die zu einer erhöhten Intelligenz führten. Er gab eine Vorstellung vor Zuschauern, und alle Nichtwissenschaftler waren überzeugt, aber kein einziger Wissenschaftler nahm es ihm ab. Man rümpfte über ihn die Nase, schon deshalb, weil er an die Öffentlichkeit gegangen war, und das noch mit Erfolg, daß er in den Schlagzeilen erschien und sein Buch ein Bestseller war. Sie wissen ja, wie das ist. Sie haßten ihn und fingen sofort an, seine Arbeit zu zerreißen. Eine Zeitlang geriet sie in Vergessenheit.«

»War denn irgend etwas dran?«

»Natürlich nicht. Wenn es so gewesen wäre, wie er behauptete, warum hat er es dann nicht weitergeführt? Warum ging er ab davon?«

»Ich weiß nicht. Warum?«

»Normalerweise sind Finanzierungsprobleme der Grund für so etwas, aber er schien niemals die geringsten Schwierigkeiten zu haben, Geld für alles, was er wollte, aufzutreiben. Das Ganze war kein Thema mehr, als ich zu ihm stieß. Zu der Zeit war er wieder zu Intelligenztests und Persönlichkeitstests und ähnlichem zurückgekehrt. Keine Schimpansen mehr.«

»War er ein guter Lehrmeister?«

»Ich weiß nicht, er hielt keine Vorlesungen, so lange ich an der Uni war. Er gehörte zu meinem Professorenkomitee, und ich arbeitete zwei Sommer lang für ihn. Ich brauchte das Geld, und er brauchte billige Arbeitskräfte, die fähig waren, Tests durchzuführen. Ich erfüllte die Voraussetzungen. Es war die Hölle, für ihn zu arbeiten; er verlangte übertrieben viel, nörgelte dauernd herum und beobachtete einen dauernd mißtrauisch. Ich bin froh, daß er nicht mein Lehrer war, sonst hätte ich es wahrscheinlich nicht geschafft.«

»Können Sie erklären, was er meinte, als er sagte, daß er bei den Schimpansen ein quantenmechanisches Feld errichtet hätte?«

Sie hob die Schultern. »Ich habe keines seiner Bücher und keine seiner Arbeiten gelesen. Sie waren alle längst überholt, als ich zur Uni kam. In der Art, wie die Theorie vom Venuskometen überholt war – Sie wissen schon, wodurch die biblische Sintflut und viele andere Ereignisse bewiesen werden sollten, weil sich der Komet der Erde zu weit genähert hätte. Velikowski war auch hier in Princeton. Auch seine Bücher habe ich nicht gelesen. An der Uni hat man nicht die Zeit, um sich mit Märchen zu befassen.« Sie sah ihn einige Sekunden lang nachdenklich an. »Der einzige, der Ihnen über diese Periode Aufschluß geben könnte, ist Claude Dohemy. Außer ihm kenne ich niemanden, der auch nur einen Tag länger als zur Erlangung seines Abschlußdiploms unbedingt nötig bei Huysman geblieben wäre.«

»War er verrückt?«

»Huysman? Aber nein! Warum?«

Er legte ihr seine Theorie von sexuellem Unbefriedigtsein und Wahnsinn auseinander; sie war nicht sehr beeindruckt.

»Nicht besonders originell.«

»Aber die größten Theorien sind doch Binsenweisheiten, die nur noch niemand ausgesprochen hat.«

Sie lachte. »Diese spezielle ist schon bis zum Erbrechen oft ausgesprochen worden, fürchte ich.« Dann fragte sie in einem freundlicheren Tonfall: »Soll das die Vorbereitung auf die Frage sein, ob ich mit Ihnen ins Bett gehe?«

Er gab zu, daß es so war.

»Hm. – Bist du hier fertig? Können wir gehen? Ich habe ein möbliertes Apartment. Nicht sehr aufwendig, aber gemütlich und intim.«

Er stellte fest, daß er sie anbetungswürdig fand. Ihr rotes Haar war hübsch, ihre Haut makellos, ihre offene Aufforderung war vom herausforderndsten Blick begleitet, der ihn je getroffen hatte. Er zahlte die Rechnung und ließ ein übermäßiges Trinkgeld liegen; dann gingen sie hinaus auf die Straße.

»Möchtest du mir in deinem Wagen hinterherfahren?« fragte sie.

Sie hatten sich im Restaurant getroffen, und ihre beiden Wagen standen am Bordstein. Er blickte umher, um sich zu überzeugen, daß sein Verfolger am Steuer saß. Er fragte sich, wann so ein Agent etwas aß, ob er sich dann und wann im Auto einen Hamburger gönnte.

»Wen suchst du?« fragte Florence. »Ist das hier nicht dein Wagen?«

»Ich fahre hinter dir her«, sagte er. »Ich wollte mich nur versichern, daß der Agent mitbekommen hat, daß wir wegfahren.«

»Agent? Wovon sprichst du?«

»Ein Agent des Geheimdienstes. Er beschattet mich. Ich glaube, daß er jetzt erkannt hat, daß wir bereit zum Aufbruch sind.«

Florence rührte sich nicht von der Stelle. »Machst du Scherze? Ein Agent des Geheimdienstes? Warum? Wie lange ist er schon da?«

»Er ist direkt nach mir angekommen, deshalb nehme ich an, er war die ganze Zeit über hier, die wir im Restaurant verbracht haben. Zweieinhalb Stunden? Er glaubt, daß ich einen Kriminellen decke.«

»Du spinnst vollkommen, was? Deckst du einen Kriminellen? Und wenn das nicht der Fall ist, warum glauben die, daß du es tust? Wie lang verfolgen sie dich schon?«

»Ich weiß nicht, warum sie glauben, was sie glauben. Ich kenne mich in den Gehirnen von Polizisten nicht aus. Sie sind schon seit Tagen hinter mir her. Und ich decke keinen Kriminellen. Waren das alle?«

»Alle was?«

»Alle Fragen.«

»Ja. Laß uns gute Nacht sagen, Drew. Vielen Dank für das gute Abendessen. Wir treffen uns morgen im Haus.«

»Hast du es dir anders überlegt?«

»Ja. Ich möchte keine Parade zu meinem Apartment. Gute Nacht.«

Er sah ihr nach, wie sie wegfuhr, und ging langsam zu seinem Wagen. Bevor er einstieg, winkte er dem Agenten zu. Schließlich, so dachte er, konnte er ja nichts dafür, und wahrscheinlich hatte er Hunger. Eine kleine freundliche Geste wäre vielleicht angebracht, nachdem er stundenlang rumsitzen mußte und ihn sicher die Vorstellung quälte, wie fein sie gespeist hatten. Kurz ging ihm die Idee durch den Kopf, ob er dem Agenten nicht sagen sollte, daß das Essen keineswegs so gut war, aber er verwarf sie. Selbst wenn er nichts dafür konnte, schuldete ihm Drew nicht so viel.

FÜNF

»HAST DU WIRKLICH alle Artikel gelesen?« fragte Florence. Sie saß an einem der Schreibtische im Arbeitszimmer, Drew am anderen. Seit fast einer Stunde war kein Laut zu hören gewesen außer gelegentlichem Rascheln mit Papier.

»Niemand könnte all die Artikel in weniger als sechs Monaten lesen«, sagte er. »Wie hat er es bloß geschafft, so viel zu schreiben?«

»Er war ein echtes Arbeitstier. Sein ganzes Leben lang war er überaktiv. Ich weiß auch nicht. Einiges davon ist wirklich gute Arbeit, anderes dagegen regelrechter Schrott. Deswegen ist es so schwer faßbar.«

Die Luft war innen und außen schwül; ein Gewitter zog herauf, und es war, als ob sein Vorhandensein in der Atmosphäre der Luft eine unerträgliche Last aufgebürdet hätte, die sie erdrückte, mit ihrem Gewicht erstickte und jeden und alles zu zermalmen versuchte. Weder Drew noch Florence hatten den vergangenen Abend noch einmal erwähnt.

Auf dem Schreibtisch vor Drew lag ein kompliziert aussehendes Diagramm. Er legte seinen Schreibstift darauf ab, beugte sich vor und flüsterte: »Ich habe einen Plan.«

»Wunderbar.« Sie blätterte eine Seite um und seufzte. »Hast du schon die Papiere zur Rassenhygiene durchgesehen? Irma ist der Meinung, daß jedes Wort, das er geschrieben hat, gedruckt werden sollte, aber ich werde bestimmt die Finger davon lassen.« Sie hob die Ecke einer weiteren Seite an und ließ sie fallen, als ob sie mit etwas bedeckt wäre, das sie lieber nicht berühren wollte.

»Mein Plan«, sagte Drew, »ist einfach. Du gehst hier

zur üblichen Zeit raus, mietest einen geschlossenen Lieferwagen, kommst damit vor die Küchentür gefahren, ich steige ein, und wir brausen davon. Wie findest du das?«

Sie schüttelte den Kopf. »Zu kompliziert. Da bringe ich bestimmt einen Wurm rein. Entdeckst du irgend etwas in seinen Arbeiten? Hast du seine Tagebücher schon gelesen?«

»Ich habe mir schon gedacht, daß dir dieser erste Plan nicht gefällt, ich habe noch einen auf Lager. Die Tagebücher sind ungefähr so spannend wie die wissenschaftlichen Aufsätze. Er muß doch irgendwo da draußen in der Welt einen Freund gehabt haben. Er muß doch irgendwann einmal eine Frau angesehen haben. Ich lasse mich nicht einschüchtern. Ich gebe nicht auf. Du gehst zur normalen Zeit heim und schaltest irgendwann dein Licht wie üblich aus, als ob du schlafen gehen würdest. Ich rufe um Punkt zwölf die Feuerwehr, und in dem entstehenden Durcheinander flitze ich hinaus, klettere deine Feuerleiter hoch und klopfe viermal. Du öffnest das Fenster, ohne Licht anzumachen ...«

Sie lachte und schüttelte den Kopf. »Warum glauben sie, daß du wissen könntest, wo sich ein Verbrecher versteckt?«

»Plan drei«, sagte Drew. »Der Verbrecher besitzt oder besaß eine Buchhandlung, in die ich von Zeit zu Zeit gehe. Plan drei. Wir nehmen hier ein ruhiges Abendessen zusammen mit Irma ein, die übrigens eine sehr einsame Dame ist, und wir gießen ihr immer mehr Wein ein, bis sie total betrunken umkippt. Nachdem wir sie zu Bett gebracht haben, ziehen wir uns in mein Zimmer zurück. Ich habe ein ganz nettes, ganz intimes Zimmer für mich, weißt du, im zweiten Stock dieses herrschaftlichen Hauses.«

»Das weiß ich. Ich habe es für dich ausgesucht. Sie können doch nicht jeden Kunden beschatten, der jemals sein Geschäft betreten hat, das ist doch wohl klar. Falls du nicht sein einziger Kunde warst, wäre dazu eine Armee erforderlich.«

»Weißt du«, sagte er erstaunt, »ich habe nicht einmal daran gedacht zu fragen.« Er holte seine Brieftasche hervor, suchte durch die Visitenkarten und legte eine auf den Schreibtisch. »Ich werde ihn gleich fragen.« Er fing an, eine Telefonnummer zu wählen.

»Du wirst sie doch nicht anrufen?«

Er wählte die Nummer zu Ende und nickte ihr zu. »Sie stehen im Dienste der Allgemeinheit. Ich gehöre zur Allgemeinheit. Ich habe also ein gutes Recht ... Hallo? Bitte Mister Lauder ... hier spricht Drew Lancaster.« Er lächelte Florence zu, die ihn entgeistert anstarrte.

»O Leon, wie geht's? Hier ist Drew. Hören Sie, mir ist jetzt gerade eingefallen, daß ich nicht ganz verstehe, warum Sie mich Tag für Tag von Agenten beschatten lassen. Gibt es was Neues zu berichten? Kann ich noch irgendwas für Sie tun?«

»Ich hoffe, es macht keine Umstände«, sagte Lauder. »Nur für den Fall, daß Sorbies beschließt, mit einem alten Freund Kontakt aufzunehmen, dachten wir, es wäre keine schlechte Idee, zur Stelle zu sein. Ich bitte um Verständnis.«

»Selbstverständlich. Die Idee ist gut, aber warum beschatten Sie in dem Fall nicht seine Freunde? Ich bin wohl kaum sehr geeignet.«

»Ich sage Ihnen was, Mister Lancaster, damit liegen Sie vielleicht gar nicht so falsch. Lassen Sie uns ein paar Tage darüber nachdenken. Ich melde mich wieder bei Ihnen, einverstanden?«

Er hängte ein, und Drew sagte zu Florence: »Er findet, daß ich gar nicht so falsch liege, und er wird sich wieder bei mir melden. In der Zwischenzeit müssen wir über Plan drei nachdenken. Wir essen mit Irma zu Abend, sagen wir um halb acht, und danach plaudern wir noch eine Stunde oder so. Sie weiht mich in ihr Leben und frühere Zeiten ein. Gegen zehn wird sie einnicken ...«

»Man hat mich nicht zum Essen eingeladen«, hielt ihm Florence dagegen. »Und es ist nicht meine Art, mich selbst einzuladen.«

»Ach, ach!« rief Drew aus. »Daran habe ich gedacht und Irma vorgeschlagen, daß du uns Gesellschaft leisten sollst. Sie war begeistert von der Idee. Sie wollte dich sowieso fragen, wieviel du schon gefunden hast, das noch veröffentlicht werden sollte.«

Florence lachte wieder und schüttelte immer noch den Kopf. »Wir werden sehen«, sagte sie.

Leon Lauder starrte das Telefon verwirrt an. Was sollte das denn bedeuten? Warum jetzt? Es war Freitagnachmittag, und wenn ein Wochenende bevorstand, während noch einer seiner Fälle in der Schwebe war, machte es ihn nervös. Am Wochenende benahmen sich die Menschen anders, wich ihr Verhalten von der Routine ab. Zum Beispiel waren er und seine Frau Mildred am Samstagabend bei seinem Sohn zum Essen eingeladen, was absolut nicht zur Alltagsroutine gehörte. Und am heutigen Abend hatte Mildred eine Vereinssitzung oder so etwas; er mußte sich selbst um sein Abendessen kümmern. Auch keine Alltagsroutine.

Zur gleichen Zeit telefonierte Bob Samson im angrenzenden Büro mit ihrer Dienststelle in Oklahoma, aber man war zu keinen neuen Erkenntnissen bezüglich des Indianers gekommen, das wußte er, sonst hätte man es ihm mitgeteilt. Wo hielt sich dieser verdammte Indianer auf? Warum war er wie vom Erdboden verschwunden? Und was führte dieser Lancaster im Schilde? Er wußte von dem Buch über Huysman, das Lancaster aus welchem Versteck auch immer hervorgelockt hatte, in dem er sich Anfang des Sommers zurückgezogen hatte, wußte, daß er zur Zeit im Haus der Huysmans lebte, wußte, daß er mit dieser Charmody zum Abendessen ausgegangen war, kannte jeden Schritt, den er während der letzten zweieinhalb Wochen gemacht hatte; aber obwohl er das alles wußte, hatte er das Gefühl, nichts über Lancaster zu wissen. Und am wenigsten konnte er sich einen Reim darauf machen, was dieser alberne Anruf sollte.

Leon Lauder war gut in seinem Beruf, und er wußte es, und er wußte auch, daß das zum Teil daran lag, weil er auf die Einflüsterungen seines Unterbewußtseins horchte, den Stichen seiner Eingebung Beachtung schenkte. Der Katalog war ein Zeichen gewesen, davon war er fest überzeugt, denn warum sonst hätte Sorbies nur den einen verschickt, und zwar einen völlig überholten.

Lancaster mußte etwas im Schilde führen, entschied er, und er zog das Telefon zu sich heran, um seinen Agenten in Princeton anzurufen und ihn zu ermahnen, besonders aufmerksam zu sein, da etwas im Busche sei. Doch bevor er die Nummer wählen konnte, steckte Bob Samson den Kopf zur Tür herein.

»Wir haben ihn! Man hat Silberfuchs in Trenton aufgespürt.«

Irma Huysman lächelte Drew zärtlich an, während sie von ihrer Zeit damals in Wien sprach. »Meine Mutter war natürlich eine Opernmäzenin«, sagte sie. »Einige meiner frühesten Erinnerungen bestehen darin, daß ich dagesessen und bei Proben zugesehen habe, sehr ergriffen. Stanley hatte ebenfalls sehr viel für Musik übrig, sofern er Zeit hatte. Wir lernten uns in Wien kennen, wissen Sie. Ich war achtzehn, noch ein Kind, und er war so abweisend, so unnahbar, daß ich direkt Angst vor ihm hatte. Ich betrachtete ihn als Freund meines Vaters und damit zu dessen Generation gehörend.«

Es war halb zehn, das Abendessen war beendet, und Marion, die Haushälterin, war schon gegangen. Irma, Florence und Drew saßen im Salon, wo – das stimmte –

es verboten war, etwas zu essen oder zu trinken. Der Kaffee war ihnen in einem kleineren Zimmer serviert worden.

»Am Anfang kam er uns immer nur mit anderen Leuten von der Universität besuchen, aber nach etwa sechs Monaten kam er immer häufiger allein, zum Abendessen oder um mit meinem Vater zu reden. Ich kann mich nicht erinnern, daß er mich während der ganzen Zeit ein einziges Mal direkt ansah. Es lief nicht so ab, wie es normalerweise der Fall ist, verstehen Sie? Mein Vater war tief beeindruckt von seinem Intellekt.«

Drew warf einen Blick zu Florence hinüber, die Irma mit offensichtlicher Faszination zuhörte. Jedesmal, wenn er Florences Blick begegnete, sah er einen Anflug von Belustigung in ihren Augen. Durch die offenstehende Tür hörte man das Telefon im Arbeitszimmer klingeln. Im Salon gab es kein Telefon. Irma wollte aufstehen, aber Drew war schon auf den Beinen. »Ich werde drangehen«, sagte er. »Wenn es für Sie ist, werde ich den Apparat hier einstöpseln. Entschuldigen Sie mich.« Er nahm den Anruf im Arbeitszimmer entgegen.

»Hier ist der Huysmansche Wohnsitz«, sagte er.

»Daddy, bist du das?«

»Sherry? Bist du das?«

Sie kicherte. »Du hörst dich an wie ein Butler.«

»Ich bemühe mich, aber ich glaube, ich habe noch nicht den richtigen Tonfall. Wenn ich es gut genug kann, werde ich mich bei deinem Großvater um einen Job bewerben. Was meinst du, bin ich bald gut genug?«

»Ich glaube nicht, daß er dich nehmen wird, Daddy. Wann kommst du zu uns?«

»Nächsten Donnerstag wahrscheinlich. Frag Pat!«

»Nächsten Donnerstag ist es zu spät. Dann ist schon alles vorbei. Falls ich dich nicht mehr sehe, ich wollte nur sagen, ich habe dich lieb und leb wohl.«

»Und ich habe dich lieb. Was wird dann schon alles vorbei sein? Und wohin gehst du?«

»Ich werde mich jetzt den obdachlosen Kindern anschließen, und wenn ich alt genug bin, werde ich dem Friedenscorps beitreten oder so was. Vielleicht brauche ich hin und wieder ein bißchen Geld von dir.«

»Wirst du mir eine Adresse hinterlassen? Oder wirst du es persönlich bei mir abholen?«

»Ich werde lieber eine vertrauenswürdige befreundete Person schicken – falls ich eine finden kann.«

»Was ist, wenn ich morgen schon auftauche? Ist es dann auch schon zu spät?«

»Wahrscheinlich, aber vielleicht auch nicht. Ich nehme an, sie werden ihre Verlobung bekanntgeben, auch wenn du auftauchst. Ich meine, es ist schwer, etwas aufzuhalten, wenn es schon so weit gediehen ist, nicht wahr?«

»Wird eine Party oder so was vorbereitet?«

»Morgen abend«, sagte sie düster. »Eine Gartenparty. Ich muß Strümpfe anziehen, dabei sind über dreißig Grad!«

»Und die Moskitos sind ganz gemein. Würdest du sagen, hier liegt ein Fall von Kindesmißhandlung vor? Schwerwiegend genug, um damit vor Gericht zu gehen?«

Sie kicherte wieder. »Wirst du wirklich morgen kommen?«

»Kann ich einfach so in die Party hineinplatzen?«

»Ein *paar* Rechte habe ich ja auch noch«, sagte sie und klang aufgeplustert. »Du wirst mein Gast sein.«

Als Drew in den Salon zurückkam, war Irma allein. »Ich soll Ihnen von Florence gute Nacht ausrichten«, sagte sie. »Sie hat einen anstrengenden Tag hinter sich. Und ich auch. Ich sage jetzt ebenfalls gute Nacht. Es war ein schöner Abend. Wie umsichtig von Ihnen, Florence zu bitten, uns Gesellschaft zu leisten. Das arme Kind! Ich befürchte, ihr rotes Haar stößt so viele Männer ab, daß sie ein sehr einsames Leben führt!«

Langsam erhob sie sich und nahm den Arm, den er

ihr anbot, und während sie gemeinsam aus dem Raum gingen, sagte sie: »Es wäre so schön, wenn Sie und Florence ... es tut mir leid. Bitte, entschuldigen Sie. Solche Vorschläge darf man nicht machen, gleichgültig, wie gut die Absicht sein mag. Gute Nacht, Drew.«

Sie zog es vor, allein die Treppe hinaufzugehen, da sie dem Geländer mehr vertraute als jemandes Arm. Er sah ihr nach, bis sie oben angekommen war und den Gang zu ihrem Zimmer hinunterging. Ein Donnergrollen ertönte ganz in der Nähe. Er beschloß, seinen Verfolger noch durch den Regen spazierenzuführen.

Das Gewitter hatte sich am frühen Abend zusammengezogen; jetzt blitzte es, Regen fiel mit Unterbrechungen, und irgendwo im Norden rollte hin und wieder Donner. Niemand war auf der Straße, als Drew an einem Block nach dem anderen vorbeiwanderte; er merkte, wie der Regen allmählich sein Hemd und seine Hose durchnäßte. Es war nicht so kalt, wie es üblicherweise bei Regen war, aber schließlich fröstelte ihn doch, und er drehte um in Richtung Haus. Huysman war letztendlich langweilig gewesen, grübelte er, und das fand er merkwürdig. Ein Genie sollte niemals langweilig sein, sollte überhaupt nicht langweilig sein können. Langweilig oder so geheimnistuerisch, daß nichts von dem wirklichen Menschen und seinen wirklichen Zielen seinen Tod überlebt hatte. Er erkannte, daß er sich noch keineswegs damit abgefunden hatte, das Buch zu schreiben, und das überraschte ihn irgendwie. Bis jetzt, sagte er sich, hatte er nichts als die wissenschaftlichen Unterlagen gesichtet und nichtssagendes Geschreibsel gelesen, das Irma die ›Tagebücher‹ nannte. Als Tagebücher waren sie jedoch ein jämmerlicher Flop. Verabredungen, Vorlesungstermine, Erscheinungstermine zukünftiger Werke, unwichtiges Zeug. Er mußte doch Freunde gehabt haben, jemanden, mit dem er über seine Seele redete, seine Bedürfnisse, sein Bedauern. Jeder mußte einen solchen Menschen haben.

Pat mußte einen solchen Menschen haben, sie war gerade im Begriff, einen zu finden, und sie stand vor einer weiteren Enttäuschung, dachte er finster. Senator Wiley war kein guter Zuhörer, er war auch kein Redner, er war ein Macher. Das versicherte er sich selbst immer wieder, in jeder Ansprache, in jedem Interview. Ein Macher, mein Freund, einer, der rausgeht und tut, was getan werden muß.

Es donnerte wieder, diesmal lauter, als ob das Gewitter wie ein Uhrwerk von neuem aufgezogen worden wäre und nun zum zweitenmal abliefe. Blitze überzogen den Himmel mit einem grellen Violett. Als er wieder zum Huysmanschen Haus zurückkam, regnete es kräftig, und es war richtig kalt. Er prüfte, ob die Türen seines Wagens wirklich geschlossen und alle Fenster hochgekurbelt waren. Eines war bis unten hin offen, und das Wageninnere glänzte vor Nässe. Er zuckte die Achseln, kurbelte das Fenster hoch und ging ins Haus, wobei er den Schlüssel benutzte, den Irma ihm am ersten Tag gegeben hatte. Sie hatte bei der Gelegenheit auch die Wachleute zusammengerufen, die das Anwesen bewachten, und ihn den verschiedenen Männern vorgestellt, die regelmäßig in dieser Gegend patrouillierten. Drew hatte von den Leuten, die ihn beschatteten, nichts gesagt. Sollen sie doch selbst drauf kommen, war seine Ansicht. Bei seinem Spaziergang hatte er keinen von ihnen bemerkt.

Die Küchentür war offen; Irma rief ihn. »Haben Sie Lust, mit mir einen Glühwein zu trinken? Oder etwas anderes? Sie müssen ja völlig durchnäßt sein.«

»Danke. Ich komme gleich hinunter.«

Er war tatsächlich völlig durchnäßt. Er zog sich um, trocknete sich die Haare mit einem Handtuch und ging hinunter in die Küche. Irma saß dort am Arbeitstisch. Sie trank Tee.

»Ich habe bei Gewitter noch nie schlafen können«, sagte sie. »Bitte, bedienen Sie sich mit allem, was Sie möchten! Die Getränke stehen im Barschrank im Wohnzimmer. Wenn Sie Scotch mitbringen, trinke ich davon vielleicht auch etwas. Tee eignet sich eigentlich mehr als Fünfuhrgetränk, nicht wahr?«

Er holte den Scotch für sie und den Bourbon für sich, und goß die Drinks ein. Sanft schob er ihre Teetasse beiseite und machte mit dem nassen Glas Ringe auf der plastikbeschichteten Arbeitsfläche. »Sie scheinen sich nicht besonders für Stanley zu interessieren. Gehe ich recht in dieser Annahme?«

»Ich habe kaum mit den Recherchen begonnen. Ich kann es noch nicht sagen.«

»Ja, natürlich. Sind Sie verheiratet?«

»Geschieden.«

»War es eine Beziehung, in der Sie beide höflich miteinander umgegangen sind? Bitte verzeihen Sie, aber das ist wichtig.«

»In gewisser Hinsicht schon, aber nicht immer. Jedenfalls gehen wir jetzt höflicher miteinander um.«

Sie lächelte schwach. »Es wäre unerträglich, nicht? Stanley und ich waren immer so höflich zueinander, wie Sie und ich in diesem Moment. Unter unseren Bekannten gab es Paare mit den üblichen Reibereien, und ich habe sie manchmal beneidet. Wie erfrischend wäre es gewesen, wenn man hin und wieder hätte herumbrüllen oder Dinge durch die Gegend werfen dürfen. Verstehen Sie, was ich meine?«

»Ich glaube schon.« Ein Donnerschlag krachte über ihnen, und die Fenster strahlten für einen Augenblick in einem bläulichweißen Licht auf. Irma nippte an ihrem Drink. »Warum sagen Sie mir nicht, warum Sie auf mich gewartet haben?« fragte Drew.

»Ich möchte, daß Sie das Buch schreiben.« Sie nahm wieder einen Schluck und fuhr mit einem Finger spielerisch durch die feuchten Kreise, ohne ihn anzusehen.

»Keines meiner Bücher hat als Hardcover jemals eine Auflage von mehr als zehntausend Exemplaren erreicht. Das wissen Sie doch, oder nicht? Es gibt jede Menge guter Schriftsteller, bei denen ein solcher Stoff automatisch zu einem Bestseller würde, aber nicht bei mir. Auch das wissen Sie. Worum geht es Ihnen also?«

»Ja, ich habe Nachforschungen über Sie anstellen lassen. Und ich habe Ihre anderen Bücher gelesen und sie bewundert, aber das war erst, nachdem mein Entschluß feststand, das muß ich zugeben. Ich möchte, daß Sie herausfinden, was Stenley während der letzten zwanzig Jahre seines Lebens getan hat. Verstehen Sie, ich habe keine Ahnung davon. Ich dachte, Sie könnten es herausfinden, und wenn es etwas Schändliches war, hätten Sie kein Interesse daran, es zu veröffentlichen, sondern Sie wären so ehrenhaft, es mir zu sagen.«

»Sie dachten, Sie könnten mich dafür bezahlen, daß ich nichts verwende, von dem Sie nicht wollen, daß es veröffentlicht wird?«

»Ja, am Anfang hatte ich die Absicht, aber jetzt nicht mehr. Jetzt glaube ich, was ich gesagt habe: Sie hätten von sich aus kein Interesse daran, es zu veröffentlichen. Und das genügt.«

»Warum beschäftigen Sie keine Privatdetektive?«

»Wenn jemand die Unterlagen sichtet, muß er in der Lage sein, sie mit Verständnis zu lesen. Ich bezweifelte, daß ich einen Detektiv mit diesen Voraussetzungen finden würde.«

Drew sah sie an, ohne überrascht zu sein. Wenn sie ihm eröffnet hätte, daß sie es gewesen sei, die während all der Jahre die Arbeit ihres Mannes gemacht hatte, hätte es ihn ebensowenig überrascht. »Was hat er denn gemacht? Welchen Verdacht haben Sie?«

»Irgend etwas Abscheuliches. Etwas Schreckliches. Etwas, über das mit mir zu sprechen er sich von Anfang an weigerte; er sprach mit niemandem darüber, soviel ich weiß, es sei denn mit einem widerlichen Mann namens Claude Dohemy.«

»Aber was brachte Sie überhaupt auf diesen Verdacht? Irgend etwas muß ihn doch geweckt haben?«

»Natürlich. Vor vielen Jahren hat er mich gebeten, ein Projekt zu finanzieren, und er behauptete, er könne mir nicht sagen, um was es ging – noch nicht. Natürlich lehnte ich ab. Von diesem Tag an bis zu seinem Tod waren wir unnatürlich höflich miteinander.«

»Warum blieben Sie denn zusammen?«

Bei dieser Frage machte sie ein verdutztes Gesicht. »Ich war seine Frau. Es war meine Pflicht. Er war ein großartiger Mann, aber um seine Großartigkeit zu erreichen, brauchte er eine Frau, die sich um seine Angelegenheiten kümmerte. Ich war eine sehr gute Ehefrau.«

Noch eine Frau mit dem Geschick, Gelddinge zu managen, dachte Drew. Pat hatte ihn um die Erlaubnis gebeten, sein Geld zu verwalten, gleich nachdem sie geheiratet hatten, und sie hatte es so gut verwaltet, daß er seither nie mehr an Geld zu denken brauchte, obwohl es am Anfang nur eine bescheidene Summe gewesen war. Offensichtlich hatte Irma das gleiche Talent.

Jetzt stand Irma auf und hielt sich an der Rückenlehne des Stuhls einen Augenblick lang fest. »Mir ist klar, daß Sie das bei Ihrer Entscheidung beeinflussen könnte«, sagte sie. »Wenn Sie sich entschließen, mit dem Buch weiterzumachen, werde ich Sie in jeder Hinsicht unterstützen, das versteht sich, werde Ihnen alle Fragen beantworten, sofern ich dazu in der Lage bin; ich werde alles tun, um Ihnen die Arbeit zu erleichtern. Eine Frage wird zum Beispiel sein, das weiß ich, wie unsere finanzielle Vereinbarung ausgesehen hat, nach dem, was ich Ihnen über meinen Vater erzählt habe. Ich werde Ihnen die Unterlagen geben, wann immer es Ihnen beliebt. Eine weitere Frage, nehme ich an, zielt auf die Arbeit, die Stanley so viele Jahre beschäftigt hat. Er wandte sich an mich mit der Bitte um Geld, weil er sich weigerte, mit irgend jemandem von der Universität über das Projekt zu sprechen, und um sich eine ausreichende Finanzierung zu sichern, hätte er seine Karten aufdecken müssen. Die Tatsache, daß es ihm gelungen ist, jemanden in der Regierung so weit von seinem Projekt zu überzeugen, daß er ihm die Geldmittel zur Verfügung stellte, verstärkt meinen Verdacht mehr als alles andere hinsichtlich der Frage, ob seine Arbeit legal war. Ich habe bestimmt keine subversiven Neigungen, Drew, aber wenn ein Wissenschaftler auf Geldmittel aus Geheimfonds der Regierung zurückgreifen muß, vermute ich das Schlimmste. Ganz besonders, wenn jemand wie Thomas Wiley seine Hände im Spiel hat.«

»Wiley? Thomas Wiley? Er ist doch tot, oder nicht? Ist sein Sohn nicht Senator von Virginia? William Wiley?«

»Es wird immer einen Senator Wiley von Virginia geben, befürchte ich, es ist eine Dynastie.« Sie ging langsam in Richtung Flur und hielt noch einmal inne. »Wenn Sie sich vielleicht bis Donnerstag entscheiden könnten, wie wir es ausgemacht haben, wäre ich Ihnen sehr dankbar.«

Drew nickte. »Ich muß übers Wochenende die Stadt verlassen, aber bis Montag bin ich zurück. Ich habe am Montag eine Verabredung mit Dohemy. Jetzt sieht die Sache entschieden interessanter aus als heute nachmittag, Mrs. Huysman, soviel steht fest.«

»Ja. Wenn Sie die Agenten abhängen möchten, können Sie gern einen meiner Wagen aus der Garage nehmen. Es gibt eine hintere Ausfahrt, und Sie kommen über den Feldweg auf die Straße. Wir haben oft auf diesem Weg das Haus verlassen, wenn Stanley und ich nicht von den Zeitungsleuten belästigt werden wollten, damals auf dem Höhepunkt seiner Bekanntheit wegen des Unsinns über Zwillinge. Die Schlüssel sind jeweils im Wagen.« Sie zögerte immer noch. »Wenn ich seine Bitte nicht abgelehnt hätte, wenn wir über seine Pläne gesprochen hätten ... wenn ich mich nicht widerspenstig verhalten hätte ... wer weiß, was gewesen wäre. Wenn es zu spät ist, fragt man sich oft, was gewesen wäre, wenn ... Gute Nacht, Drew.«

Die privaten Wachleute und die Geheimdienstagenten waren offenbar zusammen ein Bier trinken gegangen, dachte er. Seit wann wußte sie von den Agenten? Und warum hatte sie ihn nicht gleich deswegen hinausgeworfen? Was konnte Stanley Schlimmeres getan haben als jemand, für den die U.S.-Regierung eine Armee von Agenten abstellt, um ihn Tag und Nacht beschatten zu lassen?

Er überprüfte die Alarmanlage, schaltete die Lichter im unteren Stock aus und ging in sein Zimmer; er stellte sich den Wecker auf vier Uhr früh, und als er sich ins Bett gelegt hatte, schlief er fast sofort ein. Um vier stand er auf, warf ein paar Sachen in seine Aktentasche und ging hinunter, wo er die Alarmanlage ausschaltete, wobei er die Zeitvorwahl bediente, damit sie sich in zehn Minuten wieder selbst einschaltete. Er verließ das Haus durch den Kücheneingang, ging durch den geschlossenen Zugang in die Garage, wählte den Peugeot und stieg ein. Die Schlüssel steckten. Er benutzte den automatischen Garagenöffner und beobachtete, wie die Tür leise aufglitt; dann fuhr er hinaus, über den Feldweg auf die Straße und hinaus aus Princeton. Es regnete immer noch. Niemand folgte ihm.

SECHS

GLEN ERIN WAR EIN zwölf Morgen großes Paradies am Ufer des Flusses James. Da standen majestätische, moosüberwucherte Eichen, stattliche Pinien, ausgedehntes Dornengestrüpp; es gab unberührte Waldflekken, kunstvoll angelegte Gartenflächen, einen Gemüsegarten, gewundene Pfade, von denen einige mit Rindenmulch und andere mit Kieselsteinen bedeckt waren; es gab weitläufige Weidenflächen, die wie Samt aussahen; es gab das Flußufer, und es gab ein Schwimmbekken, das deutlich so angelegt war, daß es wie ein natürlicher See mit einem Rand aus weißem Marmor aussehen sollte. Es gab Höhlen unter Blaufichtenzweigen, und es gab Hexenringe in den Wiesen, die sich Jahr für Jahr in Zeitlupenwellen weiter ausdehnten. Es gab einen Stall, der nicht mehr für Pferde benutzt wurde, und eine überbeanspruchte Garage für vier Autos. Es gab zwei Gästehäuschen, die angeblich früher Sklavenunterkünfte gewesen waren, doch das war eine Lüge, denn das Anwesen war erst nach dem Zweiten Weltkrieg gebaut worden, als komplette Nachahmung bis hin zu den Sklavenunterkünften. Als Drew Pats Vater einmal darauf hingewiesen hatte, damals in ihrer nebelhaften Vergangenheit, als er und Pat in einem der Gästehäuser wohnten, hatte ihn Randolf Stevens ernsthaft gebeten, das niemandem zu verraten. Das Gerücht umgab das Anwesen mit einer Romantik, deren Verlust schmerzlich wäre, hatte Randolf gesagt.

Das Pförtnerhaus am Tor vor der Einfahrt wurde von einem älteren Schwarzen bewohnt, der Drew schweigend weiterwinkte, nachdem er ohne sichtliches Interesse einen Blick auf seinen Führerschein geworfen hatte.

Die Einfahrt machte zwei Biegungen, bevor das Hauptwohnhaus in Sicht kam. Der Architekt mußte unter dem überwältigenden Einfluß von Tara aus *Vom Winde verweht* gestanden haben. Riesenhafte, schneeweiße Säulen über drei Stockwerke, Seitenflügel, die scharf abgesetzt hervorschossen, und weiträumige, schattig überbaute Eingänge – alles sah aus wie eine Filmkulisse, die auf das Drehteam wartete. Drew fuhr an der Abzweigung zum Eingang des Haupthauses vorbei, um die Garage herum und auf den Kiesweg, der zu Willie Jos Bungalow führte. Ihr alter Lastwagen, derselbe, den sie seit ewigen Zeiten hatte, stand da, und daneben war ein neuerer Toyota geparkt. Es war drei Uhr nachmittags; die Luft war so unbewegt und heiß, wie er es erwartet hatte – typisch virginiaschwül.

Er stellte den Wagen ab und ging zur Tür des Bungalows, wo er anklopfte. Als niemand antwortete, ging er um das kleine Haus herum, ließ sich in einen Sessel unter einer Eiche fallen und schloß die Augen.

»He, Drew! Wie geht's?«

Die Stimme, die ihn aufschreckte, war rauh und tief. Drew öffnete die Augen weit genug, um zu Julianna Jones hinaufzublinzeln, Willie Jos Kleine, wie sie wohl genannt werden würde, bis sie an Altersschwäche starb. Julianna ging auf die Dreißig zu, sie war groß, breitschultrig, stark und beängstigend intelligent. Sie war Physikerin, oder jedenfalls kurz davor, eine zu werden. Von dem Tag an, an dem sie erfuhr, daß sie ein alle Kosten deckendes Stipendium für Radcliffe bekommen würde, nannte sie ihn nicht mehr Mr. Drew und schokkierte ihre Mutter dermaßen, daß diese zu unflätigen Ausdrücken hingerissen war, die wiederum Drew schockierten. Von dem Tag an, an dem ihn Pat hinauswarf, nannte ihn Willie Jo auch nicht mehr Mr. Drew.

»Erträglich. Ganz erträglich. Wie geht es dir, Julianna?«

»Erträglich.«

Er grinste sie an. »Hast du schon den Doktor vor deinem Namen?«

»Nächstes Jahr oder übernächstes. Ich arbeite an meiner Dissertation. Bist du zu der großen Feierlichkeit gekommen?«

»Genau. Ich wollte sie auf keinen Fall versäumen. Glücklicherweise hat mich Sherry eingeladen, sonst wäre ich nicht in den Genuß gekommen.«

»Um Himmels willen, Misto Drew. Sajen Sie so was nich! Das Galaereignis des Jahres versäumen!«

Sie lachten beide, und sie setzte sich in den zweiten Sessel und streckte sich aus. »Ich bin auf Urlaub hier. Zur Zeit spielen sie im Haus alle verrückt.«

»Julianna, glaubst du, du könntest mir in einem Schnellkurs Nachhilfeunterricht in Physik geben?«

»Wahrscheinlich nicht. Hast du überhaupt einen blassen Schimmer davon? Vom Gymnasium, vom College, oder hin und wieder mal ein populäres Buch darüber gelesen?«

»Ich habe mich mal durch einen oder zwei Kurse gequält. Bist du vertraut mit Stanley Huysmans Arbeit? Seinen Untersuchungen zum Thema Zwillinge?«

»Sein Bereich war die Biologie, meiner ist die Physik. Dazwischen ist der Weg nicht weit.«

»Eben, das fällt mir immer wieder auf. Was bedeutet ›nichtlokale Auslöser‹?«

Sie seufzte. »Wieviel Zeit hast du? Na, egal. Hör zu, es gibt ein bekanntes Experiment, das läuft folgendermaßen ab: Man baut eine Leinwand auf mit zwei Schlitzen darin und einer Lichtquelle davor. Und dahinter stellt man eine Photoplatte, auf die das Licht treffen wird. Gut. Jetzt schickt man einen Photonenstrahl durch einen der Schlitze, und auf der Platte erhält man ein Diffraktionsmuster, ein Lichtgekleckse. Das passiert, wenn man den anderen Schlitz zudeckt. Jetzt deckt man ihn auf und schickt das Licht durch beide Schlitze. Diesmal bekommt man dunkle und helle Streifen, ein Interferenz- oder Störungsmuster. Um ganz sicherzugehen, deckt man noch mal einen Schlitz ab und versucht es noch einmal. Ein Gekleckse. Jetzt erhebt sich die Frage, wie weiß das Photon, ob der andere Schlitz auf ist oder zu, je nachdem? Wie kommen die dunklen Streifen zustande? Warum fällt das Licht nicht darauf, wenn beide Schlitze offen sind, da es doch darauf fällt, wenn ein Schlitz offen ist?«

»So ist das?«

»Oder versuche das mal: Schleudere zwei Partikel zur gleichen Zeit los – das eine mit einer Rechtsdrehung, das andere mit einer Linksdrehung. Man nennt das ein Singulett, und die Drehung geht immer in entgegengesetzte Richtung. Wenn man nun die Möglichkeit hätte, die Drehung des einen zu ändern, bevor es auf dem Ziel auftrifft, würde man feststellen, daß das andere seine Drehung ebenfalls geändert hat, ohne daß man darauf eingewirkt hätte. Wie weiß das Teilchen, daß es seine Drehung ändern muß? Es gibt keine Möglichkeit der Kommunikation zwischen den beiden.« Sie lachte heiser, als er ein fassungsloses Gesicht machte. »Willst du noch mehr hören? Wahrscheinlichkeitswellen, Wellenfunktionen, Kollaps der Wellenfunktionen?«

»Ich hatte immer schon den Verdacht, daß du keine nette Person bist«, sagte Drew.

»Es gibt noch weitere Experimente, aber sie laufen alle auf das gleiche hinaus. Was sie alle zeigen, ist im Grunde, daß sich auf submikroskopischer Ebene Dinge abspielen, für die wir in unserer handfesten Raum-Zeit-Welt keine Erklärung haben. Einstein war der Ansicht, daß die Quantentheorie unvollständig sei, und er nannte die Kräfte, die auf die Partikel einwirken, versteckte Variable. Das ist inzwischen ein beliebter physikalischer Spielplatz. Und ich brauche nicht nett zu sein. Wenn der liebe Gott jemanden so häßlich gestaltet hat wie mich, ist Nettsein überflüssig.«

»Häßlich? Ich finde dich ziemlich gutaussehend.«

»Ich weiß, daß du das tust, und deswegen sitze ich auch hier draußen mit dir rum und versuche, dir etwas beizubringen, während ich drin sein sollte und auf meiner Schreibmaschine rumhacken ...«

»Drew Lancaster! Bist du das? Was, um alles auf der Welt, treibt dich denn hierher zurück? Wie geht es dir? Du siehst abgemagert aus, wenn du mich fragst.« Willie Jo sah zu ihm herab und hieß ihn mit finster gefurchter Stirn willkommen.

»Hier haben wir ein hervorragendes Beispiel, was Störung bedeutet«, sagte Julianna und sprang auf. »Willst du in diesem Aufzug die Party sprengen?«

Drew war ebenfalls aufgestanden, um Willie Jo zu umarmen, die selbst dürr und knochig wie eine Bohnenstange war. Ihr Haar war von mehr grauen Strähnen durchzogen, als er in Erinnerung hatte, aber ansonsten schien sie sich nicht im geringsten verändert zu haben, seit er sie vor fünfzehn Jahren zum erstenmal gesehen hatte. Ihre finstere Miene war ihr ständiger Gesichtsausdruck.

»Nein, er wird die Party nicht sprengen. Weder in diesem Aufzug noch in irgendeinem anderen. Drew, wenn du hier Zoff machen willst, dann kannst du gleich wieder verschwinden, dorthin, von wo du kommst. Und bestimmt hast du den ganzen Tag noch nichts gegessen, stimmt's? Also, komm rein! Komm! Du tätest gut daran, zu duschen und dich zu rasieren, mehr kann ich nicht sagen, und ein bißchen was in den Magen ...«

Er folgte ihr ins Haus, das so unordentlich wie immer war, mit einem Gerümpel, das aussah wie die ewig gleiche Ansammlung von Zeitungen, Zeitschriften, leeren Einmachgläsern, Tüten mit alten Kleidern auf dem Weg zur Heilsarmee oder von dort ... Er atmete tief ein und fühlte sich sehr zu Hause.

Bevor Julianna im Schlafzimmer verschwand, rief er ihr hinterher: »Besteht die Möglichkeit, daß irgend etwas von dem auf Menschen zutrifft?«

Sie sah ihn mitleidig an. »Keine. Die Quantenmechanik beschäftigt sich mit der Statistik der Wahrscheinlichkeit, nur mit großen Mengen, nicht mit individuellen Vorkommnissen. Sie kümmert sich niemals um die wirklichen Dinge in der wirklichen Welt.«

Willie Jo murmelte etwas von nichts zum Essen im Haus, während sie ein Stück Schinken aus dem Kühlschrank zog und es auf den Tisch legte und dann noch mal ging, um einen Topf mit gedünsteten Äpfeln und eine Ecke Käse zu holen. Sie bemerkte, daß Drew immer noch an der Tür stand, und ihre finstere Miene verdüsterte sich noch mehr. »Also, jetzt steh doch nicht so rum wie ein Holzklotz, sondern setz dich hin! Schneid dir ein Stück Fleisch ab, Mann! Man muß sie erst mit der Nase aufs Essen stoßen, bevor sie es sehen!«

SIEBEN

»PAPI, WAS HEISST DAS, wenn die Leute von ›Reife‹ sprechen?«

»Du meinst, im Gegensatz zu dem, was im Wörterbuch steht?«

»Genau. Im Wörterbuch steht etwas von ›auf dem Höhepunkt des Reifens, des Fertigseins‹. Ich hab's vergessen, irgend so was.«

»Ich vermute, die meisten Leute meinen damit körperlich, seelisch und gefühlsmäßig erwachsen. Warum?«

Sie saßen nebeneinander auf Schaukeln, die an einer uralten Eiche hingen. Die Seile waren zehn Meter lang, und die Sitze bestanden aus weißem Eschenholz. Pat hatte hier schon als Kind geschaukelt.

»Wie kann man das beurteilen, ob jemand seelisch und gefühlsmäßig erwachsen ist?«

»Kaum.«

Sie schaukelte höher als er, und er sprach mit ihr im Vorbeischweben, während er ihr wehendes Haar betrachtete. Bei der Geburt war es wie Platin gewesen, und während der ersten Jahre blieb es auch so, fein wie Spinnweben. Dann hatte es sich geändert, jedes einzelne Haar war ein wenig dunkler geworden, bis es jetzt eher wie Wildblütenhonig aussah, mehr als wie alles andere, das ihm einfiel. Beim Rückschwung teilte der Wind ihr Haar mit einem geraden Scheitel, und es flatterte zu beiden Seiten ihres Gesichts, als sie an ihm in die entgegengesetzte Richtung vorbeischwebte.

»Mami sagt, wenn ich reif genug bin, werde ich Senator Wiley verstehen und seine guten Eigenschaften zu schätzen wissen. Ich glaube, so erwachsen werde ich mein ganzes Leben lang nicht.«

»Ich auch nicht.«

»Wahrscheinlich nicht. Ein Kindskopf bleibt ein Kindskopf. Da kann man nichts machen.«

Er erinnerte sich, wie er das erstemal beobachtet hatte, daß sie so hoch schaukelte, daß die Seile waagerecht standen, und an die Angst, die ihm dabei auf den Magen drückte. Und an das erstemal, als sie vom Sprungbrett gesprungen war, und an den Tag, als er sie zum erstenmal in die Schule gebracht hatte, wie sie sich an seine Hand geklammert hatte, mit vor Schrecken weit aufgerissenen Augen, die blauen Teichen glichen, ohne daß sie jedoch geweint hätte.

»Mami sagt, ich bin in einem furchtbaren Alter. War zwölf für dich ein furchtbares Alter?«

»Wahrscheinlich. Und dreizehn und vierzehn. Was hast du denn angestellt?«

»Sie hat uns erwischt, wie Peter und ich gespuckt haben. Ich kann weiter spucken als er. Mami sagt, es war ekelhaft.«

»Wie weit?«

»Ich zeig's dir.« Sie bremste mit den Füßen am Boden ab. »Ich schaukle sonst eigentlich nicht mehr«, sagte sie. »Nur noch, wenn du hier bist. Hat dir Schaukeln schon immer so gut gefallen?«

»Immer schon.« Er räusperte sich. »Wenn wir spukken wollen, brauchen wir Wasser.«

»Genau. Willie Jo wird uns was zu trinken geben. Komm!«

Sie nahm seine Hand, und sie rannten zusammen zum Haus von Willie Jo. Julianna war in der Küche. Sie schüttelte den Kopf über Sherry.

»Schätzchen, deine Mutter bekommt einen Anfall, wenn sie dich sieht. Was hast du denn getrieben, um Himmels willen?«

Sherry sah mit plötzlich erwachtem Schuldgefühl an sich hinab. Ihre Schuhe waren staubbedeckt, und ihre Beine in weißen Strümpfen waren von oben bis unten mit der rotbraunen Erde gepudert. Sie hatte geschwitzt und war sich mehr als einmal mit der schmutzigen Hand über die Stirn gefahren. Die Streifen zeugten davon.

»Sie muß nur ein bißchen abgestaubt werden«, sagte Drew ungeduldig. »Was wir in diesem Moment viel dringender brauchen, ist ein Glas Wasser für jeden.«

»Wir machen ein Wettspucken«, fügte Sherry hinzu.

Julianna sah sie beide nacheinander an, dann warf sie den Kopf zurück und lachte. Schließlich sagte sie: »Herrje! Na gut. Wasser kommt sofort. Und nachher kann ich euch vielleicht ein bißchen beim Saubermachen helfen, bevor ihr ins Haus geht.«

Sherry siegte, und Drew erklärte sie zum Meisterspucker und versprach, daß er eine entsprechende Medaille anfertigen lassen werde. Als es dann ans Saubermachen ging, erwies sich das Unterfangen als hoffnungslos. Julianna sah sie sich von oben bis unten an und schüttelte den Kopf.

»Komm, Schätzchen! Du mußt duschen und dich umziehen. Alles andere hat keinen Sinn. Ich helfe dir.«

»Wir treffen uns auf der Party, Papi«, sagte Sherry und entfernte sich mit Julianna, mit der sie ernsthaft erörterte, wie sie an ein Paar neue weiße Strümpfe kommen könnten, und ob sie vielleicht deren Sandalen anziehen könnte, weil ihre sie drückten.

Drew spazierte hinüber zu dem kleinen Sommerhaus, in dem er und Pat am Anfang ihrer Ehe gewohnt hatten und das während der folgenden Jahre ihre Bleibe gewesen war, wenn sie am Wochenende zu Besuch kamen. Es war unverändert. Da war immer noch die Veranda mit der Markise und der altmodischen Hollywoodschaukel, die immer noch geölt werden mußte. Er blickte durch die Fenster hinein und sah, daß jemand das Haus bewohnte. Ein Schreibtisch war an der Stelle aufgestellt worden, wo früher eine Anrichte mit komischem Geschirr zum Anschauen darauf gestanden hatte. Auf dem Schreibtisch stand ein Minicomputer und daneben lagen Stapel von Papier. Mehr konnte er vom Innern nicht sehen. Er setzte sich auf die Hollywoodschaukel und schwang ein paarmal hin und her. Hier hatten sie gesessen, als Pat ihm eröffnete, daß sie schwanger war.

Gegen Einbruch der Abenddämmerung beschloß er, an der Party teilzunehmen. Die Musik spielte schon seit einer halben Stunde. Wie das so üblich war, fing es mit Stücken aus Broadway-Musicals an, die jeder kannte, die niemanden störten und nach denen man tanzen konnte. Später würde die Band, wenn sie sich an das Schema hielt, an das er sich erinnerte, die Hitparade der Rockmusik herunterspielen, nachdem sich die älteren Semester irgendwo verkrümelt hätten.

Die vielen Flügeltüren des Ballsaals standen offen, Leute tanzten auf der Terrasse, andere wandelten durch den Garten, einige saßen an Tischen auf dem Rasen; überall huschten Kellner mit weißen Handschuhen herum, leise, aufmerksam. Willie Jo hatte gesagt, daß für diesen Anlaß ein Party-Service beauftragt worden sei; sie hatte kaum etwas zu tun, außer ihre Küche zu bewachen.

Drew griff sich einen Martini, als ein Kellner vorbeikam, und spazierte weiter ins Haus. Seine Mutter hatte ihm immer eingeschärft, als erstes die Ehrbezeugungen loszuwerden. Er entdeckte Randolf Stevens und bewegte sich auf seinen einstigen Schwiegervater zu. Randolf war der typische Gentleman des Südens: taubengrauer Smoking, einen Diamantensplitter in den Manschettenknöpfen, silberfarbenes Haar, eine gesunde Gesichtsfarbe, kein Gramm mehr oder weniger als das Idealgewicht.

Randolf Stevens hatte sein Vermögen damit gemacht, daß er während des Zweiten Weltkriegs Panzer produzierte. Er glaubte nicht daran, daß es so etwas wie zu viele Panzer geben könnte, aber er hatte sich den Verhältnissen angepaßt, wie er gern betonte. Jetzt produzierte er Traktoren und Mini-Unterseeboote und Schneemobile und ein paar andere Dinge, über die er nicht frei reden durfte. Was immer er auch produzierte, es war lukrativ. Ihn umgab ein Hauch von Krösus. Vor ein paar Jahren war er zu einer Aktiengesellschaft geworden, war in die Welt des Großkapitals eingedrungen und hatte ein großes Geschrei darum gemacht. Inzwischen bewahrte er über den glücklichen Lauf seiner Geschäfte mehr Diskretion.

Bei zwei verschiedenen Gelegenheiten hatte er versucht, Drew einen Job zu verschaffen, und er hatte angeboten, seine eigene Biographie zur Verfügung zu stellen, koste es, was es wolle, wie er es ausdrückte. Er und Drew waren anschließend sehr höflich miteinander umgegangen.

Randolf Stevens befand sich in einem Gespräch mit dem Arzt der Familie und seiner Frau – MacHenry, wie sich Drew erinnerte. Doktor Mac. Er gesellte sich zu der kleinen Gruppe.

»Guten Abend, Sir«, sagte er zu Randolf. »Doktor Mac, Sie sehen unglaublich gesund aus, und Mrs. MacHenry, ich schwöre, Sie sind jedesmal jünger und hübscher geworden, wenn ich Sie wiedertreffe.«

Randolf Stevens wandte den Trick an, den er mit seinen Augen beherrschte. Es war, als ob er eine Nickhaut besäße, die er nach Lust und Laune wie eine Schutzschicht darüberziehen könnte. Drew hatte es immer wieder fasziniert, diesen Vorgang zu beobachten. Das Zögern, bevor er Drew die Hand hinstreckte, hatte außer ihm bestimmt niemand bemerkt.

»Wie freundlich von dir zu kommen«, sagte er mechanisch. »Wirklich, niemand hat damit gerechnet, daß du heute abend abkömmlich sein würdest.«

»Oh, ich bin immer abkömmlich.«

Der Arzt und seine Frau lächelten wohlwollend, und sie sprachen über das schreckliche Wetter, das sie schon den ganzen Sommer über hätten – Hitze und noch mal Hitze.

»Und Gewitter«, sagte Drew einfühlsam.

»Wenn Sie mich entschuldigen würden«, sagte Randolf daraufhin. »Ich muß nachsehen, ob im Rosengarten alles richtig hergerichtet ist und die Fernsehleute alles haben, was sie brauchen.«

»Ja, Sir«, sagte Drew. »Wenn ich Ihnen irgendwie behilflich sein kann ...«

»Nein, nein. Amüsiere du dich nur!« Er hastete davon.

»Fernsehen und alles«, murmelte Drew. »Wie aufregend.«

»Ja, ist es das nicht?« sagte Mrs. MacHenry. »Oh, hören Sie nur.«

Die Band hatte angefangen *In einer Nacht wie dieser* zu spielen. Ihr Blick wurde verschwommen, und sie ergriff die Hand ihres Mannes. »Laß uns dazu tanzen! Erinnerst du dich, als wir nach New York fuhren und es auf der Bühne hörten? Wie wir damals getanzt haben ...« Sie schwebten zusammen davon, ohne einen Blick zurück zu werfen.

Während der nächsten Viertelstunde spazierte Drew durch die verschiedenen Räume, die für die Party umgestaltet worden waren. Es mußten mehr als hundert Leute im Haus sein, und noch mehr draußen im Garten und auf der Terrasse. Er lächelte unterschiedslos alle an, die er kannte und die er nicht kannte, während er immer noch seinen Martini spazierentrug, der inzwischen warm geworden war und ihn ziemlich anwiderte. Schließlich sah er Pat aus der Bibliothek kommen, und an ihrer Seite William Wiley. Pat trug ein langes blaßblaues Kleid, eine Spur zu weit ausgeschnitten, dachte er, obwohl es ihr sehr gut stand. Aber sie verblaßte neben dem Senator, der einen blendend weißen Smoking mit einer roten Rose am Revers trug.

Ein Kellner mit einem Tablett voller Gläser kam vorbei, und er griff blind nach einem. Es war eine Bloody Mary. Er nippte daran und schlenderte zu Pat und Wiley.

Sie waren ganz in ihr Gespräch versunken und bemerkten ihn nicht, bis er ausrief: »Pat, du bist unglaublich schön! Das heißt, Sie sind beide schön! Guten Abend, Senator.«

»Drew! Was, zum Teufel, machst du hier?«

Pats Augen glitzerten vor Zorn, und auf ihren Wangen erschienen zwei rosafarbene Flecken. Senator Wiley sah einen Moment lang verblüfft aus, fing sich jedoch fast sofort wieder.

»Drew, wie schön, daß Sie gekommen sind! Ich freue mich immer, Sie zu sehen, alter Freund.«

Drew hielt die Bloody Mary in der einen Hand und den unerfreulichen Martini in der anderen. Er streckte beide aus und machte ein ratloses Gesicht, als der Senator ihm die Hand entgegenhielt. Wiley lachte und zuckte die Achseln. Er sah auf die Uhr.

»Noch zehn Minuten, bis die Show beginnt«, verkündete er. »Danach genehmige ich mir einen oder zwei Drinks. Ich habe das Gefühl, das steht mir zu.«

»Was machst du hier?« wiederholte Pat ihre Frage.

»Ich leiste moralische Unterstützung.«

»Uns ist jede Unterstützung willkommen«, sagte Wiley herzlich. »Willkommen an Bord, Drew! Jetzt ist es aber wohl Zeit, daß wir uns in den Rosengarten hinüber begeben.« Er winkte jemandem hinter Drew zu und ließ sein berühmtes Vollzähliges-Gebiß-Lächeln aufstrahlen.

»Es ist Zeit, Senator«, rief jemand aus der Bibliothek.

Eine kleine Traube von Männern drängte sich um sie; einer hatte ein Notizbuch in der Hand, ein anderer ein aufgeschlagenes Heft mit groß gedruckten Worten, die schwarz hervorgehoben waren. »Wir sind bereit«, sagte er, während er sich neben den Senator und Pat stellte und Drew zur Seite drängte, der das gleiche tun wollte.

Später würde Drew behaupten, daß er gestoßen worden sei, und Pat würde es abstreiten, und der Senator würde mit unbeirrtem Blick und glasigen Augen und einem Lächeln mit strahlend weißen Zähnen erklären, daß es ein Mißgeschick war, schlicht und einfach. Ein Mißgeschick. Drew stolperte nach vorn, und der Martini in seiner linken Hand schwappte über Pat; die Bloody Mary in seiner rechten Hand wogte in hohem Bogen aus dem Glas, traf den Senator an der Fliege und floß an seinem weißen Smoking hinunter. Die Zitronenspirale verfing sich für einen Augenblick in einem Knopf. Pat kreischte. Jemand packte Drew, als ob er eine Waffe gezückt hätte. Der Senator blieb einen ausgedehnten Augenblick lang reglos stehen, dann reagierte er; er versuchte, den Tomatensaft abzuwischen und fluchte.

»Verdammter Hurensohn!« Er fand seine Beherrschung schnell wieder, und das Lächeln erschien wieder auf seinem Gesicht, obwohl sein Blick immer noch glasig war. »Martin, sag den Fernsehleuten, daß es eine kleine Verzögerung geben wird. Etwa eine halbe Stunde. Gary, fahr mit dem Wagen vor! Und, Martin, ruf bei mir zu Hause an und sage Stan, daß er meinen anderen Smoking vorbereiten soll, bis ich hinkomme.« Die beiden Männer eilten davon.

»Und du machst jetzt, daß du rauskommst, oder ich lasse dich rausschmeißen!« schrie Pat und blickte Drew wild an.

»Bitte, Pat, wir wollen doch nicht, daß irgend jemand denkt, es war etwas anderes als ein Mißgeschick«, sagte Wiley. Er sah Drew nicht an. »Wir sind in spätestens einer halben Stunde zurück.« Er eilte davon, durch die Bibliothek hinaus. Pat rannte nicht, aber sie ging so schnell, daß die Leute zurückwichen, wenn sie sich ihnen näherte. Den Kopf hielt sie unnatürlich hoch.

»Ich glaube, Sie können mich jetzt loslassen«, sagte er freundlich zu dem jungen Mann, der immer noch seinen Arm festhielt.

»Oh, Entschuldigung, Mr. Lancaster, warum haben Sie das getan?«

»Sie haben doch gehört, was der Senator gesagt hat. Es war ein Mißgeschick. Jemand hat mich gestoßen.«

Der junge Mann schüttelte den Kopf und schlenderte davon. Er hielt bei der ersten Gruppe von Leuten, zu denen er kam, an, und sie alle wandten den Kopf und sahen Drew an. Er winkte ihnen zu. Plötzlich erschien ihm das Haus sehr warm. In diesem Moment würde Randolf herumscharwenzeln, sein liebenswürdigstes Lächeln aufgesetzt und nach seinem ehemaligen Schwiegersohn suchen. Die Band hob zu einem beseelten *Oklahoma* an, und jemand ließ ein heiseres »Yippie« vernehmen. Drew bahnte sich einen Weg durch das Haus hinaus in den Rosengarten. Dort wäre wahrscheinlich der Ort, so dachte er für sich, an dem Randolf zuletzt suchen würde.

»Was ist denn da drin los?« fragte ein bärtiger junger Mann, der ihn am Ellbogen stupste. Er rauchte einen Joint.

»Ich weiß auch nicht. Gehörst du zu den Fernsehleuten?«

»Genau. Wir hätten es fast noch bis zu den Abendnachrichten geschafft, aber das bezweifle ich jetzt. Politiker! Vielleicht war er mit seiner Frisur nicht zufrieden.«

Überall im Garten waren Lampions aufgehängt. Sie verströmten einen sanften gelben Schein, hell genug, um die Flutlichtlampen zu erkennen, die neben einem kleinen Pavillon installiert worden waren, und ein halbes Dutzend oder mehr Männer, die rauchend, trinkend und plaudernd herumstanden. Drähte schlängelten sich überall durch die Gegend. Drew folgte ihnen mit den Augen bis zu irgendeinem Netzanschlußgerät, wo sie alle zusammenliefen. Einige der Partygäste verharrten immer noch im Garten, warteten auf den nächsten Akt, darauf, daß der Vorhang sich hob oder senkte, auf irgend etwas. Eine Bar war in der äußersten Ecke des Gartens aufgestellt worden. Die meisten Gäste standen in ihrer Nähe. Ein Angestellter der Party-Service-Firma rollte einen zweirädrigen Servierwagen, beladen mit kleinen Häppchen, heran, und richtete diese auf der Bartheke an; sie nahmen die Aufmerksamkeit der meisten der Fernsehleute genauso wie die der Partygäste in Anspruch. Der Kellner ließ den Servierwagen stehen und ging zurück zum Haus. Nun ging auch Drew zur Bar hinüber, bediente sich mit etwas Rosafarbenem auf einem Cracker und schlenderte wieder davon; diesmal gab er dem schweren Servierwagen einen Stoß, als ob er ihm im Weg wäre. Er rumpelte mühsam über die Kabel. Er gab ihm noch mal einen Stoß, der ihn in die Nähe des Netzanschlußgerätes brachte, und dann beachtete er ihn nicht weiter.

Er wanderte durch den Garten, und als er ihn vollends hinter sich gelassen hatte, wanderte er weiter, bis er außerhalb jedes Lichtscheins vom Haus oder von den Laternen war. Er umkreiste den Garten und schlich sich von der Garagenseite her an, verdeckt durch hohes Buschwerk. Diesmal vermied er die Wege und drückte sich zwischen die Rosenbüsche, bis er nah genug an dem Servierwagen war, daß er ihn langsam an sich ziehen konnte. Er hob eine Seite davon hoch und zog ihn über ein Starkstromkabel, das in die eine Seite des Netzanschlußgerätes hineinführte. Dann wickelte er das Kabel zweimal um eins der Räder, schob den Wagen sachte zurück in die Mitte des Weges und zog sich zurück.

Einige Minuten später näherte er sich einem Stuhl an einem Tisch am Rande des Gartens. »Erlauben Sie?« fragte er höflich die beiden Frauen, die bereits dort saßen.

»Selbstverständlich. Haben Sie gehört, daß Pat Stevens' Exmann dem Senator eins auf die Nase gegeben hat?«

»Nein! Sie machen Witze!«

»Das sagen dort drin alle. Ich persönlich glaube zwar kein Wort davon, aber immerhin ... Man kann nie wissen.«

»Das stimmt. Man kann nie wissen.«

»Pst«, hörte er dann, und als er sich umdrehte, sah er Sherry, die ihm zunickte.

»Entschuldigen Sie mich bitte«, murmelte er und verließ die beiden Frauen.

»Hallo! Ich habe dich überall gesucht«, sagte er zu Sherry. Sie nahmen zusammen an einem kleinen Tischchen Platz.

»Hast du ihm eins auf die Nase gegeben?«

»Sehe ich so aus wie jemand, der einen anderen schlägt?«

»Bisher habe ich das nicht gedacht. Hast du ihn geschlagen?«

»Das letzte Mal, daß ich jemanden geschlagen habe, war, als ich zwölf war, und der andere war fünfzehn. Wenn ich darüber nachdenke, ist zwölf wirklich ein schwieriges Alter.«

»Jedenfalls, wenn du es getan hast, dann mußt du es noch einmal tun, weil er zurückgekommen ist. Schlag nächstes Mal fester zu!«

»Solltest du nicht längst im Bett sein?«

Sie kicherte. »Sie haben erzählt, überall sei Blut gewesen.«

»Es war Tomatensaft.«

»Jetzt kommen sie raus. Ich nehme an, er hatte nur einen weißen Anzug.«

»Das ist auch besser so. Er sah darin aus wie ein Prediger.«

Das Gefolge erschien, angeführt vom Kammerdiener Gary, mit Senator Wiley inmitten einer Gruppe von zehn oder mehr Leuten. Pat war dabei. Sie trug jetzt ein langes rotes Kleid. Pat entdeckte Sherry und Drew und gesellte sich zu ihnen. In die Fernsehleute war Leben gekommen, und sie wirbelten durcheinander. Die Scheinwerfer blendeten, und der Kameramann hatte seine Kamera auf ein Gestell auf Rädern montiert.

»Wir sind in einer Sekunde fertig, Senator«, sagte einer der Mannschaft. »Wenn Sie vielleicht schon mal hier herüber kommen würden ...«

»Drew, war es ein Mißgeschick? Hast du die Gerüchte gehört, die im Umlauf sind? Nach der Bekanntgabe mußt du mit hineinkommen und mit uns einen Drink nehmen oder so etwas, um zu zeigen, daß du ihn nicht angreifen wolltest.«

»Solltest du nicht auch dort drüben sein?« fragte Drew.

»Nein. Warum sollte ich?«

Einer der Angestellten der Party-Service-Firma sah den Wagen mitten auf dem Weg und rannte hin, um ihn aus dem Weg zu schieben. Er zerrte daran, um ihn in Bewegung zu setzen, und plötzlich gingen die Lichter aus; eine der Flutlichtlampen fiel um und zerbarst.

»Du lieber Gott!« schrie Pat. »Was ist jetzt wieder los?«

Sie sprang auf; Drew erwischte ihre Hand und zog sie wieder nach unten. »Du kannst dich genausogut im Hintergrund halten und den Leuten nicht im Weg sein. Nur für den Fall, daß die Show heute abend doch nicht stattfindet, würdest du mir vielleicht verraten, was der Senator bekanntgegeben hätte, wenn er die Möglichkeit gehabt hätte?«

»Seine Kandidatur«, sagte sie erschöpft. »Kannst du erkennen, was da drüben vor sich geht?«

»Ich glaube, sie packen die Sachen zusammen. Vielleicht ist es zu spät für die Nachrichten, oder sie haben keine Ersatzausrüstung dabei oder so etwas.«

»Dieser ganze Abend war ein einziger Alptraum. Außerdem habe ich entsetzliche Kopfschmerzen.«

»Vielleicht zieht Saturn über uns hinweg oder irgend so etwas.«

ACHT

Pat verliess Drew und Sherry und ging zu Senator Wiley. »Du kommst doch nachher rein und trinkst mit uns etwas oder so, ja?« hakte sie noch mal nach, bevor sie ging. Er versicherte ihr, daß er das tun werde.

Er sah Sherry an, die seinem Blick auswich und sagte: »Ich dachte, es wäre etwas Wichtiges. Das mit dem Senat ist doch nichts Neues.«

»Macht ja nichts.«

»Ich bin erst zwölf. Niemand erzählt mir was.«

»Ja, ich weiß. Wenn deine Mutter einwilligt, kommst du dann schon morgen mit mir anstatt erst am Donnerstag?«

»Geht das? Wohin? Sie wird mich bestimmt nicht lassen.«

»Vielleicht doch. Ich werde sie fragen. Und ich weiß noch nicht wohin.«

»Es ist mir auch egal. Keine Strümpfe? Nur Shorts und so was?«

»Klar.«

»Mach, daß sie ja sagt, Papi. Bitte mach das!«

Er gesellte sich zu Pat, Wiley und Pats Vater, um mit ihnen einen Drink zu nehmen, tanzte einmal mit Pat, erhielt beim zweitenmal einen Korb zugunsten von Wiley und verließ die Party. Randolfs Augen waren verhangen, dachte er, und William Wileys Augen strahlten zu stark; irgendwie mußte er für Amerikas Augenlicht eine Bedrohung darstellen. Pat hatte sich sehr korrekt verhalten.

»Kann ich dich morgen früh sprechen?« hatte er gefragt.

»Selbstverständlich. Gute Nacht, Drew.«

Unterwegs hatte er Willie Jo getroffen, die ihn fragte, ob er dem Senator eins auf die Nase gegeben hätte, und irgendwie enttäuscht schien, daß es nicht so war.

»Warum schläfst du nicht in dem kleinen Sommerhaus?« hatte sie vorgeschlagen. »Miss Pat benutzt es manchmal als Büro, aber sie wird heute abend nicht mehr arbeiten, nicht wenn diese Party hier stundenlang im Gange ist.«

Er saß auf der Hollywoodschaukel, gab ihr hin und wieder Schwung und versuchte, das Quietschen mit dem Quaken der Frösche und dem Zirpen der Zikaden und Heuschrecken und was ringsum sonst noch sang in Einklang zu bringen. Grillen, dachte er, und in weiter Ferne eine Drossel. Junikäfer? Um diese Jahreszeit war es auf jeden Fall zu spät für sie, es sei denn, ihr Name wäre eine Lüge. Eine Motte setzte sich auf die Markise, blieb einen Moment lang dort und flatterte dann wieder weg wie das Abbild einer vergeistigten Motte. Die Kinderzeichnung einer Motte mit stilisierten Flügeln.

Die Musik der Party wurde durch die Bäume und Büsche gedämpft und hörte sich aus dieser Entfernung ganz erträglich an. Er döste vor sich hin und wurde wieder hellwach, als jemand auf die Veranda kam.

»Hallo, Pat«, sagte er sanft, keineswegs überrascht.

»Was machst du ...?«

»Ist die Party vorbei?«

»Nein. Ich habe Paps gesagt, daß ich gehen muß, weil ich Kopfweh habe. William ist schon vor fast einer Stunde gegangen. Es ist schon zwei Uhr früh. Warum bist du noch auf?«

»Aus keinem bestimmten Grund. Komm, setz dich hin und entspanne dich ein paar Minuten lang! Es war eine nette Party.«

»Es war der Alptraum einer Party. Mir ging sie furchtbar auf die Nerven.«

Sie überquerte die Veranda und setzte sich in die andere Ecke der Schaukel. »Du hast gesagt, du wolltest mit mir sprechen. Wir könnten es genausogut jetzt hinter uns bringen. Ich kann in den nächsten Stunden sowieso nicht schlafen, und du machst auch einen ganz wachen Eindruck.«

»Sofort. Hör erst mal! Wer hat behauptet, auf dem Land sei es friedlich und ruhig?«

Einige Minuten lang sagte keiner von beiden ein Wort. Er hatte kein Licht angemacht; nur unterbrochenes Mondlicht schien stellenweise durch die Bäume bis auf den Boden, und die Veranda lag fast vollständig im Dunkeln. Er konnte ihren unbestimmten Duft riechen, ihren Atem hören. Die Band hatte aufgehört zu spielen. Zweifellos aßen die Leute jetzt – jene, die bis zum bitteren Ende ausgeharrt hatten.

Der Wind wehte jetzt ein wenig kräftiger durch die Baumwipfel und bereicherte die Musik der Nacht mit seiner Stimme. Endlich wurde es etwas kühler.

»Paps und William haben mich beide angewiesen dir zu sagen, daß du nicht mehr herkommen sollst«, sagte Pat sanft. »Du bist lästig, sagten sie. Und das kannst du nicht abstreiten oder dich rechtfertigen. Du sollst in Zukunft nur noch über meinen Rechtsanwalt mit mir Kontakt aufnehmen, wenn es irgend etwas Geschäftliches zu regeln gibt. Es gibt jedoch nichts, außer Sherry, und das ist erledigt.«

»Nun gut. Und entspricht das auch dem, was du möchtest?«

»Ja. Wir beide müssen neu anfangen, jeder für sich einen eigenen Weg finden. Wieder leben. Wir beide, jeder für sich.«

»Nun gut. Möchtest du, daß ich dir den Hals massiere?«

»Nein. Drew, bitte, mach es mir nicht so schwer! Ich habe keine Lust mehr, mit dir zu streiten.«

»Wir brauchen nicht zu streiten. Möchtest du den Senator heiraten?«

Es folgte eine lange Pause. »Ich bin nicht sicher. Und

nach dem, was heute abend passiert ist, müssen wir noch lange damit warten. Du weißt, daß man behauptet, du hättest ihn geschlagen. Es würde einen schlechten Eindruck machen, wenn wir gleich darauf irgendwelche Schritte unternähmen.«

»Ja, das würde es. Behauptet man auch, daß ich dich geschlagen hätte?«

»Sei doch nicht albern!«

»Wenn es mir gelungen wäre, dich ebenfalls in Tomatensaft zu tunken, glaubst du, dann hätte man es behauptet?«

»Wahrscheinlich.«

Er lachte. »Pat, warum kümmert es dich einen Dreck, was der Senator sagt. Du bist nicht mit ihm verlobt, nicht verheiratet, in keiner Weise mit ihm verbunden. Warum kümmert es dich einen Dreck, was dein Vater sagt? Du bist doch kein kleines Mädchen mehr. Wann hörst du endlich auf das, was Pat will?«

»Das kannst du einfach nicht verstehen«, sagte sie leidenschaftlich und stand auf.

»Erklär es mir mit einfachen Worten, und ich werde mich sehr anstrengen, es zu verstehen«, sagte er.

Die Schaukel schwang zurück, als sie sich wieder setzte. »Es gibt so etwas wie ein Erscheinungsbild«, sagte sie. »Es ist nicht egal, was die Leute denken. Unsere ganze Gesellschaftsstruktur basiert auf dem Moralempfinden der Leute. Die Zivilisation erfordert ein gewisses Maß an Wohlverhalten, sonst hätten wir keine Chance zu überleben. Wir errichten bestimmte Normen für Wohlverhalten, und dann versuchen wir, ihnen gerecht zu werden, egal wie schwer es uns fällt oder wie gern wir uns anders verhalten würden. Die Alternativen sind Anarchismus und Nihilismus und Zerstörung. Wenn William in der Politik Erfolg haben will, dann muß er noch mehr als andere Menschen auf sein Erscheinungsbild achten. Er muß Vorbild sein, seine Rolle vollendet spielen. Er kann nicht öffentlich den Standpunkt der Moral vertreten, wenn man ihm selbst eine unmoralische Lebensweise nachsagen kann. Und in seinen Augen wäre es unmoralisch, sich mit einer Frau zu verbinden, in deren Leben ihr Exmann noch eine Rolle spielt. Begreifst du das?«

»Hat er das so erklärt?«

»Ja. Beide, er und Paps, haben keinen Zweifel daran gelassen, daß ich jeden Kontakt zu dir abbrechen muß, bevor William und ich überhaupt an irgend etwas denken können.«

»Aber wir haben doch nichts mehr miteinander.«

»Heute abend hat es so ausgesehen, als wäre es doch so. Das versuche ich dir ja eben zu erklären. Es sieht eben doch so aus, als hätten wir etwas miteinander, als wärest du eifersüchtig oder so. Das geht nicht.« Sie lachte mit einem Anflug von Bitterkeit. »Wenn sie nur verstehen würden, wie wenig wir schon seit Jahren miteinander haben!«

»Sitzt der Schmerz mehr hinten in deinem Kopf?«

»Ja.«

Er rutschte neben sie. »Laß mich ihn wegmassieren. Das sind Verspannungen.« Sie saß steif und bewegte sich nicht. Ihre Haut war feucht und warm unter seinen Händen. »Kein Wunder. Alles verhärtet. Beug deinen Kopf locker etwas nach vorn. Du hast dich noch nie für Politik interessiert. Bist du plötzlich ins Lager der politisch Interessierten übergetreten?«

»Irgendwas muß ich tun. Wir können nicht alle die Augen schließen und so tun, als ob alles in Ordnung wäre.«

»Stimmt. Manche Dinge sind nicht in Ordnung. Subventionen für Tabakanbau. Stimmen gegen Hilfsmaßnahmen für Notleidende. Noch mehr Bomben. Noch mehr Waffen aller Art. Du hast vollkommen recht.«

»Hör auf! Wenn du dich nicht selbst dafür engagierst, hast du kein Recht, jemanden zu kritisieren, der sich immerhin dafür einsetzt, diese Dinge zu regeln. Jeder muß Kompromisse machen, sonst geht gar nichts voran. Jeder muß irgendwann Kompromisse machen.«

»Ich mache keine«, sagte er leise. »Ah, ich glaube, hier liegt die Ursache für deine Kopfschmerzen.« Er knetete ihren Nacken, und sie zuckte zusammen, doch dann entspannte sie sich leicht. »Gut. Wie fühlst du dich jetzt?«

»Besser«, sagte sie. »Ich muß jetzt gehen. Bis morgen früh.« Sie machte keine Anstalten, sich unter seinen Händen zu bewegen, die ihr jetzt auf den Schultern lagen.

»Ich glaube, in diesem Fall decken sich Erscheinungsbild und Wirklichkeit, Pat«, flüsterte er. Er grub sein Gesicht in ihre Haare und hielt die Lippen dicht an ihr Ohr.

»Was meinst du damit?«

Er biß ihr zärtlich ins Ohr. »Ich glaube, wir beide spielen noch eine Rolle im Leben des anderen. Du spielst für mich eine verdammt große Rolle.«

»Du bist bloß geil!«

Er lachte. »Das auch. Erinnerst du dich an den Abend, als wir beide hier draußen saßen und du mir verkündetest, was der Doktor dir an jenem Nachmittag gesagt hatte? Du warst schwanger. Ich habe vorhin an diesen Abend gedacht.«

Sie nickte. »Ich erinnere mich. Du hast mich ausgezogen, mich ins Haus getragen und jede Stelle meines Körpers geküßt. Ich habe oft daran gedacht, wenn ich hier draußen saß. Es kommt mir vor wie aus einem fremden Leben, nicht wie meins.«

Seine Hand fand den Reißverschluß ihres Abendkleids, und langsam zog er ihn auf. Sie erbebte.

»Drew, nach dieser Nacht kannst du nie mehr hierherkommen. Es geht wirklich nicht mehr. Und ich werde dich auch weder in Washington noch in New York jemals wiedersehen, noch sonst irgendwo. Ich meine es ernst.«

Er schob ihr das Kleid über die Schultern und weiter hinunter bis unter die Taille, beugte sich über sie und küßte sie über dem Bauchnabel. »Wer weiß, was nach dieser Nacht geschehen wird«, murmelte er.

»Du bist jetzt noch hübscher als damals in jener Nacht. Wie ist das möglich?«

»Du kannst mich ja gar nicht sehen.«

»O doch, das kann ich. Deine Augen strahlen, eine leichte Röte liegt auf deinen Wangen, und deine Haut ist wie der Traum erinnerter Satinwolken, und deine Brüste ... ach, deine Brüste!« Er küßte eine, dann die andere, während seine Hand an ihrem Körper hinabglitt, zwischen ihre Beine. »Ach«, seufzte er, »habe ich dir jemals gesagt, wie sehr es mir gefällt, daß du immer genauso geil warst wie ich, genauso bereit, genauso lüstern?« Er hob sie auf und taumelte, als er aus der Schaukel aufstand, prallte mit der Schulter gegen den Türrahmen und wäre fast hingefallen, als er über etwas stolperte, das am Boden lag.

»Du wirst uns beide umbringen«, sagte Pat lachend. »Setz mich ab, um Himmels willen! Gib mir deine Hand! Hier geht es lang.«

Hand in Hand bahnten sie sich einen Weg durch das dunkle Haus, prallten auf das Bett im Nebenzimmer und fielen lachend in einem wilden Knäuel darauf.

Sie ließen sich Zeit beim Lieben. Seine Hand kannte ihren Körper, seine Lippen erinnerten sich an sie, sogar seine Haut schien mit ihrer vertraut, auf eine Art, die er nicht hätte beschreiben können. Im Bett legte sie alle Hemmungen ab, sie streichelte ihn und liebte ihn leidenschaftlich, gab sich seiner Berührung hin und berührte ihn auf eine Weise, wie ihn nach ihr niemand mehr berührt hatte. Er murmelte zärtlich und sie murmelte zärtlich, und manchmal lachte sie leise und stieß einen kleinen Schrei aus, doch als er schließlich in sie glitt, sagte sie wie immer: »Pst, sprich nicht mehr«, und wie immer sprach er nicht mehr.

Sie wollte nicht bis zum Morgen bleiben. Wie würde das denn aussehen, fragte sie entrüstet.

»Wir sind nicht dazu gekommen, über das zu reden, was du mit mir besprechen wolltest«, sagte sie. »Laß uns zusammen frühstücken, dann können wir reden, okay?«

Er brachte sie zum Haus, sah ihr nach, wie sie eintrat, und ging dann zum Sommerhaus zurück und setzte sich wieder auf die Schaukel. Er war allerdings nicht müde.

Vor Monaten, als sie ihm sagte, daß sie ihn verlassen wolle, hatte er sie nach dem Grund gefragt, aber es hatte ihn eigentlich nicht überrascht. Es hatte sich seit langem zusammengebraut, hatte er damals gedacht und dachte es immer noch. Ihr Vater hatte dabei seine Hände im Spiel, hatte er damals gedacht und dachte es immer noch.

Randolf hatte etwas gehabt, das zunächst für einen Herzanfall gehalten wurde, sich jedoch später mehr als Verdauungsproblem herausstellte. »Ich muß eine Zeitlang bei ihm bleiben«, hatte Pat gesagt.

»Warum, er ist doch wieder gesund?«

»Ja, aber was wäre, wenn er wirklich einen Herzanfall gehabt hätte? Und die Leute glauben, daß er einen gehabt hat. Er braucht mich jetzt für eine Weile.«

Und später, nachdem sie einige Zeit bei ihm verbracht hatte, hatte sie gesagt: »Er bewegt Dinge, und der Senator bewegt Dinge. Wichtige Dinge.«

»Aber du kannst das, was die beiden bewegen, doch gar nicht beurteilen. Du bist doch nicht so politisch engagiert wie sie.«

»Das ist ja das Problem. Ich sollte es sein. Du solltest es sein. Wir müssen uns engagieren.«

»Warum? Wofür?«

»Für irgend etwas. Man kann doch nicht sein ganzes Leben in einer Wolke der Lust verbringen! Das ist das einzige, das uns zusammenhält: Lust. Wir haben sonst keine Gemeinsamkeiten. Nichts Geistiges oder Seelisches oder Politisches. Nichts.«

»Seelisches?«

»Ja, Seelisches! Dieser hell strahlende Kern in uns, der manche Menschen veranlaßt, ihr Leben dem Wohlbefinden anderer zu widmen. Wir, du und ich, haben uns dem unser Leben lang verweigert, haben es ignoriert, und es ist in uns fast abgestorben. Ich will es retten. Ich werde für den Senator arbeiten, werde Mitglied seines Teams werden.«

»Ist das die seelische Erfüllung? Für William Wiley zu arbeiten?«

»Ich wußte, daß du diese Einstellung haben würdest. Ich wußte, daß du es nicht verstehen würdest. Er stellt sein Leben in den Dienst anderer Menschen, hilft anderen, denen es nicht so gut geht wie ihm.«

»Welchen anderen? Wem?«

»Allen möglichen. Den Menschen. Er hat einen Grundsatz: den Menschen zu helfen.«

»Mir nicht, mir hilft er einen verdammten Dreck. Er nimmt mir die Frau weg.«

»Das sagst du, weil ich für dich nichts anderes bin als ein Lustobjekt. Aber ich muß mich weiterentwickeln, mich verwirklichen, das aus mir machen, wozu mich meine Begabung befähigt. Ich muß meine eigene Persönlichkeit zutage fördern.«

»Ich werde mein ganzes Geld hergeben und ein Armutsgelübde ablegen. Ich schenke es einer Wohltätigkeitseinrichtung deiner Wahl.«

»Du besitzt kein Geld.«

»Also gut, dann gebe ich dein ganzes Geld her.«

»Mach dich nicht lustig über mich, Drew! Egal, was du tust, aber mach dich nicht lustig über mich! Mir ist es sehr ernst damit. Du weigerst dich, irgend etwas ernst zu nehmen, und bis jetzt hatte ich nichts dagegen einzuwenden. Es hat Spaß gemacht mit dir, alles war Spaß und Spiel, aber das reicht mir nicht mehr.«

»Warum nicht, Pat? Was ist daran falsch, glücklich zu sein?«

Sie war hinausgerannt, ohne ihm eine Antwort zu geben, und bis jetzt hatte sie ihm noch keine Antwort darauf gegeben. Die Morgenröte verwandelte die Blätter der Bäume in schwarze Spitze, die sich vor einem rosagestreiften grauen Himmel abhob. Er stand auf und reckte sich. Seine Schulter schmerzte an der Stelle, mit der er gegen den Türrahmen gestoßen war, und sein Schienbein war aufgeschrammt, weil er gegen einen Stuhl oder irgendeinen verdammten herumstehenden Gegenstand geprallt war, und zwischen den Schulterblättern tat es ihm weh, weil er zu lange gefahren war und zu wenig geschlafen hatte. Er fühlte sich wundervoll, entschied er, und ging ins Bett, um ein paar Stunden zu schlafen, bevor er sich zum Frühstück mit seiner Exfrau traf, deren köstlicher weiblicher Duft noch in seiner Nase war.

NEUN

Im Mai hatten T. M. und Michelle Mathews eine Vorladung zum Finanzamt. Schon seit Wochen hatten sie die erforderlichen Unterlagen vorbereitet, hatten Belege gesammelt, Photokopien von Rechnungen und stornierten Zahlungsanweisungen gemacht, hatten alle Einnahmen und Ausgaben überprüft, um auf die Quelle des Irrtums zu kommen, denn um einen solchen mußte es sich handeln.

T. M. sollte das Gespräch führen, hatten sie beschlossen; sonst hätte Michelle ausgerechnet am Freitag im Büro fehlen müssen, und das war der Tag, an dem bei dem Arzt, bei dem sie arbeitete, am meisten los war. Es war nicht nötig, daß sie beide hingingen, versicherten sie sich gegenseitig immer wieder nervös. Sie waren noch kein ganzes Jahr lang verheiratet, und dies war ihre erste Krise, aber sie wurden ganz gut damit fertig, wie zwei erwachsene Menschen; jeder stellte vor dem anderen seine gute Laune zur Schau, jeder war wachsam und hatte Angst, sich in der Nacht zu rühren, damit er den anderen nicht störte. An jenem Freitagmorgen sah T. M. mitgenommen aus und fühlte sich alt, nicht wie sechsundzwanzig. Michelle hatte Ringe unter den Augen, sie verschüttete ihren Kaffee und ließ ihren Toast fallen.

»Es ist alles okay, Liebling«, sagte sie zum wiederholten Male. »Laß dir keine grauen Haare wachsen, okay?«

»Klar. Ich liebe dich.«

Das löste das entsprechende Kribbeln in seiner Kehle aus, ein Gefühl wallte in seiner Lendengegend auf. Sie sahen beide auf die Uhr, aber die Zeit reichte nicht mehr. Er berührte sie nicht, wagte nicht, sie zu berühren.

»Heute abend werden wir feiern«, sagte er mit belegter Stimme. »Wir gehen zum Essen aus, okay?«

Sie nickte. »Viel Glück!«

Es war Zeit, ihre Wohnung zu verlassen, um dieselbe U-Bahn zu erwischen, die ihn zum Finanzamt und sie ins Büro bringen sollte. Er trug seine Aktentasche mit den Steuerunterlagen, und eine lange Rolle Blaupausen – fast einen Meter lang und unhandlich. An der U-Bahnstation waren sie nur noch zwei einzelne Papierschnipsel in einem Konfettiwirbel, getrennt in der Menge, obwohl sie sich in Reichweite voneinander befanden.

T. M. mußte über zehn Minuten lang in dem schäbigen Anmelderaum des Finanzamtes warten, wo an diesem Morgen um neun schon jede Menge Leute waren. »Wir sehen uns in der Zelle wieder, Junge«, sagte der Mann zu seiner Linken gutgelaunt; der auf der Rechten flüsterte ihm zu: »Denk daran, sag nichts Schlechtes über die Regierung, über Steuern, deinen Finanzbeamten oder sonst über irgend etwas.«

»Zimmer acht«, sagte die Frau hinter der Anmeldetheke, ohne aufzublicken.

Vor der Tür zu Zimmer acht schluckte er, wischte sich die Hand am Hosenbein trocken und trat ein. Der Mann am Schreibtisch nickte ihm zu, erhob sich aber nicht.

»George Reilly. Sind Sie Mr. Mathews?«

Sie gaben sich die Hand, und T. M. nahm dem Beamten gegenüber Platz. George Reilly war ein dünner Mann mit schütterem Haar, das erste Spuren von Grau zeigte. Er trug eine Brille mit schwerem Gestell, die ihm andauernd die schmale, fettige Nase hinunterrutschte.

»So, lassen Sie mal sehen, was wir da haben«, sagte er und öffnete einen Aktenordner vor sich. Am Rand des Schreibtischs stand eine Reihe dicker Bücher, und auf der Platte lagen ein Bleistift, ein Füllfederhalter und der Aktenordner. Hinter dem Schreibtisch, leicht seitlich versetzt, stand ein Metalltisch mit dem Telefon.

»Ach ja, Sie sind Architekt, stimmt das?«

»Ja.«

»Und Ihre Frau ist Buchhalterin?«

»Stimmt.«

»Wie groß ist Ihre Wohnung, Mr. Mathews?«

»Ungefähr siebzig Quadratmeter, einschließlich Kammer und Bad.«

Mr. Reilly zog eine Art Buchhaltungskladde aus einer der Schreibtischschubladen und schrieb hinein: Zwei Schlafzimmer.

»Sie arbeiten bei der Firma Webbing, Trimble und Cooke? Wieviel Architekten hat die Firma beschäftigt, nebenbei gefragt?«

T. M. blinzelte. »In meiner Abteilung sind es neun. Beziehungsweise zehn, wenn man Mister Cooke mitzählt.«

»Und dort gibt es die entsprechenden Räumlichkeiten, wo Sie arbeiten können? Zeichenbretter und so weiter, was Architekten benötigen?«

Er nickte wachsam. »Ich habe hier meine Unterlagen mitgebracht, die Dinge, die in Ihrem Brief erwähnt waren.«

»Warum erledigen Sie also einen Teil Ihrer Arbeit zu Hause? Sie sind doch bei der Firma ganztägig beschäftigt, oder nicht?« Er blickte T. M. über den Rand seiner Brille hinweg an, und ein dürftiges Lächeln kräuselte seine Lippen, als ob sie ein lustiges Geheimnis miteinander teilten.

»Wir arbeiten an einem großen Auftrag, einem Wolkenkratzer, und wir haben einen knappen Termin ...«

»Hat Sie Ihr Vorgesetzter angewiesen, einen Teil der Arbeit zu Hause zu erledigen?« Er warf einen Blick auf die zusammengerollten Blaupausen, mit denen sich T. M. zu Hause befaßt hatte. »Oder soll das Eindruck auf mich machen?« Sein Lächeln wurde breiter.

»Nein, natürlich nicht. Ich nehme oft Arbeit mit nach Hause.«

»Ich verstehe. Was steht alles in Ihrem Büro in der Wohnung, Mister Mathews?« Er wühlte in den Papieren in dem Ordner und entnahm ihm einen Brief, die Photokopie dessen, den sie an T. M. und Michelle geschickt hatten. »Wie ich sehe, hatten wir Sie gebeten, uns eine ungefähre Skizze Ihrer Wohnung vorzulegen. Haben Sie sie mitgebracht?«

T. M. suchte in seiner Aktentasche herum und zog schließlich eine Grundrißzeichnung heraus, keineswegs ungefähr, sondern liebevoll und akkurat gezeichnet.

»Wie hübsch«, sagte Reilly, während er sie betrachtete, und nickte; sein Lächeln wurde immer noch breiter. »Welches Zimmer benutzen Sie als Büro?«

T. M. deutete auf die entsprechende Stelle.

»Natürlich. Warum zeichnen Sie mir nicht einfach grob ein, was in diesem Zimmer alles steht? Das macht Ihnen doch nichts aus, oder?«

T. M. zeichnete seinen Zeichentisch ein, Regale, dann zögerte er und lehnte sich zurück.

»Und wo hat Ihre Frau Ihren Computer untergebracht? Ich habe bemerkt, daß Sie ihn absetzen möchten.«

»Er steht auch in diesem Zimmer.«

»Ich verstehe. Sie benutzt das Zimmer also auch als Büro, stimmt das?«

T. M. nickte. »Sie machte Programmierungsarbeiten für kleinere Firmen.«

»Aber hier steht, daß sie bei einem Dr. Saltzman beschäftigt ist.«

»Sie bedient seinen Computer und macht damit seine Abrechnungen.«

»Ich befürchte, Mr. Mathews, die Bestimmungen über die Nutzung von Privatwohnungen als Büro sind sehr streng.«

»Wir haben sie durchgelesen. Hören Sie, ich werde Ihnen vorlesen, was darin steht.« Er hielt sein Taschenbuch ›Führer durch den Steuerdschungel‹ hoch.

»Bitte, Mr. Mathews, vielleicht können wir die Sache abkürzen, wenn ich Ihnen einfach zeige, was in dem entsprechenden Gesetz wirklich steht.« Reilly zog das vorletzte Buch aus der Reihe am Rand seines Schreibtischs und legte es vor sich hin. Er öffnete es an einer Stelle, an der ein Zettel steckte. Das Buch war mehrere Zentimeter dick. T. M.'s Blick schweifte von diesem zu den anderen auf dem Tisch, und er sah, daß aus jedem davon ein oder mehrere Zettel herausragten. Entmutigt atmete er tief durch und sackte auf seinem Stuhl in sich zusammen.

Das war der Anfang. An jenem Tag dachte er, es sei der schlimmste seines Lebens; zwei Wochen später wußte er, daß er sich getäuscht hatte. Der wirklich schlimmste Tag seines Lebens war der, an dem Jeremy Cooke ankündigte, daß die Firma zu Sparmaßnahmen gezwungen sei und so weiter und so weiter, und als er das Zeichenbüro verließ, hatte T. M. seine Kündigung. Er sagte Michelle nichts davon; es wäre höchstens eine Sache von ein paar Wochen, bis er wieder einen Job hätte, dachte er zunächst. Er fand sein altes Bewerbungsschreiben und brachte es auf den neuesten Stand, füllte Formulare aus, hatte Vorstellungsgespräche und stellte einen Antrag auf Zahlung von Arbeitslosengeld.

An einem Nachmittag Mitte Juni holte er Michelle vom Büro ab, und gemeinsam gingen sie zur U-Bahn. Zwei Männer näherten sich ihnen, gingen an ihnen vorbei, und drehten sich dann um, um hinter ihnen herzukommen.

»Machen Sie kein Theater und geben Sie uns Ihren Geldbeutel, meine Dame«, sagte einer von ihnen.

T. M. spürte, wie ihm der Geldbeutel aus der Gesäßtasche gezogen wurde. Weder er noch Michelle protestierten. Widerspruchslos händigte sie ihren Geldbeutel aus.

»Gehen Sie weiter!« sagte die Stimme.

Wortlos gingen sie halb um den nächsten Block. »Wir sollten zur Polizei gehen«, sagte er schließlich.

»Was bringt das? Wieviel hattest du dabei?«

»Vielleicht zehn Dollar. Und du?«

»Etwa das gleiche. Ich stecke mir das Geld immer in den BH. Laß uns ein Taxi nach Hause nehmen. Ich glaube, ich muß weinen.«

In dem Wagen sah sie auf ihrer Seite zum Fenster hinaus und sagte leise: »Heute war mein letzter Tag im Büro. Ich habe vor einer Woche gekündigt.«

Sein Griff um ihre Hand wurde fester. »Was ist passiert? Bist du in Ordnung?«

»Na, natürlich. Nur ... ich konnte es einfach nicht mehr aushalten. Er ist ein solcher Gauner, und er hat mich begaunert, und ich wußte, daß es Gaunerei war ...« Ihre Stimme versagte, und sie atmete tief durch. »Und jetzt das noch ...«

»Es wird alles gut, Liebling. Wir werden es schon schaffen.«

»Es hat mich einfach wahnsinnig gemacht, daß ich seine Frau und seine Tochter pro forma als Angestellte führen mußte, und das, nachdem wir die Prüfung hatten und soviel nachzahlen mußten und wir dadurch jemanden wie ihn subventionierten ... Ich werde sofort einen neuen Job finden ...«

Der Fahrer schnaubte. »Kinder, habt ihr überhaupt Geld, diese Fahrt zu zahlen?«

Als sie in ihrer Wohnung angekommen waren, gingen sie gleich ins Bett, ließen ihre Kleidung einfach auf den Boden fallen.

»O Gott«, sagte er immer wieder, »du bist so schön. Du fühlst dich da drin so lebendig an.«

Sie schrie auf und weinte; sie klammerten sich während einer angemessenen Pause aneinander, dann machten sie es wieder. Als sie schließlich aufstanden, war es schon fast zehn Uhr. Sie badeten zusammen und spielten unter Wasser miteinander, aber keiner von beiden ließ sich erneut erregen, sie waren zu hungrig.

Er machte Rühreier, sie richtete Salat an, bereitete Kaffee und holte ein Päckchen gefrorener Erdbeeren aus dem Tiefkühlfach. Er wartete, bis sie gegessen hatten, um ihr zu sagen, daß er ebenfalls arbeitslos war.

Sie starrte ihn an. »Du machst keine Witze, oder?«

»Michelle, was fehlt dir? Du siehst so ... Was fehlt dir?«

Sie hätte nicht sagen können, was ihr fehlte. Einen Moment lang fühlte sie sich weggetreten, so hätte sie es vielleicht beschrieben, wenn sie es versucht hätte. Irgendwo weit weg, an einem anderen Ort, als jemand anders. Sie sah sich in der Küche um, mit dem kleinen Tisch, an dem zwei Personen Platz hatten, und ließ den Blick weiterschweifen ins Wohnzimmer, in dem kaum Möbel standen, da sie übereingekommen waren, nur Möbel zu kaufen, die ihnen beiden gefielen, und nur dann, wenn sie sie bar bezahlen konnten.

»Wir müssen umziehen, weit raus aus der Stadt«, sagte sie.

»Liebling! Das ist nicht das Ende der Welt! Noch nicht.«

»Irgendwo raus aufs Land.«

»Michelle, hör auf! Was hast du denn?«

Sie blinzelte. »Wir werden umziehen«, sagte sie ruhig. »Möchtest du jetzt Kaffee?«

»Ich habe ein hervorragendes Zeugnis bekommen«, sagte T. M. »Es wird keinen Monat dauern, bis ich wieder etwas habe.«

Sie stand auf und kam mit der Kaffeekanne und zwei Bechern zum Tisch zurück, ohne im geringsten auf seine Worte einzugehen. »Wir sollten unsere finanzielle Lage prüfen, glaube ich«, sagte sie, und das fremde Mädchen war verschwunden, sie war wieder seine Michelle. Ein Knoten in seiner Magengegend, den er als solchen nicht wahrgenommen hatte, löste sich langsam auf. Was, zum Teufel, hatte das denn bedeuten sollen? Er schob den Gedanken weg, nicht willens, weiter in die Frage einzudringen, nicht willens, sich einzugestehen, daß noch vor ein paar Sekunden alles äußerst verzwickt ausgesehen hatte. Auch wenn er sich jetzt in der Küche umsah, im Wohnzimmer, war es mit dem unbehaglichen Gefühl, daß nichts von all dem so beständig war, wie er gedacht hatte.

Als T. M. am nächsten Morgen die Post hereinholte, war dabei ein Brief, in dem ihnen mitgeteilt wurde, daß das Gebäude, in dem sie wohnten, in eine Genossenschaftsanlage umgewandelt werden sollte. Man machte ihnen den Vorschlag, sich einzukaufen, mit einer Summe von achtzigtausend Dollar. Michelle sah den Brief gleichgültig an. Sie machte Sandwiches. Sie hatte angekündigt, daß sie heute aufs Land fahren wollten, um sich Häuser anzusehen, die zu vermieten waren.

Sie wollte fahren, und er war gern damit einverstanden. Er blickte nicht mehr durch, mit einemmal geriet ihm alles aus der Kontrolle; außerdem kannte er sich in diesem Teil des Landes nicht gut aus. Er stammte aus Kalifornien. Sie waren an der Küste entlanggefahren, draußen in Long Island gewesen, unten in Jersey am Meer, aber noch nie hatten sie den Teil von New Jersey besucht, wohin Michelle heute mit ihm fahren wollte. Michelle war in Trenton aufgewachsen, das wußte er, und hatte dort gelebt, bis sie nach Buffalo in die Schule kam.

»Sei kein Muffel!« sagte sie, während sie auf einer kurvigen Landstraße mit Wald zu beiden Seiten fuhren. »Du weißt genausogut wie ich, daß wir es uns jetzt nicht mehr leisten können, in New York zu wohnen. Und außerdem, du hast ja wohl auch keine Lust, an Superwolkenkratzern für milliardenschwere Gesellschaften zu arbeiten, oder? Das einzige, was du in den ersten fünf Jahren machen dürftest, wäre die Planung von Abflußrohren.«

Er sah sie mürrisch an. Als er dieses Argument gebracht hatte, um an ihr Mitleid zu appellieren, hatte sie ihn in seiner düsteren Stimmung getröstet. Es war nicht fair von ihr, es jetzt wieder auszugraben. Was er wirklich gern tun würde, hatte er in derselben Nacht gesagt, wäre, erschwingliche Häuser für normale Leute zu bauen, Häuser, die vernünftige Energiequellen ausnutzten, solarbeheizte Häuser ... Träumereien, Luftschlösser.

»Du kannst deine Häuser entwerfen und sie einer der Baugesellschaften verkaufen, die so etwas herstellen. Ich werde einige Programme zusammenstellen, die ich im Kopf habe. Die kann ich auch verkaufen. Wenn wir sparsam leben, können wir länger als ein Jahr von unserem Ersparten und dem Arbeitslosengeld leben, auch wenn keiner von uns beiden sofort wieder einen festen Anstellungsvertrag bekommt.«

»Du spinnst, weißt du das? Laß uns das Auto verkaufen und den Computer und eine billigere Wohnung suchen ...«

»Du kannst den Wagen nicht verkaufen, weißt du das nicht? Wir werden ihn auf dem Land brauchen, und die Computer sind heute schon viel billiger als meiner und haben mehr Funktionen. Wir müssen beides wohl oder übel behalten.«

Er mißtraute ihrer guten Laune. Das war nicht normal. Sie würden jetzt Benzin und Zeit verschwenden und einen Tag damit verbringen, Bäume und Bauernhöfe und Hügel zu betrachten, und morgen würden sie sich hinsetzen, die Mietangebote durchlesen und sich ernsthaft damit beschäftigen, eine andere Wohnung zu suchen. Langsam besserte sich auch seine Laune; er betrachtete dies Unternehmen einfach als einen Ausflug, einen freien Tag. Sie könnten beide einen freien Tag gebrauchen, ohne Angst vor Taschendieben, keine unerfreuliche Post, keine Chefs.

»Es muß uns nur gelingen«, fuhr sie unbeirrt fort, »ein

Haus zu finden, das weniger als hundert im Monat kostet, dann haben wir es geschafft.«

Er lachte und rutschte weiter auf ihre Seite, tätschelte ihren Schenkel.

Es war halb zwölf, als Michelle vor einem kleinen weißen Gebäude anhielt, an dem das Schild eines Immobilienmaklers angebracht war. T. M. war überrascht, wie hübsch die Landschaft hier war; er hatte gar nicht gewußt, daß New Jersey so hügelig war, er hatte angenommen, es gäbe dort nur flache Zwiebelfelder und Industriegebiete und kahlen Strand.

»Hallo. Was kann ich für Sie beide tun?« Ein Mann mit einer Golftasche kam seitlich um das Haus herum.

»Wir suchen ein Haus, das zu vermieten ist«, sagte Michelle. »Billig soll es sein.«

Der Mann lachte und stellte seine Tasche an der vorderen Eingangstür ab. »Verdammt soll ich sein! Wie billig, meine junge Dame? Ist sechzig im Monat billig genug für Sie?«

Sie nickte.

»Also, kommen Sie herein, ich sage Ihnen, was ich alles habe.« Er schloß die Tür auf und schob sie in einen Raum, wo ein Schreibtisch und mehrere Stühle standen. Bilder von Häusern bedeckten eine Wand, die meisten Bauernhäuser und einige von ihnen sehr schön.

»Ich heiße Fensternacht. Sarge Fensternacht«, sagte der Mann und stöberte durch einen Stapel Papier auf seinem Schreibtisch. »Gerade gestern habe ich etwas hereinbekommen ... Ach ja, hier ist es.«

T. M. murmelte ihre Namen und hielt ein wachsames Auge auf Michelle, da er wieder das unbestimmte Gefühl hatte, daß irgend etwas nicht stimmte.

»Lassen Sie uns sehen. Wie gesagt, es ist erst gestern hereingekommen.« Fensternacht las einen Abschnitt aus dem Brief vor. »›... während des nächsten Jahres oder länger nicht hier und möchte es nicht so lange leer stehen lassen. Versuchen Sie also, es zu einem Satz zu vermieten, der wenigstens die Steuer deckt, und zahlen Sie sie für mich, wenn sie fällig ist. Schlagen Sie genügend für Ihre Provision drauf, das versteht sich von selbst. Vielen Dank. Ihr alter Freund, Joe Bramwell.‹« Er überflog den Brief noch einmal, dann strahlte er erst Michelle und dann T. M. an. »Sechzig im Monat reichen.«

»Wir nehmen es«, sagte Michelle.

»Halt mal!« warf T. M. ein, »wir müssen es erst sehen.«

Michelle sah ihn an und nickte. »Na klar.« Dann wandte sie sich wieder an den Makler. »Können wir gleich einziehen?«

ZEHN

Joe Bramwell hatte das Haus gekauft, um es wieder herzurichten, hatte ihnen Sarge Fensternacht erzählt. Spottbillig, fünfzehn Jahre lang unbewohnt, aber grundsätzlich in gutem Zustand. Dann hatte er Veränderungen vorgenommen. T. M. hielt es für das häßlichste Haus in den Staaten, vielleicht in der ganzen Welt. Wo früher der Vordereingang gewesen war, wuchs jetzt ein Forsythienbusch, wild wuchernd. Bramwell hatte den Vorbau und die Stufen entfernt und den Eingang mit Brettern vernagelt, so daß das Haus keinen Eingang hatte, den man auf den ersten Blick sah. Er hatte eine Garage angebaut, die keine einzige rechtwinklige Ecke besaß und keine senkrechte Wand und allenfalls als Unterstand für einen Wagen dienen konnte, und in diesem mißlungenen Gebilde war jetzt eine Tür, die in einen anderthalb Quadratmeter großen Vorraum im Innern des Hauses führte, mit der Küche zur rechten und dem Wohnzimmer zur linken Seite. Das Wohnzimmer ging über die ganze Breite des Hauses, sieben Meter lang und drei Meter breit. Darin war ein Kamin, der ausreichte, um das ganze Haus zu heizen, hatte ihnen Sarge versichert, aber wenn sie ihn nicht benutzen wollten, war im Keller auch noch ein Heizungskessel. Im oberen Stock war noch ein Zimmer in der gleichen Größe wie das Wohnzimmer, und zwei kleinere Räume, von denen Michelle gleich einen zu ihrem Büro erklärte, wodurch der andere automatisch zu T. M.'s Atelier wurde. Der große Raum sollte ihr Schlafzimmer sein. Es standen allerlei Möbel in dem Haus herum, aber nichts davon wollten sie verwenden. Sie stellten alles in den Keller, wo schon jede Menge zerbrochener Stühle und Tische waren, Sperrmüllmöbel aller Art, Dosen mit Farbe und

Lacken, Werkzeug, Schleifmaschinen verschiedener Größe und Dreck. Vor allem Dreck, dachte T. M., der auf der untersten Stufe stand und das Chaos betrachtete.

Er pfiff vor sich hin. Alles in allem war mit dem Umzug alles glatt gegangen, zu seiner großen Überraschung. Er und Michelle waren auf die Hügel auf der anderen Straßenseite jenseits des Hauses geklettert, hatten den Sumpf dahinter erforscht und hatten in dem Fluß gebadet, der keine halbe Meile entfernt war. Die Straße, die zu ihrem Haus führte, war ein Schotterweg, und nur die vier oder fünf Familien, die daran wohnten, benutzten ihn. Keines der anderen Häuser stand in Sicht- oder Hörweite. Im Anfang hatte er gemeint, das Haus stünde viel zu einsam, als daß es einer von ihnen beiden würde ertragen können, doch während der letzten Wochen hatte er sich langsam daran gewöhnt, hatte es akzeptiert, dieses ruhige, komische Haus, die Moskitos, die angriffen, sobald die Sonne unterging, und vor allem, daß er und Michelle die Möglichkeit hatten, auszuspannen, zu spielen, wenn sie spielen wollten, zu arbeiten, wenn sie arbeiten wollten, spazierenzugehen, zu reden, in der Küche herumzuexperimentieren – all diese Dinge, für die sie früher nie Zeit gehabt hatten.

Wenn sie das Geldproblem nicht ständig bedrückt hätte, wäre der Zustand ideal gewesen. Er machte wirklich Entwürfe, auf die er stolz war – gute Pläne, gute Häuser –, und Michelle arbeitete oft tagelang an ihrem Computer. Wenn sie nur einen reichen Onkel gehabt hätten, der ihnen dieses Leben für das nächste Jahr oder so finanziert hätte, damit sie ihre ersten Flugversuche als Freiberufler machen konnten. Doch obwohl sie nicht darüber sprachen, wußte er, daß diese Zeit ablaufen würde, diese Traumzeit, Spielzeit, und daß sie vor Ablauf eines Jahres wieder der Realität ins Auge sehen müßten. Und im nächsten Ort, in Harmony, New Jersey, gab es keine Jobs für einen Architekten und eine Computerfachfrau. Inzwischen müßte er versuchen, den Heizungskessel in Betrieb zu setzen, denn in einem Monat würden sie ihn brauchen, und es wäre besser, jetzt schon mal zu wissen, ob er überhaupt funktionierte. Das Problem war nur, an ihn heranzukommen.

Bramwell war offenbar Rentner, der in Jersey City bei einer herrschsüchtigen Tochter wohnte und dieses Haus auf dem Land als eine Art Sicherheitsventil betrachtete. Er hatte es bar gekauft und sich gleich daran gemacht, es zu ›verschönern‹. Er verbrachte nur sechs Wochen bis höchstens zwei Monate im Jahr hier, aber immer, wenn er hier war, bastelte er daran herum. Die hintere Veranda war ein Alptraum von einer Konstruktion, wackelig, baufällig, gefährlich. Die Garage war zum Lachen. Und im Keller stand das ganze Gerümpel an Möbeln herum, von denen Bramwell gesagt hatte, daß er sie zu reparieren und aufzuarbeiten beabsichtigte, um sie dann zu verkaufen und sich ein Taschengeld zu verdienen. T. M. schüttelte den Kopf über das Chaos, durch das er sich hindurcharbeiten mußte. Spinnweben waren dicht, der Staub lag dick, und die an den Wänden angebrachten Regale waren so mit Müll beladen, daß man nicht erkennen konnte, ob sich darunter noch etwas Brauchbares befand. Eine Werkbank bog sich unter der Last von allerlei Krimskrams. Und die Beleuchtung war schrecklich.

Er hatte sich seinen Weg schon beinah bis zum Heizungskessel gebahnt, als er zu der Einsicht kam, daß er ohne besseres Licht ohnehin nichts würde sehen können. Er ging zur Treppe zurück und ging hinauf, wobei er jeweils drei Stufen auf einmal nahm. Oben angekommen, knipste er an sämtlichen Schaltern herum: die nach oben standen, drückte er nach unten und umgekehrt. Bramwell hatte sich auch für so etwas wie einen Elektriker gehalten; die Kabel waren im ganzen Haus auf unglaubliche Weise verlegt.

T. M. hatte in der Woche ihres Einzugs Glühbirnen gekauft. Jetzt nahm er einige davon mit und begab sich wieder in den Keller. Er schraubte in jede Fassung, die er finden konnte, eine, bediente Schalter, zog an Schnüren, drückte Knöpfe, aber die Beleuchtung wurde nicht besser. Wenn eine Lampe anging, ging die andere aus. Es war, als ob Bramwell das absichtlich so eingerichtet hätte, dachte er wütend. Jeder, der nur eine blasse Ahnung vom Kabelverlegen hatte, hätte es besser machen können, als es hier geschehen war.

Der Keller war nicht so groß, dachte er, warum waren überhaupt so viele Anschlüsse vorgesehen? Wahrscheinlich deshalb, weil Bramwell vorgehabt hatte, hier unten an seinem Sperrmüll zu arbeiten. Allein über der Werkbank gab es drei Fassungen. Doch keine der Birnen leuchtete, solang der Heizkessel in Betrieb war. Er war drauf und dran, seine Niederlage einzugestehen, als Michelle halbwegs die Treppe herunterkam.

»Post ist gekommen«, rief sie. »Deine Schwester hat einen Brief geschrieben.«

»Komme gleich rauf.«

»Gehst du heute noch mal raus? Wenn nicht, mache ich das Garagentor zu, es sieht aus, als ob es wieder ein Gewitter gäbe.«

»Mach es ruhig zu.« Er sah sich nach einem Lappen um, um sich die Hände abzuwischen. Er war bedeckt mit dem Dreck des Kellers, der offenbar seit mehr als einem Jahrzehnt unangetastet gewesen war. Er stand an der Werkbank, als alle Lampen im Keller erloschen. Die Schwärze war ein paar Sekunden lang undurchdringlich, bis sich seine Augen daran gewöhnt hatten, und dann konnte er undeutlich die Fenster erkennen, die von Staub bedeckt fast vollkommen hinter dem Gerümpel versteckt waren; die Tür zur Küche war ein blasses Rechteck, das hoch über seinem Kopf schwebte. Er ließ den Lappen fallen, den er gefunden hatte, und tastete nach der Werkbank, da er wußte, daß sich zwischen ihm und der Treppe Berge von Zeug auftürmten. Seine Hand glitt an der Kante der Arbeitsplatte entlang, während er behutsam einen Fuß vor den anderen setzte, um zu der Stelle zu kommen, von wo aus er freie Bahn haben mußte, und plötzlich bewegte sich die ganze Wand neben ihm.

Er blieb auf dem Fleck stehen, da er das Gefühl hatte, daß sich ein Loch im Boden aufgetan hätte. Vorsichtig drückte er gegen die Werkbank, und sie bewegte sich wieder und bewegte sich so lange, wie er dagegendrückte. Er konnte sehen, wie sich jetzt ein schwarzer Raum auftat, der so hoch war wie die Kellerdecke und mindestens sechzig Zentimeter breit. Er nahm die Hand von der Werkbank, und die Wand glitt zurück, der freie Raum verschwand. Vorsichtig tastete er die Werkbank nach einer Feder ab, nach einem Mechanismus, was immer es gewesen sein mochte, das er zuvor berührt hatte; nichts geschah.

»T. M., was ist passiert? Hat es wieder eine Sicherung herausgehauen?«

Michelles Umrisse zeichneten sich im blassen Rechteck der Küchentür ab. Sie betätigte einen Schalter, und das Licht im Keller ging an. »Dieses Haus hat die verrücktesten Stromkreise, die ich je erlebt habe«, murmelte sie.

T. M. suchte, bis er eine Unebenheit in der Leiste fand, mit der die Arbeitsfläche der Werkbank eingefaßt war. Das mußte es sein, dachte er, und drückte darauf, versuchte, sie nach vorne zu schieben und zurückzuziehen, versuchte, sie in irgendeine Richtung zu bewegen, und sei es nur ein winziges Stückchen. Nichts. Schließlich ging er enttäuscht nach oben.

»Ich habe das Garagentor kaputt gemacht«, sagte Michelle trübsinnig. Sie saß am Küchentisch mit zwei unordentlichen Stapeln Post vor sich. Der eine Stapel bestand aus Rechnungen, die sie beschlossen hatten nur jeden Freitag zu öffnen, das andere waren zum großen Teil Werbesendungen, aber es waren auch ein oder zwei richtig schöne Briefe dabei.

»Was meinst du damit, du hast es kaputt gemacht? Wie denn?«

»Du weißt doch, daß wir es nie geschafft haben, es vollständig zu schließen. Ich war fest entschlossen, es ganz zuzumachen, damit es nicht wieder hereinregnete wie beim letzten Mal, und ich packte es mit aller Kraft und rüttelte und zerrte daran. Ich glaube, die Halterung ist gebrochen. Es gab ein schreckliches Geräusch, und das Tor knallte bis ganz auf den Boden herunter. Und jetzt kann ich es nicht mehr öffnen.«

Sie gingen zusammen hinaus in die Garage; auch hier war das Licht miserabel. Über der Eingangstür zum Haus hing eine trübe Birne; der größte Teil der Garage lag im Dunkeln. Michelle öffnete den Kofferraum des Wagens und holte eine Taschenlampe heraus, mit der sie leuchtete, während T. M. den Rand der Metalltür abtastete, auf der Suche nach dem Schließmechanismus. Schließlich fand er ihn und entriegelte ihn; die Tür hob sich etwa dreißig Zentimeter vom Boden weg in die Stellung, in der sie üblicherweise hängenblieb. Er ruckte daran, und bei jedem Zug sank sie ein paar Zentimeter, aber sobald er losließ, schnellte sie sofort wieder hoch.

»So ist es mir auch dauernd gegangen, und dann habe ich es mit Schwung probiert«, sagte Michelle. »Was suchst du?«

»Ich weiß nicht. Irgendwas ist hier komisch. Warum baut jemand eine Tür ein, die nur mit Gewalt schließt? Warum ist in einer Garage wie dieser eine Wand holzgetäfelt?« Die Wand zum Haus hin war mit knorrigem Pinienholz verkleidet. Es reichte bis über die Deckenkante und endete an einer Luke nach oben. Er zog das Tor mit einigem Kraftaufwand zu und benutzte die Taschenlampe, um die Laufschiene zu untersuchen. Nach einem Moment trat er langsam einen Schritt davon zurück. »Das ist es«, flüsterte er. »Ich habe den Auslöser gefunden.«

»Wovon sprichst du? Was hast du? Was hast du gefunden?«

»Komm, laß uns wieder in den Keller gehen!«

»Ich habe gedacht, daß ich mich schon verrückt benehme«, sagte sie, »als ich mich an der Garagentür wie Tarzan aufführte, aber du übertriffst mich. Was soll das alles?«

Sie standen auf der obersten Stufe der Kellertreppe. Sie streckte die Hand nach dem Lichtschalter aus, aber er hielt sie zurück. »Kein Licht. Als alle Lichter ausgingen, öffnete es sich, und als du wieder Licht angeschaltet hast, konnte ich es nicht mehr finden. Komm!«

»T. M., du kommst mir langsam sonderbar vor.«

»Gib mir die Taschenlampe!« Er nahm sie bei der Hand und führte sie die Treppe hinunter, wobei er mit der Lampe jeweils die Stufe vor ihnen ausleuchtete und dann den Boden, um den Weg zwischen dem Gerümpel hindurch zu finden. »Dort hinüber«, sagte er und ließ den Lichtstrahl auf die Werkbank fallen und fuhr dann damit an der Kante entlang. »Ich habe mich genau an dieser Stelle festgehalten, glaube ich. Ja, dort liegt noch der Lappen, den ich fallengelassen habe.« Er kniete sich hin und untersuchte die Unterseite der Werkbank, bis er die Stelle fand, wo die Leiste dicker war, doppelt so breit. Vorsichtig berührte er sie, schob den Finger langsam vor und wieder zurück, und die Wand bewegte sich.

Die Werkbank bewegte sich zusammen mit der Wand, und eine Öffnung in eine stockfinstere Schwärze tat sich auf. Michelle schnappte nach Luft und hielt den Atem lange Zeit an. Als sie wieder ausatmete, war die Öffnung vollständig. Ihr Ausatmen klang wie ein Seufzen.

»Was ist da drin?« flüsterte sie.

»Wir werden es herausfinden.« Er sprach die Worte ebenfalls flüsternd.

Sie bewegten sich zögernd voran, da ihnen der Mut

fehlte, das schwarze Loch zu betreten. Der Strahl von T. M.'s Taschenlampe schweifte durch den Raum, und ihnen blieb die Luft weg.

»Du lieber Gott! Eine Druckpresse! Und sieh dir das an!« Der Schein seiner Lampe verharrte auf einem Tisch, auf dem stapelweise Geldscheine lagen.

All die stümperhaft verlegten Kabel, dachte T. M. später, als er Michelle gegenüber am Küchentisch saß, die ganzen stümperhaften Holzarbeiten – alles eine Täuschung. Der Raum im Keller war von einem meisterhaften Handwerker gebaut worden, mit so viel Alarmeinrichtungen und Fallen, daß er so gut wie nicht zugänglich war. Es war reiner Zufall gewesen, daß er darauf gestoßen war. Wenn Michelle nicht das Garagentor zugeknallt hätte, wenn sie an irgendeinem der Schalter herumgeknipst hätte, die er von unten nach oben und von oben nach unten umgelegt hatte, dann hätte sich die Öffnung nie aufgetan. Wenn er nicht in jede Fassung Glühbirnen geschraubt hätte, hätte sie sich nie aufgetan.

»Ich habe jetzt wirklich Angst«, sagte Michelle. »Wir müssen die Polizei holen, nicht? Wir müßten, aber ich werde das Gefühl nicht los, daß ich es eigentlich nicht möchte.«

»Ja, so geht es mir auch.«

»Was werden wir machen? Wir können das Ganze doch nicht einfach vergessen.«

»Liebling, hast du jemals etwas richtig Gesetzwidriges getan?«

Sie schüttelte mit weitaufgerissenen Augen den Kopf.

»Haben wir irgendwo ein Vergrößerungsglas?«

»Neben dem Lexikon. Ich hole es.«

Sie untersuchten den Zwanzigdollarschein, den sie aus dem Keller mit heraufgebracht hatten, und es bedurfte des Vergrößerungsglases, um kleine Unvollkommenheiten zu entdecken, die etwas verschwommene Schraffierung, die erhabenen Stellen, die nicht ganz glatt waren. Doch selbst durch das Glas unterschied sich der Schein kaum von einer Zwanzigdollarnote, die Michelle aus ihrem Geldbeutel genommen hatte, außer daß die Seriennummer fehlte.

»Ich könnte die Nummer einzeichnen«, sagte T. M. mit belegter Stimme. »Dort unten ist Tusche.«

»Ich weiß, daß du das könntest.«

Sie blickten einander an. Er fuhr sich mit der Zunge über die Lippen und schüttelte den Kopf. »Man würde uns erwischen, und für so etwas bekommt man zwanzig Jahre. In getrennten Gefängnissen.«

Sie nahm seine Hand und legte sie an ihre Wange. »Das wäre mein Tod, wenn wir getrennt würden.«

Eins führte zum anderen, und sie beschlossen, ins Bett zu gehen und noch mal über alles nachzudenken. Später am Abend öffnete T. M. den Brief seiner Schwester. Als er ihn las, hatte er wieder das Gefühl, daß sich die Welt um ihn herum auflöste, wie damals in ihrer Wohnung in New York, als ihm Michelle eröffnete, daß sie aufs Land ziehen würden. Auf einmal hatte nichts mehr klare Umrisse, nichts war von Bestand, nichts mehr blieb an seinem Fleck, und alles schien unwirklich.

»Was gibt's?« fragte Michelle, die ihn beobachtete.

»Susan und Jerry kommen in zwei Wochen in den Osten und wollen, daß wir uns in Atlantic City zum Abendessen treffen.«

»Atlantic City?«

Beide wandten den Blick dem falschen Zwanzigdollarschein zu, der zwischen ihnen auf dem Tisch lag, und sie starrten ihn lange an.

ELF

»DIESES KLEINE SCHWEINCHEN ging auf den Markt, und dieses kleine Schweinchen blieb zu Hause ...« Mildred Lauder spielte voller Entzücken mit den Zehen ihrer elf Monate alten Enkeltochter, und auf der anderen Seite der sonnigen Veranda brütete Leon Lauder vor sich hin. Die Kleine stieß einen durchdringenden Juchzer des Vergnügens aus, und Mildreds Antwort war ein kaum weniger durchdringendes Lachen. Leon hob sein Bierglas und trank.

»Denk darüber nach, Pa!« sagte sein Sohn Anthony zu seiner linken Seite, und rechts fragte sein Enkelsohn Tony, ob er einen Hotdog mit zwei Würstchen auf einem Brötchen haben könnte.

»Der Preis stimmt«, fuhr Anthony fort, »und für zwei Leute gibt es mehr als genug Platz. Wer braucht in eurem Alter noch so ein großes Haus? Dauernd muß der Rasen gemäht werden, die Rosen müssen gewässert werden, immer gibt es Arbeit. Ruh dich doch mal etwas aus, Pa! Und laß sich Ma etwas ausruhen!«

»Ich mag Brötchen nicht«, nörgelte Tony. »Und ich mag keine eingelegten Gürkchen und Zwiebeln. Ich mag nur Würstchen und Ketchup. Und Cola. Was anderes eß ich nicht.«

»... Schweinchen machte grunz, grunz, grunz. Den ganzen Weg heim.«

Zwei ohrenbetäubende Juchzer untermalten den Vers.

Das dritte Kind, Jennifer, sieben Jahre alt, kam auf die Veranda heraus, stellte sich vor Leon hin und sah ihn an. Er lächelte sie an; sie sah ihn weiter an und verzog keine Miene.

»Keine Tomaten«, sagte Tony nach einer Weile. »Kann ich jetzt meinen Kuchen bekommen?«

»Jetzt, da Becky wieder arbeitet, sind wir beide den ganzen Tag nicht zu Hause, und das ist für die Kinder nicht gut. Und Ma hat doch solche Freude an ihnen, nicht?«

»Eia Popeia!« schrie Mildred; das Baby stieß einen Schrei aus.

»Ein Hund lief in die Küche und stahl dem Koch ein Ei, da nahm der Koch den Löffel und schlug den Hund entzwei«, sagte Jennifer in einem Atemzug. Sie machte einen Knicks und rannte zurück ins Haus.

»Sie ist vielleicht eine! Wie findest du das?« rief Anthony aus.

Im Haus hörte man das Telefon klingeln, und im nächsten Moment brüllte Becky von der Tür her: »Vater, es ist für dich!«

»... kann Pilze nicht leiden!« sagte Tony in dem Moment, als Leon flüchtete.

Leon hörte mit wachsender Fassungslosigkeit zu, während er einen Druck an der Wand anstarrte, auf dem ein Matador einen Stier tötete. Blut spritzte in einer Fontäne aus der Wunde an der Seite des Tieres.

»Er ist euch entwischt«, sagte er schließlich mit ausgedehnten Pausen zwischen den Worten. »Und ihr wißt nicht genau, wann er euch abgeschüttelt hat. Habe ich das richtig verstanden?«

Er hörte weiter zu und betrachtete den Stier, der noch nicht wußte, daß er dem Tod geweiht war. Lancasters Wagen war in der Auffahrt abgestellt gewesen. Er hatte einen Spaziergang im Regen gemacht. Er hatte die Fenster seines Wagens überprüft und war dann ins Haus gegangen, wahrscheinlich ins Bett. Seither war er nicht mehr gesehen worden. Einer von Mrs. Huysmans Wagen fehlte. Und nachdem man einmal in Trenton einen kurzen Blick auf den Indianer erhascht hatte, war er auch wieder verschwunden. Niemand hatte ihn dort erwartet, und der einzige verfügbare Wagen stand in die falsche Richtung, und bis der Fahrer wenden konnte, waren der Indianer, sein Lastwagen und das schwarze Kind, von dem er behauptete, daß es sein Enkel sei, auf und davon.

Leon gab seine Anweisungen mit einer trügerisch ruhigen Stimme. Er betrachtete den dummen Stier mit finsterer Miene, und als er sich umdrehte, sah er Jennifer in der Tür stehen.

»Keiner wäscht reiner und Weißes bleibt weiß und Buntes bleibt bunt mit Olo!« schrie sie und machte einen Knicks. Dann rannte sie davon.

Von der Veranda drang Mildreds Stimme herein: »... rirarutsch, wir fahren mit der Kutsch.«

Gestern, ein paar Minuten vor Feierabend, hatte ihn der Direktor in sein Büro gerufen.

»Hören Sie, Leon! Ich weiß, was dieser Mann für Sie bedeutet. Ihr einziger Fehlschlag, aber, zum Teufel, er ist ein alter Mann. Er wird bald tot sein. Und wenn er uns nun wirklich entwischt ist? Und im übrigen hat er seine Tätigkeit eingestellt. Neuerdings verbreitet jemand in Alabama drunten Dollarnoten, die auf braunes Packpapier gezeichnet sind, und er kommt damit durch. Sie setzen eine Armee von Leuten auf diesen einen Fall an, und unser Etat in diesen Zeiten ...«

Der Direktor war Mitte Vierzig. Anthony war vierzig. »In deinem Alter ...« hatte Anthony gesagt. Ein alter Mann. In deinem Alter. Und seine Armee von Leuten bestand aus Hohlköpfen. Sein einziger Sohn war ein Hohlkopf, mit einer Frau verheiratet, die ebenfalls ein Hohlkopf war, mit drei hohlköpfigen Kindern. *In deinem Alter!*

»Wir können essen!« rief ihm Becky zu, als sie auf dem Weg zum Grill mit einer Platte vorbereiteter Hamburger an der Tür vorbeikam. »Wenn wir fertig sind, dachten wir, daß du und Mutter eine kleine Fahrt machen und euch die neuen Eigenheime ansehen wollt, die jetzt gebaut werden. Sie sind sehr hübsch!« Sie ging weiter, so daß er sie nicht mehr hören konnte.

Sein Haus, an dem er zwölf Jahre lang abbezahlt hatte, sollte abgerissen werden. Nach dem Enteignungsgesetz konnte man das machen. Eine neue Straße war nötig, ein neuer Zubringer zum Flughafen. Sein Haus stand im Weg. Sein Haus, seine Rosen, seine beiden Apfelbäume, die so alt waren wie Anthony. *In deinem Alter* ... Als Mildreds überzogenes Lachen wieder losschmetterte, entrang sich ihm ein Stöhnen. Für sie wäre es das Höchste, nur ein paar Minuten von den Kindern entfernt zu wohnen, das wußte er; sie hatte ihn so oft in dieser Richtung bearbeitet, und jetzt nahm sie es als feststehende Tatsache an, daß es darauf hinauslaufen würde. Es stimmte schon, daß alles, was man nur oft genug aussprach, irgendwann Wirklichkeit wurde, dachte er. Er stand immer noch beim Telefon. Sie hatte es so oft ausgesprochen, daß sie zu der festen Überzeugung gelangt war, daß sie beide zu dieser Übereinkunft gekommen seien. Lange Zeit war es immer losgegangen mit ›Wenn du pensioniert bist ...‹, aber jetzt hieß der einleitende Satz ›Wenn wir umziehen müssen ...‹ Dieser Zeitpunkt lag vor dem seiner Pensionierung.

Er schlenderte langsam zur Veranda, ging aber nicht hinaus. Tony brüllte, weil es keine Würstchen gab, sondern nur Hamburger. Jennifer rezitierte etwas vor Mildred, die ganz in den Worten des Kindes versunken schien. Das Baby, das in seinen Laufstall gesetzt worden war, plärrte zornig. Anthony sang, während er das Fleisch anbrennen ließ, und Becky machte Teller für die Kinder zurecht und redete dabei dem Anschein nach mit Mildred, vielleicht aber auch mit sich selbst. Das war schwer zu sagen.

»Ich muß weg«, übertönte Leon den Krach brüllend. »Es ist etwas eingetreten, das meine Anwesenheit erfordert. Anthony, kannst du Mildred nachher nach Hause fahren?«

Es wurde protestiert. Mildred machte ein Gesicht wie eine Märtyrerin, und Becky sah wie eine Nachwuchsmärtyrerin aus; sie hatte diese Miene noch nicht so ausgiebig geübt, aber sie machte es schon ganz gut. Als er ins Auto stieg und den Zündschlüssel umdrehte, ging das Radio an. Sofort schaltete er es aus und atmete tief durch. Er würde sich ein Restaurant suchen, beschloß er, etwas essen, und danach beabsichtigte er, nach Princeton zu fahren und ein Höllenspektakel zu inszenieren.

T. M. und Michelle waren am Freitagabend mit seiner Schwester und ihrem Mann zum Essen ausgegangen und waren zusammen mit ihnen ein paar Stunden lang durch die Casinos gezogen. Sie hatten sich ein Casino ausgesucht, in dem sie ihren Coup landen wollten, das größte und grellste von allen, in das sich ganze Busladungen von Menschen gleichzeitig ergossen, sich anstellten, um Chips zu kaufen, und sich dann in der Menge verloren.

T. M. hatte ein fatalistisches Gefühl bei der Sache. Er hatte Geldscheine gefunden, hatte mit geschickter Hand die Nummern eingezeichnet und hatte es akzeptiert, daß dieses Geld zum Ausgeben gedacht war. Er hätte nichts von all dem rechtfertigen können, aber andererseits konnte er auch nicht widerstehen, das durchzuführen, was sie geplant hatten. Jeder von ihnen beiden hatte nur einen falschen Schein dabei. Zunächst hatte er darauf bestanden, daß er nur einen ausgeben sollte, aber Michelle hatte Einspruch erhoben, und schließlich schob jeder von ihnen einen Schein in seine Brieftasche.

»Wir werden es nur mal probieren«, hatte er gesagt. »Wenn wir Schwierigkeiten bekommen, sagen wir einfach, wir hätten es als Wechselgeld herausbekommen. Okay?«

»Okay.«

Sie sah wie ein ängstliches Kind aus, blaß, zitternd, mit großen Augen. Er fand, daß sie in ihrem ganzen Leben noch nie so hübsch ausgesehen habe. Einen Augenblick lang kam sein Entschluß ins Wanken. Was, um Gottes willen, hatten sie da vor? Dies war ein ausgewachsenes Verbrechen, das wußte er, kein Kinderkram, nichts, das sie bereinigen könnten, wenn man sie schnappte. Aber die Scheine waren zu gut, als daß jemand Verdacht schöpfen würde. Er wußte, daß sie gut waren. Und Bramwell mußte jahrelang davon gelebt haben, ohne geschnappt worden zu sein. Und, dachte er, er hatte nicht einmal das Gefühl, etwas gestohlen zu haben. Er hatte einmal in einem Laden einen Kugelschreiber mitgehen lassen, und er wußte, was das für ein Gefühl war. Dieses Gefühl hatte er jetzt nicht. Dieses hier fühlte sich richtig an, in Ordnung auf eine Art, die er nicht hätte beschreiben können. Der Steuerbeamte war schuld, redete er sich ein. Er hatte jeden einzelnen Punkt in Frage gestellt, sie hatten verloren, dabei hatten sie versucht, ehrlich zu sein. Dumm waren sie, aber nicht unehrlich, und das hatte sie zweitausend Dollar gekostet! Wenigstens hätte man das Büro und den Computer anerkennen sollen, wenn sonst schon nichts. Er wußte, daß er sich etwas einredete, und hörte damit auf.

»Fertig, Liebling?«

Sie nickte. Sie verließen das Café, wo sie gewartet hatten, bis ein Bus kam und sich eine Ladung in das Casino auf der anderen Straßenseite ergoß; jetzt gingen auch sie hinüber und mischten sich unter die Meute, die dem Eingang zuströmte.

Die strahlende Sonne, die Hitze, der Nachmittag, alles verblaßte im gleichen Augenblick, da sie das schummerig beleuchtete Mammutgebäude betraten. Rote Teppiche, Holztäfelung, eine überdimensionierte Empfangstheke, herumschwirrende Gehilfen, Frauen in hautengen Hosen, die Tabletts mit Getränken herumtrugen, eine auffallend große Schwarze mit einem Tablett voller Silberdollarchips, Frauen in Shorts, in Abendkleidern, in Jeans, Männer in Smokings und andere in Jeansklamotten, und überall das Geräusch der Spielautomaten, das Rasseln von Münzen in den Auffangbehältern, das abgehackte, knackende Geräusch, wenn die Metallarme bedient wurden, das Summen von Stimmen, untermalt von Lachen ...

Michelle stellte sich in einer Reihe an, T. M. in der anderen. Er war etwas hinter ihr zurück. Als sie zu dem Fenster kam und einen Schein in die Durchreiche legte, sah sie der Mann dahinter an, dann betrachtete er sie genauer.

»Kann ich einen Ausweis sehen?«

»Warum?«

Sie langte in ihre Handtasche, zog die Brieftasche heraus und öffnete sie. Sie sah sich verzweifelt um und war so blaß, als ob sie gleich in Ohnmacht fallen würde. »Ich ... ich bin mit meinem Mann hier.«

»Sicher, sicher.« Er warf einen Blick auf ihren Führerschein. »Ich wollte nur prüfen, ob Sie alt genug sind, Ma'am.« Er schob ihr eine Rolle Chips zu und beachtete sie schon nicht mehr, sondern sah zum nächsten Kunden hin. Sie nahm die Rolle und hastete davon.

T. M. wechselte zwei Zwanziger in Silberdollarchips, und selbst er konnte nicht unterscheiden, welches der falsche und welches der echte war.

Er packte sie am Arm. »Laß uns was trinken«, sagte er drängend. »Ich habe in meinem ganzen Leben noch nicht so große Angst gehabt wie in dem Moment, als er dich aufhielt. Warum hast du gesagt, daß du mit einem Mann hier bist?«

»Ich wußte, daß ich etwas sagen mußte. Er muß mir meine Angst angesehen haben. Ich dachte, daß er denken würde, ich fühlte mich schuldig deswegen.«

Sie waren von dem Fenster des Kassierers weggegangen und standen vor einer endlosen Reihe von Spielautomaten. An den meisten stand jemand. Da war eine weißhaarige Frau in orangefarbenen Shorts, die sich wie ein Zombie bewegte und immer wieder die Maschine mit Münzen fütterte und an dem Arm zog. Wenn Münzen in die Schale fielen, sah sie nicht einmal hin. An einer anderen Maschine stand ein junger Mann, der einen Vierteldollarchip einwarf, sich eine Notiz machte und dann den Arm zog, wieder und immer wieder. Ein älterer Mann häufte seine Münzen in der Schale zu Stapeln auf und warf sie nacheinander wieder in den Automat.

»Möchten Sie etwas zu trinken?« fragte eine Frau. Sie trug eine rote hautenge Hose und hielt ein Tablett in der Hand. T. M. bestellte zwei Bloody Mary; sie notierte es und entfernte sich.

Eine andere Frau, diesmal mit einem superkurzen schwarzen Rock über roten Strumpfhosen, näherte sich ihnen. Sie hatte einen Geldwechsler um die Taille gebunden. T. M. hielt seine Rolle Chips hoch, und sie ging weiter.

»Setz dich und laß uns hier auf unsere Drinks warten. Nur für den Fall, daß uns jemand beobachtet, sollten wir unsere Rollen gut spielen. Hier, ich lade dich zum Eindollarspiel ein.« Er hielt ihr die Silberdollarchips hin. Sie nahm drei, steckte sie in den Automaten und zog den Hebel herunter.

Michelle sah nicht auf die Maschine, sondern beobachtete die Leute an den anderen Geräten – alt, jung, gut angezogen, in Klamotten, die nicht viel mehr als Lumpen waren ...T. M. berührte sie am Arm und nickte in Richtung einer übertrieben geschminkten Frau in einem schwarzen Futteralkleid. Sie stand vor ihrem Automaten und schwankte von einer Seite zur anderen. »Cobra«, flüsterte T. M., und sie kicherten beide. Doch plötzlich klingelte die Maschine, an der Michelle spielte, und ein ganzer Sturzbach von Münzen kullerte heraus, Lichter zuckten auf, eine Sirene heulte auf. Michelle stieß einen Schrei aus und sprang zur Seite. Um sie herum lachten die Leute und klatschten. Die Wechselgeldfrau kam herbeigeeilt.

»Nun, meine Süßen, euch gehört der Jackpot! Die Maschine zahlt die ersten hundert aus, und einer unserer Kassierer kommt und bringt den Rest. Herzlichen Glückwunsch!« Sie strahlte sie an, als ob sie sich ehrlich freute.

»Den Rest?« sagte Michelle schwach.

»Ihr kriegt zehntausend.« Die Frau reichte T. M. einen Plastikeimer. »Ich glaube nicht, daß ihr das alles tragen könnt, oder?«

Während T. M. die Münzen zusammenschabte, erschien ein Mann im Smoking, besprach sich mit der Frau und fing an, Hundertdollarnoten zu zählen. Er freute sich nicht so sehr wie sie, aber er war freundlich.

»Wenn Sie es nicht bar wünschen, können wir es anders arrangieren.« Er reichte das Geld T. M. und gleichzeitig eine Karte. »Bitte fühlen Sie sich von uns eingeladen zu Getränken, Essen, was immer Sie möchten.« Dann grinste er und blickte von T. M. zu Michelle und zurück. »Möchten Sie eine Begleitung in Ihr Hotelzimmer?«

Schließlich trugen sie sich im Casino-Hotel ein, blieben dabei, als ihr Geld in einem Safe untergebracht wurde, und wurden in ihr Zimmer begleitet. Ihr Schockzustand war so schlimm, daß es fast eine halbe Stunde dauerte, bis sie endlich ins Bett taumelten.

ZWÖLF

SONNENLICHT FIEL IN STREIFEN auf die Veranda, wo Pat die Comics in der Sonntagszeitung las, als sich Drew zu ihr gesellte. Die Veranda hatte eine Markise, und es standen so viele Pflanzen herum, daß man sich leicht wie in einem Dschungel vorkommen konnte – riesenhafte Philodendronstauden, die an Gittern hochrankten, Dieffenbachias in allen Variationen, einige blühend, Miniatur-Zitronenbäume mit Blüten und Früchten ...

»Guten Morgen«, sagte Drew und nahm auf einem Stuhl am Tisch Platz, gegenüber von Pat. Sie gab einen unwirschen Ton von sich. Als er zu Willie Jo guten Morgen gesagt hatte, hatte sie mit einem Grunzlaut geantwortet. Bei ihr war das zu erwarten. Sie befand sich in einem Dilemma, das wußte er. Sie konnte ihn schlecht beim Vornamen anreden und duzen, wenn andere sie hören konnten, aber sie konnte sich ebensowenig überwinden, ihn mit Mister Drew und Sie anzureden. Ein Grunzen war bei ihr also ausreichend, aber bei Pat? Er goß sich Kaffee ein und versuchte, über den Rand der Zeitung zu spähen.

»Unsere Party ist in der Klatschspalte erwähnt«, sagte sie verbittert. »Kein Wort darüber auf der Nachrichtenseite oder dem Kommentar, nur in ›Aus der Gesellschaft‹. Wessen früherer Ehemann versuchte, sich bei einer von Randolf Stevens veranstalteten Streiterei mit welchem Senator in einem Faustkampf zu messen? Ich wußte es. Ich wußte, daß das dabei herauskommen würde.«

»Ich passe«, sagte er nach einem Moment. »Wessen? Und mit welchem?«

»Du sagtest, du wolltest etwas mit mir besprechen«, sagte sie kühl. »Ich muß in einer halben Stunde weg. Um was geht es?«

»Zwei Dinge«, sagte er und wartete, bis Willie Jo einen Teller mit Schinken und Ei und ein Körbchen mit heißem Gebäck abgesetzt hatte und wieder gegangen war. »Erstens, würdest du für mich etwas in den Akten des Senators nachsehen?«

»Mit Sicherheit nicht. Und zweitens?«

»Ich möchte herausfinden, warum Williams Vater einwilligte, ein sehr teures Projekt zu finanzieren, das ihm Stanley Huysman vorgeschlagen hat. Das ist alles. Es hat mit dem Knaben Billie nicht das geringste zu tun, nur mit seinem Vater.«

»Ich mißbrauche in mich gesetztes Vertrauen nicht«, sagte sie scharf. »Ich sagte nein. Was noch?«

»Na gut. Was aber, wenn der alte Wiley das in ihn gesetzte Vertrauen mißbrauchte? Glaubst du, du könntest es mich wissen lassen? Egal. Wenn du auf irgend etwas stößt, kannst du immer noch entscheiden.«

Sie sah auf die Uhr. »Ich habe entschieden. Was noch?«

»Hast du etwas dagegen, wenn ich Sherry heute mitnehme? Anstatt bis Donnerstag zu warten?«

»Wir haben unsere Vereinbarung in dieser Hinsicht. Ich sehe keinen Grund, davon im mindesten abzuweichen. Jetzt muß ich gehen. Leb wohl, Drew. Und vergiß nicht, wenn es irgend etwas zu verhandeln gibt, werden wir es über unsere Rechtsanwälte abwickeln.«

»Nein, Pat. Wir werden das gleich jetzt abwickeln, gleich hier. Ich nehme sie heute mit.«

»Du wirst dich unterstehen! Du setzt damit dein Besuchsrecht aufs Spiel, und das weißt du. Warum benimmst du dich so? Was soll diese plötzliche Show von Betroffenheit? Du hast doch vorher um nichts gekämpft.«

»Das war mein Fehler«, sagte er ruhig.

»Und du glaubst, daß du besser weißt, was ihr guttut, als ich? Ist das der Grund?«

»Nein. Du weißt es besser, aber du handelst nicht danach. Sie fühlt sich wie eine Waise, Pat – unerwünscht, im Weg, unbeachtet. Du bist so sehr damit beschäftigt, für den Senator zu strahlen, zwischen hier und Washington hin und her zu flitzen, daß du ihre Spur verloren hast.«

Pats Gesicht rötete sich, sie sprang auf und warf ihre Serviette hin. »Nein! Am Donnerstag wird sie mit dir kommen können, genau wie geplant.«

»Erinnerst du dich, wie es war, als du zwölf warst? Deine Mutter nicht mehr da war und dein Vater so sehr damit beschäftigt, Geld zu verdienen, daß du ihn viele Wochen lang nicht zu Gesicht bekamst? Erinnerst du dich, Pat?«

»Ich habe nie so etwas gesagt.«

»Du brauchtest es nicht auszusprechen. Es war dir anzusehen. Und es ist Sherry anzusehen. Ich bringe sie am Labor Day* zurück, genau wie es abgesprochen ist, rechtzeitig zum Schulbeginn.«

»Wenn du sie mitnimmst, werde ich die Polizei rufen. Das ist Kidnapping!«

»Dann tu es aber selbst, Pat. Laß es nicht deinen Vater oder den Senator machen. Mach du es, unterschreibe du die Anzeige selbst! Hier ist die Adresse und die Telefonnummer des Huysmanschen Haus in Princeton. Ich werde dort mit ihr bis Mittwoch bleiben, vielleicht bis Donnerstag, und ich lasse es dich wissen, wenn wir von dort weggehen und wohin wir gehen.«

Er hatte sich erhoben und stand auf der einen Seite des Tisches, sie auf der anderen. Ihr Gesicht war sehr weiß.

»Warum hast du vorher nicht gekämpft? Warum hast du nicht einmal so getan, als ob dir etwas daran läge?«

---

* Tag der Arbeit, in USA erster Montag im September

»Wer weiß«, sagte er. »Vielleicht habe ich nicht geglaubt, daß ein Erwachsener einen anderen retten könnte. Du mußtest es allein schaffen. Aber sie ist nicht erwachsen.«

»Du bildest dir ein, du kannst mit mir schlafen und dich dann umdrehen und mir das antun? War das schon gestern abend deine Absicht? Das ist verabscheuungswürdig!«

»Pat, ich habe keine Minute lang daran geglaubt, daß mir Willie Jo vorgeschlagen hätte, das Sommerhaus zu benutzen, wenn sie nicht die Erlaubnis dazu gehabt hatte. Und ich glaube keine Sekunde lang, daß Randolf ihr sie erteilt hätte.«

Es war in fast jeder Hinsicht eine friedliche Scheidung gewesen. Sie hatte gesagt, es ist vorbei und Sherry kommt zu mir, und sein Rechtsanwalt hatte den Kopf geschüttelt und gesagt, so ist das nun mal. Es gab im ganzen Süden kein Gericht, das ihm andere Rechte zugesprochen hätte als die, auf die sie von Anfang an verzichtet hatte. So war das nun mal mit einem Kind, besonders mit einer Tochter. Niemals in all der Zeit war sie wütend gewesen, und jetzt, nach so langer Zeit, war sie wütend.

»Geh zum Teufel!« brüllte sie. »Verschwinde, verdammt noch mal!«

Er lachte. »Was für eine Ausdrucksweise! Was für eine Wortwahl!«

Sie drehte sich auf dem Absatz um und rannte von der Veranda.

Der Tag war sonnig und heiß, der Verkehr dicht. Drew und Sherry hatten zum Mittagessen haltgemacht und standen noch neben der Kasse herum, um sich das spärliche Angebot der ausgestellten Bücher anzusehen. Sie beachtete die Comics kaum und die Malbücher schon gar nicht, sondern wandte sich den Taschenbüchern zu und betrachtete einen Liebesroman nach dem anderen.

»Mami sagt, ich kann so was noch nicht lesen.«

»Du möchtest so was doch nicht lesen, oder?«

»Meine Freundin Susan liest dauernd so was. Sie liest die von ihrer Mutter.«

»Liest du Pats Bücher?«

Sie sah ihn überrascht an. »Darin steht nur was von Ökonomie und so 'nem Zeug. Weißt du, was ich nach ihren Büchern bin? Eine abhängige ökonomische Einheit.«

Drew brach in lautes Lachen aus und sagte nach einer Weile: »Also, das nenne ich unanständig!«

»Ich habe genügend Bücher. Laß uns gehen! Wie weit ist es noch?«

»Noch ein paar Stunden. Vielleicht drei, wenn der Verkehr nicht nachläßt. Müde?«

»Hm.«

Sie gingen zum Peugeot zurück und setzten die Fahrt fort. Der Verkehr war sogar noch dichter geworden als zuvor. Drew trödelte auf der langsamen Spur dahin, ihm war es recht, daß ihn alle überholten.

»Opa hat gesagt, daß du dich von Mami hast aushalten lassen, daß du von ihr abhängig warst. Warst du das?«

»Ich weiß nicht, wir haben nie über Geld gesprochen.«

»Er sagte, du kannst eine Dollarnote nicht von einem Stück Bastelpapier unterscheiden.« Sie sah ihn von der Seite an. »Ich habe Weihnachtsbäume aus solchem Papier ausgeschnitten, deswegen kam er darauf.«

»Ich bin sicher, daß er dich jedenfalls sehr lieb hat«, sagte Drew.

»Manchmal. Manchmal sagt er, ich bin ganz die Tochter meines Vaters. Was soll daran schlimm sein? Wessen Tochter sollte ich denn sonst sein, wenn nicht deine?«

»Das überzeugt mich.«

»Kannst du dich an das Spiel erinnern, das wir immer im Auto gespielt haben? Ich nenne dir drei Dinge, und du machst Geschichten damit. Sollen wir das spielen?«

»Gern. Aber mach es mir nicht zu schwer. Ich bin ein alter Mann.«

Sie lachte ihr pfiffiges Kleinesmädchenlachen und dachte mehrere Minuten lang nach. Dann fragte sie: »Weißt du, was ein Coelacanth ist? Wir haben letztes Jahr in der Schule Fossilien durchgenommen.«

»Ich weiß, was das ist. Ist das eins der drei Dinge?«

»Hm, und ein Einhorn. Und ein Brot mit Erdnußbutter.«

Sie endete mit einem Kichern.

»Ist das Brot mit Erdnußbutter kein Irrtum? Hast du immer noch Hunger?«

Sie lachte wieder und lehnte sich zurück, um abzuwarten.

Schließlich fing er an. »Es war einmal ein Prinz, der war unermeßlich reich, sein Vater und seine Mutter liebten ihn von ganzem Herzen, und sein Herz war aus Gold.«

»Langweilig«, sagte Sherry.

»Warte! Trotz all seines Glücks hatte der Prinz eine Sache, die alles andere unwichtig machte. Er hatte eine Zunge mit Tupfen.« Er warf ihr einen Blick zu; sie grinste breit. »Also, jeder, der eine Zunge mit Tupfen hat, kann dir erzählen, daß das Leben die Hölle sein kann; die Leute können furchtbar grausam sein, und die Zukunft kann düster aussehen.«

»Welche Farben?«

»Ich dachte schon, du würdest nicht danach fragen. Grün und rot.«

»Iigitt!«

»Genau das sagten alle. Da war jetzt der Anfang. Soll ich den mittleren Teil auslassen?«

»Ich kenne den mittleren Teil. Sie haben ihn überallhin geschleppt, um jemanden zu finden, der seine Zunge in Ordnung bringen könnte. Und dann?«

»Das war die Mitte. Okay, es begab sich, daß der Nachbarkönig mit seiner Tochter zu Besuch kam, die die schönste Prinzessin auf der Welt war und die reichste und all das Zeug. Kennst du diesen Teil auch?«

»Hm. Der Prinz und die Prinzessin sollten sich eigentlich ineinander verlieben, aber.«

»Was sollte der arme Junge machen? Er hatte nun mal dieses Ungeheuer von Zunge. Er aß ein Brot mit Erdnußbutter und versuchte, die Tupfen mit Erdnußbutter zu überdecken. Die Prinzessin näherte sich ihm und machte einen tiefen Knicks und entschuldigte sich; bei ihrem Vater beschwerte sie sich, daß der Prinz noch ein Kind sei und sie überhaupt nicht interessiere. Im Königreich brach eine große Traurigkeit aus. Eines Tages traf eine alte Frau, die im Wald Heidelbeeren sammelte, den Prinzen, der im Wald umherstreifte. Was du tun mußt, ist folgendes, sagte die alte Frau – die natürlich eine verkleidete Hexe war –: Reite auf einem Einhorn bis zum Grund des Meeres und frage den Coelacanth um Rat, der lebt seit ewigen Zeiten und weiß alles.«

Drew warf seiner Tochter einen Blick zu. »Weißt du, was es mit Einhörnern auf sich hat? Wer kann sie reiten? Nur ganz brave Leute?«

»Ich dachte, nur Jungfrauen.«

»Okay, wie auch immer, er konnte es. An diesem Abend zog er sich einen Zauberkreis und wartete, und wie erwartet, wurde ein schneeweißes Einhorn neugierig, und er fing es und warf sich auf seinen Rücken. Bring mich zum Grund des Meeres! befahl er, und ab ging der Ritt. Frage nicht, wie er auf dem Weg dort runter atmete, in einer Geschichte wie dieser spielt ein magisches Element mit. Jedenfalls fand er schließlich den uralten Coelacanth, der vor sich hindöste, verkrustet mit Krebsen und den Enkeln von Krebsen so zahlreich, daß man sie nicht zählen, ja sich ihre Zahl nicht einmal vorstellen konnte.«

Sherry lachte laut. »Was geschah dann?«

»Nun, der Fisch war verärgert, daß ihn ein mickriges menschliches Wesen aufgeweckt hatte, und er ließ eine

Zeitlang ärgerliche Blasen aufsteigen. Als er sich endlich wieder etwas beruhigt hatte, hörte er sich die traurige Geschichte des Prinzen an, verspeiste eine Languste, die gerade vorbeikam, und gab dann dem Prinzen einen sehr guten Rat. Der Prinz kehrte auf trockenen Boden zurück und entließ das Einhorn, das ihm so gute Dienste erwiesen hatte; dann ging er nach Hause. Von diesem Tag an war er bekannt als weiser und nachsichtiger Prinz, und später wurde aus ihm ein noch weiserer König, der sich einen Beraterstab hielt und selbst wenig sagte, jedoch in allen Angelegenheiten mit äußerster Gerechtigkeit handelte. Als sein eigener Sohn ebenfalls mit einer getupften Zunge auf die Welt kam, klagte er nicht über das Schicksal des Kindes. Als die Zeit reif war, nahm er seinen Sohn beiseite und gab ihm den gleichen guten Rat, den ihm der Coelacanth vor so vielen Jahren gegeben hatte. Was er seinem Sohn sagte, war folgendes: »Reiß den Mund nicht so weit auf!«

»Und sie lebten glücklich bis ans Ende ihrer Tage«, sagte Sherry. »Das ist eine blöde Geschichte.«

»O je, du bist zu jung für Liebesgeschichten und zu alt für meine Märchen.«

»Sie ist blöd, aber sie hat mir trotzdem gefallen«, sagte sie mit Bestimmtheit. Sie deutete hinaus. »Sieh mal, das Mädchen dort hat einen platten Reifen. Laß uns anhalten und ihr beim Radwechseln helfen!«

»Du meinst, laß uns anhalten, damit ich es wechseln kann.« Er bremste ab und fuhr in einiger Entfernung vor dem liegengebliebenen Wagen an den Rand. »Komm her, bleib am äußersten Rand des Seitenstreifens, weg vom Verkehr.«

Inzwischen hatte der Verkehr deutlich nachgelassen. Der größte Teil hatte sich nach New York in östliche Richtung verlagert oder nach Westen in Richtung Trenton. Die junge Frau, die ihnen entgegensah, war kaum alt genug, um fahren zu dürfen, dachte Drew. Sie sah höchstens wie ein junger Teenager aus. Und wahrscheinlich konnte sie kein Reserverad von einem Sesamkringel unterscheiden.

»Hallo! Brauchen Sie Hilfe? Mein mißratenes Kind wünscht, daß ich den guten Samariter spiele.« Sie waren jetzt auf der Höhe des Wagens. Er sah sich den Reifen an und gab ein »Tja« von sich. Platt und abgefahren. »Haben Sie ein Reserverad?«

»Das ist das Reserverad«, sagte sie. »Es ist heute schon mein zweiter Platter. Ich habe es erst vor einer Stunde gewechselt.«

»Ich bin Sherry. Und das ist mein Vater, Drew Lancaster. Wie heißt du?«

»Lisa Robbins. Sind Sie der Schriftsteller?«

Er nickte, immer noch in die Betrachtung des Reifens versunken. Es gab keine Möglichkeit, ihn wieder flott zu machen, aber irgend etwas mußte in dieser Situation getan werden.

»Ich habe Ihre Bücher gelesen«, sagte Lisa und streckte die Hand aus. Sie war schmutzig. »Sie sind sehr gut.«

Er sah sie wieder an. »Danke.« War sie alt genug, um seine Bücher zu lesen? Sie gaben sich die Hand, und er wischte seine mit einem Taschentuch ab.

»Entschuldigung«, sagte sie. »Können Sie mich bis zur nächsten Werkstatt mitnehmen? Wenn wir das Rad hinbringen, können sie es wahrscheinlich dort richten und mich zurückfahren, damit ich es montieren kann.«

»Wenn Sie meine Tochter wären, würde ich sagen: Steige auf keinen Fall in den Wagen dieses Mannes mit dem als Kind verkleideten Liliputaner-Bankräuber. Man weiß nie, was sich auf dem Highway alles rumtreibt. Aber in Teufels Namen, was soll's! Machen Sie den Kofferraum auf, und lassen Sie uns anfangen.«

Im Kofferraum lagen Koffer auf dem Reserverad. Drew betrachtete das Gepäck stirnrunzelnd, als er alles ausgeladen hatte und auch das Rad heraushievte. »Das können Sie nicht alles einfach hier lassen«, sagte er schließlich. »Jemand wird bestimmt den Wagen aufbrechen, bevor er wieder in Gang gebracht wird.«

Nach einigem Hin und Her fuhr er dicht hinter ihren Wagen, und sie luden alles in seinen Kofferraum; dann ließen sie den Wagen mit dem platten Reifen stehen und fuhren los. Sherry beugte sich über die Lehne des Sitzes und fragte ihren Gast aus.

»Wohin fährst du? Wohnst du irgendwo hier in der Gegend? Ist das dein Auto? Es hat ein kalifornisches Nummernschild.«

Lisa Robbins war sehr hübsch, fiel Drew auf, und sehr nett. Sie beantwortete jede Frage ernsthaft und ausführlich. »Ich habe bis vor ein paar Monaten mit meiner Mutter in Sacramento gelebt«, sagte sie. »Dann hat meine Mutter geheiratet, und ich zog nach Hawaii, wo ich allein wohnte. Ich bin Grafikerin, und ich beschloß, die Westküste zu verlassen und in Philadelphia zu arbeiten. Ich dachte, ich könnte dort einen Job bekommen, aber es klappte schließlich doch nicht. Der Verleger stellte statt dessen die Nichte seiner Frau ein. Deshalb weiß ich im Augenblick nicht genau, was ich machen soll. Ich wollte mir mal Princeton ansehen, wenn ich schon in der Nähe war. Weißt du, mir all die Häuser ansehen, in denen Albert Einstein gewohnt hat.«

Könnte er es wagen, sie ganz offen zu fragen, wie alt sie war? Er betrachtete sie im Rückspiegel und kam zu dem Schluß, daß er es nicht konnte. Sie hätte es als Beleidigung auffassen können. Sherry hatte keine solchen Bedenken.

»Ich bin zwölf«, sagte sie. »Wie alt bist du?«

»Vierundzwanzig.«

Ein Kind, dachte Drew. Ganz auf sich allein gestellt in einer kalten, erbarmungslosen Welt, geschlagen mit abgefahrenen Reifen, die von einem Augenblick auf den anderen platt werden konnten.

»Ich brauche wirklich einen Job«, sagte sie. »Da ich so

fest damit gerechnet habe, daß ich die Stelle in Philadelphia bekomme, bin ich mit dem bißchen Geld, das ich hatte, ziemlich leichtsinnig umgegangen.«

Am Boden zerstört, pleite, hungrig – sie war ein Kind, dem etwas Schreckliches passieren mußte, das von einem grausamen Schicksal überwältigt werden würde.

»Wo ist denn dein Vater?« fragte Sherry mit der Hemmungslosigkeit der Jugend beharrlich weiter.

Lisa zuckte die Achseln. »Ich habe keine Ahnung. Ich habe meinen Vater nie kennengelernt. Er ist weggegangen, bevor ich geboren wurde.«

Sherry wandte sich an Drew. »Kannst du sie anstellen, daß sie bei mir bleibt? Vielleicht läßt dich Mami dann nicht einsperren, weil du mich gekidnappt hast.«

Lisa schnappte nach Luft. Drew sah seine Tochter mit einem eisigen Blick an. »Du hast gelauscht?«

»Klar. Das ist die einzige Art, wie ich rausbekomme, was vorgeht. Niemand erzählt einer Zwölfjährigen irgendwas.« Sie drehte sich um und sah wieder zu Lisa. »Mami hat uns die Polizei wahrscheinlich schon hinterhergeschickt, aber sie weiß nichts von diesem Auto. Es gehört ihm nicht, und sie wissen nicht, wie es aussieht, und gar nichts. Sie werden uns nicht erwischen.«

»Wessen Wagen ist es?« fragte Lisa vorsichtig.

»Keine Angst, er ist nicht gestohlen, wenn das kleine Plappermaul auch solche Andeutungen macht. Das Auto gehört Mrs. Stanley Huysman. Ich habe es von ihr geliehen.«

Als er in den Rückspiegel blickte, sah er gerade noch, wie sie ohnmächtig auf dem Sitz zusammensackte.

DREIZEHN

Michelle hatte einen Stapel von Computer-Zeitschriften, ein Notizbuch und einen Taschenrechner auf dem Schreibtisch. »Ich glaube, wir sollten den ganzen Einkommenssteuer-Rückstand auf einmal abbezahlen und davor Ruhe haben. Es macht uns beide jedesmal wahnsinnig, wenn wir die Zahlungen leisten. Und ich bin ziemlich fest entschlossen, den Modem zu kaufen. Wir haben dann immer noch fünftausend für Notfälle oder so.«

»Okay«, murmelte er. Sie saßen in der Küche, das Geld lag zwischen ihnen auf dem Tisch, und Michelle benahm sich so, als hätte sie schon immer in ihrem Leben zehntausend Dollar vor sich auf dem Tisch ausgebreitet gehabt, um sie nach Lust und Laune auszugeben.

»T. M., hast du so etwas wie ein Schuldgefühl?«

»Nein. Na ja, kein starkes.«

»Ich auch nicht, und das macht mir Sorgen. Heißt das, wir sind abartig, was meinst du?«

Abartig? Kriminell vielleicht, aber abartig? Oder war beides in Wirklichkeit das gleiche? »Ich werde das Gefühl nicht los, daß ich mich irgendwie schuldig fühlen sollte, aber es ist einfach nicht so. Ich hatte wahnsinnige Angst, als wir es taten, besonders als er dich aufhielt und dich nach einem Ausweis fragte, aber das war etwas anderes. Das hatte nichts mit Schuldgefühl zu tun.«

Sie nickte. »Mir geht es genauso.« Dann fuhr sie mit festerer Stimme fort: »Laß uns morgen nach Trenton fahren und den Modem kaufen, dann können wir auch gleich meine Mutter besuchen. Okay?«

»Von mir aus.« Er begriff nicht ganz, warum es für

ihn ihr Geld war. Sie war verantwortlich dafür; sie hatte diesen Moment Schritt für Schritt vorbereitet. Und wenn sie jetzt ihr Geld für ein Zusatzgerät zu ihrem Computer benutzen wollte, sollte es ihm recht sein. Er ging an den Kühlschrank, um sich eine Dose Bier zu holen, und sie schnappte nach Luft.

»Ich habe mein Falschgeld ja noch!« schrie sie. »Sieh nur, der Schein ist noch in meinem Geldbeutel! Ich muß einen echten benutzt haben!«

Sie zog den Schein aus dem Geldbeutel und hob ihn hoch; sie starrten einander an. Natürlich, dachte T. M. Sie hatten ja nur einen gebraucht.

Alle Kassierer waren verhört worden, und allen waren die Photos vorgelegt worden, ohne Ergebnis. Einer erinnerte sich flüchtig an das erschreckte Mädchen, die mit einem anderen als ihrem eigenen Mann unterwegs war, aber er erwähnte sie nicht. Warum sollte er der Kleinen noch mehr Kummer bereiten, als sie sich selbst schon machte? Außerdem hatte er sich den Schein sehr genau angesehen, den sie ihm gegeben hatte. Das tat er immer, wenn Kunden dermaßen schuldbewußt aussahen. Mit diesem Zwanziger war alles in Ordnung, das wußte er. Er war sich nicht sicher, ob er eine Blüte erkennen würde, wenn es eine gute Nachahmung war; aber daß das Geld der Kleinen in Ordnung war, wußte er. Und mehr brauchte er nicht zu wissen. Er dachte nicht mehr daran.

Leon Lauder sah Bob Samson an, der gerade telefonierte. Samson hängte ein und schüttelte den Kopf.

»Ein Schein, eine Blüte, und dann den ganzen Abend nichts mehr. Das ergibt keinen Sinn«, sagte Leon. Er wandte den Blick dem Papiergeld auf dem Schreibtisch zu. Es war eine gute Fälschung, aber nicht so gut wie die des Künstlers. Wofür er allerdings gut war, dachte er im Hinterkopf, war als Rechtfertigung dafür, daß er an dem Fall weiterarbeitete. Er konnte also bei Gott nicht eingestellt werden! Er war wieder hochaktuell, und er konnte seine Armee wieder am hellichten Tag ausschicken, um diesen verdammten Indianer zu beschatten, und wenn Sorbies sich irgendwo in den Staaten in einem Keller, auf einem Dachboden oder in einer Hundehütte versteckte, würde er auch ihn beschatten lassen. Und wenn hundert Agenten dafür nötig wären, zweihundert ...

»Ich gehe nach Hause«, sagte er unvermittelt. »Ruf mich an, wenn's brennt! Und du kannst dieser Mannschaft mit den Fliegengehirnen in Princeton sagen, daß sie auch den Hinterausgang des Hauses beobachten sollen, nicht nur die Vordertür.« Und wo, zum Teufel, hatte Lancaster das Wochenende verbracht? Morgen, dachte er. Bis morgen würde es dauern. Er hatte vor, nach Princeton zu gehen und persönlich mit dem berühmten Schriftsteller zu sprechen und sich dann ein Büro in Trenton oder sogar in Princeton einzurichten und die Sache zu Ende bringen. Sorbies hätte den Katalog nicht verschicken dürfen, das war sein einziger wirklicher Fehler in all den Jahren. Es war ein Zeichen für Lancaster, ganz einfach und eindeutig. Ein Zeichen, vereinbarungsgemäß abgeschickt und empfangen. Und Lancaster, dieser eiskalte Typ, konnte nicht zum Auftauen gebracht werden und erzählte so einen Quatsch. Nun, Lancaster wußte es noch nicht, aber morgen würden sie beide ein langes, vertrauliches Gespräch führen, und Mister Lancaster würde einiges erfahren, welche Strafen darauf standen, wenn man einen Geldfälscher unterstützte und deckte, auf welche verdammt beschissene Art es auch geschehen mochte!

Pat schlug sich die Hände über die Ohren und schrie: »Würdet ihr beide endlich mal aufhören, mich mit euren Tiraden zu quälen. Seit Stunden redet ihr auf mich ein, ich halte es nicht mehr aus.«

»Also, Pat, wir wollen dich doch nicht quälen«, sagte ihr Vater in seinem vernünftigen Tonfall, in dem Tonfall, den er anwandte, wenn er einen Konkurrenten aufkaufte. »Aber es geht doch einfach nicht, daß du diesem Mann gestattest, hier aufzutauchen und unser aller Leben durcheinanderzubringen, wann immer er Lust hat, Scherereien zu machen.«

»Das ist mir gegenüber nicht fair, Patricia«, sagte William Wiley, ebenfalls plötzlich vernünftig. »Ich weiß nicht, woran ich bin. Ich mußte auf die Bekanntgabe meiner Kandidatur verzichten, wie du weißt, weil er sie verhinderte. Und jetzt das. Ich kann wirklich nicht verstehen, warum du zögerst, deine gesetzmäßigen Rechte wahrzunehmen.«

»Du mußt ein für allemal mit ihm Schluß machen«, sagte ihr Vater. »Kannst du dir nicht vorstellen, wie das sein wird, wenn ihr, du und Bill, verheiratet seid, und er nach Lust und Laune hier hereinspaziert kommt und Ärger macht?«

»Das wird er nicht machen«, sagte William düster. »Hast du meinen Aufkleber nicht gesehen? ICH SCHIESSE AUF EINDRINGLINGE. So würde ich am liebsten mit ungebetenen Gästen verfahren.«

»Er war nicht ungebeten. Sherry hat ihn eingeladen. Sie hat es mir gegenüber zugegeben.«

»Aber nicht aus eigenem Antrieb«, sagte ihr Vater, »darauf kannst du Gift nehmen. Er hat sie dazu angestiftet. Und so wird es immer wieder sein, wenn du die Sache nicht gleich im Keim erstickst, hier und jetzt. Wenn du nicht anrufst, werde ich es tun. Geh rauf ins Bett, und laß es mich erledigen.«

»Das wäre das beste, Patricia. Laß es uns erledigen!«

»Warum seid ihr beide so fest entschlossen, ihn ins Gefängnis zu bringen? Er ist kein schlechter Mensch, auch kein Gauner. Er ist Sherrys Vater, und er liebt sie, und sie wollte mit ihm gehen. Bill, bist du so rachedurstig, daß du ihn wegen eines Mißgeschicks ins Gefängnis bringen willst? Und du, Pa, bist du immer noch wütend, weil er dein Buch nicht schreiben wollte? Ich verstehe einfach nicht, warum ihr beide so fest entschlossen seid.«

»Ich habe ihm alle Wege geebnet, ein Mitglied der Familie zu werden, ins Geschäft einzusteigen, ganz zu uns zu gehören, und er hat mich immer nur angesehen, als ob ich Schuppen auf den Schultern hätte. Dieser Mann würdigt keinerlei Bemühen. Er hat dich benutzt, hat dein Geld benutzt, deine gesellschaftliche Stellung. Er verdient nicht einmal genug, um seine Radiergummis selbst zu kaufen. Und er hat ungefähr soviel Stolz wie eine Klapperschlange. Ein echter Mann kann nicht damit zufrieden sein, das Geld seiner Frau auszugeben. Du hast jetzt die Gelegenheit, ihn für immer aus deinem Leben zu verbannen, aus deinem und aus Sherrys, ihn uns für alle Zeiten vom Leibe zu schaffen. Wenn das geschehen ist, kannst du mit Bill anfangen, wirkliche Pläne zu machen. Es gibt eine Zukunft für dich an der Seite von Bill, eine Zukunft für Sherry.«

Sie sah in diesem Moment den Senator nicht an, sondern sagte: »Ich werde nicht anrufen, und du kannst es nicht. Du hast nichts gegen ihn vorzubringen. Ich werde zurück nach Washington fahren und eine Weile schlafen und nachdenken. Vielleicht werde ich mich morgen entschließen, ihn anzuzeigen, ich weiß es noch nicht. Hast du etwas dagegen, wenn ich mit dem Dienstwagen zurückfahre? Ich bin hergeflogen, mein Wagen steht in der Stadt.«

»Pat«, sagte Wiley darauf, »nichts von all dem hat mit meinen Gefühlen für dich zu tun. Ich hoffe, das weißt du. Du bist meine wertvollste Mitarbeiterin, meine wertvollste Freundin, und eines Tages, hoffe ich, wirst du noch mehr sein. Du hast recht. Du brauchst Ruhe und Zeit zum Nachdenken. Aber versuche, unseren Standpunkt zu verstehen, wenn du nachdenkst. Wir sind beide der Ansicht, daß er dich schamlos ausnutzt und daß er in Zukunft nur noch mehr Scherereien verursachen wird, wenn man ihm nicht jetzt das Handwerk legt. Das ist alles. Fahr nur, aber fahr vorsichtig! Der Wagen steht draußen. Ich werde später jemanden herbestellen, der mich abholt.«

Drew war der Überzeugung, daß schlanke Frauen dann in Ohnmacht fielen, wenn sie entweder schwanger waren oder nicht ausreichend gegessen hatten. Deswegen hatte er Lisa, als sie die Augen öffnete und verwirrt um sich sah, auf den Kopf zu gefragt, ob sie schwanger sei. Sie schüttelte den Kopf, ihre Verwirrung nahm zu.

»Sind Sie krank? Von einer Krankheit noch nicht ganz genesen?«

Sie stieß sich von dem Sitzpolster ab und versuchte sich aufzurichten. Wieder schüttelte sie den Kopf.

»Dann werden wir uns jetzt ein Restaurant suchen und etwas essen«, sagte er, froh darüber, daß die Sache so leicht zu bereinigen war. »Sherry, vielleicht setzt du dich lieber nach hinten zu Lisa und hältst ihr die Hand oder so was.«

Sherry riß die Augen zu ungeheurer Größe auf. Die Art, wie sie aufsprang, um die Möglichkeit, zu helfen, beim Schopf zu packen, hätte leicht als Angriff mißdeutet werden können.

»Ich bin in Ohnmacht gefallen?« fragte Lisa. »In meinem ganzen Leben bin ich noch nicht in Ohnmacht gefallen.«

Drew zuckte die Achseln, setzte sich wieder ans Steuer und brachte sie alle zu einem Restaurant. Als sich Lisa entschuldigte, um sich die schmutzigen Hände zu waschen, fragte Sherry flüsternd: »Können wir sie behalten? Bitte!«

Mit Genugtuung sah er, wie beide Mädchen mit Heißhunger aßen, was seine Theorie bestätigte.

Jetzt schliefen sie beide einen gesunden Schlaf in Irma Huysmans Haus. Irma hatte ein- oder zweimal geblinzelt, dann hatte sie sich gefaßt und gesagt, daß sie natürlich nicht in ein Hotel oder Motel gehen sollten oder so etwas Unsinniges; sie sollten nach oben gehen und sich Zimmer aussuchen und sich hinlegen. Für Drew hatte sie noch hinzugefügt, bevor sie ihnen langsam folgte: »Florence hat gebeten, daß Sie sie anrufen möchten. Gute Nacht. Das sind entzückende Kinder, alle beide.«

Florence saß am Schreibtisch, und Drew saß in einem Ledersessel. Florence hatte drei oder vier von Huysmans Büchern hergeholt, die jetzt ausgebreitet vor ihr lagen.

»Ich habe sie überflogen«, sagte sie. »Ich dachte, wenn du morgen zu Claude Dohemy gehst, solltest du etwas vorbereitet sein. Bist du zu müde für einen kleinen Unterricht?«

Das war er eigentlich wirklich, da er seit zwei Nächten nicht mehr geschlafen hatte, aber das wollte er nicht sagen, da sie sich seinetwegen solche Mühe gemacht hatte. »Ich bin in bester Verfassung«, log er tapfer.

»Ich werde es kurz und einfach machen«, sagte sie lächelnd. »Es steht übrigens nicht in den Büchern. Jedenfalls, vor einigen Jahren erwachte in Huysman das Interesse für eineiige Zwillinge. Identische Zwillinge. Er leistete wichtige Arbeit, gute wissenschaftliche Forschung. Es gibt Anomalien im Verhalten von Zwillingen, für die es bis jetzt noch keine zufriedenstellende Erklärung gibt. Wenn sie gleich nach der Geburt getrennt werden und an unterschiedlichen Orten aufwachsen, kann man Ähnlichkeiten in ihrem Leben beobachten, die schwer zu verstehen sind. Sagen wir, zum Beispiel, Carol und Karen kommen in New York auf die Welt, und Karen wird ein paar Monate später nach Californien gebracht, um dort aufzuwachsen. Sie heiraten beide einen Mann namens George am selben Tag im Juni im selben Jahr zur gleichen Zeit. Sie erleiden die gleichen Krankheiten und die gleichen Unfälle. Und so weiter. Das wiederholt sich immer wieder. Sie wissen nichts voneinander, wissen gar nicht, daß sie Teil eines Zwillingspaars sind. Es ist sogar so, daß diese Erscheinung weniger deutlich auftritt, wenn Zwillinge gemeinsam aufwachsen.«

Drew leuchtete das nicht ganz ein. »Es muß doch einen Grund geben. Ich meine, es handelt sich ja nicht nur um Carol und Karen. Es spielen ja auch die beiden Georges und die Fahrer der Wagen, mit denen sie einen Unfall haben, eine Rolle. Oder vielleicht der Umstand, daß jemand bei Glätte einen Bürgersteig nicht geräumt hat oder etwas Ähnliches, was immer es für Unfälle sein mögen. Tatsächlich ist es eine unendliche Aneinanderreihung von ›Was-wäre-wenn's‹. Du weißt schon, die Art von was wäre, wenn ich nicht genau zu jenem Zeitpunkt an jener Ecke gewesen wäre und wir uns nie begegnet wären. Und so geht es Zufall um Zufall ihr ganzes Leben zurück.«

»Sehr gut«, sagte Florence anerkennend. »Das ist genau die Frage, die sich Huysman gestellt hat: was steckt hinter all dem? Und dann führte er eine Reihe von Experimenten mit Schimpansen durch. Er unternahm genetische Manipulationen an ihnen und verband sie nach dem sogenannten Singulett-Schema. Wir kommen jetzt übrigens wieder in den Bereich der Quantenmechanik. Er war überzeugt davon, daß er sie auf diese Weise aneinanderkoppeln konnte, und er sammelte Tonnen von Material, das seine Behauptung zu untermauern schien. Natürlich standen all die Tiere so unter Kontrolle, daß sie sich nicht frei entscheiden konnten, wie es bei Zwillingen der Fall ist. Er mußte andere Faktoren einführen. Er reizte einen Teil eines Schimpansenpaars und beobachtete die Reaktion des anderen. Und diese Reaktionen waren wie erwartet, immer wieder.

»Reizte?«

»Elektroschocks sind die übliche Methode. Das verursacht keinen bleibenden Schaden, aber eine eindeutige

Reaktion, und daran war ihm selbstverständlich gelegen.«

»Selbstverständlich. Und weiter?«

Sie machte bei seinem Ton ein ärgerliches Gesicht, dann fuhr sie mit noch unbewegterer Stimme fort. »Auf dem Höhepunkt seiner Begeisterung für seine Arbeit stellte er waghalsige Behauptungen auf, daß er mit seinen Schimpansen Felder errichten konnte, die dem Raum trotzten, und ab diesem Punkt folgten ihm die Physiker nicht mehr. Er brachte in Experimenten seine Tiere in zwei verschiedenen Labors unter, wobei ihm damals Dohemy als wichtigster Assistent diente. Wenn Dohemy seinen Schimpansen reizte, beobachteten Zeugen die Auswirkungen auf den anderen. Erhöhter Blutdruck, beschleunigter Puls, solche Dinge. Aber niemand nahm es ihm ab. Niemand konnte die Experimente nachvollziehen, und das war von vornherein ein Problem, denn als erstes Kriterium für einen gelungenen Versuch gilt, daß er jederzeit und von jedem mit der gleichen Ausrüstung nachgeahmt werden kann.«

»Warum konnte es niemand anders machen, wenn es wirklich funktionierte?«

Sie zuckte die Achseln. »Das war natürlich der Pferdefuß. Schließlich gab er eine Erklärung ab, die alles sprengte. Er behauptete, daß er als Beobachter ein Teil des Feldes sei, was sich offensichtlich mit dem deckte, was die Physiker sagten. Aber er ging noch weiter. Er erklärte öffentlich, daß er als Beobachter, der an seine Ergebnisse glaubte und sie anstrebte, ihr Auslöser war. Niemand sonst glaubte an diese Ergebnisse, sondern alle strebten das Gegenteil an. Danach war sein Name durch diese spezielle Arbeit stark in Mißkredit geraten. Er gab sie bald auf und wandte sich wieder Persönlichkeitstests und psychologischen Tests zu, beides Gebiete, auf denen er immer noch als Experte galt.«

Nach einiger Zeit fragte Drew: »Was geschah mit den Schimpansen?«

Sie zog ein zusammengefaltetes Blatt Papier aus einem der Bücher und schob es ihm über den Schreibtisch zu. »Da steht es drin. Er hat es nie veröffentlicht. Er behauptete, daß jedesmal, wenn er einen Teil der Schimpansenpaare opferte, es dem anderen schlechtging, und er bald darauf ohne erkennbare Ursache starb.« Sie stand auf und streckte sich. »Ich schaue mal, ob ich etwas zu trinken finde. Möchtest du auch etwas?«

»Irgend etwas. Ich glaube, ich tue gut daran, heute abend noch einiges von diesem Zeug zu lesen.«

Sie nickte und ging weg. Drew öffnete das gefaltete Papier, stützte sein Kinn auf die Hand und begann zu lesen. Fast im gleichen Moment trübte sich seine Sicht, und er dachte daran, wie schön es wäre zu schlafen, wie angenehm es sich anfühlte, die Augen zu schließen und die Muskeln ausruhen zu lassen. Er legte den Kopf auf den Arm, nur für eine Sekunde, dachte er, und schlief ein. Als er die Augen wieder öffnete, sah er Florence mit ihrer Handtasche an der Tür stehen.

Sie schüttelte den Kopf. »Ich glaube, das muß Schicksal sein«, sagte sie leichthin. »Gute Nacht, Drew. Angenehme Träume.«

Ihm wurde klar, daß dies der Abend gewesen wäre, an dem sie sich zusammen auf dem Teppich hätten wälzen können, aber er war nicht in der Verfassung, sich irgendwo oder mit irgend jemandem zu wälzen, außer sich selbst ins Bett. Und das tat er.

VIERZEHN

»Du!« Lisa Robbins schnappte nach Luft, als Florence am nächsten Morgen das Eßzimmer betrat. Sie hatten ihr Frühstück beendet, und sie und Sherry warteten auf Drew, damit er ihnen sagte, was für den Tag auf dem Plan stand. Sie schien keinen Zweifel daran zu haben, daß jeder Plan, wie immer er aussehen mochte, sie einschließen würde.

Florence sah über die Schulter hinter sich und sagte dann: »Ja, ich. Wer seid ihr?«

»Das ist Lisa, und ich bin Sherry. Mein Papi kommt gleich zurück. Er telefoniert gerade mit einem Geheimdienstagenten. Möchtest du Kaffee?«

Florence sah sie beide äußerst mißtrauisch an. »Weiß Mrs. Huysman, daß ihr hier seid?«

»Wir sind Gäste«, sagte Sherry. »Wer bist du?«

Drew kam in dem Moment ins Zimmer und sagte gutgelaunt: »Guten Morgen, Florence. Ich sehe, ihr habt euch alle schon kennengelernt. Gibt's Kaffee?«

»Wirst du jetzt nicht eingesperrt?« fragte Sherry.

»Ich treffe Mr. Lauder heute nachmittag um vier, und das bedeutet, daß ich mindestens bis dahin Aufschub habe. So, wer möchte mit mir hinaus aufs Land fahren? Ich muß eine Stunde lang oder so mit einem Mann sprechen, und dann haben wir den Rest des Tages für uns bis zu meiner Verabredung um vier.«

»Können wir Sachen für ein Picknick mitnehmen?« fragte Sherry.

Er nickte. Ihm fiel auf, mit welcher unnatürlichen Eindringlichkeit Lisa immer noch Florence anstarrte. »Glauben Sie, Sie fallen wieder in Ohnmacht?«

Lisa schüttelte den Kopf. »Einen Moment lang dachte

ich, ich würde Sie kennen«, sagte sie zu Florence. »Von ganz früher.«

»Sicher nicht«, sagte Florence mit einem Klang von Unbehagen in der Stimme. Sie nannte ihren Namen; Lisa schüttelte wieder den Kopf. »Haben Sie Princeton oder Sarah Lawrence besucht?«

»Nein, ich habe die meiste Zeit meines Lebens in Californien verbracht, jedenfalls seit ich zwölf war.«

»Nun, ich war einmal in San Francisco. Und ich würde mich erinnern, wenn ich Ihnen dort begegnet wäre.« Florence sah erleichtert aus; sie setzte sich jetzt an den Tisch und sagte zu Drew: »Wann bist du mit Claude Dohemy verabredet?«

Lisa gab einen merkwürdigen Laut von sich und sprang auf. »Was ist nur mit mir los?« fragte sie. »Jeder Mensch, den ich hier sehe, jeder Name, den ich höre, erweckt in mir den Eindruck, als wäre ich schon einmal hier gewesen und als würde ich die Leute alle kennen. Was bedeutet das?«

»Ich weiß nicht«, antwortete Drew. »Vielleicht sollten Sie und Sherry hier auf mich warten. Ich beeile mich, so gut es geht, und dann machen wir ein Picknick.«

»Wir wollen alle zusammen gehen«, sagte Florence schnell. »Ich werde bei den Mädchen bleiben, während du mit Claude sprichst. Komm, Sherry, wir wollen mal sehen, ob es in der Küche etwas gibt, das wir für ein Picknick einpacken können. Wenn nicht, müssen wir eine Einkaufsliste machen. Wann müssen wir dort draußen sein, Drew?«

»Halb elf«, sagte er hilflos. Die Dinge schienen ihm zu entgleiten. Wenn sich Florence um Lisa kümmern würde, wäre dagegen nichts zu sagen, dachte er, und er versuchte, das Gefühl des Unbehagens zu verdrängen, das in ihm aufgekommen war.

Sie hatten Lisas Reifen und ihren Autoschlüssel am gestrigen Abend in eine Werkstatt gebracht, und jemand hatte den Reifen gewechselt und den Wagen in die Stadt gefahren, aber offensichtlich war sie nicht in der Lage, ihn zu übernehmen und ihre Fahrt allein fortzusetzen. Als er sie vor einer Weile angesehen hatte, ihre großen, ausdrucksvollen Augen, die neuerwachte Bestimmtheit in ihrem Gesicht, als sie Florence eifrig zunickte, da wußte er, daß er es nicht eilig hatte, sie wegzuschicken. Was immer geschehen mochte, sie war ein Teil des Geschehens; in diesem Moment gehörte sie hierher. Und heute abend oder spätestens morgen würde er Mrs. Huysman erklären, er sei zu der Auffassung gekommen, daß es hier kein Buch mehr gäbe, das er unbedingt lesen müßte, und dann würden er und Sherry wegfahren, vielleicht nach Disney Land oder auf eine kleine Insel. Und Lisa würde wieder allein zurechtkommen müssen. Aber zuvor mußte er noch seine Verabredung mit Claude Dohemy hinter sich bringen. Und warum sollten die drei Damen da nicht mitfahren? Leon würde seinen Augen und Ohren nicht trauen! Leon hatte es Drew sehr übel genommen, daß dieser ihn übers Wochenende abgehängt hatte. Er stellte es fast wie einen Verrat dar, als hätte Drew mehr oder weniger versprochen, keinen Schritt ohne seine Erlaubnis zu tun. Er seufzte, dachte über den bevorstehenden Tag und sein Gespräch nach, während er sich noch mal Kaffee nachschenkte, über das Picknick mit den drei Mädchen, ein Verhör durch einen Agenten des Geheimdienstes, das mögliche Auftauchen von FBI-Beamten, mit dem er jeden Moment rechnen mußte, oder zumindest von der örtlichen Polizei auf der Suche nach einem Kidnapper. Das Leben war sehr aufregend geworden, dachte er mißmutig, und das beste, was er machen könnte, wäre, sich ein Flugzeugticket nach irgendwohin zu kaufen.

»Wir wollen Tsieg spielen«, schlug Drew beim Aufbruch zu ihrem Ausflug vor. Florence und Lisa saßen auf dem Rücksitz seines Wagens, Sherry auf dem Beifahrersitz.

»Sagst du uns die Regeln, oder müssen wir sie raten?« fragte Florence.

Ihm gefiel die Art nicht, wie Florence überheblich mit Lisa umging, als ob sie etwas wüßte, das sie niemals preisgeben würde, und wenn es sie das Leben kostete. Und Lisa schien Angst vor ihr zu haben. Das gefiel ihm noch weniger.

Bevor er die Regeln erklären konnte, sagte Sherry: »Wir buchstabieren Wörter rückwärts, und Papi entscheidet, ob sie richtig oder falsch buchstabiert waren. Mami betrügt bei dem Spiel immer.«

»Sie betrügt nicht«, sagte Drew peinlich berührt, »sie kennt bloß die Rechtschreibung nicht. Du fängst an.«

Sherry dachte zuerst eine Weile nach, dann sagte sie: »E. Der letzte Buchstabe ist ein E. Du bist dran, Lisa.«

»Es gibt noch ein paar mehr Regeln«, sagte Drew mit Nachdruck. »Erstens, man muß vermeiden, ein Wort zu Ende zu bringen. Ein Wort muß mindestens fünf Buchstaben haben. Wenn man ein Wort zu Ende gebracht hat, bekommt man ein T, dann ein S, und so weiter, bis man ein Tsieg ist und verloren hat. Wenn man herausgefordert wird, muß man das Wort sagen, und wenn es richtig ist, bekommt der Herausforderer ein T oder S oder was auch immer. So, jetzt laßt uns noch mal von vorn anfangen.«

Er wollte keine Unterhaltung. Er wollte, daß sie alle kräftig nachdachten und schwiegen, während er sich all die Dinge noch einmal in den Sinn rief, die er über Claude Dohemy und seine Klinik für gestörte Kinder erfahren hatte. Es war früher ein Hotel gewesen, wußte er, erbaut um die Jahrhundertwende, im Zweiten Weltkrieg als Sanatorium für Offiziere und später von Huysman für seine Schimpansen benutzt. Nachdem dieses Projekt verworfen worden war, wurde es eine Klinik mit Dohemy als verantwortlichem Leiter. Das war das Rätselhafte. Wie war es dazu gekommen und warum? Und warum wurde Lisa blaß und drohte in Ohnmacht zu fallen, sobald ein neuer Spieler ins Spielfeld kam? Und welchen Verdacht hatte Florence, oder schlimmer noch, was wußte sie? Er stellte mit Befriedigung fest, daß ihm eine dunkelgrüne Limousine in drei Wagenlängen Entfernung folgte. Es saßen zwei Männer darin. Es war ihm nicht gelungen, Sherry davon abzuhalten, ihnen zuzuwinken. Keiner von beiden hatte zurückgewinkt. Unfreundlich, dachte er. Sie waren entschieden unfreundlich.

Er fuhr in nördlicher Richtung entlang dem Delaware auf einer schlechten Straße, die unbedingt hätte repariert werden müssen. Die Hitze flimmerte bereits in dunstigen Wellenlinien vor ihnen und bildete in der Ferne unwirkliche Wasserflächen. Als sie die Abfahrt zu dem ehemaligen Hotel und jetzigen Krankenhaus erreichten, hatte er bereits ein T bekommen und war dem Verlieren am nächsten.

»Fortsetzung folgt«, sagte er und bremste vor einem hohen Tor. Es gab einen großen freien Platz zum Wenden; hinter dem Tor schlängelte sich ein schmaler Weg zwischen Bäumen hindurch nach kurzer Entfernung außer Sicht.

Ein grobschlächtiger Mann erschien auf der anderen Seite des Tors. »Sind Sie angemeldet?«

»Ich bin Drew Lancaster. Ich habe eine Verabredung mit Claude Dohemy«, rief ihm Drew durchs Fenster zu.

»Warten Sie einen Moment«, sagte der Mann und verschwand in einem kleinen Pförtnerhaus. Einen Augenblick später streckte er den Kopf durch die Tür heraus. »Wer sind all die Leute bei Ihnen? Der Doktor sagte, Sie wollten allein kommen.«

Drew warf einen Blick auf den Rücksitz des Wagens und war betroffen, als er sah, daß Lisa selbst wie ein Geist aussah. Florence hielt ihr die Hand, ihr Gesicht zeigte einen leicht blasierten Ausdruck. Er drehte sich um und brüllte dem Wachtposten zu: »Sie werden auf mich warten. Kann ich bis zum Gebäude zu Fuß gehen?«

Der Mann verschwand wieder, und als er diesmal wiederkam, trat er ans Tor und schloß es auf. »Ihre Freunde können hier warten. Ich werde Sie im Jeep bis zur Klinik fahren.«

»Wir sind unterwegs bei der Brücke an einer Abzweigung in einen Park vorbeigekommen«, sagte Florence. »Ich fahre mit den Mädchen für eine Stunde oder so dorthin, und dann kommen wir hierher zurück. Okay?« Sie tätschelte beim Sprechen Lisas Hand.

Drew zuckte die Achseln. »Aber nicht viel länger als eine Stunde. Und fallt nicht in den Fluß!«

Die grüne Limousine war an den Straßenrand gefahren; einer der Männer studierte die Landkarte. Drew stieg aus, und Florence nahm seinen Platz am Steuer ein; er winkte ihnen auf Wiedersehen zu, trat durch das Tor und wartete, bis der Wachtposten es wieder abgeschlossen hatte. Die Männer in der Limousine waren unentschlossen, dachte er, und das entlockte ihm ein Grinsen. Sollten sie auf ihn am Straßenrand warten oder den Wagen im Auge behalten?

»Hier entlang, Mister Lancaster«, sagte der Wachtposten, und er hatte keine Gelegenheit mehr zu sehen, für welche Möglichkeit sich die Agenten entschieden. Er folgte dem Wachtposten zum Jeep, stieg ein, und sie fuhren auf einem kurvigen Weg dahin bis zu einem eindrucksvollen fünfgeschossigen Gebäude, das einst eine elegante Zuflucht für wohlhabende Stadtmenschen gewesen war, die die Erhabenheit des Landes suchten, und das jetzt eher geschmacklos und mit Zuckerbäckerdekoration überladen war. Das Anwesen war ungemein gepflegt, der Rasen üppig und ordentlich geschoren, die Büsche waren von Fachleuten beschnitten; nichts deutete darauf hin, daß das ein Krankenhaus war. Den Eingang überdeckte ein ausladender, schattiger Vorbau; die Tür hatte zwei Flügel, die zur Hälfte aus bunten Glasfenstern bestanden. In einiger Entfernung saßen unter Bäumen mehrere junge Leute und beobachteten ihn. Von irgendwo drang das Geräusch eines Rasenmähtraktors her.

Der Wachtposten öffnete die Tür und schob Drew ins Innere, und der erste Mensch, den er sah, war Arnie Sorbies, der in einem Rollstuhl saß, mit einem Bein in Gips, und sich durch die Eingangshalle des Gebäudes rollte.

Arnie hielt abrupt inne, dann nickte er und setzte seinen Weg fort. Drew drehte sich um und sah Männer in weißen Kitteln, die aus der anderen Richtung herankamen.

FÜNFZEHN

CLAUDE DOHEMY WAR EIN großer, glattgesichtiger Mann in den Vierzigern. Er hatte helles Haar, nicht direkt blond, und blaßblaue Augen, die unter Kontaktlinsen strahlten. »Aha, Mister Lancaster«, sagte er leutselig. »Bitte kommen Sie mit mir, zu meinem Büro geht es hier entlang. Ich bin Claude Dohemy. Alles, was ich für Sie tun kann, tue ich mit Vergnügen. Es ist sehr freundlich, daß Sie Stanleys Biographie schreiben werden. Irma ist ganz entzückt darüber!«

Sie gaben sich an der Tür zu einem breiten Korridor die Hand. Jetzt erkannte Drew, daß die ursprüngliche Eingangshalle geteilt worden war. Vor dem hinteren Teil war eine weitere Tür, und diese Tür war geschlossen.

»Sie waren überrascht, als Sie Joe sahen, nicht wahr? Er ist seit mindestens dreißig Jahren hier das treue Faktotum. Ein häßlicher Sturz vom Traktor. Wir konnten den armen Kerl ja nicht einfach wegschicken, oder? Es wird nicht lange dauern, dann ist er wieder auf den Beinen und wieder aktiv. Oh, einen Moment bitte.« Er warf einen Blick in ein Büro, dessen Tür offenstand. »Vera, ich habe während der nächsten halben Stunde oder so ein Gespräch mit Mister Lancaster. Sorge dafür, daß wir nicht gestört werden!«

Drew sah, daß Vera sehr hübsch war, jung, mit glattem seidigem schwarzem Haar und dunklen Augen. Sie trug einen Laborkittel. Sie sah ihm direkt ins Gesicht, mit süßen Grübchen, und nickte. »Soll ich Kaffee oder etwas bringen?«

»Nichts, gar nichts. Bitte hier entlang, Mister Lancaster!« Er öffnete die nächste Tür, zu der sie kamen, und schob Drew in ein geräumiges Zimmer mit Fenstern an zwei Seiten. Da stand eine überlange Ledercouch und passende Sessel, und drei oder vier andere Sessel waren mit Beistelltischchen zu zwanglosen Sitzgruppen zusammengestellt. Am anderen Ende des Raums stand ein runder Tisch mit Lederstühlen auf Rollen.

»Hübsch«, sagte Drew.

»Ja, nicht wahr? Wir lieben es hier behaglich und leger. Hier finden die Gespräche mit unseren Jugendlichen statt, wir empfangen in diesem Raum unsere Gäste und benutzten ihn für alle möglichen Zwecke. Bitte sehr, dieser Sessel ist sehr bequem.«

Drew nickte und ging zu den Fenstern, anstatt im Sessel Platz zu nehmen. Durch die Fenster an der einen Seite konnte er den rückwärtigen Teil des Anwesens sehen; riesige Flächen makellos glatten Rasens und in der Ferne ein Tennisplatz, wo Leute spielten. Durch die anderen Fenster sah man ein großes Schwimmbecken, wo sich noch mehr junge Leute entweder im Wasser tummelten oder in Liegestühlen räkelten. Einige von ihnen lasen, andere dösten oder unterhielten sich. Es glich einem mondänen Club auf dem Land.

»Hübsch, nicht wahr?« sagte Dohemy, der sich neben ihn gestellt hatte. »Und sehr effektiv. Was Sie dort draußen sehen, Mister Lancaster, ist nicht einfach eine Gruppe junger Leute, die sich vergnügen, obwohl sie das natürlich tun. Was Sie sehen, ist der Durchbruch in der Behandlung von pubertärer Schizophrenie. Wußten Sie, daß Schizophrenie vor allem unter Jugendlichen sehr verbreitet ist? Oder daß bis jetzt die Prognose für jedes Kind, bei dem diese Krankheit in einem Alter unter zwölf auftritt, äußerst düster war? Wir werden mit unserer Behandlung hier in die Geschichte eingehen. Und deshalb mußte ich Ihren Begleiterinnen heute den Zugang verwehren. Es tut mir leid, aber es gehört zu unseren unumstößlichen Bedingungen, daß während der Behandlungsdauer unsere Patienten keinerlei Kontakt mit Außenstehenden haben dürfen. Nun zu Huysman; die arme Irma hat mich gebeten, mit Ihnen auf jede mir mögliche Art zu kooperieren, was ich mit Vergnügen tun werde. Was möchten Sie von mir wissen?«

»Ich weiß nicht«, sagte Drew und folgte ihm durch den Raum, worauf sie beide in Brokatsesseln Platz nahmen. »Einfach etwas über die Zeit, in der Sie mit ihm zusammengearbeitet haben, als Sie bei ihm Student waren, alles, was Ihnen in den Sinn kommt.«

Dohemy nickte nachdenklich und fing an, über seine Studentenjahre zu sprechen, über seine Zeit als Doktorand, darüber, daß er viel von der Arbeit gemacht hatte, die Huysman damals veröffentlichte. »Ich mache ihm das nicht zum Vorwurf, verstehen Sie«, sagte er. »So ist das unter Gelehrten. Der Meister legt die Richtlinien fest, und die Studenten tun die eigentliche Arbeit. Es kann nicht anders sein. Wir stürmten damals gegen das Bollwerk der Ignoranz an, Mister Lancaster. Pioniersarbeit, deren Bedeutung bis heute nicht anerkannt ist. Er verlangte viel von sich und seinen Leuten, aber ein Genie braucht nicht umgänglich zu sein oder kann vielleicht gar nicht umgänglich sein.«

»Und Sie haben das alles aufgegeben, um ein Krankenhaus zu leiten?«

»Wir haben trotzdem an den neuen Untersuchungen weitergearbeitet. Ich war bis zum Ende sein Mitarbeiter, obwohl ich während der letzten zehn Jahre weniger Zeit für die Sache hatte. Sein Verfall schritt rasch voran, obwohl wir alle so taten, als bemerkten wir es nicht. Er pflegte hier herauszukommen und über seine Pläne zu sprechen. Es war traurig, Mister Lancaster, sehr traurig.«

»Was glaubte er mit seinen Schimpansen beweisen zu können?«

»Das war nur ein Seitenarm seiner Forschungen. Ohne Folgen. Oh, kurze Zeit glaubte er, einer großartigen Sache auf der Spur zu sein, aber als sich herausstellte, daß es sich nicht beweisen ließ, gab er es auf, ohne einen Blick zurück zu werfen. Das liegt in der Natur wahrer Wissenschaft, verstehen Sie?«

»Er hatte sie hier draußen untergebracht? Wer finanzierte all die bedeutungslose Arbeit?«

»Mit seinen finanziellen Verhältnissen kenne ich mich nicht gut aus, es tut mir leid. Darüber ließ er sich nicht aus. Aber, ja, er hatte seine Schimpansen hier draußen untergebracht. Es gibt im Keller immer noch ausgedehnte Laborräume. Ich habe sie geerbt, als die Kirche die Klinik einrichtete. Auch einer dieser glücklichen Zufälle, die das Leben immer wieder überraschend machen.«

»Sie betreiben immer noch Forschungsarbeit, neben der Behandlung der Kinder?«

»In der Tat. Um Ihnen eine Vorstellung zu geben, wie die Wissenschaft funktioniert, möchte ich Ihnen erzählen, mit was ich mich eine Zeitlang beschäftigt habe. Denken Sie an etwas, das Sie unglücklich macht, Mister Lancaster. Irgend etwas, das Sie unglücklich macht. Wenn Sie etwas im Sinn haben, werde ich Ihnen sagen, was Sie in Wirklichkeit gemacht haben. Fertig? Gut. Sie vergleichen eine Situation, die jetzt existiert, mit einer, die entweder in der Vergangenheit existiert hat oder nur in der Phantasie existiert, wo sie jedenfalls besser war. Richtig?«

Drew nickte. Eigentlich hatte er daran gedacht, daß er weg von hier wollte, hinaus und zu den Mädchen und Florence, um herauszufinden, was mit Lisa los war.

»Also, das ist meine Hypothese. Das Leben besteht aus einer Reihe von Vergleichen, man mißt das Jetzt mit der Vergangenheit, das, was uns bevorsteht, mit dem, was wir gehabt haben. Angst beruht auf der Erinnerung an etwas Unangenehmes. Richtig? Man erinnert sich an den Schmerz, den einem der Bohrer des Zahnarztes zugefügt hat, und hat Angst vor ihm. Wenn wir nun also unangenehme Erinnerungen auslöschen könnten? Nach strenger Auswahl natürlich. Dann gäbe es doch nur noch angenehme, ja schöne Erinnerungen in unseren Köpfen, und wenn man an etwas Angenehmes dächte, dann geschähe das nicht mit dem Gefühl der

Furcht, daß es sich augenblicklich wieder verflüchtigt. Ich war jedoch gezwungen, die Arbeit in dieser Richtung vollständig einzustellen. Und ich stellte sie ein, ohne einen Augenblick zu zögern, ohne einen Blick zurück zu werfen. Auf dem Weg voran zu einer neuen Hypothese, ein neues Gelände mußte erschlossen werden.«

»Warum gaben Sie auf?«

»Ich gelangte zu der Einsicht, daß uns nur die schlechten Erinnerungen davor bewahren, immer wieder die gleichen Fehler zu machen. Eine fundamentale Erkenntnis, und ich habe sie einfach aus den Augen verloren.«

»Wollen Sie andeuten, daß Huysman einen fundamentalen Irrtum in seiner Arbeit entdeckte?«

»Natürlich tat er das. Er hatte versucht, Abläufe auf den Makrokosmos zu übertragen, die nur im Mikrokosmos funktionieren. Wen interessiert es, ob Physiker die Dinge, mit denen sie arbeiten, Wellen oder Partikel nennen? Sie geben zu, daß sie nur als wahrscheinliche Größen existieren, und dann nur, wenn man sie sucht. Auf diese Weise durchdringen sie undurchdringbare Hemmnisse. Was bedeutete es schon, wenn es nicht existent war? Stanley mußte zu der gleichen Einsicht gelangen wie ich. Seinem Konzept haftete ein fundamentaler Makel an. Experimente, die mit submikroskopischen Einheiten funktionieren, versagen nun mal bei stofflichen Objekten wie Menschen.«

»Schimpansen, Dr. Dohemy.«

»Das sagte ich doch. Stofflichen Objekten wie Schimpansen.« Er stand auf. »Ich weiß, daß das heute nur ein vorbereitendes Gespräch war. Irma sagte, daß Sie vielleicht noch einmal den Wunsch hätten, zu kommen, und Sie sind herzlich willkommen. Aber jetzt muß ich mich leider entschuldigen. Arbeit, wissen Sie. Immer mehr Arbeit.«

Drew erhob sich ebenfalls. »Ob ich vielleicht die Labors sehen kann, bevor ich gehe? Ich versuche, einen Eindruck von den verschiedenen Orten zu bekommen, an denen Huysman gearbeitet hat, seiner Umgebung zu Hause, seiner Schule, hier.«

Dohemy sah auf die Uhr und runzelte die Stirn. »Vielleicht können wir das aufs nächste Mal verschieben? Ich habe in Kürze eine Konsultation.«

»Vielleicht könnte mich Vera herumführen?«

»Es dauert nur ein paar Minuten«, sagte Dohemy. »Ich werde Sie jetzt sozusagen im Schnellgang durchführen und Ihnen alles genau zeigen, wenn Sie das nächstemal kommen. Wir können auf diesem Weg in den Keller gelangen. Wir halten die verschiedenen Teile des Gebäudes voneinander getrennt, verstehen Sie. Von den Bereichen, in denen sich die Jugendlichen aufhalten, gibt es keinen Zugang zu den klinischen Einrichtungen oder den Labors.«

Er führte Drew wieder durch den Korridor und schloß an seinem Ende eine Tür auf, die sich auf eine breite Treppe öffnete.

»Ich wußte nicht, daß das Gebäude als staatliches Krankenhaus benutzt worden ist«, äußerte Drew.

»Man nannte es ein Offiziers-Sanatorium, aber sie wurden während ihres Aufenthaltes hier wegen verschiedener seelischer Krankheiten behandelt.«

»Und dann wurde es von der Kirche übernommen und zu einer Klinik für Jugendliche gemacht? Welche Kirche ist das?«

»Die Kirche der Inneren und Äußeren Harmonie. Mein Bruder ist ihr Oberhirte.«

»Ein Visionär und ein Missionar«, bemerkte Drew. Dohemy lächelte. Sie befanden sich jetzt im Korridor des Kellers, mit einem Betonboden und Betonwänden, die grauweiß gestrichen waren. Den ganzen Korridor entlang waren Neonröhren angebracht. Die Türen waren aus Metall.

»Wie Sie erkennen, hat die Armee weitreichende Änderungen durchgeführt. Die Kirche hat alles in einem sehr guten Zustand erhalten.«

»Das muß eine reiche Kirche sein.«

»Das ist sie. Hier waren die Schimpansen untergebracht, sie wurden in Käfigen gehalten.«

Die Käfige waren entfernt worden, und der Raum war fast leer bis auf Arbeitstische entlang der einen Wand und mehreren Reihen schwerer, roher Holztische.

»Es gibt hier nicht viel zu sehen, befürchte ich«, sagte Dohemy.

»Was ist mit den Labors?«

»Ich befürchte, deren Besichtigung müssen wir wirklich verschieben. Zeit, verstehen Sie. Wenn Sie das nächstemal kommen, werde ich dafür sorgen, daß wir soviel Zeit zur Verfügung haben, wie Sie wollen.«

»Okay«, sagte Drew vergnügt. »Ich werde wiederkommen. An was arbeiten Sie zur Zeit, Dr. Dohemy?«

Sie gingen zurück zur Treppe, und auf dem Weg hinauf antwortete Dohemy. »Wissen Sie, was das drängendste Thema unserer Tage ist, Mister Lancaster? Der Hunger. Es gibt zu viele Menschen und zu wenige Nahrungsquellen. Doch es gibt überall auf der Welt, oder zumindest fast überall, Gras. Ich arbeite an einem Enzym, mit dem es Menschen möglich sein wird, Gras zu verdauen. Diese Information ist nicht zur Veröffentlichung bestimmt. Ich hätte es Ihnen auch nicht erzählt, wenn es nicht wegen Irma und meines Versprechens wäre, Sie in jeder Hinsicht zu unterstützen. Ich vertraue darauf, Mister Lancaster, daß Sie die Information vertraulich behandeln.«

»Ich werde schweigen«, sagte Drew feierlich.

Dohemy brachte ihn zur Tür und wartete, bis er in den Jeep gestiegen war, dann winkte er ihm noch einmal zu und ging ins Haus zurück. Der Fahrer brachte Drew zurück zum Pförtnerhäuschen. Keiner von beiden sprach während der kurzen Fahrt.

Als der Fahrer das Tor aufschloß, sagte er: »Sie haben

Ihr Buch vergessen. Eins der Kinder hat es aufgelesen.« Er zog ein Taschenbuch aus seiner Jacke und reichte es Drew.

»Oh, natürlich. Vielen Dank.«

Er ging durch das Tor und sah, daß die grüne Limousine immer noch am Straßenrand stand. Sein eigener Wagen kam gerade um die Ecke gebogen; er winkte dem Wachtposten auf Wiedersehen zu und ging Florence entgegen. Erst nachdem er auf dem Beifahrersitz Platz genommen hatte, warf er einen Blick auf das Buch. Es war ein eselsohriges Exemplar von *Les Misérables* auf französisch.

»Was soll das, zum Teufel?« murmelte er vor sich hin, aber jetzt beanspruchte Sherry seine Aufmerksamkeit.

»... zurück zum Fluß fürs Picknick, dann kannst du ihr Haus sehen. Der Indianer heißt Jack, und Lisas Bruder heißt Franklin. Sie werden nicht dort sein, denn Jack sagte, daß die Agenten auch hinter ihm her sind und daß du sie anschleppen wirst.«

Drew drehte sich halb um und sah ihr ins Gesicht. »Jemand, nicht du, soll mal am Anfang anfangen und mich einweihen. Mir kommt es vor, als ob ich in der Mitte des dritten Aktes in ein Theaterstück platzte.«

Lisa lächelte glücklich, Sherry hatte ein rosiges Gesicht vor Aufregung, und Florence sah selbstzufriedener aus als je zuvor.

»Also?«

»Also«, fing Florence an, und gleichzeitig sagte Lisa: »Er ist nicht mein richtiger Bruder.« Sie beide hielten inne, und Sherry sagte: »Da kann genausogut ich erzählen.«

Florence sah Lisa im Rückspiegel an. »Ich fange an. Einverstanden?« Lisa nickte. »Wir sind in den Park gegangen, von dem ich dir erzählt habe, und die Mädchen warfen Steine ins Wasser, als ein Boot, ein Ruderboot, vorbeikam. Darin saßen ein großer, alter Indianer und ein junger Schwarzer. Ich dachte, Lisa würde in den Fluß springen oder hineinfallen. Und der junge Mann machte ein Gesicht, als ob er die Jungfrau von Guadalupe vor sich sähe. Sie kamen ans Ufer, und ich sprach mit dem Indianer, während Lisa und der junge Mann, Franklin, einander anstarrten.« Sie warf Lisa wieder einen Blick zu. »Jetzt bist du dran.«

Sie hatten die Abzweigung erreicht, und er steuerte den Wagen auf einen kleinen Parkplatz und stellte den Motor ab.

»Ich hatte das gleiche Gefühl wie letztens, als ich im Wagen in Ohnmacht gefallen bin«, sagte Lisa. »Als ob ich hier wäre und gleichzeitig anderswo. Es läßt sich schwer beschreiben. Mit einemmal schien nichts mehr greifbar und wirklich zu sein. Nein, so stimmte es auch nicht ganz«, sagte sie hilflos. »Jedenfalls kannte ich ihn, obwohl ich ihn noch nie in meinem Leben gesehen hatte. Und er kannte mich auf die gleiche Art. Und es gibt noch weitere, viele solche dort an dem Ort, wo Sie gerade waren.«

Die grüne Limousine parkte auf dem kleinen Platz, und die Agenten blickten zum Fluß.

»Laß uns die Sachen aus dem Auto nehmen und dort hinuntergehen, um etwas zu essen«, sagte Drew. »Das hier sieht zu sehr nach einer Konferenz oder so etwas aus.«

Sie trugen den Picknickkorb und die Kühltasche einen Hang hinunter bis zu einem Tisch am Flußufer, nur einen guten Meter vom Wasser entfernt. Der Fluß war an dieser Stelle glatt und sauber; in ihm spiegelten sich die Bäume vom anderen Ufer und der blaue Himmel und Wolkenbäusche – ein friedliches Bild.

»Einer von ihnen steht auf und beobachtet uns«, berichtete Sherry. »Darf ich ihm zuwinken?«

»Warum nicht? Lisa, erzählen Sie weiter!«

»Wir sprachen über die Zeit, als wir Kinder waren«, sagte sie. »Seine Mutter nannte ihn immer eine Teufelsbrut, und er lief von zu Hause weg, als er zwölf war.« Sie holte tief Luft. »Als ich zwölf war, kamen eines Tages Leute in meine Schule, die mich suchten, und meine Mutter flüchtete mit mir. Nach Californien. Deshalb sind wir dorthin gezogen, weil man mich suchte. Sie suchte mich«, sagte sie und nickte in Florences Richtung. »Sie suchte auch Franklin.«

Florence reichte ihm einen Sandwich mit Thunfisch. »Neunzehnhundertsiebzig«, sagte sie. »Das Jahr, in dem ich für Huysman und seine Experimente arbeitete. Bei drei Gelegenheiten fehlten Schüler, die Tests liefen schief. Er war wütend. Nannte uns – Claude Dohemy und mich – Versager, Einfaltspinsel und Schlimmeres. Das war das letztemal, daß ich für ihn gearbeitet habe.« Sie nahm einen Bissen von ihrem Sandwich und kaute absichtlich langsam darauf herum. Dann fragte sie Lisa: »Wieso wußtest du, daß wir dich suchten? Ich wußte es doch selbst nicht, obwohl Claude es wahrscheinlich wußte.«

Lisa zuckte die Achseln. »Ich wußte es einfach. Franklin sagte, bei ihm sei es das gleiche gewesen. Er wußte es einfach. Meine Mutter sagte, wenn das noch einmal vorkäme, wenn sie mich erneut suchten, würde sie mit mir nach England ziehen, unseren Namen ändern, sich wirklich verstecken. Sie sagte, mein Vater steckte dahinter, der mich zurückhaben wollte, und das wollte sie auf keinen Fall zulassen. Sie beschrieb ihn als grausam und rachsüchtig und erzählte einige Dinge, die es als gute Idee erscheinen ließen, wegzulaufen. Eine lange Zeit lebten wir in Californien in Angst, aber es geschah nichts mehr, und wir vergaßen die Sache langsam. Ich vergaß sie ganz. Und dann ...« Ihre Stimme schwankte, setzte ganz aus. Sie biß in ihren Sandwich und blickte auf den Fluß hinaus. »Etwas geschah, aber ich weiß nicht, was es war«, sagte sie mit vollem Mund.

»Essen Sie«, sagte Drew. »Was gibt es denn zu trinken?«

»Bier, Cola, Orangensaft«, sagte Sherry. »Kann ich ein bißchen Bier haben?«

»Sei nicht albern. Beobachten sie uns immer noch?«

»Na klar. Sie winken nie zurück. Sie müssen so tun, als ob sie nicht sehen würden, daß ich ihnen zuwinke, nehme ich an.«

»Du hast gesagt, von hier aus kann man sehen, wo Franklin und der Indianer wohnen. Wir gehen gleich mal ans Wasser, dann kannst du hindeuten. Deute auf viele verschiedene Dinge, aber dahin zuerst. Okay?«

Er hatte den Eindruck, daß er Sherry noch nie so glücklich, so aufgeregt gesehen hatte. Er seufzte. Wenn sie Pat berichten würde, daß sie Räuber und Gendarm und Spion und wer weiß alles gespielt hätten, dann wäre der Ofen wirklich aus. Eine Minute später standen er und Sherry vom Tisch auf und traten ans Wasser, und er sah das kleine Haus, zu dem sie deutete, und dann einen Baum und einen Baumstamm, der flußabwärts trieb, und etwas, das wahrscheinlich ein Fisch war, und schließlich sagte er, daß das jetzt reichte, und sie setzten sich wieder hin. Lisa hatte das Buch vom Tisch genommen und hielt es mit geschlossenen Augen vor sich. Sie schlug es ungefähr in der Mitte auf und sah es dann an.

»Kommen Sie vor Freitag wieder!« las sie leise vor. »Bringen Sie *ihn* mit!«

»Du lieber Gott«, murmelte Drew. »Was jetzt? Lassen Sie mal sehen.« Die Botschaft war an den Rand geschrieben. »Das könnte schon seit Jahren da stehen.«

Lisa schüttelte den Kopf. »Damit ist Franklin gemeint. Die anderen wissen, daß er nach einem Weg sucht, um hineinzugelangen. Es gibt keinen anderen Weg als über den Zaun, und der ist mit einem Elektrodraht gesichert, oder durch das Tor, aber dort steht der Wachtposten. Sie könnten ihn mit hineinnehmen.«

»O ja, natürlich. Ich werde sagen, er ist mein Blindenhund.«

»Sie werden sich schon etwas einfallen lassen«, sagte sie vertrauensvoll.

»Warum vor Freitag?«

»Am Freitag wird etwas Schreckliches passieren«, flüsterte sie. »Deswegen mußten Franklin und ich jetzt hierherkommen. Es ist noch jemand anderes in der Nähe, aber wir wissen nicht, wer es ist. Jemand wie wir.«

Drew atmete tief ein und stieß die Luft heftig aus. »Sie sagten, etwas sei geschehen. Meinen Sie heute? Das Treffen mit Franklin?«

Sie schüttelte den Kopf. »In Californien hatte ich einen guten Job, Freunde, keinerlei Probleme, aber damals im Mai, aus heiterem Himmel, hatte ich plötzlich das Gefühl, es nicht mehr ertragen zu können, ich mußte alles hinwerfen, den Job aufgeben, mein Zuhause und meine Mutter verlassen und hierher zurückkommen. Ich mußte, und ich konnte nicht. Es war zu wahnwitzig, zu widersinnig. Dann machte die Firma, bei der ich arbeitete, pleite. Die Partner gerieten sich in die Haare, trennten sich, und damit war die Sache gelaufen, ich hatte keinen Job mehr. Es dauerte nur von Montag bis Freitag, bis alles zu Ende war. Und meine Mutter lernte einen Mann kennen und verliebte sich in ihn; sie heirateten und zogen nach Hawaii. Die Sturmwogen der Liebe trugen sie fort, wie man so sagt. Einige meiner engsten Freunde bekamen gute Jobs in Texas und zogen unerwartet um, wurden befördert ... Es war, als ob ... als ob mich etwas oder jemand gerufen hätte, mir aber zu viele Dinge und Menschen im Weg standen, so daß ich nicht weg konnte. Die Dinge und die Menschen wurden mir aus dem Weg geräumt, und ich hatte nur noch den einen Drang, zurück in den Osten zu kommen. Und ich kam.« Sehr leise fügte sie hinzu: »Ich glaube, ich hätte nichts anderes tun können. Ich hatte keine echte Wahl.«

»Herr im Himmel!« Er sah sie hilflos an. »Sherry, geh mit Lisa ein bißchen spazieren, ja? Ich möchte mit Florence reden, unter vier Augen.«

»Welchen Sinn soll das haben?« fragte Sherry. »Lisa ist diejenige, die alles weiß.«

»Tu mir den Gefallen. Laß mich kurz in Ruhe!«

Sie spazierten langsam flußaufwärts. Drew wartete, bis sie außer Hörweite waren, obwohl er der gleichen Ansicht wie Sherry war, daß es wenig Sinn hätte.

»Huysman ging zu Experimenten mit Menschen über, nicht wahr? Dieses Mädchen, der schwarze Junge, all die Kinder dort in der Klinik, sie alle könnten das Ergebnis seiner Experimente sein.«

»Als Claude und ich mit den Experimenten auswärts beschäftigt waren, suchte er nach ihr, nach Franklin und noch nach einem anderen Mädchen. Deren Mütter hatten nicht eingewilligt, waren weggelaufen. Und er wollte diese Kinder wiederhaben. Sie hatten damals schon das Krankenhaus, aber es war eine Klinik für ledige Mütter. All die anderen sind dort auf die Welt gekommen und werden seither dort gefangen gehalten. Was denkst du?«

»Du hast mir erklärt, die Zwillingsforschung habe ergeben, daß Zwillingspaare, die zusammenblieben, nicht die gleichen Parallelen aufwiesen wie diejenigen, die getrennt wurden. Vielleicht sind die Kinder in der Klinik alle völlig normal, und nur Lisa ist ein wenig ... sonderbar.«

Florence schüttelte ungeduldig den Kopf; ihre Augen waren weit aufgerissen und voller Angst. »Franklin und Lisa sind vereinigt worden, sie sind ein Singulett. Und die Kinder in der Klinik wissen von ihnen.« Sie tippte auf das Taschenbuch *Les Misérables*.

Einen Moment lang verschwammen die Worte vor Drews Augen, die Linien zerflossen, und es gab keine scharfen Umrisse mehr, keine Begrenzungen, keinen festen Boden. Er klammerte sich an den Tisch, bis das Gefühl vorbei war, und als es vorbei war, wußte er, daß nichts so war, wie er noch vor ein paar Augenblicken gedacht hatte.

SECHZEHN

Arnie Sorbies hatte in der kurzen Zeit viel mehr erfahren, als es Dohemy für möglich gehalten hätte. Er hatte herausgefunden, daß in dem Heim über hundert junge Leute lebten, im Alter von vielleicht dreizehn bis zweiundzwanzig oder dreiundzwanzig. Sie befanden sich in einem Gefängnis, nicht in einer Klinik, auch wenn es im Keller einen Operationssaal und Labors und sogar eine Intensivstation gab. Dohemy und einige wenige Assistenten benutzten die Labors, doch sonst betrat niemand diesen Teil des Gebäudes, wenigstens nicht am Tag. Und er hatte herausgefunden, daß die jungen Leute, was es immer auch mit ihnen auf sich haben mochte, nicht an einer Geisteskrankheit oder kriminellen Neigungen oder sonst etwas litten, das er hätte klar erfassen können. Zum Teufel, dachte er, sie würden nach der ersten Stunde aus jeder Schule für straffällig gewordene Jugendliche fliegen. Kein einziger von denen, mit denen er sich unterhalten hatte, hatte die blasseste Ahnung, wie das Leben auf der Straße ablief, von der wirklichen Welt draußen, von irgend etwas, das ihnen nicht vorgekaut wurde. Hin und wieder wurden sie in kleinen Gruppen ausgeführt – niemals mehr als drei oder vier gleichzeitig, soweit er beobachtet hatte –, in Konzerte, ins Museum, manchmal sogar zu einer sportlichen Veranstaltung, und sie hatten hier alles, was sich Jugendliche nur wünschen konnten: Filmvorführungen, Computer, Lehrer, Schwimmunterricht, Tennis ... Sie waren wie Königskinder, verwöhnt und isoliert und gefangen.

Das Drumherum war merkwürdig, die Kinder waren sonderbar. Irgend etwas stimmte mit ihnen nicht. Im

Anfang hatte er die einzelnen Brocken an Information mit Gelassenheit gesammelt, bereit, sie bei der ersten sich bietenden Gelegenheit Dohemy ins Gesicht zu schleudern, aber diesen Gedanken hatte er aufgegeben. Jetzt tat er so, als sähe er nichts, höre nichts, vermute nichts. Er übte das Laufen auf Krücken und hielt die Augen offen und den Mund geschlossen. Inzwischen war Dohemy wie ein Frosch in der Pfanne, bei jedem Geräusch, bei jedem Blick auf dem Sprung. Es war so gespenstisch, daß Arnie sich bemühte, ihm überhaupt nicht mehr unter die Augen zu kommen. Er erinnerte sich mit einem Gefühl tiefsten Unbehagens an Dohemys Gesichtsausdruck am ersten Tag, und er fragte sich, wie nahe er wohl daran gewesen sein mochte, überhaupt nicht mehr aufzuwachen.

Und dann gab es da noch Albert Dohemy, von dem man sagte, er sei Claudes Bruder, den er aber für etwas anderes hielt. Am dritten Tag seines Aufenthaltes hier war Albert zu Besuch gekommen und hatte ihm unverblümt gedroht.

»Dies ist eine kirchliche Einrichtung«, hatte Albert gesagt, »und die Leute, die sie finanzieren, sind nicht besonders tolerant. Claude war töricht genug, Sie auch nur eine Nacht hier zu dulden, aber es ist nun mal geschehen, und jetzt sind Sie hier. Aber Sie könnten leicht einen Rückfall bekommen, wenn Sie wissen, was ich meine.«

»Dann ist es ja gut, daß ich einen Brief losgeschickt habe, nicht wahr?« hatte Arnie geantwortet. »Sonst würden meine Kumpels gar nicht wissen, wohin sie sich wenden und die Leiche anfordern sollten.«

»Sie haben einen Brief losgeschickt? Wer hat ihn für Sie eingeworfen?«

»Regen Sie sich doch nicht so schrecklich auf«, hatte Arnie freundlich gesagt. »Ich habe meinem Anwalt ein paar Zeilen geschrieben und ihm von dem Unfall berichtet und wie gut der Doktor für mich sorgt. Ich schrieb ihm, daß ich mich in einigen Monaten bei ihm melden würde.«

Albert war hinausgestapft, und am Abend hatte ihn Claude aufgesucht. »Wir machen wissenschaftliche Experimente mit schizophrenen Kindern«, hatte er ohne Vorrede erklärt, »und es ist von entscheidender Bedeutung, daß niemand unsere Pläne durcheinanderbringt oder die Behandlung gefährdet, indem er Ideen aufbringt, für die die Patienten noch nicht reif sind. Sie machen sehr gute Fortschritte, und schon ein falsches Wort könnte eine jahrelange Behandlung zunichte machen. Wenn dieses Projekt so erfolgreich sein wird, wie es den Anschein hat, wird es die Behandlungsmethoden in der Kindermedizin auf der ganzen Welt revolutionieren. Verstehen Sie die Bedeutung einer solchen Arbeit?«

Arnie versicherte, daß er das tat.

»Nun gut. Wir konnten Sie nicht verstecken. Sie wissen bereits, daß jemand hier ist, der ein gebrochenes Bein hat. Es würde mehr Unruhe unter ihnen hervorrufen, wenn wir versuchen würden, Sie zu verstecken, als wenn wir es zulassen, daß Sie sich unter sie mischen, aber Sie müssen unsere Bedingungen akzeptieren.«

Die Bedingungen waren, daß Arnie nicht mit ihnen über die Außenwelt sprechen durfte, so einfach war das im Grunde. O ja, Claude hatte den Anschein erweckt, als ginge es um viel mehr, aber nachdem er Arnie an diesem Abend verlassen hatte, war das die Quintessenz, die er aus der ganzen Unterhaltung entnahm. Halt den Mund im Beisein der Kinder! Schluß!

An diesem Abend hatte Arnie ein kurzes Dankgebet ausgesprochen für die Eingebung, die ihn veranlaßt hatte, sein Haus zu vermieten. Joe Bramwell würde es eine ganze Zeitlang nicht brauchen, hatte er in jener Nacht beschlossen, und ein leerstehendes Haus würde die Aufmerksamkeit auf sich ziehen, für den Fall, daß Leon Lauder und seine Schnüffler ihn in dieser Gegend aufgespürt hatten. Noch dankbarer war er dem Küchenangestellten, der ihm an diesem Abend das Essen gebracht und eingewilligt hatte, den Brief für ihn einzuwerfen, offensichtlich ohne weiter darüber nachzudenken. Zumindest erhielten Claude und sein Bruder Albert die Bestätigung, daß er einen Brief abgeschickt hatte, und er vermutete, daß dieser Brief ihm das Leben gerettet hatte.

Und so lebte er jetzt also hier, als Joe Bramwell, ein Farmer aus der Gegend, der einen Unfall gehabt hatte; er saß an einem Fenster im oberen Stock und beobachtete, wie der einzige Mann, der wirklich wußte, wer er war, das Gelände verließ, auf dem er festgehalten wurde. Er zweifelte jetzt nicht mehr daran, daß er genauso ein Gefangener war wie die Kinder. Dohemy hatte ihm das deutlich klargemacht.

Ein Geräusch ließ ihn zusammenzucken, und als er sich umsah, erblickte er drei der älteren Jungen in seinem Zimmer, die ebenfalls Lancaster nachsahen.

»Ist er ein Freund von Ihnen?« fragte einer von ihnen.

»Ich kenne ihn.«

Und er fragte sich, wie sie in diesen Teil des Gebäudes gelangt waren, aber nicht lang. Sie ließen sich nicht abhalten.

»Vertrauen Sie ihm?« fragte der Junge weiter.

»Soviel wie jedem anderen«, sagte er vorsichtig.

Die Jungen warfen sich schnelle Blicke zu; einer von ihnen huschte aus dem Zimmer und schloß die Tür leise hinter sich. Er hatte sich davor aufgestellt, dachte Arnie und wartete ab.

»Mister ... Bramwell«, hob der Sprecher des Trios an, und die folgende Pause war lang genug, daß Arnie entlang des Rückgrates und auf der Kopfhaut eine Gänsehaut bekam. »Wollen Sie uns helfen?«

Er sah von einem zum anderen und nickte.

Jack Silberfuchs hatte sich nicht mehr so unbehaglich gefühlt, seit er das letztemal mit über einer Million Dollar Falschgeld in den Satteltaschen nach Mexico geritten war, und das war ... vor wie langer Zeit gewesen? Er konnte sich nicht einmal erinnern, wie lange das her war. Zu lange, als daß ihn die Erinnerung daran jetzt überkommen konnte, das stand fest. Von Zeit zu Zeit warf er Franklin einen Blick zu, aber der Junge konzentrierte sich auf die Breite des Flusses und beachtete ihn nicht im geringsten.

»Sind sie alle weg?« fragte er schließlich.

»Ja. Vor zehn Minuten sind sie gegangen. Die Agenten hinter ihnen her. Wir können uns jetzt entspannen. Was hast du angestellt, Jack? Wieso sind sie hinter dir her?«

»Das ist zu lange her, als daß ich mich daran erinnern könnte«, sagte Jack, aber er entspannte sich wirklich etwas. Er war einen Meter neunzig groß und wog mehr als zwei Zentner; wieviel mehr, wußte niemand genau, denn er war seit dreiundzwanzig Jahren nicht mehr bei einem Arzt gewesen, nicht mehr, seit sie ihn bei seiner Einlieferung ins und der Entlassung aus dem Gefängnis gewogen hatten. Er wußte, daß er seither ein wenig zugenommen hatte, vielleicht zwanzig Kilo oder so, aber das störte ihn nicht und auch sonst niemanden. Seine Eltern hatten ihn mit Antilopenfleisch und Kaninchen und Getreidefladen und Bohnen großgezogen – mit gutem Essen also, der Art von Essen, die einen Jungen ermutigte, sich voll zu entfalten. Franklin hingegen war in einem Maße mager, das seine Gestalt zerbrechlich erscheinen ließ. Jack wußte, daß der Junge zäh und ausdauernd war und daß er es mit jedem in der Gegend daheim in Oklahoma aufnehmen konnte, aber man neigte dazu, ihm eine Extraportion auf den Teller zu häufen, ihn dazu zu drängen, ein zweitesmal vom Nachtisch zu nehmen, noch einen Ballen Eis. Er blieb dürr, knochig und gesund.

»Junge, ich glaube es ist an der Zeit, daß wir beide uns mal ein bißchen unterhalten«, sagte Jack schließlich.

Franklin nahm sein Binokel ab und grinste ihn an. »Das glaube ich auch. Es ist hübsch hier in der Gegend, nicht?«

»Du spielst die falsche Rolle«, sagte Jack, während er sich mühsam erhob. Sie befanden sich vor der Hütte, die sie wochenweise gemietet hatten, angeblich um zu angeln. Es war hier schön schattig und kühl, und es roch frisch nach feuchten Blättern und Flußwasser und den weniger deutlich erkennbaren Düften des Spätsommers, nach den Dingen, die den Höhepunkt ihrer Reife erreichten. Jack stand da und blickte über den Fluß; langsam ließ er den Blick am Felsenufer auf der gegenüberliegenden Seite hinaufgleiten. Oben drauf, fünf oder sechs Meter zurückgesetzt, war ein hoher Zaun. Zu Hause nannten sie so etwas einen Zyklonenzaun, ein offenes Drahtgeflecht, das den Wind durchließ und sonst nichts. Doch dieser Zaun hier war mit Elektrodraht durchflochten, und das unterschied ihn von den Zäunen zu Hause. Der Zaun grenzte den Besitz ein; der einzige Eingang war der an der Straße, und der war mit einem Eisentor verbarrikadiert und Tag und Nacht bewacht. In der ersten Woche, nachdem sie in diese Gegend gekommen waren, hatte Franklin verkündet, daß er in einem kleinen Flugzeug zu einer Besichtigungstour aufsteigen würde, und zögernd war Jack mitgekommen, in der sicheren Überzeugung, daß der leichte Flieger nicht für jemanden von seiner Größe konstruiert war. Der Pilot hatte das lustig gefunden. Franklin hatte von überall entlang des Flusses Photos gemacht; Immobilienspekulanten, hatte er dem Piloten kurzangebunden erklärt. Sie wußten beide, daß es keinen Weg gab, in die Festung zu kommen, die sich Klinik nannte. Und das störte Jack nicht besonders. Ihm sah das Ganze viel zu militärisch aus, zumindest staatlich, und er war einmal mit dem Staat aneinandergeraten und hatte kein Verlangen, es noch einmal zu tun.

»Was machen wir denn hier, Junge? Und wie lange

hast du vor hierzubleiben und es zu machen? Als ich zu dir in den Lastwagen gestiegen bin, hatte ich eigentlich nicht vor, mit dir den Rest meines Lebens zu verbringen. Du hältst dich doch für den gesprächigeren von uns beiden, während ich der rätselhaftere sein soll. Also, dann sprich!«

Franklin lachte auf die ihm eigene gutmütige Art, wobei er jeden Zahn in seinem Mund entblößte. Es hatte unter anderem auch an diesem Lachen gelegen, daß ihn Jack in jener Nacht vor zwölf Jahren mit nach Hause genommen hatte. Er hatte damals beim Anblick eines dürren Jungen, der als Anhalter an der Straße stand, seinen Lastwagen abgebremst, da es unwahrscheinlich war, daß an diesem oder am nächsten Tag noch einmal ein Wagen vorbeikäme. »Wohin, Junge?« hatte er aus dem Fenster gerufen.

»Wirst du mir den Skalp abziehen?«

»Vielleicht. Hast du Hunger?«

»Vielleicht. Bist du ein echter Indianer?«

»Zum Teufel, ja. Steig jetzt ein, und hör mit dem Gesäusel auf!«

Der Junge hat begeistert gelacht und war eingestiegen.

Jetzt legte Franklin das Binokel in das Etui und ließ es zuschnappen. »Das Problem ist, Jack, ich weiß nicht, was ich sagen soll. Erinnerst du dich, was du geantwortet hast, als ich dich fragte, wie du wußtest, wo wir Wasser finden würden? Du sagtest, je näher du ihm kämst, desto weniger würde es dich jucken. So ungefähr war es mit mir. Je näher wir diesem Ort kamen, desto weniger hat es mich gejuckt.«

Jack nickte. »Das ist alles, was ich wollte, eine Erklärung. Ich habe Hunger.« Er setzte sich in Bewegung, um in die Hütte zu gehen.

»Was für eine Erklärung? Mann, ich hab' doch nichts erklärt, weil ich nichts erklären kann.«

Jack zuckte die Achseln und ging hinein. Es war eine

logische Erklärung nach seiner Meinung, so logisch, wie wenn seine Mutter eine Extraportion Bohnen gekocht hatte, weil jemand kommen würde, nur daß außer ihr niemand wußte, wer oder warum oder genau wann. Oder wenn sie ihn und seine beiden Schwestern losgeschickt hatte, um ihrem Vater entgegenzugehen, wenn noch niemand wußte, daß er überhaupt unterwegs war.

Jack kannte sich aus mit dem Jucken, das die Menschen überkam und sie veranlaßte, sich aufzumachen und irgendwohin zu gehen oder sich aufzumachen und etwas zu tun, das zu tun ihnen bis dahin niemals in den Sinn gekommen wäre. Genau so ein Jucken hatte ihn vor mehr als dreißig Jahren nach Dallas gebracht, und dort hatte er den Mann ohne Namen getroffen. Für ihn war er noch immer der Mann ohne Namen, und er wußte, daß der Name, den er sich schließlich selbst gab, nicht sein richtiger Name war, nicht der Name, den er jetzt benutzte, und auch nicht der, den er bis dahin benutzt hatte. Der Geldfälscher war in seinem Leben aufgetaucht, denn er hatte ein Jucken verspürt und war dorthin gegangen, wo das Jucken aufhörte ihn zu drangsalieren; eine Freundschaft war entstanden. Und irgendwann hatte er genug Geld, um sich Land in Oklahoma zu kaufen; sie hatten sich die Hand gegeben und sich getrennt.

»Hör zu, mein Freund«, hatte ihm der Geldfälscher noch am letzten Tag gesagt. »Mach ein Feuer aus den Blüten, die du noch hast. Behalte sie nicht bei dir! Trag sie nicht mit dir rum!«

Jack hatte die Worte vernommen, aber nicht eigentlich zugehört. Es gefiel ihm, einen Schein aufzuheben, als Souvenir, zum Andenken, einen berührbaren Gegenstand, den er hin und wieder anfassen konnte. Manchmal, wenn er draußen auf seinem eigenen Weideland saß, bei seinem Lagerfeuer, und die Pfeife rauchte, hatte er den Schein hervorgeholt und ihn betrachtet, zufrieden mit seinem Schicksal, und langsam war die

Geldnote für ihn zum Glücksbringer geworden. Sie hatten das Land seinen Vorfahren gestohlen, dachte er in solchen Momenten, und er hatte es zurückgestohlen. Das Karussell der Gerechtigkeit hatte eine Runde gedreht. Das befriedigte ihn.

In Tulsa hatte man ihn dann wegen Trunkenheit in der Öffentlichkeit festgenommen, obwohl er gar nicht getrunken, sondern nur gerauft hatte. Man hatte ihn eingesperrt, und drei Tage später hatte ihn Leon Lauder aufgesucht. Die kleine falsche Banknote war ihm schließlich zum Verhängnis geworden.

»Sei doch kein hirnverbrannter Idiot. Er hat dich ausgenutzt. Du warst für ihn nichts anderes als ein Packtier, ein Maulesel. Er konnte schön daherreden, was? Hat dich überzeugt, daß alles in Ordnung sei, niemand zu Schaden käme?«

Jack hatte nur gesagt, daß er überhaupt nichts über rein gar nichts wisse. Er wüßte nicht, wer ihm den Geldschein gegeben habe, wie lang er ihn schon besäße und ob es irgendwo noch mehr davon gäbe. Das war alles. Das Verhör wurde viele Tage lang fortgesetzt. Sie fuhren mit hinaus zu seiner Ranch und durchsuchten sie, gruben sogar da und dort im Boden. Woher stammte das Geld, mit dem er das alles bezahlt hatte? Ersparnisse. Wo hatte er das Geld verdient, das er gespart hatte?

Lauder war ebenfalls ein Mann, der den Eingebungen seines Juckens folgte, das wußte Jack. Ihnen war beiden klar, daß er log, jeder war sich klar darüber, daß es dem anderen klar war, und damit war die Sache erledigt. Man hatte ihn damals wegen Trunkenheit verurteilt. Als er wieder auf freiem Fuß war, nahm er sich einen Rechtsanwalt, und man hatte ihn bis vor kurzem in Ruhe gelassen. Er fragte sich, ob der Geldfälscher sein Geschäft wieder betrieb, aber es war ein müßiger Gedanke. Er wollte sich nicht weiter verhören lassen, und war einverstanden, mit Franklin auf die Reise zu gehen, um den Verhören zu entrinnen, obwohl er wußte, daß er nichts zu befürchten hatte. Beim letztenmal konnten sie ihm nichts beweisen, und diesmal gab es nichts zu beweisen. Er war ein Mann mit einem reinen Gewissen, der nichts weiter wollte, als auf seine alten Tage in Ruhe gelassen zu werden. Er summte eine monotone Melodie vor sich hin, während er den Grill anheizte, um Steaks zu braten. Der Junge brauchte mehr zu essen, dachte er, damit er etwas auf die Rippen bekam.

SIEBZEHN

MICHELLE UND T. M. WAREN nach Trenton gefahren, hatten die Computergeschäfte abgeklappert und den Modem gekauft, den sie wollte; jetzt waren sie unterwegs zu ihrer Mutter.

»Ich hoffe, ihre Zunge ist in Ordnung«, sagte T. M. grinsend.

»Was sollte mit ihrer Zunge nicht in Ordnung sein?«

»Sie hat sie sich beinah abgebissen, als sie zu Besuch kam und unser Haus sah, erinnerst du dich?«

Michelle mußte lachen, als sie sich an den Gesichtsausdruck ihrer Mutter erinnerte, als sie sie vor einigen Wochen besucht hatte. »Bieg an der nächsten Kreuzung ab! Das ist mein alter Schulweg.«

Er bog ab, und sie steuerten durch eine ruhige Wohnstraße mit kleinen Häusern und hübschen Gärtchen. Dies war einer der Vororte im Norden der Stadt, und er hatte sich während der Jahre nicht wesentlich verändert. Die Bäume waren gewachsen, und die Büsche hatten ihre volle Höhe erreicht, aber die Häuser waren noch nicht so alt, daß sie das heruntergekommene Aussehen so vieler Vororte hatten, die in den letzten Jahrzehnten gebaut worden waren.

»Dies muß ein hübscher Ort gewesen sein, um aufzuwachsen«, sagte T. M. anerkennend. »Zumindest verlaufen die Straßen nicht alle schnurgerade nach einem Gittermuster.«

Michelle nickte, aber sie sah starr geradeaus, und ihr Blick war in eine unbestimmte Ferne gerichtet. »Ich bin nicht mit einem richtigen Abschluß vom Gymnasium abgegangen«, sagte sie plötzlich. »Ich hatte das ganz vergessen. Ich ging am letzten Tag nach Hause unter dem Vorwand, daß mir schlecht sei, und dann bin ich nie mehr hingegangen.«

»Unter einem Vorwand? Das habe ich nach der sechsten Klasse jahrelang nicht mehr gemacht.«

»Man kam von der Schule nach mir sehen, und ein paar Minuten lang war mir wirklich schlecht. Ich frage mich, warum ich das ganz vergessen hatte. Meine Mutter muß in die Schule gegangen sein und mein Zeugnis abgeholt haben, oder zumindest eine Bescheinigung, daß ich die sechste Klasse besucht hatte.«

»Liebling, was ist denn los? Du hörst dich so ...« Wie damals an jenem Abend in ihrer Wohnung, dachte er. Weggetreten, weit weg, irgendwie flüchtig. »Michelle, komm zu dir!«

»Den nächsten Block noch halb entlang«, sagte sie mit sonderbarer Stimme. »Das ist unser Haus.« Es sah ziemlich genau wie die anderen Häuser in der Straße aus – auf der Vorderseite mit Kanten aus Bruchstein, einem gepflegten Rasen und Rosenbüschen vor dem Eingang.

Michelles Mutter, Laura, sah sehr jung aus, nicht wie Mitte Vierzig. Sie hätten Darsteller in einem Mutter-Tochter-Werbespot für eine Handcreme oder ein Haarpflegemittel sein können. Sie war schlank und hatte das gleiche blonde Haar und die gleichen ausdrucksvollen blauen Augen wie Michelle. Sie war Sekretärin in einem Rechtsanwaltsbüro mit einem sehr anspruchsvollen Job und einer so gefestigten Position, daß sie früher Feierabend machen konnte, um sie zu Hause mit Drinks zu empfangen und ihnen ein Essen vorzusetzen.

»Meine Lieben!« begrüßte sie sie und ergriff ihre Hände, um sie ins Haus zu ziehen. Es war kühl und dämmerig nach der flimmernden Hitze des Augustnachmittags.

Michelle trat ein und blieb gleich nach der Tür stehen. »Mutter, ich muß mit dir reden. Erzähl mir etwas über meinen Vater!«

Ihre Mutter wurde etwas blaß und ging ins Wohnzimmer, wo sie sich hinsetzte. »Kommt herein!« sagte sie entmutigt. »Ich habe damit gerechnet, daß das irgendwann geschehen würde. Wollt ihr erst etwas zu trinken? Kaffee? Tee mit Eis? Bier?«

Michelle setzte sich in einen Sessel an dem Couchtisch, ihrer Mutter gegenüber. »Nichts«, sagte sie. »Wer war er?«

Laura hob eine Hand und schüttelte den Kopf. »Laß es mich auf meine Art machen«, sagte sie. »Auf die Art, wie ich es im Geiste schon hundertmal oder mehr gemacht habe. Du mußt verstehen, wie das in den fünfziger Jahren für ein Mädchen wie mich war. Sobald ich aus der Highschool kam, wurde Druck auf mich ausgeübt, daß ich heiraten sollte. Von meinen Eltern, meinem Freund, meinen Freundinnen. Das erwartete man von uns allen, so schnell wie möglich zu heiraten, vier Kinder zu kriegen, den Küchenboden zu schrubben und ihn einmal wöchentlich zu wachsen, all diese Dinge. Ich war achtzehn und noch nicht bereit dazu, aber ich konnte mich kaum dagegen wehren. Ich konnte ein bißchen Latein, ein bißchen Mathematik, ein bißchen Naturwissenschaften, das war alles. Nichts Brauchbares. Ich bekam einen Job in einem Kaufhaus und verdiente einundzwanzig Dollar in der Woche. Zehn davon mußte ich an meine Eltern für Wohnung und Essen abgeben. Wir wohnten in Philadelphia, weißt du, aber ich hatte eine Freundin, die nach Trenton umgezogen war. Sie schickte mir eine Zeitungsanzeige. Jemand hatte angeboten, daß sich Leute für Tests zur Verfügung stellen konnten, für psychologische Tests, und man würde dort fünfundzwanzig Dollar in drei Stunden verdienen. Sie wollte es machen, sofern sie die Voraussetzungen erfüllte, und ich fuhr hin, um mit ihr zu gehen. Die Tests sollten in Princeton durchgeführt werden. Wir fuhren mit dem Bus hin. Wir kamen nicht dahinter, was sie eigentlich wollten, aber sie lehnten sie ab und nahmen mich. Ich bekam meine fünfundzwanzig Dollar und beschloß, nicht in mein Elternhaus zurückzukehren, sondern mit meiner Freundin zusammenzuziehen, um mit ihr die Kosten zu teilen, und mir einen Job in Trenton zu suchen. Sie arbeitete bereits in einer Chemiefirma und verdiente für die damalige Zeit ziemlich viel Geld.«

Plötzlich sprang sie auf. »Ich glaube, ich brauche jetzt etwas zu trinken«, sagte sie und rannte in die Küche.

T. M. erhob sich, um ihr zu folgen, aber Michelle packte ihn an der Hand und schüttelte den Kopf. »Sie braucht einen Moment für sich«, sagte sie sanft.

Als Laura zurückkam, brachte sie ein Tablett mit drei großen gefrosteten Gläsern darauf mit. »Gin Tonic«, sagte sie. »Das perfekte Getränk für den August.« Sie nahm eins der Gläser und machte einen gierigen Schluck; dann setzte sie es ab und fuhr fort.

»Meine Freundin bestand darauf, daß ich mich bei ihrer Firma bewerben sollte, was ich auch tat, und ein paar Wochen später bekam ich ein Angebot, dort zu arbeiten. Ich hatte mehr Geld als je in meinem Leben. Sie verlobte sich kurze Zeit später, und unsere Wege trennten sich. Ich zog in eine Wohnung für mich allein, und alles war herrlich. Dann rief mich der Arzt von Princeton an. Auf dem Fragebogen für den Test hatte auch eine Frage gelautet, ob ich bereit sei, bei zukünftigen Tests wieder mitzumachen. Es waren eine Menge Fragen darunter, die ich nicht verstand oder deren Bedeutung mir nicht klar war, aber ich machte mir darüber keine Gedanken. Fünfundzwanzig Dollar an einem Samstagmorgen, das interessierte mich. Ich ging allein hin.«

Michelle starrte ihre Mutter wie hypnotisiert an; Laura hatte sie ganz in ihren Bann gezogen.

»Es fand ein persönliches Gespräch mit zwei Männern statt, zwei Wissenschaftlern. Einer von ihnen war Dr. Huysman, der damals schon sehr bekannt war. Er hatte den Nobelpreis erhalten, alle Zeitungen hatten über ihn berichtet. Der andere war sein Assistent, Dr. Dohemy.« Sie hob ihr Glas, doch diesmal trank sie nicht, sondern fuhr nur den Wassertropfen nach, die sich daran gebildet hatten und herunterfielen. »Sie machten Pionierarbeit in der künstlichen Befruchtung und brauchten Freiwillige, die sehr gut bezahlt würden. Die Antworten, die ich auf dem Fragebogen gegeben hatte, deuteten darauf hin, daß ich die Art von Person war, die sie suchten.« Sie leerte ihr Glas in einem Zug. T. M. stellte sein Glas vor sie hin. Sie schien ihn gar nicht wahrzunehmen.

»Ich war fassungslos. Und wütend. Und ängstlich. Ich rannte hinaus. Der junge Arzt kam hinter mir her. Er führte mich in ein Café und redete auf mich ein.« Sie schüttelte in einer Geste der Hilflosigkeit den Kopf. »Das nächste, das ich wußte, war, daß ich mich wieder in deren Büro befand und sie beide auf mich einredeten, mir alles erklärten und es so darstellten, als sei ich so wichtig wie Madame Curie oder wie Dr. Huysman selbst. Ich würde nach Princeton umziehen müssen, wo sie mir eine Wohnung besorgen würden. Sie würden mich in einer Klinik außerhalb der Stadt unterbringen, wo die künstliche Befruchtung durchgeführt werden sollte, und mich eine Woche oder zwei dabehalten, und wenn es soweit wäre, sollte ich wieder dorthin gehen, um das Kind zu bekommen. Sie würden mir ein Jahr lang während der Schwangerschaft und anschließend noch drei Monate lang ein Gehalt zahlen und für alle Unkosten aufkommen, und danach würden sie mir jedesmal etwas zahlen, wenn sie das Kind untersuchten und ihren Tests unterzogen. Und es würden Gelder für die Erziehung des Kindes festgelegt. Das Ganze klang so ... so nach einem ganz normalen Geschäft. Mein Gehalt wäre fünfundzwanzigtausend Dollar!«

Mutter und Tochter waren beide so blaß, daß es T. M. nicht überrascht hätte, wenn eine von ihnen oder beide in Ohnmacht gefallen wären. Laura trank aus dem Glas, das er vor sie hingestellt hatte. Michelle kippte ihren Drink in sich hinein.

»Nun«, sagte Laura, »sie verfügten über die Ergebnisse der Tests; sie kannten mich zu diesem Zeitpunkt besser als ich mich selbst. Ich besuchte während des Jahres eine Handelsschule, und schließlich kamst du auf die Welt.«

»Wer war mein Vater?«

»Ich weiß es nicht. Man hat es mir nicht gesagt. Ich habe den Verdacht, daß es einer der Ärzte war, aber ich weiß es nicht. Als du acht Jahre alt warst, sagte ich, daß ich nichts mehr damit zu tun haben wollte. Wir zogen in dieses Haus, und ich änderte meinen Namen, und das war das Ende der Sache.«

Michelle schüttelte den Kopf. »Nein, das war es nicht. Sie kamen noch einmal, um mich zu untersuchen, und zwar als ich in der sechsten Klasse war. Sie suchten mich. Ich ging an diesem Tag früher nach Hause, weil mir nicht gut war.«

»Und danach sind sie nie mehr gekommen?« fragte T. M. und ihm wurde klar, daß er die Geschichte nicht im geringsten anzweifelte, da er diese Frage stellte.

Michelle schüttelte den Kopf.

»Aber warum wohl nicht? Es wäre doch nicht allzu schwer gewesen, euch beide ausfindig zu machen, wenn ihnen daran gelegen hätte.«

»Sie brauchten mich nicht mehr. Sie hatten genügend andere, die irgendwo sicher eingesperrt waren.«

Sie sagte das so, als ob es eine feststehende Tatsache wäre, als ob sie es irgendwo in der Zeitung gelesen hätte, und T. M. spürte, wie ihn eine Eiseskälte durchdrang.

All die vielen Fragen, die T. M. und Michelle anschließend stellten, brachten wenig mehr zu Tage als die usprüngliche Geschichte, die Laura ihnen erzählt hatte. Sie wußte nicht, wie viele Frauen außer ihr an dem Projekt beteiligt waren, und auch nicht, wer es finanzierte. Sie erhielt regelmäßig ihr Geld, solang sie Michelle vorführte und sie untersuchen ließ, jeweils in Zeitabständen, die von den Ärzten festgelegt wurden. Sie durfte bei den Untersuchungen nicht dabei sein und wußte nicht, was sie untersuchten oder testeten, und wie das vor sich ging.

»Ich habe dich doch immer wieder gefragt, und du hast immer nur gesagt, sie hätten ein Spiel mit dir gespielt«, sagte sie schließlich zu Michelle. »Weißt du noch?«

»Nicht genau. Ich habe verschwommene Erinnerungen, aber während der ganzen Schulzeit gab es immer wieder Tests, und jene unterschieden sich dem Anschein nach nicht sehr von den anderen. Leistungstests, psychologische Tests, all der Kram, den Kinder durchmachen müssen.«

»Aber wenn es dir so normal vorkam, warum bist du dann beim letztenmal weggelaufen?« fragte T. M.

»Bei jenem Mal war es anders«, sagte sie zögernd. »Damals hatte ich wirklich Angst. Ich hatte das Gefühl, daß jemand hinter mir her war und daß man mich finden würde, wenn ich diesen Test mitgemacht hätte. Ich fühlte mich in die Enge getrieben.«

Sie gingen in ein italienisches Restaurant ein paar Häuserblocks entfernt und sprachen über das Wetter und das komische Haus, in dem T. M. und Michelle wohnten, über alles mögliche, das ihnen einfiel, nur nicht über das, was sie alle in Gedanken beschäftigte. Es war erst acht Uhr, als T. M. und Michelle ihre Mutter wieder nach Hause brachten. Diesmal gingen sie nicht mehr mit hinein.

»Die Klinik, in der du warst«, fragte Michelle, »liegt in der Nähe des Highway oben am Fluß? Hast du das nicht gesagt?« Sie nahm eine Straßenkarte zur Hand und zeigte ihrer Mutter die Stelle. »Hier ist nichts davon vermerkt, aber warum sollte es auch auf einer offiziellen

Straßenkarte? Ungefähr eine Stunde Fahrt von der Stadt aus?«

Lauras Blick wanderte von ihrer Tochter zu T. M. und wieder zurück, und sie seufzte. »Ich wollte von diesen Dingen nicht sprechen. Ich hoffte, daß das Thema niemals aufkommen würde. Es ist vergangen und vorbei. Ich habe etwas Schreckliches getan, und ich weiß es, aber mit dir hat das nichts zu tun. Du warst ein wundervolles Baby und ein vollkommen normales Kind, in jeder Hinsicht. Denk nicht mehr daran, mein Schatz! Bitte, es soll dich nicht jetzt noch ändern.«

»Normal? Wer kann das beurteilen? Was ist normal? Ich muß mehr über diese Dinge erfahren. Wer war mein Vater, und welchen Zweck verfolgte er? Was hat er mit mir gemacht?«

Ihre Mutter zeigte auf die Karte. »Es war ungefähr eine Viertelmeile nach der Brücke. Die Klinik besteht nicht mehr; heute ist es ein Heim für geistig behinderte Kinder oder so etwas. Früher bin ich hin und wieder daran vorbeigefahren und habe versucht, mit mir selbst ins reine zu kommen. Es gibt keine Antwort auf die Frage nach dem Sinn des Ganzen. Man muß einfach damit leben. Huysman ist tot, und es war sein Werk, niemandes sonst. Allein seins. Ich vermute, es war Pionierarbeit. Man macht so etwas jetzt überall immer häufiger, und niemand denkt sich etwas dabei. Wir waren eben einfach die ersten.«

T. M. saß am Steuer. Sie schwiegen beide, bis sie in der Nähe der Kinderklinik waren. Da sagte Michelle: »Wenn wir dort angekommen sind, fahre irgendwo an den Straßenrand, ja? Ich möchte sehen, ob irgendeine Telefonnummer oder irgend etwas dransteht.«

T. M. stellte keine Fragen. Er hatte das Gefühl, in einem Zustand des Schocks zu sein, oder einem Schock zumindest sehr nahe. Alles, was er jetzt tun konnte, war, die Dinge zu nehmen, wie sie kamen. Er fuhr auf den Seitenstreifen und hielt an. Am Tor zu dem Anwesen war ein zierliches Bronzeschild angebracht, auf dem jedoch keine Telefonnummer stand. Es stand lediglich darauf: KIRCHE DER INNEREN UND ÄUSSEREN HARMONIE, und darunter KEIN ZUTRITT.

»Bist du zufrieden?« fragte er nach einer Weile.

Michelle antwortete nicht. Sie blickte starr geradeaus, voller Konzentration, wobei nachdenkliche Falten ihre Stirn leicht runzelten.

»Liebling? Können wir jetzt weiterfahren?«

»Laß uns nach Hause fahren!« sagte sie ruhig. »Ich möchte meinen neuen Modem ausprobieren.«

Auf dem Rücksitz stand der Modem, den sie in Trenton gekauft hatten. T. M. fuhr mit düsterer Miene; er tat nicht einmal so, als ob er ihr Verhalten auch nur annähernd verstünde. Er hatte auf irgendein Zeichen oder eine Erkenntnis durch jenen Ort, der im Wald versteckt lag, gehofft, und jetzt wollte sie nichts anderes als nach Hause fahren und mit ihrem neuen Spielzeug spielen. Nun gut, dachte er, was immer als nächstes kommen mochte, er war bereit, es hinzunehmen. Er erhöhte die Geschwindigkeit, und in weniger als einer halben Stunde waren sie zu Hause, und sie ging in ihr Büro.

»Wird das nicht wahnsinnig viel Geld kosten?« fragte er, als sie den Adapter angeschlossen hatte und alles funktionierte. »Erhöht sich dadurch nicht unsere Telefonrechnung?«

Sie sah erstaunt aus. »Nein. Ich werde den Code finden und alles der Kirche für Innere und Äußere Harmonie aufbrummen.«

Er nickte und ging leise nach unten. Natürlich. Eine kleine Fälschung hier, ein kleiner Diebstahl da, die Kosten jemand anderem anlasten, warum nicht? Er erinnerte sich an ihre Empörung, die sogar so groß war, daß sie ihren Job kündigte, über das korrupte Vorgehen des Arztes, der seine Frau und Tochter angeblich als Angestellte beschäftigte. Aber das war etwas anderes, zischelte ihm ein Stimmchen im Kopf ein. Natürlich. Er setzte Wasser auf, um Kaffee zu machen.

Sie wollten nicht Recht und Ordnung, dachte er trübsinnig, sie wollten Gerechtigkeit. Die alten Römer hatten ein hohes Maß an Recht und Ordnung, als sie die Christen den Löwen vorwarfen. Die Sklavenhändler hatten sich getreu an Recht und Ordnung gehalten. Die Wanderungen nach Westen, denen die Indianer auf der ganzen Strecke zum Opfer fielen, hatten Recht und Ordnung nicht verletzt. Aber Menschen, die Gerechtigkeit anstatt Recht und Ordnung wollten, waren schon häufig im Gefängnis gelandet, dachte er, und er hatte Angst, daß Michelle diesen Weg eingeschlagen hatte und nicht mehr umkehren konnte. Ein krimineller Keim, ein kriminelles Konzept – oder entsprach das der zeitgemäßen Form von Recht und Ordnung – war in ihrem Kopf entstanden, wucherte und bahnte sich einen Weg nach draußen; das machte sie zu einer fröhlichen Gesetzesbrecherin, die in ihren kriminellen Handlungen nichts Schlechtes sah, die sie sogar genoß und suchte.

Und es war seine Schuld, sagte er sich selbst. Wenn er nicht seinen Arbeitsplatz verloren hätte, wenn er es geschafft hätte, die blödsinnige Steuererklärung besser zu manipulieren, wenn er das Büro und ihren Computer nicht angegeben hätte, wenn er gleich wieder einen neuen Job gefunden hätte, irgendeine Arbeit, die Geld eingebracht hätte, wenn sie nicht beraubt worden wären, wenn sie in New York eine billigere Wohnung gefunden hätten oder in der Lage gewesen wären, die zu kaufen, in der sie wohnten ... Er bereitete den Kaffee und kam zu dem Schluß, daß er noch viel früher ansetzen mußte. Bei ihrer Mutter. Wenn sie nicht den Drang verspürt hätte, von zu Hause wegzugehen und einen Job in Trenton zu suchen ... Und das führte weiter zu Lauras Eltern. Wenn sie nicht so unnachgiebig gewesen wären, nicht so viel von Laura verlangt hätten, mehr

Verständnis aufgebracht hätten ... Und deren Eltern, und wiederum deren ...

Es gab keinen Anfang. Er goß sich Kaffee ein und setzte sich hin, um daran zu nippen. Es gab keinen Anfang, es sei denn, er ging bis zu Adam und Eva zurück, oder vielleicht Kain und Abel, berichtigte er sich betrübt, als ihm seine Frau einfiel, die im oberen Stock saß und eine Möglichkeit suchte, eine Kirchengemeinde zu betrügen.

ACHTZEHN

»PAPI«, FRAGTE SHERRY, kurz bevor er sich auf den Weg machte, um Leon Lauder aufzusuchen, »wie kannst du mit deinen subversiven Aktivitäten fortfahren, wenn sie dir auf Schritt und Tritt folgen?«

»Ich werde das mit ihm besprechen. Und in der Zwischenzeit, kleine Plaudertasche, halte dich zurück! Plappere mit niemandem und über nichts, okay?«

»Meinst du Mrs. Huysman und Marion?«

Als Irma ihre Haushälterin vorgestellt hatte, Marion Skolnick, hatte Sherry gekichert und gesagt: »Magd Marion.« Einen Moment lang hatte Drew gedacht, damit wäre es um sie geschehen gewesen und sie würden alle hinausgeworfen werden, aber sowohl Marion als auch Irma waren gemeinsam mit Sherry in Lachen ausgebrochen.

»Mein Liebes«, hatte sie Irma daraufhin belehrt, »heutzutage haben wir keine Mägde mehr. Wir haben Haushälterinnen oder Köchinnen oder Gesellschafterinnen. Kommt mal beide mit!« Sie machte Lisa eine Geste, daß sie ebenfalls gemeint war. »Ich zeige euch die Puppenmöbel, mit denen ich als Kind gespielt habe. Ich habe sie die ganzen Jahre über aufbewahrt. Könnt ihr euch das vorstellen?«

Als sie aufstand, war ihre Bewegung geschmeidig. Alle drei gingen nach oben, und Drew machte sich auf den Weg zu seiner Verabredung. Und wie waren er und Sherry nun verblieben, was seine Ermahnung zum Schweigen betraf? Er war sich nicht ganz klar darüber.

»Was soll ich Mami erzählen?« hatte sie wissen wollen. »Ich soll ihr doch nichts verheimlichen.«

»Trotz all meiner Anstrengungen«, hatte Drew zu Florence gesagt, »ist sie ein raffinierter Wortklauber geworden. Sie hat schon mit dem Geburtshelfer herumpalavert, bevor er ihr einen Klaps gegeben hatte; und wenn du mich fragst, hätte dieser Klaps entschieden kräftiger ausfallen dürfen. Sherry, es gibt keinen Grund, warum du Pat irgend etwas von diesen Dingen erzählen müßtest. Jedenfalls nicht jetzt sofort. Sie wird dich fragen, ob du ordentlich zu essen bekommst und genug schläfst und solche Sachen, und das weißt du. Wenn du von dir aus nicht noch ein anderes Thema anschneidest, bleibt es dabei. Stimmt doch, oder?«

»Vielleicht«, sagte sie düster.

Er traf Leon Lauder im Café eines Motels. »Das könnte direkt zur Gewohnheit werden«, sagte er, als er in der Nische Leon gegenüber Platz nahm.

»Mein Gott, ich bin froh, daß Sie nicht gesagt haben, wir können uns nicht mehr so treffen«, sagte Leon. »Ich hätte Geld darauf gesetzt. Kaffee?« Er winkte der Bedienung. Er hatte Eiskaffee und Eiscreme vor sich stehen.

Drew bestellte Kaffee und deutete auf Leons Drink. »Wenigstens verzichten Sie auf Erdbeeraroma.«

»Mokka oder Vanille. Aber Schokolade ist auch nicht schlecht.«

Die Bedienung brachte Drews Kaffee und entfernte sich wieder. Er probierte ihn und fügte Zucker und Sahne hinzu.

»Deshalb trinke ich meinen so«, sagte Leon. »Der einzige Ort, wo ich guten Kaffee bekomme, ist zu Hause. Ich würde ja lieber Bier trinken, aber das sieht nicht gut aus.«

»Meine Tochter läßt fragen, wie ich mit meinen subversiven Aktivitäten fortfahren soll, wenn mir Ihre Leute nicht von den Fersen weichen?«

»Das erschwert die Sache, vermute ich. Aber sie sind ja nicht immer da.«

»Entschuldigung. Ich habe nicht nachgedacht. Ich bin nur nach Richmond gefahren, habe meine Tochter abgeholt und bin wieder zurückgekommen.«

»Haben Sie dem Senator wirklich eins auf die Nase gegeben?«

»Noch nicht.«

»Sind Sie über Atlantic City zurückgekommen?«

»Nö. Ich halte nichts davon, Kindern das Glücksspiel beizubringen.«

»Aha. Ich verstehe. Wer ist das andere Mädchen?«

»Sherrys Amme, sie heißt Lisa Robbins.«

Leon sah leicht schockiert aus. »Man hat doch heutzutage keine Ammen mehr!«

»Also, in Wirklichkeit stelle ich mir einen Harem zusammen. Heute habe ich meine Frauen und meine Tochter im Auto mit aufs Land genommen, wo ich sie geparkt habe, während ich im Heim für Gestörte Jugendliche der Kirche der Inneren und Äußeren Harmonie ein Gespräch mit Dr. Claude Dohemy führte.«

»Gibt's dort oben verrückte Kinder?«

»Gestörte. Ich habe Arnie Sorbies zugewinkt, aber wir haben nicht miteinander geplaudert. Ich habe den Kindern zugesehen, die Tennis spielten und schwammen, und mich mit Dohemy über Stanley Huysman unterhalten, der ein Genie war. Ich spiele mit dem Gedanken, seine Biographie zu schreiben. Dohemy war viele Jahre lang sein Mitarbeiter, und ich werde noch mehrmals zu ihm hinfahren, mit oder ohne meinen Harem. Ich glaube, daß Ihre Leute keinen Zutritt zu dem Gelände haben.«

Leon sah ihn nachdenklich an. »Ist das der Ort, an dem Huysman seine Versuche mit Affen durchführte? Ich habe über ihn gelesen.«

»Schimpansen. Ich habe den Raum gesehen, in dem er sie einst untergebracht hatte. Aber die Käfige waren nicht mehr da. Es war nicht sehr aufschlußreich.«

»Kennen Sie einen Indianer namens Jack Silberfuchs?«

»Nein.«

»Ein großer Mann, über einsachtzig, und breit wie ein

Schrank. Wenn Sie ihn mal gesehen hätten, würden Sie sich an ihn erinnern. Sind Sie ihm nie in Sorbies Buchladen begegnet?«

»Nein.«

»Komisch. Er ist hier in der Gegend. Er hat früher mit Sorbies zusammengearbeitet, und jetzt taucht er in der gleichen Gegend auf wie Sie. Sorbies schickt Ihnen eine Botschaft, und plötzlich erscheint sein indianischer Freund wieder, nachdem er fünfundzwanzig Jahre lang von der Bildfläche verschwunden gewesen war. Diese Art von Zufall gefällt mir nicht, Lancaster. Das geht nicht mit rechten Dingen zu.«

Drew nickte voller Mitgefühl. »Ich kann es Ihnen nicht verübeln«, sagte er wahrheitsgemäß.

»Es gibt zwei staatliche Dienste, mit denen man besser nichts zu tun hat«, sagte Leon bedeutungsvoll. »Der eine ist das Finanzamt. Vom Präsidenten an abwärts hat es keiner gern, wenn sich dieser lästige Verein mit ihm beschäftigt. Ich eingeschlossen.« Drew nickte. »Der andere ist meine Sicherheitsbehörde, Mister Lancaster. Über uns gibt es ein Gerücht. Wir schließen niemals einen Fall ab, solang der Bursche nicht hinter Schloß und Riegel sitzt und seine Druckpresse und -platten nicht in unserem kleinen Museum zu besichtigen oder zerstört sind. Wir haben ein hübsches Museum. Vielleicht haben Sie einmal Lust, es zu besuchen?«

»Gern.«

»Wenn Sie in der Stadt sind, rufen Sie mich an! Was aber das Entscheidende ist, wir erwischen unseren Mann immer. Immer! Und seine Komplizen. Ohne Ausnahme. Und die sind nach dem Gesetz gleichermaßen schuldig. Das Gesetz sieht schwere Strafen für Fälscher vor, denn wenn das Geld nicht geschützt ist, dann bricht alles zusammen. Im Krieg ist eine der ersten Handlungen des Feindes, Blüten in Umlauf zu bringen, um die Wirtschaft der anderen Seite aufzuweichen. Und das funktioniert.«

»Das wußte ich nicht«, sagte Drew. »Vielleicht kann ich etwas darüber in Büchern finden.«

»Ich schicke Ihnen einen Katalog.«

Drew schob seine Tasse zurück und stand auf. »Nun, Sie haben mir einiges zum Nachdenken gegeben.«

»Mister Lancaster, ich könnte mich wirklich damit schmücken, wenn mir jemand ins Netz ginge, der einen so bedeutenden Namen hat wie Sie. Verstehen Sie? Das würde bestimmt zu einer Beförderung reichen, so daß ich von einer höheren Position aus in Pension gehen würde. Wir Bürokraten müssen an solche Dinge denken.«

Drew nickte. »Wir treffen uns wieder, Leon.«

»O ja, Mister Lancaster, das werden wir bestimmt.«

Drew ging in Gedanken versunken zurück zum Haus. Warum zögerte er so, Sorbies preiszugeben? Das Ganze ging ihn nichts an, aber war das Grund genug? Immer wieder kam ihm die Frage in den Sinn: Kann man einem Dieb etwas stehlen? Er wußte noch keine Antwort. Leons Drohungen gefielen ihm gar nicht, und er hatte keinen Zweifel daran, daß Leon nicht übertrieben hatte. Aber er hatte auch nichts Unwahres gesagt, zum Teufel!

Als er zum Haus zurückkam, hatte Florence ihm schon eine Liste gemacht, die sie ihm vorlegte.

»Für diesen Zeitraum fehlen die Akten«, sagte sie und deutete auf die Stelle. »Ich habe seine Unterlagen vom Tage eins bis Mitte der fünfziger Jahre, danach nichts mehr. Er begann mit den Schimpansen-Experimenten neunzehnhundertdreiundfünfzig und veröffentlichte sein Werk neunzehnhundertsechzig, aber ich habe nur die endgültigen Unterlagen, keine seiner Notizen oder Datenaufzeichnungen, gar nichts. Neunzehnhundertsechsundsechzig dann führte er die psychologischen Tests an öffentlichen Schulen durch, und einige der Aufzeichnungen darüber fehlen ebenfalls. Anschließend gibt es weitere Lücken, bis er die Arbeit mit den Pflanzenklonen aufnahm. Zu viele Lücken, Drew, das gefällt mir nicht. Man setzt sich nicht einfach hin und schreibt ein wissenschaftliches Werk. Es muß stapelweise Notizen geben, die Aufzeichnungen über die Experimente, die Auswertungen, jede Menge Zeug.«

»Könnte er die Sachen in der Klinik aufbewahrt haben? Oder in seinem Büro in der Universität?«

»Zu der Klinik kann ich nichts sagen, aber in der Universität bewahrte er so gut wie nichts auf. Er war ein Geheimhaltungsfanatiker und traute dort niemandem über den Weg.«

»Wie lange würde es dauern, die Akten dermaßen gründlich zu durchsuchen? Vielleicht hat er es selbst noch vor seinem Anfall gemacht?«

Sie zuckte die Achseln. »Es hätte eine beträchtliche Zeit gedauert, aber vergiß nicht, daß Claude im letzten Jahr und ganz besonders während der letzten Monate im Haus ein und aus ging. Es wäre niemandem aufgefallen, wenn er nicht bewußt nach den Lücken gesucht hätte, normalerweise hätte jeder das alles als Ganzes betrachtet. Immerhin gibt es in diesen vielen Ordnern genug Material, um einen Forscher mehrere Jahre lang zu beschäftigen.«

»Warum hast du nach diesen Jahren gesucht?«

Sie sah ihn mit einem verzerrten, fast verbitterten Lächeln an. »Du hast ihn nie kennengelernt oder gesehen?« Er schüttelte den Kopf, und sie fuhr fort. »Er hatte schöne Augen, sehr groß und ausdrucksvoll; das einzig Schöne an ihm. Lisas Augen.«

Er starrte sie ungläubig an. »Das ist kein sicherer Beweis. Sherry hat blaue Augen, so groß wie Untertassen, und sie ist weiß Gott mein Kind.«

Sie verwarf diese Bemerkung mit einer Handbewegung. »Glaubst du, er hat an ihr herumoperiert? Einen chirurgischen Eingriff an ihrem Gehirn vorgenommen? So, wie er es am Anfang mit den Schimpansen gemacht hat? Nein, das wäre nicht gegangen. Und er brauchte es auch nicht zu tun. Gegen Ende seiner Schimpansen-

Experimente führte er genetische Manipulationen und Befruchtungen im Reagenzglas durch. Wir müssen heute abend mit Lisa sprechen, wenn Sherry im Bett ist. Sie hat uns erzählt, daß sie mit ihrer Mutter in Kansas City gelebt hat, bis sie zwölf war, aber, Drew, was sollen wir wetten, daß ihre Geburtsurkunde aussagt, daß sie in New Jersey geboren ist, irgendwo hier in der Gegend?«

»Warum hast du gesagt, er hätte sie gar nicht operieren können?«

»Weil er keine Ergebnisse bekam, bevor er mit den genetischen Manipulationen vor der Empfängnis begann. Er verlor alle Schimpansen, an denen er herumoperiert hatte, ohne etwas beweisen zu können. Er ging deshalb von dieser Methode sehr bald ab, und kam nie mehr darauf zurück, weil es auf andere Art funktionierte.«

»Woher weißt du das?«

Sie machte eine Handbewegung zu den Büchern auf dem Schreibtisch. »Er selbst beschreibt es darin so. Das ist einer der Gründe, warum niemand seine Arbeit nachvollziehen konnte, sie war wahrhaft revolutionär und sehr schwierig. Besonders für jemanden, der von Anfang an nicht daran glaubte. Zu jener Zeit war das Augenmerk der Welt auf die Doppelhelix gerichtet, die DNS-Forschung, die in den Anfängen steckte. Er sprach von Genen und Chromosomen und erwähnte DNS niemals; verschrobenes Zeug, längst überholt. Und bei niemand anderem funktionierte es.«

Sie faltete ihre Liste zusammen, als Lisa, Sherry und Irma Huysman den Raum betraten. »Später«, sagte sie.

Sherry plapperte aufgeregt über das süße Puppenhaus und die Möbel, und Irma strahlte sie und Lisa an. Sie aßen gemeinsam zu Abend, und Irma erzählte, wie es war, in Europa aufzuwachsen – in Berlin, Wien, Paris. Es hörte sich an wie eine andere Welt, ein anderes Zeitalter, dachte Drew, der mit halbem Ohr zuhörte. Eine einfachere Welt? Wahrscheinlich nicht, aber wohl auch nicht eine so gefährliche Welt, wie sie inzwischen entstanden war. Wissenschaft und Technik hatten die Muskeln spielen lassen, Big Science und High Tech, aber in der Zwischenzeit hatten sie bewiesen, wie stark sie gemeinsam waren, und die Welt würde niemals mehr einfach oder ungefährlich sein. Sherry würde niemals die Welt kennenlernen, die Irma als selbstverständlich hingenommen hatte. Der Gedanke machte ihn traurig.

Sherry schlief; Irma hatte sich nach oben zurückgezogen; und jetzt befanden sich Drew, Florence und Lisa in dem Arbeitszimmer mit den Akten. Irgendwie erschien dieser Raum geeigneter für ein Gespräch über Huysman als der luxuriöse Salon.

Lisa schüttelte fassungslos den Kopf. »Wie konntest du wissen, daß ich in New Jersey geboren wurde?« fragte sie Florence. »Ich habe nur ein paar Monate lang hier gelebt. Meine Mutter stammte ursprünglich aus Kansas City. Sie studierte in Princeton, als sie meinen Vater kennenlernte; ich kam auf die Welt, und er lief weg. Ich hatte jahrelang keine Ahnung davon, bis ich es eines Tages zufällig in meiner Geburtsurkunde las.«

Florence warf Drew einen Blick zu. Sie sah eher besorgt als mißmutig aus, dachte er voller Zufriedenheit. Es lag daran, daß Lisa ein so sympathisches Kind war, so vertrauensvoll und verletzbar, dachte er. Auch er machte sich Sorgen um sie.

»Wie, zum Teufel, können wir uns auf irgend etwas vorbereiten, Offensives, Defensives oder einfach nur Passives, wenn wir nicht wissen, was Dohemy vorhat?« Drew sah Florence nachdenklich an, jedoch ohne große Hoffnung. Sie hatte schon klipp und klar gesagt, daß sie sich ebenfalls nicht schlüssig war, was Dohemy vorhatte, jedenfalls nicht im einzelnen. Sie beide hatten den Verdacht, daß das, was immer er für Freitag planen mochte, etwas mit Geld zu tun hatte.

»Huysman war der Garant für die Finanzierung«,

sagte Florence. »Mit dem Ruf, den er Ende der sechziger, Anfang der siebziger Jahre genoß, konnte er alles bekommen, was er forderte. Bei Claude war das anders. Er war nie etwas anderes als sein Assistent gewesen. Er hat die Seele eines Assistenten.«

»Also gut, es geht um die Finanzierung. Eine staatliche Finanzierung, daran ist ihm gelegen. Huysman hat die Geldmittel bekommen, indem er es eine kirchliche Einrichtung nannte, doch es gibt keine solche Kirche, nur den Namen. Warum benutzt Dohemy diesen Deckmantel nicht?«

Sie waren im Arbeitszimmer; Lisa war ins Bett gegangen, ohne neue Erkenntnisse zu liefern, die über das hinausgingen, was sie schon wußten oder zumindest vermuteten.

»Vielleicht versucht er genau das zu tun«, sagte Florence. »Die Kirche als Deckmantel zu benutzen.« Sie schwieg ein paar Minuten lang, dann sagte sie: »Mir widerstrebt es, aber ich werde dir sagen, was ich denke.«

Er nickte mit finsterer Miene. »Er braucht etwas ähnlich Dramatisches wie die Schimpansen-Experimente, um seine Resultate zu demonstrieren?«

»Genau das. Was glaubst du?«

»Wo genau arbeiteten sie jeweils?«

»Also gut. Claude war an dem einen Ort, Huysman am anderen, zweifellos jeweils mit einer Anzahl von Assistenten. Die Schimpansenpaare wurden getrennt, der eine Teil kam zu Claude, der andere zu Huysman. An beiden Orten gab es Regierungsbeobachter. Wenn ich an maßgeblicher Stelle gewesen wäre, hätte ich einen von ihnen eigenhändig die Schocks ausführen lassen, hätte ihn die Zeit bestimmen und alles aufzeichnen lassen, damit er gewußt hätte, daß alles mit rechten Dingen zugeht. Ich hätte eine Fernsehverbindung zwischen den beiden Gruppen von Beobachtern hergestellt, damit sie jeweils überprüfen könnten, was sich am anderen Ende abspielt.«

»Wie schlimm waren diese Schocks?«

Sie zuckte die Achseln. »Das steht wahrscheinlich in den Notizen, die fehlen. Um etwas zu beweisen, hätten sie nicht sehr stark sein müssen. Um einen dramatischen Effekt zu erzielen …? Ich weiß es nicht.«

»Damals waren es Tiere. Wir sprechen von Menschen, Kindern …«

»Hast du mal etwas über die Syphilis-Forschung an den Tuskegee gehört?« Zögernd nickte Drew. Sie fuhr fort: »Das waren Menschen, Männer mit Syphilis, Überträger. Es hätte eine Heilmethode gegeben, aber die Beobachter wandten sie nicht an, sie beobachteten nur bis zum bitteren Ende, wie die Männer starben, um das Endstadium zu studieren. Von der Regierung finanziert, Drew! Es waren Angestellte der Regierung, die ihre Arbeit machten, indem sie *beobachteten!*«

»Herr im Himmel!« Er sprang auf und schritt im Raum auf und ab. »Was sollen wir tun? Wir kommen nicht einmal in das Gelände hinein. Es ist eine Festung, eine Burg, sogar der Burggraben fehlt nicht. Und wenn diese Kinder die Möglichkeit haben, sich miteinander zu verständigen, auf welche Weise auch immer, wenn sie wissen, daß etwas Schreckliches vor sich geht, warum bleiben sie dann? Es sind mehr als hundert. Mit einer gemeinsamen Anstrengung könnten sie abhauen.«

»Ich weiß es nicht«, gab sie zu. »Es ergibt keinen Sinn. Ich kann nicht einmal raten, warum sie die ganze Anstalt nicht schon längst in ihre Gewalt gebracht haben.«

»Ich muß mir etwas ausdenken«, murmelte er. »Ich muß einen Weg finden, Franklin mit mir hineinzuschleusen. Ich muß mit jemandem von denen da drin sprechen …« Sorbies, dachte er grimmig. Er wollte mit seinem alten Kumpel Arnie Sorbies sprechen.

Florence stand auf und streckte sich. »Ich gehe jetzt. Bis morgen früh. Ich werde ziemlich früh hier sein. Gute Nacht, Drew.«

Er schritt weiterhin im Zimmer auf und ab, und dann erweiterte er sein Revier auf die ganze untere Etage. Sorbies, der Indianer, die Kinder, die sich so merkwürdig zueinander hingezogen fühlten, die Experimente ... Es war einfach zuviel, verdammt zuviel, entschied er.

Was tat er überhaupt hier? Morgen, redete er sich ein. Morgen würde er Irma auf Wiedersehen sagen, würde Florence auf Wiedersehen sagen, würde Lisa zum Abschied küssen und dann nichts wie von hier abhauen. Weg, nach Florida, Disney Land, auf eine kleine Insel. Morgen. Inzwischen wanderte er weiterhin zornig auf und ab.

Er hatte nicht die Absicht gehabt, sich in etwas Derartiges hineinziehen zu lassen, und es war immer noch Zeit, sich aus all dem zurückzuziehen. Er hatte bereits eine neugierige staatliche Dienststelle am Hals. Er brauchte gewiß keine zweite, die sich mit ihm herumschlug. Welche käme überhaupt in Frage? Die für das Gesundheitswesen? Für innere Angelegenheiten? Für Verteidigung?

Er schnitt eine Grimasse und hielt in seinem Umherwandern inne. Wenn man Leute miteinander in Einklang brachte, und einer davon war zum Beispiel in Kuba und der andere in Washington, was dann? Dann nichts, entschied er nach einer Weile. Sie sprachen nicht miteinander, sie waren sich nur jeweils des anderen bewußt, fühlten sich zueinander hingezogen. Er nahm seine Wanderung wieder auf, nach seinem Geschmack viel zu sehr beunruhigt durch den Gedanken, daß sich das Verteidigungsministerium für diese eigenartigen Kinder interessieren könnte. Aber wie viele Möglichkeiten er sich auch vorstellte, auf welche Weise sie ausgenutzt werden könnten, keine davon schien den Aufwand zu rechtfertigen. Die Post mit all ihren Unzulänglichkeiten schien selbst in schlechtesten Zeiten die bessere Lösung für jemanden, der eine Nachricht übermitteln oder empfangen wollte.

NEUNZEHN

Es war später Sonntagabend, und Pat Stevens befand sich vor den Aktenschränken in William Wileys Büro. Der Wachtposten vor dem Senatsgebäude hatte sie eingelassen und nacheinander die Zwischentüren der Korridore geöffnet und wieder geschlossen, die Schlösser überprüft und mit seiner Taschenlampe in dunkle Ekken geleuchtet. Fast beneidete sie ihn um seinen Job, einfach deshalb, weil er so klar umrissen war. Er wußte genau, was von ihm erwartet wurde, hatte keine Probleme, es zu tun, und schlief mit reinem Gewissen, wenn er seine Arbeit erledigt hatte.

»Verdammter Drew«, murmelte sie vor sich hin, und zwar nicht zum erstenmal. Die Akten, die sie suchte, stammten aus der Amtszeit von Williams Vater als Senator. Als er nach kurzer Krankheit vor vier Jahren starb, hatte der Gouverneur seinen Sohn, William Wiley, dazu bestimmt, seinen Platz einzunehmen, und William würde dieses Amt innehaben, solange er wollte. Kein Wiley war in Virginia jemals unterlegen gewesen. William hatte das Büro und das Amt als Vermächtnis erhalten, ebenso wie die Akten.

Nach Mitternacht ging sie in die Cafeteria im Untergeschoß, um Kaffee zu trinken und ein Rosinenbrötchen zu essen, irgend etwas, das sie wach halten würde. Ein paar Leute waren dort unten, die für ihre Chefs an diesem Wochenende noch spät arbeiteten und gerade eine Pause machten. Sie war der Ansicht, daß sie für keinen von ihnen eine gute Gesellschaft abgeben würde, und nahm ihren Kaffee und das Gebäck mit ins Büro, wo sie sich an ihren Schreibtisch setzte und das Rosinenbrötchen dann doch liegenließ. Es wäre nichts zu finden, das wußte sie, hatte es die ganze Zeit gewußt. Dies war wieder einmal eins von Drews Hirngespinsten, und sie hatte sich mit hineinreißen lassen. Sie wollte sich ändern. Den granzen Tag über hatte sie sich geweigert, ans Telefon zu gehen, hatte den Anrufbeantworter angeschaltet, auf den ihr Vater gesprochen hatte und William, der sie dringend bat, zurückzurufen. Der einzige Rückruf, den sie getätigt hatte, galt Sherry.

»Verdammter Drew!« flüsterte sie aufgebracht. Sherry ging es ausgezeichnet, sie aß ordentlich, schlief ausreichend, konnte aber nicht verhehlen, daß sie ihr in irgendeiner Beziehung etwas vormachte.

Es war halb eins. Noch eine halbe Stunde, dann wäre sie durch; dann hätte sie alle Akten gesichtet und könnte ihm glaubhaft versichern, daß es nichts gab.

Um eins hockte sie zurückgelehnt auf den Absätzen am Boden und starrte auf den Ordner, der aufgeschlagen vor ihr lag. Sie nahm ihn mit an ihren Schreibtisch und fing an, in den Dokumenten zu lesen; eine Stunde später fing sie an, sie zu fotokopieren.

Es war fast drei, als sie benommen das Büro verließ, sogar ohne den Wachtposten zu bemerken, der ihr einen freundlichen Gruß zuwinkte. Sie fuhr zurück in ihre Wohnung. In ihrem Wohnzimmer nahm sie den Telefonhörer ab und legte ihn wieder auf. Es war halb vier! Mit einemmal fühlte sie sich vollkommen erschöpft, unfähig, einen Gedanken zu fassen oder irgend etwas anderes zu tun, als zu schlafen.

Als sie im Bett lag, stellte sie fest, daß sie nicht schlafen konnte. Wußte William etwas davon? War es das, was Drew für ihn zu finden von ihr erwartet hatte? Huysman war damals in den fünfziger Jahren Senator Williams Hauptzeuge während der Hexenjagden gewesen. Er hatte Namen genannt! Es gab einen Briefwechsel mit McCarthy und ebenso mit anderen, die mit der Menschenverfolgung und den Schwarzen Listen zu tun hatten. Und Huysman wurde die Finanzierung seines Projekts auf unbegrenzte Zeit zugesichert, bis zu einem unbegrenzten Betrag. So schlicht war das jedoch nirgends ausgedrückt, nicht so direkt, aber sie hatte gelernt, zweideutige Dokumente zu lesen. Sie wußte, was dieses eine spezielle bedeutete. Sie starrte zur Decke, die durch den Lichtschein, der durch die Vorhänge fiel, schwach beleuchtet war, und dachte an die Formulierung, die in dem Briefwechsel immer wieder auftauchte: ›Huysmans Pets‹. Im Anfang wurden Huysmans Schimpansen so genannt, und dann wurden die Kinder so genannt! ›Huysmans Pets‹ – seine Kuscheltiere! Seine Schoßtiere! Und Huysman selbst hatte sie als ›Produkte‹ bezeichnet! Sie waren alle verrückt! Huysman, der Senator – alle! Verrückt! Was, um alles in der Welt, hatte er beabsichtigt? Und wofür das alles? Welchen möglichen Sinn konnte das haben?

Später, als das Licht in ihrem Schlafzimmer diffus wurde, kam sie zu dem Schluß, daß William davon nichts gewußt haben konnte. Er hatte nicht bei den Machenschaften seines Vaters mitgewirkt, war nicht eingeweiht gewesen. Er war weg gewesen, am College und dann in einem Rechtsanwaltsbüro in Richmond und später in Washington. Er war noch ein Junge gewesen, als sein Vater und Huysman ihren Handel abgeschlossen hatten. Es hatte nichts mit ihm zu tun, nichts mit ihr. Während jener Jahre waren abscheuliche Dinge geschehen, das wußte jeder, aber heute konnte man keinem mehr dafür die Schuld geben, heute war niemand mehr dafür verantwortlich. Jetzt, da Huysman tot war, der Senator tot war, würde das Projekt auf natürliche Weise zu einem Ende kommen, wäre ebenso tot. Aber sie wußte, daß sie mit jemandem über diese Dinge reden mußte, mit jemandem, der ihr sagen konnte, was Huysman mit den Kindern gemacht hatte. Aus den Unterlagen gingen keine Einzelheiten hervor. Er hatte sie erschaffen, hatte sie konstruiert, sie ›produziert‹, es waren Huysmans Kuscheltiere. Aber was bedeutete das genau?

Sie wünschte sich, als sie endlich langsam in Schlaf sank, daß Senator Wiley senior der oberste Drahtzieher in diesem Geschäft gewesen wäre, aber das war er nicht. Senator Cummings gebührte diese Ehre, und Senator Cummings besaß die ausführlichen Berichte, Informationen aus erster Hand, die heißen Eisen irgendwo in seinen Aktenschränken. Und Senator Cummings war eine miese Kröte, hörte sie sich selbst sagen, während sie davonschwebte, schwebte ...

»Ich muß mit dir reden«, sagte Pat am Telefon zu William Wiley. »Kommst du nach Washington?«

»Nein. Du weißt doch, daß ich vorhabe, nach London und Paris zu reisen und dann weiter in den mittleren Osten. Was ist denn los?«

»Nichts. Nichts. Ich komme rüber zu dir. In ein paar Stunden bin ich dort. Bist du heute abend zu Hause?«

»Pat, mein Liebes, du hörst dich so geheimnisvoll an. Ich bin hier, ja. Und wirklich, wir müssen miteinander reden. Ich habe nachgedacht, genau wie du nachgedacht hast, das weiß ich. Sobald du hier bist, ruf mich an, ja?«

Sie nickte und sagte okay, und sie hängten ein.

Sie hatte seine bevorstehende Reise vergessen. Er wäre bis Oktober weg, sechs Wochen lang. Um sich vor Ort zu informieren. Vor ihrem geistigen Auge sah sie Drews Gesicht; er grinste spöttisch.

Sie nahm Williams Dienstwagen für die Fahrt, da sie ihn ja auch mitgenommen hatte. Zurück würde sie fliegen, beschloß sie. In ihrem Koffer befanden sich die Fotokopien, die sie angefertigt hatte. Sie dachte, daß sich so ein Spion vorkommen müßte auf dem Weg zu seinen Auftraggebern, um geheime Dokumente zu übergeben. Das Dumme war nur, daß sie keinen Auftraggeber hatte, dem sie die Dokumente übergeben konnte, niemanden, der ihre Bedeutung erkennen würde. Drew? – Niemals! sagte sie sich mit Bestimmtheit. Er hatte sie dazu gebracht, das zu tun, hatte erreicht, daß sie zur Verräterin am Senator wurde, und sie hatte nicht die Absicht, einen Schritt weiter mit Drew zu gehen. Es tat ihr nicht leid, daß sie geschnüffelt hatte; wenn sie William eine wirkungsvolle Stütze sein sollte, mußte sie wissen, was früher geschehen war, wo sie standen, was sie für die Zukunft planten. Ihm galt jetzt ihre Loyalität: ihm allein – nicht seinem Vater oder dem Projekt oder irgend etwas sonst –, nur William, der sie angestellt hatte, der ihr voll und ganz vertraute. Der die Absicht hatte, sie bei der ersten sich bietenden Gelegenheit zu heiraten.

William erwartete sie in Randolfs Haus. Ihr Vater war in seinem Penthouse-Büro in der Innenstadt.

»Sieh mal, Pat, als meine Mitarbeiterin hast du das Recht, mit mir auf Reisen zu gehen. Verstehst du? Du verstehst. Du bist jetzt nicht durch Sherry angebunden, also komm mit mir!«

William streckte ihr beide Hände entgegen und sprach in ernstem, ja eindringlichem Ton.

Sie machte sich von ihm frei und schüttelte den Kopf. »Darüber wollte ich nicht sprechen«, sagte sie. »Du fährst ja erst in einer Woche, oder nicht? Wir werden drauf zurückkommen. William, weißt du irgend etwas über Stanley Huysman und sein Projekt, das dein Vater finanziert hat?«

Er sah sie ohne Regung an.

»Es war ein Projekt, das dein Vater und Senator Cummings gemeinsam unterstützt haben. Es handelte sich um Experimente mit Kindern.«

»Les Cummings? Wirklich?«

Pat bemerkte die Veränderung, die in seinem Gesicht stattfand; sein Blick richtete sich nach innen, als ob er etwas abschätzte, seine Augen verwandelten sich, sahen verhangen aus. »William, was ist los?«

»Wie bist du darauf gestoßen, mein Liebes?«

»Durch die Akten im Büro. Warum?«

»Les Cummings, also das ist ja interessant. Steckt er jetzt hinter dem Projekt? Hast du das daraus entnommen?«

Sie nickte langsam.

»Pat, du bist ein Wunder! Ein absolutes Wunder! Seit mehr als einem Jahr versuche ich, ein kleines Druckmittel gegen Les Cummings in die Hand zu bekommen, und hier servierst du es mir auf einem Tablett! Komm mit mir nach London! Nach Paris! Laß ihn Sherry doch behalten, als ob uns das etwas ausmacht!«

Sie schüttelte den Kopf. »Es würde herauskommen. Für die Presse wäre das ein gefundenes Fressen.«

»Dann laß uns einen Hochzeitstermin festlegen, und sie können uns alle gern haben!«

Ihr Vater kam in diesem Moment hereingestürzt und schloß sie fest in die Arme. »Warum bist du nicht ans Telefon gegangen? Kannst du dir nicht vorstellen, wie ich mir Sorgen gemacht habe, da ich wußte, daß du mit deiner Weisheit am Ende warst und keine Anrufe entgegengenommen hast? Mein Schatz, tu das einem alten Mann mit einem schwachen Herzen nicht an!«

»Herrje!« schrie sie und riß sich von ihm los. »Du bist kein alter Mann und hast kein schwaches Herz. Hör auf damit! Treib das gleiche Spiel mit mir nicht noch einmal!«

»Wir haben gerade davon gesprochen, einen Hochzeitstermin festzulegen«, sagte William feierlich.

»Ach so ist das. Nun, das muß mit einem besonderen Tropfen begossen werden. Ich bin sicher, wir haben eine Fla ...«

»Wir legen keinen Hochzeitstermin fest! Es gibt keinen Anlaß zu feiern, noch nicht! Ich ... ich werde jetzt duschen und mich ein bißchen ausruhen. Dies ist ein Irrenhaus!«

Unter der prickelnden Dusche versuchte Pat sich zu erinnern, wann genau sie beschlossen hatte, daß ihr Leben Ödland war. Nachdem sich herausgestellt hatte, daß die Krankheit ihres Vaters kein Herzanfall war, das wußte sie noch, aber sie konnte sich nicht an den Tag, die Minute erinnern. Sie hatte jedoch eine lebhafte Erinnerung an den Streit, den sie hinterher mit Drew deswegen gehabt hatte.

»Was meinst du, Ödland?« hatte er sie gefragt, während er ihr die verkrampften Schultern massierte. Sie war von Richmond nach New York gefahren.

»Ich habe nichts Richtiges zu tun. Ich tue nichts für niemanden, das irgendeine Bedeutung hätte. Ich bin intelligent, gebildet, manche halten mich für begabt, und ich tue gar nichts.«

»Was möchtest du denn tun?«

»Ich weiß nicht. Irgend etwas, das eine Bedeutung hat. Etwas, an das man sich erinnern kann.«

»Zum Beispiel ein Kulturzentrum zu bauen?«

Sie entwand sich seinen Händen. »Ich weiß nicht, warum du glaubst, daß es meinem Vater Spaß macht, eben dies zu tun. Doch er hat wenigstens erkannt, daß er etwas für andere tun muß.«

»Ich weiß. Der Randolf-Stevens-Konzertbau.« Er fing wieder an zu lachen.

»Verdammt, Drew, hör auf! Wie sollte man ihn denn sonst nennen. Smith-Halle? Musikburg? Oder wie?«

»Genau, wie sie genannt wird. Können wir jetzt ins Bett gehen?«

»Vergiß es! Ich lese Zeitung.«

Das war der Anfang vom Ende: Drew hatte sich über ihren Vater lustig gemacht, und sie war ins Wohnzimmer gegangen und hatte über der Zeitung gebrütet, ohne ein Wort zu lesen. Während der nächsten sechs Monate war es ständig schlimmer geworden, jedenfalls wenn sie zu Hause war. Sie hatte immer mehr Zeit in Richmond bei ihrem Vater verbracht, der von überschwenglicher Dankbarkeit erfüllt war, der sie auf rührende Weise brauchte, der Drew als Drückeberger bezeichnete, als Faulpelz, als unmoralisch und verschlafen, und andere Dinge, die sie am Anfang schockiert hatten. Sie hatte nicht geahnt, wie sehr er gegen Drew eingestellt war. Hing das nur mit seiner blöden Biographie zusammen? Sie konnte das nicht mehr mit Bestimmtheit verneinen, aber sich auch nicht eingestehen. Sie wußte es einfach nicht. Wenn die Dinge in die Brüche gingen, dachte sie, dann verursachte der kleinste Nadelstich eine tödliche Wunde.

»Er möchte seine Biographie geschrieben bekommen«, hatte sie leichthin gesagt, das Thema so nebenbei eingeworfen. Im gleichen Ton hätte sie sagen können: Er möchte nur Sahne in seinen Kaffee, nicht halb und halb. Am Anfang maß sie der Sache nicht mehr Bedeutung bei.

»Warum?«

»Was soll das heißen, warum? Warum geschieht so etwas überhaupt? Jemand möchte sein Leben festgehalten wissen, etwas hinterlassen. Ich weiß nicht, warum. Warum hast du es für Eisenhower getan?«

»Er war tot, als ich seine schrieb. Er redete mir nicht auf die eine oder andere Weise dazwischen und tat seine Wünsche kund.«

»Du weißt genau, was ich meine. Warum gibt es Biographien von anderen?«

»Verdammt soll ich sein, wenn ich das weiß. Ich weiß es nicht. Du vielleicht? Möchtest du, daß all deine Makel ans Licht gebracht werden, deine geheimen Wünsche, nichtige Abneigungen, zurückliegende Untaten ...«

»Was für Makel? Was für Abneigungen?«

»Ich meine nicht dich speziell. Man im allgemeinen.«

»Ich weiß, daß du nicht mich meinst. Du meinst meinen Vater, nicht wahr? Ich hoffe, du würdest ihn nicht in lilienhafter Reinheit darstellen, aber du solltest ihn auch nicht durch den Schmutz ziehen. Immerhin ist er mein Vater.«

Drew sah sie verdutzt an. »Ich werde es überhaupt

nicht machen, Pat. Ich habe nie gesagt, daß ich es tun würde.«

»Warum nicht?« Sie schrie es ihm geradezu ins Gesicht. »Was soll ich ihm sagen?«

»Ich habe es ihm schon gesagt, mehr als einmal sogar. Du brauchst ihm gar nichts zu sagen.«

»Warum bist du so stur? Er wird es im Eigenverlag herausbringen, groß dafür werben, alles das tun, was deine Verleger für deine Bücher nicht tun, wie du dich immer beschwerst.«

»Ich habe den Verdacht, er möchte sich in der Öffentlichkeit davon reinwaschen, daß er am Krieg verdient hat, indem er Waffen herstellte. Er will Vergebung. Die kann ich ihm nicht verschaffen.«

»Das will er nicht. Das ist eine gemeine Unterstellung! Das ist es bestimmt nicht, was er will!«

»Um so schlimmer, wenn er das nicht will«, sagte er zögernd, nachdenklich. Sie war aus der Wohnung gerannt, hatte die Stadt verlassen, war nach Richmond zurückgekehrt.

Während der ganzen Zeit ihrer Ehe, erkannte sie, war sie in der Position gewesen zu versuchen, Drew ihrem Vater begreiflich zu machen, zu versuchen, ihren Vater Drew begreiflich zu machen. Und das war von Anfang an ein hoffnungsloses Unterfangen gewesen. Zu Beginn hatte sie ihrem Vater erklärt: »Er ist kein Faulpelz. Er ist Schriftsteller, er beobachetet das Leben. Es mag so aussehen, als ob er bloß so rumsitzt, aber er denkt, er beobachtet, macht sich Notizen über alles. Nicht jeder muß Geschäfte machen und eine Million Dollar verdienen, um erfolgreich zu sein.«

Er hatte sie mitleidig angesehen.

Im Laufe der Jahre hatte dieses Argument auch für sie alle Überzeugungskraft verloren. Warum, in Gottes Namen, war er nicht wenigstens ein Bestseller-Autor geworden? Aber selbst wenn sie es ihm nachsehen konnte, daß er nicht erfolgreich war, daß er nichts Bedeutendes vollbrachte, konnte sie es sich selbst nicht nachsehen, daß sie so untätig war. Sie war so weit, daß sie ihr eigenes Leben als unwesentlich, unbedeutend, als dürftig und leer empfand. William Wiley, der versuchte, Ordnung in das Chaos zu bringen, das der Tod seines Vaters hinterlassen hatte, hatte sie gebeten, ihr dabei zu helfen, hatte den Anschein erweckt, als sei diese Hilfe lebenswichtig, unverzichtbar, und sie hatte ihre eigene Richtung gefunden. Nach dieser Entscheidung war das Ende ihrer Ehe sehr rasch gekommen. Und gleich nach ihrer Scheidung hatte ihr Vater angefangen, von der Ehe zu sprechen, die im Himmel geschlossen würde und die sie mit William Wiley eingehen sollte.

Warum? fragte sie sich; sie trug Shorts und ein ärmelloses T-Shirt. Warum war ihrem Vater so unbedingt daran gelegen, daß ihre Familie mit der Familie der Wileys verbunden sein sollte? Nicht nur aus Prestige, das stand fest. Es gab andere Familien in Virginia, die mehr Prestige hatten, und manche von ihnen waren in größerer Geldverlegenheit als William. Betrachtete ihr Vater diese Heirat so, wie die Königshäuser in der ganzen Geschichte Ehen betrachteten? Als Machtspiel? Als Stützpfeiler der Autorität? Als Bausteine zur Errichtung von Imperien?

Angewidert von dem Gedanken schüttelte sie den Kopf, aber sie konnte das Bild nicht aus ihrer Erinnerung verdrängen, wie sich Williams Augen verändert hatten, als er dachte, sie hätte ihm eine Handhabe geliefert, die er gegen Senator Cummings einsetzen konnte. Er brauchte nur Gary nach Washington zu schicken, um die betreffenden Akten auszugraben, fiel ihr ein, und sie würden bestimmt jemanden finden, der begriff, was sie bedeuteten, und sie entsprechend ausschlachten. Sie hatte oft genug beobachtet, wie so etwas ging. Sie mußte selbst jemanden ausfindig machen, der ihr erklären konnte, was die Papiere bedeuteten, beschloß sie.

Nicht für Drew – er würde nie etwas davon erfahren –, sondern für sich selbst. Sie hatte am College genug in Naturwissenschaften gelernt, um beunruhigt zu sein und um selbst oberflächliche Schlüsse aus dem zu ziehen, was sie gelesen hatte, aber sie wußte, daß sie Hilfe brauchte.

Aus ihrem Schlafzimmerfenster blickte sie über den Fluß und verfluchte ihren Vater, verfluchte William, verfluchte Drew. In diesem Moment sah sie die große, kraftvolle Gestalt von Julianna, die gerade aus der Sicht entschwand und auf Willie Jos Bungalow zuging. Sie war eine erfahrene Naturwissenschaftlerin, sie würde verstehen, was in den Papieren stand, sie würde ihr helfen können. Sie rannte nach unten, wobei sie die Bereiche des weiträumigen Hauses vermied, wo sie ihrem Vater oder William in die Arme laufen konnte, sofern dieser immer noch nicht gegangen war. Sie rannte im Dauerlauf zu Willie Jos Haus und klopfte an, und als Julianna antwortete, fiel ihr auf, daß sie mit ihr noch nie anders als mit einer Hausangestellten gesprochen hatte, einer geborenen Magd, der Tochter einer lebenslangen Dienerin.

Jetzt wußte sie nicht, was sie sagen sollte. Julianna sah sie an und wartete neugierig. Schließlich brachte Pat ein paar Worte heraus, und die Worte waren: »Es tut mir leid.«

Julianna nickte, als ob sie genau verstanden hätte, was damit gemeint war, und sie öffnete die Tür weit und ließ Pat eintreten.

ZWANZIG

»Bist du ganz sicher?« fragte Pat wohl zum zehnten Mal. Sie sah Julianna forschend ins Gesicht, als ob sie nach einem aufschlußreichen Zeichen suchte, das besagte, daß die Erklärungen, die Julianna ihr gegeben hatte, nicht zutrafen, daß das Ganze ein fauler Zauber oder nur ein Spiel war. Julianna runzelte tief betroffen die Stirn über die Fotokopien, die Pat mit nach Hause gebracht hatte.

»Die angemessene Frage«, murmelte Julianna, ohne aufzusehen, »ist, was wir jetzt unternehmen sollen.«

»Glaubst du das wirklich alles?« fragte Pat und machte eine Handbewegung, die all die Papiere einschloß. Sie befanden sich in ihrem Schlafzimmer, hinter verschlossener Tür. Die Papiere waren auf dem Bett und auf dem Schreibtisch ausgebreitet.

Julianna saß mit überkreuzten Beinen auf dem Boden und nahm ein Papier nach dem anderen vom Bett, sortierte sie um, brachte sie in eine neue Reihenfolge, die für sie einen Sinn ergab. Pat war schon seit vielen Jahren nicht mehr so fassungslos gewesen.

»Glauben oder nicht glauben. Wer weiß das schon? Hier ist nur davon die Rede, was sie erzielen wollten, nicht was sie erzielt haben«, sagte Julianna.

»Was sollen wir tun? Was können wir tun? Jetzt, nachdem Huysman gestorben ist, ist das Ganze überhaupt noch von Bedeutung, außer vielleicht als warnendes Beispiel – seht mal, was dabei herauskommt, wenn man unbegrenzt Geld für wissenschaftliche Zwecke zur Verfügung stellt, ohne daß jemand überprüft, was damit geschieht? Aber welchen Sinn soll das haben? Wen interessiert das schon?«

Julianna sah sie neugierig an. »Du arbeitest doch für

den Senator. Ist das nicht genau die Haltung, die er einnehmen wird, wenn die Sache an die Öffentlichkeit kommt?«

»Kann sein«, sagte Pat. Sie schritt in ihrem Zimmer auf und ab, während Julianna die Papiere immer wieder neu ordnete. Sie mußte etwas unternehmen, das wußte Pat. Sie konnte nicht einfach so tun, als wäre all das gar nicht geschehen. Und es wäre der logischste Anfang, wenn sie zunächst bei William ansetzte. Ihr Zögern hatte seine Wurzeln tief in ihrem Innern, jenseits aller Logik. Sie wußte nur, daß sie ganz bestimmt nicht mit William über diese Dinge reden wollte und ebensowenig mit ihrem Vater. Keines der Papiere war unter Verschluß gewesen oder trug einen Vertraulichkeits-Vermerk, und das mußte bedeuten, daß die Forschungsarbeit kein Resultat erbracht hatte. Cummings, Wiley senior und andere schuldeten Huysman etwas, und auf diese Weise hatten sie ihre Schuld beglichen. Zu den Akten gelegt, vergessen. Jetzt wurde die Sache nicht mehr fortgesetzt, alles war bezahlt. Wiley war tot, der Wissenschaftler war tot, warum sollten sie überhaupt in Betracht ziehen, damit noch an die Öffentlichkeit zu gehen? Es könnte höchstens Williams Karriere schaden, obwohl er nichts damit zu tun hatte. Es würde allenfalls das Vertrauen der Allgemeinheit in die Regierung noch ein wenig mehr erschüttern, und das konnte niemand gebrauchen.

Julianna ließ von den Dokumenten ab und lehnte sich mit dem Rücken ans Bett; sie blickte aus dem Fenster auf der anderen Seite des Zimmers. Sie trug ihr Haar im Afro-Stil, hoch und breit und kraus; sie war groß, mit einem kräftigen Knochenbau und ausgeprägten Muskeln, war aber nicht dick. Sie hätte gut eine Priesterin sein können, dachte Pat plötzlich, oder eine Prinzessin, eine kriegerische Prinzessin. Sie erkannte, daß sie nicht nur niemals wirklich mit Julianna gesprochen, sondern sie auch nie richtig angesehen hatte. Und sie wußte, mit einem Gefühl, das an Erleichterung grenzte, daß selbst wenn sie persönlich wegen der Dinge, die sie entdeckt hatte, nichts unternehmen würde, Julianna die Sache bestimmt nicht auf sich beruhen lassen und sie einfach vergessen würde. Julianna sah sich gezwungen, aktiv zu werden, das hatte sie erklärt, sobald sie die Bedeutung der Papiere erfaßt hatte, und ihre ganze Haltung, ihre gespannte Aufmerksamkeit, ihre äußerste Konzentration, die sie jetzt an den Tag legte, zeugte davon.

»Laß uns alles an einem sicheren Ort aufbewahren«, sagte Julianna schließlich. »Dafür braucht man etwas Zeit zum Nachdenken. Ich wollte, Drew wäre hier.«

»Das geht ihn nichts an.«

»Ich glaube doch«, sagte Julianna, während sie aufstand und sich streckte. »Er hat mich nach den physikalischen Aspekten in Huysmans Arbeit gefragt. Ich habe ihm einen Schnellkurs in Physik gegeben. Von diesen Dingen hier hatte er keine Ahnung, davon bin ich überzeugt, aber er ist auf einer bestimmten Spur.«

Pat hatte Julianna nicht gesagt, daß sie auf Drews Anregung hin die Akten durchsucht hatte. Sie wandte sich ab und sammelte die Papiere auf dem Schreibtisch ein. Sie hörte, wie Julianna das gleiche mit denen tat, die noch auf dem Bett lagen.

»Laß uns beide darüber nachdenken und uns am späteren Abend noch einmal treffen, nach dem Essen. Vielleicht fällt einer von uns etwas ein.«

Julianna nickte und sah Pat schweigend zu, während diese die Papiere in einen großen Umschlag packte, ihn in eine Schreibtischschublade legte und abschloß.

»Da ist mein Mädchen ja«, sagte Randolf Stevens, als Pat zusammen mit Julianna die Treppe herunterkam. »Würdest du Willie Jo bitten, ein paar Knabbereien hinaus auf die Veranda zu bringen«, sagte er zu Julianna. »Komm, Pat, William und ich wollen mit dir reden!«

Zwischendurch: [redacted] „Laß uns darüber nachdenken. Vielleicht fällt uns nach dem Essen etwas ein." Pat und Julianna haben ein Problem, mit dem sie nicht auf Anhieb fertig werden. [redacted] So geht es bisweilen jedem von uns. Und Pat hat recht: Da hilft es – um einfach mal auf andere Gedanken zu kommen – eine kleine Pause einzulegen, in der man sich und seinem Magen zwischendurch etwas Warmes gönnt. Dafür genügt bereits ein Becher, heißes Wasser und... [redacted]

Zwischendurch: [redacted]

Die geschmackvolle Trinksuppe für den kleinen Appetit. – In Sekundenschnelle zubereitet. Einfach mit kochendem Wasser übergießen, umrühren, fertig. [redacted] Viele Sorten – viel Abwechslung. [redacted] Guten Appetit!

Maggi

Suppen drink

»Julianna ist nicht deine Angestellte, Pa«, sagte Pat in scharfem Ton.

»Es ist schon in Ordnung. Ich werde es meiner Mutter auf dem Weg nach draußen ausrichten«, sagte Julianna und ging mit dem Gang einer kriegerischen Prinzessin hinaus.

»Ist das denn nicht die Tochter von Willie Jo?« fragte Pats Vater. Er sah verdutzt aus.

»Doch. Vergiß es! Ich möchte auch mit William sprechen.«

William war bereits auf der Veranda und nippte an einem eisgekühlten Gin-Tonic. »Pat, mein Liebes, hier ist ein Drink, der schon auf dich wartet«», sagte er, während er sich erhob und ihr ein hohes Glas reichte.

»Danke. Hör zu, William, es geht um diese Forschungsarbeit, für deren Finanzierung dein Vater gesorgt hat; wußtest du, daß sie zwanzig Jahre lang lief? Daß es sich um Experimente mit Menschen handelte, illegale Experimente?«

»Langsam, Pat! Laß uns keine voreiligen Schlüsse ziehen, bevor wir nicht mehr wissen, als uns bis jetzt bekannt ist. Ich habe Gary nach Washington geschickt, um die entsprechenden Akten zu sichten und zu prüfen, was an all dem dran ist. Und das bringt mich zu dem Punkt, über den wir ... ich mit dir reden wollte. Ich glaube nicht, daß es ratsam ist, diese Akten zu erwähnen, bevor sie ein Experte für uns ausgewertet hat. Es könnte ein nicht abzusehender Schaden entstehen durch leichtfertiges Gerede, bevor die Tatsachen bekannt sind. Nicht daß ich annehme, daß du über irgend etwas Vertrauliches mit jemandem außerhalb dieses Raumes reden würdest. Und alles, was sich in diesen Akten befindet, ist natürlich vertraulich.« Er lächelte sein bewährtes Fernsehlächeln.

»Jetzt hört mir mal beide zu!« sagte sie langsam und betonte jedes Wort. »Ich habe genug von den Dokumenten gelesen, um zu begreifen, was Huysman im

Sinn hatte, zu begreifen, daß er von der Regierung finanziert wurde, daß es keinerlei Überprüfung gab und daß er Experimente mit Menschen durchführte. Es gibt mehr als hundert Leute, Opfer seiner Experimente, die in einer Klinik in New Jersey festgehalten werden. Viele davon sind Kinder.«

»Aber, aber, Pat, bist du sicher, daß dein wissenschaftliches Verständnis ausreicht, alle diese Daten selbst zu interpretieren? Ich sagte doch, wir müssen die Meinung eines Experten abwarten, und dann werden wir geeignete Maßnahmen unternehmen ...«

»Du hast recht, was meine wissenschaftlichen Kenntnisse angeht«, gab sie zu. »Ich habe bereits mit einer Expertin darüber gesprochen. Julianna ...«

»Willie Jos Kleine?« Randolf brach in schallendes Gelächter aus und erklärte William kopfschüttelnd: »Das ist das häßliche schwarze Mädchen, das sich hier rumtreibt. Hat, glaube ich, ein Stipendium für irgendeine Schule bekommen oder so ...«

»Radcliffe! Und nächstes Jahr macht sie den Doktor in Physik!« sagte Pat entrüstet.

»Und ihr zwei Mädchen habt euch zusammengetan und ganz allein die Huysmansche Arbeit analysiert?« fragte William lächelnd.

Pat setzte ihr Glas auf dem Tisch ab und stand voller Selbstbeherrschung auf, bemüht, nicht zu zittern, nichts durch die Gegend zu schleudern, sie nicht anzubrüllen. »Gute Nacht, Pa, William. Wartet mit dem Abendessen nicht auf mich.«

»Also Pat, jetzt benimm dich doch nicht wie ein Kind«, sagte Randolf. »Sei doch nicht albern!«

Sie ging aus dem Raum, ohne einen Blick zurückzuwerfen. Sie ging nach oben und packte ihren Koffer, nahm den Umschlag wieder aus dem Schreibtisch und setzte sich dann auf die Bettkante, um zu überlegen, wohin sie gehen und was sie tun sollte. Eine Minute später saß sie immer noch so da, als es leise an die Tür klopfte. Sie ging durchs Zimmer und stand mit der Hand auf der Klinke an der Tür.

»Wer ist da?«

»Ich bin's, Julianna.«

Sie schloß auf und öffnete die Tür.

»Ich habe gehört, was sie gesprochen haben«, sagte Julianna. »Widerliche Typen.«

Pat nickte. »Was jetzt? Ich möchte diese Papiere an einen sicheren Ort bringen, bevor einer von beiden auf die Idee kommt, sie zu suchen und zu verbrennen oder so etwas.«

»Genau das dachte ich auch. Weißt du, sie sind so überzeugt davon, daß du ein dummes Gör bist und ich ein schwarzes dummes Gör bin, daß uns das einen kleinen Vorteil verschafft, einen Zeitgewinn bringt. Trotzdem glaube ich, wir sollten so schnell wie möglich von hier verschwinden. Was ist, wenn sie die Papiere vom Gericht beschlagnahmen lassen oder so etwas?«

»Das geht nicht so ohne weiteres«, sagte Pat.

Julianna lachte. »Du warst doch lange genug auf jener Seite des Zauns, um zu wissen, was alles ohne weiteres geht, wenn mächtige Leute wollen, daß es geht.«

»Okay«, sagte Pat. »Laß uns von hier verschwinden, irgendwohin, wo wir reden und nachdenken können. O verdammt! Ich habe ja meinen Wagen gar nicht hier. Ich habe ihn in Washington gelassen. Können wir deinen nehmen?«

»Das ist keine gute Idee. Wenn sie darauf kommen, daß du die Papiere hast, werden sie vielleicht behaupten, daß ich dich entführt habe und eine Erpressung plane oder dich als Geisel festhalte oder irgend so etwas. Das wäre zwar nicht haltbar, aber das wollen sie auch gar nicht, nur so lang, daß sie uns aufhalten und die Dokumente beschlagnahmen lassen können.«

»Der Dienstwagen«, sagte Pat entschlossen. »Sollen sie doch eine Fahndung nach dem Dienstwagen einleiten!«

Sie mußten beide lachen. Das würde William niemals machen, da es der Öffentlichkeit nicht verborgen bleiben würde.

»Ich glaube, es ist besser, wenn wir die Hintertreppe nehmen«, sagte Julianna, als sie Pats Zimmer verließen. »Ich bezweifle, daß dein Vater überhaupt weiß, wo die ist. Sie halten sich im vorderen Teil des Hauses auf und warten darauf, daß du runterkommst, damit sie dich zur Vernunft bringen können.«

Julianna trennte sich in der Waschküche von Pat, um einen Sprung in die Küche zu machen und ihrer Mutter Bescheid zu sagen. Komisch, dachte Pat, während sie auf Juliannas Rückkehr wartete, daß sie jetzt diesen beiden Frauen vertraute und nicht ihrem Vater und nicht William, der sie eingeladen hatte, mit ihm nach England und Frankreich zu reisen. Und ihr Vater wähnte sie jetzt in ihrem Zimmer, schmollend und beleidigt. Sie sah lebhaft die Szene vor sich, wie er von der einen Seite auf sie einredete, William von der anderen, damit sie die Dinge von ihrem Standpunkt aus betrachtete, zur Vernunft käme, begreifen sollte! Wie sie es ihr erklären würden! Immer dieses Erklären! Männer erklärten Frauen gern etwas, dachte sie wütend. Sie mußte sich einen Ort einfallen lassen, wo sie die Papiere verstecken konnte, aber ihre Gedanken weigerten sich, sich damit zu beschäftigen; das einzige, was ihr durch den Kopf ging, war, wie sehr sie es genossen, ihr etwas zu erklären, sie zu zwingen, ihr Weltbild zu übernehmen, unfähig zu akzeptieren, daß es auch ein anderes Weltbild geben könnte. William betrachtete die Wissenschaft als Mittel, Cummings am Zeug zu flicken, denn Cummings besaß die Macht, auf die William scharf war. Und ihr Vater betrachtete sie als Mittel, William in die Hand zu bekommen, durch sie an seiner Macht teilzuhaben. Und was wollte Julianna? Darauf wußte sie keine Antwort. Sie hatte keine Ahnung, was Julianna wollte.

Julianna kam zurück. »Meine Mutter macht uns ein

paar Sandwiches und so was zurecht. Sie ist gleich fertig. Wir haben gedacht, es ist besser, wenn ich mich vor dem Sitz zusammenkauere und dich über die Lieferantenauffahrt hinausfahren lasse, und danach sage ich dir den Weg zu einer Stelle, wo sie – wie wir wissen – heute nicht mehr nachsehen kommen. Bist du damit einverstanden?«

Pat nickte. »Morgen kann ich die Papiere in einem sicheren Schließfach unterbringen.«

»Und ich werde Zeit haben, sie noch einmal ganz genau durchzulesen und zu sehen, ob wirklich das drinsteht, was ich glaube. Okay. Jetzt gehen wir durch die Küche hinaus, nehmen unsere Verpflegung mit und machen uns auf den Weg.«

»Ich habe meine Sachen gepackt, aber was ist mit deinen?«

Julianna lachte sanft. »Ma hat sie bereits gepackt, als ich zu dir hinaufging, um mit dir zu reden.«

Spät in der Nacht kamen sie zu einem kleinen Haus, das einer Freundin von Willie Jo gehörte. Frangie Jefferson hatte Pat von oben bis unten angesehen, dann hatte sie ihre Gäste willkommen geheißen. Julianna hatte sie warmherzig umarmt und nichts erklärt. Frangie hatte nichts gefragt. Es gab ein Nebenzimmer mit einem Doppelbett. Sie brachte Bettzeug herein, richtete die Betten aber nicht her, sondern ließ alles nur da. Julianna räumte den Küchentisch ab und breitete die Papiere darauf aus; sie holte ihr Notizbuch heraus und sprach nichts mehr.

Pat richtete die Betten und legte sich auf das eine davon. Sie war so müde, daß sie ein Kribbeln spürte, wie früher als Kind, wenn sie übermäßig aufgeregt war, weil sie zu lange aufblieb, weil Weihnachten war, weil irgend etwas anders als sonst war. Es war zu heiß zum Schlafen, und sie war zu müde, um sich aufzurichten. Mißgestimmt wünschte sie sich, es wäre endlich morgens und die Entscheidungen wären ihr abgenommen. Ihr Vater würde annehmen, sie wäre zurück nach Washington gefahren, das wußte sie. Sie war in der letzten Zeit so oft hin und her gependelt, daß das am nächstliegenden war. Außerdem war sie seit Tagen nicht mehr ans Telefon gegangen, und sie hätten nicht viel davon, wenn der Automat antworten würde. William könnte Gary ausschicken, damit er nach ihr sehen käme, aber was konnte er erreichen? Es gab keinen Pförtner, niemanden, der sagen konnte, ob sie zu Hause war oder nicht. Sie glaubte nicht, daß sie die Tür aufbrechen lassen würden, es gab keinen Grund, so weit zu gehen. Sie war immer gehorsam gewesen, darauf würden sie sich verlassen.

Sie war überzeugt, daß die Akten jetzt verschwinden würden. Gary würde sie heraussortieren, würde sie nach Richmond bringen, wo William einen passenden Experten zu Rate ziehen würde, und dann ...? – Sie versuchte, seine Reaktion vorauszusehen. Wahrscheinlich würde er eine Voruntersuchung anordnen. Wieder Gary. Jemand mußte in die Klinik fahren und mit dem leitenden Arzt sprechen, mußte herausfinden, was die Folgen der Experimente waren, wo die Kinder waren, ob sie normal waren, und falls nicht, welche Bedürfnisse sie hätten. Ein Schauder durchfuhr sie. Experimente mit Menschen! Die Erschaffung nicht normaler Kinder! Was hatten sie sich davon versprochen? Sie glaubte nicht, was sie in den Unterlagen gelesen hatte. Sie hatten angegeben, daß es ihre Absicht sei, Übermenschen zu schaffen, Menschen, die ihren Denkprozeß unter totaler Kontrolle hatten und die in ständiger und direkter Verbindung miteinander standen. Wieder erschauderte sie.

Der nächste Morgen war wieder sehr heiß. Pat hatte unruhig geschlafen und war nicht ausgeruht. Sie dachte, daß Julianna überhaupt nicht geschlafen hatte. Ihr Bett sah unberührt aus.

Frangie war zur Arbeit gegangen und hatte das Haus ihren Gästen überlassen. Julianna hatte Kaffee gemacht, und keine von ihnen beiden hatte in diesem Moment Lust auf noch etwas anderes.

»Wir müssen uns entscheiden, was wir tun wollen«, sagte Pat müde. »Ich glaube, das mit dem Schließfach ist eine ganz gute Idee.«

»Und dann?«

Pat wußte nicht, was dann. Ihre Überlegungen waren nur so weit gegangen, die Papiere an einem sicheren Ort unterzubringen.

»Ich werde mit Drew reden«, sagte Julianna nach einer Weile. »Ich möchte wissen, wieviel von dem allen er bereits herausgefunden hat.«

Pat biß sich auf die Lippe, dann gestand sie Julianna zögernd, daß die Durchsuchung der Aktenschränke Drews Idee gewesen war. »Ich glaube, entweder weiß er das meiste, oder er hat zumindest einen gewissen Verdacht.«

Julianna nickte. »Ich glaube nicht, daß es gut ist, wenn irgend jemand schon jetzt zuviel über das Ganze erfährt. Ich weiß nicht, wer diese Forschungsarbeit unterstützt und wer dagegen ist. Wie sehr jemandem vielleicht daran gelegen ist, die Sache weiterzuführen, sie geheimzuhalten. Es könnte gefährlich werden.«

Pat sah sie überrascht an. Gefährlich?

»Ich überlege dauernd«, fuhr Julianna fort, »ob sie Fortschritte gemacht haben. Wenn nicht, warum sollte dann irgend jemand immer noch Geld in die Sache stecken? Das war nicht billig, all die vielen Jahre über. Sie müssen irgend etwas zu berichten gehabt haben, das ihre Sponsoren in dem Entschluß bestärkte, daß sie etwas bekamen, was ihr Geld wert wäre.«

»Es muß nicht unbedingt so sein«, entgegnete Pat. »Manchmal laufen die Dinge einfach weiter, weil sie niemand anhält, nicht weil damit irgend etwas Besonderes erreicht wird.«

»Ich wäre Gott dankbar, wenn es in diesem Fall so wäre.«

Gefährlich, dachte Pat wieder. Drew war irgendwie darin verwickelt, und er hatte Sherry bei sich. Erkannte er, daß es gefährlich sein könnte? Sie bezweifelte es. Er erklärte nie etwas, und er glaubte nicht daran, irgend jemand könnte sich über irgend etwas so große Sorgen machen, daß ihn dessen drohender Verlust beunruhigte. Er würde diesen Fall als ein interessantes Problem betrachten, ein aufregendes Rätsel, und es wäre mehr als wahrscheinlich, daß er direkt in die Höhle der Löwen platzen würde, falls die Löwen darin anzutreffen wären.

Und das war ihr gleichgültig, erinnerte sie sich; er war kein Problem mehr für sie. Wer ihr nicht gleichgültig war, war Sherry.

»Laß uns nach Princeton fahren!« sagte sie zu Julianna. »Dort hält er sich auf. Ich kann die Papiere dort in einer Bank deponieren, wenn es sein muß.«

EINUNDZWANZIG

WÄHREND PAT FUHR, schweiften ihre Gedanken ständig ab zu Szenen, die sie mit Drew erlebt hatte; sie erinnerte sich lebhaft daran, wie sie sich zum erstenmal bei Brentano's begegneten, wo er Bücher signierte, sein erstes erschienenes Werk. Genau neun Leute waren gekommen. Drew und der Buchhändler waren gleichermaßen peinlich berührt und bemüht, eine Entschuldigung dafür zu finden. Am Anfang hatte er Kaffee getrunken und gewartet, daß der Besucherstrom einsetzte; dann war ihm ein großer Scotch mit Soda unter die Nase gehalten worden, und er hatte dankbar angenommen. Ein zweiter war dem ersten gefolgt, und seine Dankbarkeit wuchs enorm; inzwischen schien es ihm egal zu sein, ob Kunden kamen oder nicht.

»Hallo«, hatte sie leise gesagt. Sie hatte ihn bemerkt, ihn beobachtet, und war schließlich auf ihn zugegangen. »Glauben Sie, meinem Vater würde Ihr Buch gefallen?«

»Ist er literarisch interessiert?«

Sie schüttelte den Kopf.

»Hat er Sinn für Humor? Mag er Menschen? Würde er gern erfahren, was einen großartigen Mann dazu getrieben hat, großartige Musik zu komponieren? Mag er Musik, hört er sie gern, versteht er etwas davon?«

Sie schüttelte weiterhin den Kopf.

Er seufzte und kippte den Rest seines Drinks hinunter, den man ihm in einem großen Cola-Glas serviert hatte. »Es würde ihm nicht gefallen«, sagte er entmutigt.

»Würde es ihm etwas bringen?«

»Mein liebes Mädchen, schenken Sie niemals, wirklich niemals jemandem etwas aus dem einfachen Grund, weil es ihm etwas bringen könnte.«

Später hatte sie ihm erzählt, daß sie nach dieser Antwort beinah weggegangen wäre, aber er machte einen so einsamen Eindruck, wie er inmitten seiner Bücher saß, die niemand kaufen wollte, daß sie beschloß, zwei davon zu kaufen, eins für ihren Vater, eins für sich selbst.

»Warum lesen Sie nicht das eine und schenken es ihm dann?« hatte er gefragt. »Ihre Augen werden keine Spuren darin hinterlassen.«

»Ich dachte, wenn Sie durch zwei verkaufte Exemplare genug Geld verdienen, könnten Sie mich zum Mittagessen vielleicht auf einen Sandwich oder so einladen.«

Wie sich herausstellte, machte er mit dem ersten Buch nicht einmal genug Geld, daß der Vorschuß hereingekommen wäre, den er inzwischen längst ausgegeben hatte. Das erzählte er ihr beim Essen, und sie hatte Mitleid. Zwei Wochen später waren sie zusammen im Bett, und noch zwei Wochen später lernte er Randolf kennen, der das Buch nicht gelesen hatte, der es niemals schaffte, eins seiner Bücher zu lesen. Als Randolf erfuhr, daß sie planten zu heiraten, bot er Drew einen Job an. Er hatte absolut nichts gegen Männer, die sich aus dem Nichts hocharbeiteten, versicherte er leidenschaftlich; er gehörte selbst zu ihnen, aber wenn ihm irgend jemand auf seinem Weg nach oben Hilfe angeboten hätte, wäre er klug genug gewesen, sie anzunehmen. Erwachsene Männer, sagte er außerdem, verbringen ihre Zeit nicht mit Schmierereien, das war etwas für die Damen und für Schwule.

Randolf versuchte Pat zu einer ausgedehnten Reise nach Europa zu überreden, aber sie wollte nicht. Er hielt ihr andere Köder hin, aber sie biß nicht an. Er warnte sie, daß Drew es nur auf ihr Geld abgesehen habe; sie lachte und sagte, daß es leicht für zwei reichte. Das stimmte, und es gehörte alles ihr, da es ihr ihre Mutter hinterlassen hatte.

Im Lauf der Jahre, besonders nach der Geburt von Sherry, redete sich Pat ein, daß er schließlich Drew akzeptiert hatte. Seine Hingabe an seine Enkeltochter grenzte an Wahnsinn, aber er gab ebenso Drew die Schuld daran, daß er nur ein Enkelkind hatte und daß das auch noch ein Mädchen war. Seine Einstellung erschien ihm durchaus logisch. Dann hatte er seinen Anfall.

Pat wußte, daß er nicht ernsthaft krank war; vielleicht hatte sie es gleich von Anfang an gewußt und wollte es nicht wahrhaben. Während der Monate, die sie bei ihm verbrachte, hatte er den Knopf für ihr Schuldbewußtsein gefunden, so behauptete Drew, und er drückte ihn ständig. Schuldbewußtsein, weil sie Geld hatte, Schuldbewußtsein, weil sie hübsch war, weil sie intelligent war. Schuldbewußtsein vor allem, weil sie ihren Geist nicht einsetzte, um etwas aus ihrem Leben zu machen. Das war wirklich der Knopf, gestand sie sich jetzt ein, und auch wenn sie es sich eingestand, konnte sie das Gefühl der Schuld nicht leugnen. Die Menschen mußten doch etwas mit ihrem Leben anfangen, etwas hinterlassen, das davon zeugte, daß sie auf der Welt gewesen waren. Wozu sollte das Leben sonst gut sein? Sie hatte dieses Problem viele schlaflose Nächte lang in ihrem Kopf gewälzt auf der Suche nach einem Weg, aus dem Dunst herauszufinden, in den sie geraten war. Es gab keinen Weg. Sie mußte etwas für andere Menschen und nicht nur für sich selbst tun, nicht nur für ihren Mann und ihr Kind. Das war naturgegeben, daß man etwas für die eigene Familie tat, das zählte nicht. Sie mußte mehr tun als das, und wenn sie mit Drew darüber sprach, erntete sie nur Spott.

Sie schüttelte unwillig den Kopf, da sie sich an Drews Reaktion erinnerte, als sie dieses Problem zum erstenmal ihm gegenüber erwähnte. Leiste freiwillige Arbeit in einem Krankenhaus! Trete ins Friedenscorps ein! Demonstriere! Beteilige dich an einem Sit-in! Stifte einen Lehrstuhl! Eröffne eine Klinik in der Bronx! Werde Lehrerin!

»Du verstehst nicht! Das alles ist vergänglich. Sobald ich bei irgendeiner solchen Sache nicht mehr mitmache, vergeht sie. Ich möchte etwas tun, das eine dauerhafte Wirkung hat, das die Dinge verändern wird.« Und sie hatte ihm von ihren Plänen erzählt, sich Senator Wiley als Mitarbeiterin zur Verfügung zu stellen, ihm als Wirtschaftsberaterin zu dienen. Er hatte gelacht.

»Du bist ein eingebildeter Idiot«, hatte sie ihn angebrüllt. »Weißt du, wieviel Prozent der Menschen überhaupt wissen, daß du lebst? Wieviel Prozent die Bücher lesen, an denen du drei oder vier Jahre lang schreibst? Weniger als ein Zwanzigstel eines Prozents!«

»Weniger.«

Sie hatte ihn mit einem Buch beworfen. Er hatte sich geduckt, und das Buch traf eine Lampe, die wiederum auf ein Tischchen mit einer Glasplatte herunterkrachte und diese zerschmetterte.

»Streitet ihr euch?« hatte Sherry von der Tür her gefragt; sie hatte ihren zu kleinen erdbeerpuddingfarbenen Pyjama an und rieb sich die Augen. »Kann ich zusehen?«

»Darf ich, heißt das«, sagte Drew sanft, und Pat war aus dem Zimmer gerannt und hatte sich im Schlafzimmer hinter verschlossener Tür verschanzt. Am nächsten Tag hatte sie ihn verlassen.

Als sie ihm eröffnete, daß sie sich scheiden lassen wolle, hatte sie gesagt: »Wenigstens erkennen mich mein Vater und William an und lachen mich nicht aus, weil ich etwas Wertvolles tun möchte.«

»Ich glaube, daß es nicht besonders wertvoll ist, sich mit einem verschlammten Stausee zu befassen.«

»Und mir ist es verdammt egal, was du glaubst!«

»Ich erkenne dich an, Pat, mehr als du denkst. Und mehr, als du dich selbst anerkennst. Und ich liebe dich mehr, als du weißt.«

Sie schüttelte den Kopf. »Du wärest glücklich als Mönch im Mittelalter, der irgendwo sein Dasein in einem Kloster fristet und sein ganzes Leben lang bei dürftiger Beleuchtung an einem Manuskript arbeitet. Das würde dir genügen.«

»Und du wärst glücklich, wieder das kleine Mädchen deines lieben Papas zu sein. Ich kann es mir nicht vorstellen, Pat. Jedenfalls nicht lange.«

Das war es nicht, dachte sie, während sie mit überhöhter Geschwindigkeit durch die Augusthitze raste. Sie wollte nicht das kleine Mädchen ihres Vaters sein. Sie wollte sie selbst sein, und irgendwie gestattete ihr das Leben nicht, daß sie diese Person war. Sie wußte nicht einmal, wie diese Person war oder sein könnte. Und jetzt war ihr Glauben an William Wiley zutiefst erschüttert. Sie hatte geglaubt, hatte verzweifelt glauben wollen, daß es eine Erlösung wäre, für den Senator zu arbeiten, Dinge zu tun, die für viele Menschen wichtig waren. Und jetzt? Sie merkte, daß sie achtzig Meilen in der Stunde fuhr und daß Julianna sich häufig räusperte; sie drosselte die Geschwindigkeit und murmelte ein »Entschuldigung«.

Wenn sie Sherry erst einmal aus einer Situation herausgebracht hatte, die möglicherweise gefährlich war, würde sie mit William sprechen, würde mit ihm zu einer verständnisvollen Übereinkunft über die Affäre Huysman kommen; sie würde ihn dazu *bringen,* Verständnis zu haben, berichtigte sie sich selbst. Würde ihn zu der Einsicht bringen, daß wirklichen Menschen eine schreckliche Ungerechtigkeit zugefügt worden war und daß sie behoben werden mußte.

Er würde es einsehen, redete sie sich mit Bestimmtheit ein. Er würde es verstehen und den Inhalt der Akten nicht nur für seine politischen Zwecke verwenden.

Er würde! Im Geist hörte sie das typische spöttische Zischen, das immer der Auftakt von Drews Lachen war.

In der Nacht, in der Pat mit Julianna floh, war Drew ebenfalls lange auf und grübelte über die Probleme der Festung auf dem Hügel, Lisa, des jungen Schwarzen, des Indianers, Sorbies nach. (Was, zum Teufel, machte er überhaupt dort oben?) Und vor allem über die über hundert Kinder, die wie Gefangene in der Klinik gehalten wurden.

Wenn Pat ihn nicht verlassen hätte, dachte er plötzlich, wäre er nicht einmal hier. Er, Pat und Sherry wären irgendwo in den Bergen, um Campingferien zu machen, in Wyoming oder Montana oder vielleicht Kanada. Mit bitterem Vergnügen erinnerte er sich daran, wie beleidigt und außer sich ihr Vater gewesen war, als sie damals zum erstenmal Camping machten. Sherry war zwei gewesen. »Jemand wird umgebracht werden«, hatte Randolf geunkt. »Es wird wilde Tiere geben, Steinschlag, giftige Insekten.« Und das alles hatte es auch gegeben, aber die drei glücklichen Camper waren all dem nicht begegnet. Pat hatte bis dahin noch nie in ihrem Leben Camping gemacht. Wieviel Sorgen sie sich gemacht hatte, und wie entschlossen sie war, sich die Ängste nicht anmerken zu lassen, die ihr Vater ihr eingepflanzt hatte! Er wünschte, er hätte dem Senator eins auf die Nase gegeben, und Randolf auch.

Randolf war am Ende der Sieger gewesen, mußte er zugeben, und hob sein Bourbon-Glas, um auf seinen früheren Schwiegervater zu trinken. Steter Tropfen höhlt nun mal den härtesten Stein, sagte er sich. Er hatte seine Tochter zurückgewonnen. Aber wenn Pat ihn nicht verlassen hätte, grübelte er weiter und kam damit auf seinen ursprünglichen Gedanken zurück, wäre er jetzt nicht hier. Auf keinen Fall. Er würde inzwischen an einem neuen Buch schreiben, über eine andere Persönlichkeit, jemanden, der tausendmal interessanter wäre als Stanley Huysman. Er kannte seine Arbeitsmethode selbst sehr genau. Wenn er ein Buch beendet hatte, arbeitete er dem Anschein nach monatelang nicht, manchmal sogar ein Jahr lang, und stürzte sich dann in eine neue Arbeit. Und es stimmte schon, daß seiner Arbeit keinerlei Bedeutung zukam, genau wie Pat während der vergangenen Jahre viele Male gesagt hatte, und trotzdem vertiefte er sich hinein, als ob die Welt atemlos darauf wartete.

Aber jetzt war er hier, und am früheren Abend hatte er Sherry einen Schock versetzt, als er vorgeschlagen hatte, daß sie eine Woche oder zwei in Florida verbringen könnten. »Auf keinen Fall«, hatte sie erklärt. »Wir haben hier eine Arbeit zu erledigen.«

Kleine Lauscherin, dachte er und mußte grinsen. Ihr entging nichts. Sie hatte mehr oder weniger Lisa aufgenommen, genau wie es Irma hatte. Und wie es er hatte. Sie gehörte zu ihnen. Plötzlich überkam ihn eine Erinnerung mit solcher Wucht und Schärfe, daß es ihm einen Stich versetzte. Als Sherry fünf oder sechs Jahre alt war, war sie auf dem Spielplatz auf dem Schulhof hingefallen und hatte sich eine häßliche lange Wunde am Bein zugezogen. Die Schule hatte angerufen, und er und Pat waren in die Notaufnahme des Krankenhauses gerast, wo sie Sherry entsetzlich schreiend vorfanden. Sie hatte ihn gesehen, sich an ihn geklammert, ihr Schreien hatte nachgelassen, und schließlich hatte sie sogar aufgehört zu weinen und nicht einmal dann wieder angefangen, als man ihr die Betäubungsspritze gab und die Wunde zunähte. Hinterher hatte der Arzt versucht, ihre klammernden Arme von ihm zu trennen, aber sie haftete wie ein Blutegel an ihm, als ob es um ihr Leben ginge. Der Arzt hatte ihm einen kleinen Pappbecher mit Wasser gereicht, und da erkannte er erst, wie nahe er daran gewesen war, das Bewußtsein zu verlieren. Bei der Erinnerung fing sein Herz an zu rasen, und er empfand wieder sein eigenes Entsetzen, seine Hilflosigkeit und vor allem die überwältigende Liebe, die ihn schwach gemacht hatte. Dieses gleiche Gefühl der Liebe war über ihn gekommen, wenn er nachts nach ihr gesehen hatte, in dem fahlen Licht, das vom Korridor hereinfiel, zu ihr hinab sah, oder, wenn es noch früher am Abend war, im Schein ihrer Nachttischlampe. Sie wühlte im Schlaf wild herum, brachte Leintuch und Bettzeug durcheinander, warf alle Spielzeuge durch die Gegend, die sie unbedingt mit ins Bett nehmen wollte – Bären, Puppen, ein Buch, Autos. Manchmal deckte sie der Berg von Spielzeug, den sie anfangs um sich aufhäufte, vollkommen zu. Wenn er dann soweit war, selbst ins Bett zu gehen, und noch einmal nach ihr sah, lag alles am Boden.

Er erinnerte sich, als sie mit acht Jahren an einer Viruskrankheit oder so etwas im Bett lag und ein unglaubliches Gezeter machte, weil sie im Bett bleiben mußte, da sie zu krank war, um aufzustehen. Sie hatte all ihre Miniaturautos und an die hundert Urwelttiere – keins länger als drei Zentimeter – mit ins Bett genommen. Sie hatte Berge gebaut, indem sie Bettücher und Decken mit Spielklötzen, mit ihren Knien oder sogar mit einem Wasserglas unterstützt hatte, und die Urwelttiere hatte sie in den Tälern verteilt. Dann hatte sie sie alle mit ihren Miniaturautos überfahren.

Wer liebte die Kinder auf dem Hügel mit der gleichen schmerzhaften Hingabe? dachte er plötzlich und kippte den Rest seines Bourbons in einem tiefen Schluck hinunter.

ZWEIUNDZWANZIG

Obwohl T. M. am Abend zuvor buchstäblich Gewalt hatte anwenden müssen, damit Michelle um ein Uhr endlich schlafen ging, war ihre Hälfte des Bettes schon wieder leer, als er morgens um acht aufwachte. Er gähnte und wankte ins Badezimmer, zog sich einen Kimono an und ging hinunter, wo er sie am Küchentisch sitzend vorfand, der mit Papieren bedeckt war.

»Ich habe es gefunden«, sagte sie ruhig.

T. M. wußte nicht einmal, was sie verloren hatte. Er goß sich Kaffee ein und schuf sich eine Lichtung in dem Wald aus Papieren. »Es ist noch zu früh«, murmelte er, schloß die Augen und nippte an seinem Kaffee.

»Erinnerst du dich an die Szene in *Dracula,* in der Mina hypnotisiert ist und den anderen erklärt, wo der Vampir ist? Du weißt schon, sie hört das Schwappen von Wasser, dann Pferdehufe und solche Sachen.«

Er atmete tief ein, öffnete jedoch nicht die Augen. »Ich glaube nicht, daß ich mich daran erinnern möchte.«

»Genauso geht es mir, T. M. Dauernd weiß ich Dinge, die ich eigentlich nicht weiß. Ich habe die Vorstellung von Orten, die nicht dieser Ort hier sind, sondern Orte, an denen ich noch nie war. Ich habe Angst.«

Jetzt sah er sie an. Sie war blaß, ihre Augen hatten dunkle Ringe. Sie sah aus, als ob sie überhaupt nicht geschlafen hätte. Er griff nach ihrer Hand, sie war kalt. »Erzähl!« sagte er.

»Zunächst einmal gibt es einen langen Flur mit Metalltüren, wie ein Gefängnis, irgend so etwas. Und Räume wie Schlafsäle, aber nicht wie in irgendeiner Schule, die ich kenne. Es gibt schwarzes Wasser, auf dem sich einige Lichter spiegeln. Es gibt einen anderen

Raum, der sich in einem vornehmen Haus befindet, überall mit Antiquitäten bestückt.«

Er drückte ihr die Hand und stand auf, um für sie beide noch einmal Kaffee einzugießen. Er wußte, daß sie seine Erleichterung spürte. Kleine Phantastereien, dachte er, die Art von kleinen Phantastereien, die alle Leute hin und wieder hatten. Tagträume.

»Es gab einen Computermonitor«, sagte sie mit mehr Bestimmtheit. »Ein Wort erschien darauf: *Synchronizität.* Das war alles. Ich habe den Versuch gemacht, das als Codewort zu benutzen und – erhielt Zugang zum Computer des Krankenhauses.«

»Um Himmels willen, Michelle! Du bringst uns beide ins Gefängnis! Was machst du denn bloß?« Er vergoß etwas von seinem Kaffee, als er sich heftig umdrehte, um ihr ins Gesicht zu sehen. Ihre Augen waren groß, unergründlich, wie die Augen einer Fremden.

»Er plant für Freitag eine Demonstration«, sagte sie und sah an ihm vorbei zur Wand. »Ich muß es jemandem sagen, ihn daran hindern.«

»Wer? Sag mir jetzt, um alles in der Welt, was ist los?«

Sie starrte weiterhin eine scheinbar unendliche Zeitlang die Wand an. Dann schüttelte sie sich und kam wieder zu sich. Genauso empfand er es, wortwörtlich: Sie kam wieder zu sich.

»Das kann ich dir nicht sagen. Ich weiß nicht, was los ist. Sobald der Computer alle Akten kopiert und gespeichert hat, müssen wir ihn ins Auto packen, samt der Disketten und allem, und nach Princeton fahren. Dort lebt jemand, der genauso ist wie ich. Ich muß diese andere Person finden, T. M. Etwas Schreckliches wird passieren. Bitte glaube mir, auch wenn ich es nicht erklären kann. Bitte!«

Er sah ihr hilflos ins Gesicht und glaubte jedes Wort, das sie sagte.

»Junge, du hast seit drei Stunden nichts anderes gemacht, als auf und ab zu wandern«, beschwerte sich Jack Silberfuchs, »und in der vergangenen Nacht nichts anderes, als dich herumzuwälzen und zu winden, als ob du Ameisen im Bett hättest.«

»Ich muß Lisa finden«, sagte Franklin und wanderte weiter auf und ab. »Irgend etwas liegt in der Luft, etwas ganz, ganz Schlimmes spielt sich ab, und ich muß sie wiederfinden.«

»Wenn die Agenten mich ausfindig machen, spielt sich etwas noch viel Schlimmeres ab.«

»Ich weiß. Deshalb bleibst du hier. Mich suchen sie ja nicht. Ein hübsches schwarzes Gesicht gleicht dem anderen, verstehst du? Ich werde trampen.«

Jack Silberfuchs sagte nichts mehr dagegen. Er erinnerte sich daran, wie ihn seine Mutter und sein Vater einmal mitten in der Nacht aufgeweckt hatten. Sein Vater hatte sich angezogen. Seine Mutter hatte ihm ein paar Sachen zusammengepackt, und voller Entsetzen hatte er bemerkt, daß sie auch Verbandszeug dazupackte. Sie hatte die Feldflasche mit Wasser gefüllt, und sein Vater war leise davongegangen; seine Mutter hatte ihm von der Tür aus lange Zeit nachgesehen. Der Tag war vergangen, viele Stunden der Nacht waren vergangen, und dann kam sein Vater zurück; er ritt auf seinem Pferd und führte ein zweites Pferd mit sich, auf dem der Bruder seiner Mutter lag, verwundet. Er wäre draußen in der Prärie gestorben, wenn ihn niemand gefunden hätte. Niemand sprach danach je von dem Vorfall. Und er fragte jetzt Franklin nichts. Wenn der Junge sagte, daß sich etwas Schlimmes abspielte, dann war es so.

»Du hast recht. Besser du nimmst nicht den Lastwagen«, sagte er nach einer Weile. »Den würden sie bestimmt bemerken und dich anhalten. Ich gehe mit dir bis zur Straße.«

Der schmale Feldweg, der zum Highway führte, lag in tiefem Schatten und spendete an diesem Augustmorgen angenehme Kühle. Ein Kardinalvogel erzeugte einen roten Streifen, als er vorüberflitzte, und Eichhörnchen huschten zur Seite, zu zahm, um sich zu verstekken, und zu scheu, um nicht davonzulaufen. Keiner sprach, während sie dahinschritten. Ihre Kameradschaft war von Anfang an eine Selbstverständlichkeit gewesen, von jenem Tag an, als er den frechen Jungen am Straßenrand gesehen hatte, mit strahlenden Augen und dürr und ohne jegliche Angst. Er erinnerte sich, wie er den Jungen mit zu sich nach Hause genommen und seiner Frau erklärt hatte: »Dies ist mein Enkelsohn, Franklin.« Maria hatte den Jungen ausgiebig betrachtet und dann noch einen zusätzlichen Teller auf den Tisch gestellt. Und von nun an hatten sie das Kind, das sie sich beide gewünscht hatten, um über den Verlust der drei hinwegzukommen, die viel zu früh gestorben waren. So einfach war das. Das Leben sollte immer so einfach sein, dachte er, als sie am Highway ankamen.

Er blieb im Schatten der Bäume zurück und beobachtete seinen schlanken Enkel, der sich an den Straßenrand stellte und den Arm hob. Ein Wagen kam kreischend zum Stehen und fuhr einige Meter zurück. Die Beifahrertür wurde aufgerissen; ein hübsches Mädchen sprang heraus, und sie und Franklin starrten einander an. Jack kam zu Bewußtsein, daß er sich auf die beiden zubewegte, und er hielt inne, aber Franklin drehte sich um und winkte ihm zu, er solle kommen.

Der Fahrer des Wagens bog in den Feldweg ein und stieg ebenfalls aus; er sah völlig entgeistert aus, vielleicht sogar ängstlich, dachte Jack.

»Großvater«, sagte Franklin förmlich, »dies ist meine Schwester Michelle. Das ist mein Großvater.«

Sie streckte die zierliche Hand aus und sagte ebenso förmlich: »Guten Tag, Großvater.« Ihre Augen waren rund und so blau wie der Himmel; ihr Haar hatte die Farbe von reifem Weizen, und sie war die Schwester seines Enkels.

»Guten Tag, meine Enkelin«, sagte er.

Michelle stellte T. M. vor, und es dauerte nicht lange, bis der Wagen wieder auf dem Highway war und in Richtung Princeton fuhr. Jack Silberfuchs sah ihm mit düsterer Miene nach, bis er außer Sicht war. Eines Tages würde irgend jemand all das erklären. Oder vielleicht auch nicht. Er drehte sich um und ging zur Hütte zurück.

Arnie Sorbies hatte sich vor vielen Jahren schon die Eigenschaft eines Chamäleons angeeignet. Jede Rolle, in die er schlüpfte, spielte er bis ins Detail, und bis jetzt hatte noch nie jemand daran gezweifelt. Er spielte den ältlichen, gebrechlichen Farmer wie für ein Theaterstück einstudiert. Er stützte sich schwer auf Mikes Arm, eines Siebzehnjährigen, der ihn um Hilfe gebeten hatte. Arnie trug keinen Gipsverband mehr, aber sein verletztes Bein steckte noch immer in einer Stützklammer, und er benutzte einen Stock.

»Warum, zum Teufel, unternehmt ihr Jungs nicht einfach einen Ausbruch?« raunte er Mike mürrisch zu.

»Sachte, Mr. Bramwell«, sagte Mike, während er ihm über die niedere Steineingrenzung half, die den Rasen von der Einfahrt trennte. »Wohin sollten wir gehen? Wir sind insgesamt hundertvierunddreißig, wissen Sie. Ein paar könnten sich vielleicht irgendwo verstecken, aber die meisten würden geschnappt, und das wäre für sie schlimmer als zuvor.«

»Irgend jemand in Sicht?« fragte Arnie. Zwischen ihnen und dem Hauptgebäude standen jetzt Bäume.

»Alles klar«, sagte Mike.

Arnie hörte auf, sich auf ihn zu stützen, und ging aufrechter. Er wühlte in seiner Tasche und brachte einen Schlüssel zum Vorschein, den er Mike reichte. »Mein Lastwagen«, sagte er fast unwirsch. »Wenn ihr euch entschließt, es mit ihm zu versuchen, wird der Karren Platz für ein Dutzend von euch bieten. Und er wird ohne weiteres das Tor dort durchbrechen. Fahrt nur nicht zu langsam und würgt den Motor nicht ab. Bist du sicher, daß jemand von euch fahren kann?«

Mike sah den Schlüssel an, dann ihn, dann wieder den Schlüssel. »Danke Mr. Bramwell. Das werden wir Ihnen nicht vergessen. Viele von uns können fahren. Wir hatten nur bis jetzt noch nie eine Möglichkeit dazu.«

»So, so. Es ist nicht so leicht, wie es im Fernsehen aussieht. Vermindert vor Kurven die Geschwindigkeit und probiert die Bremsen, bevor ihr sie ernsthaft braucht.«

»Nehmen Sie meinen Arm, Mister Bramwell. Vera kommt.«

Arnie stützte sich wieder auf seinen Arm und ging langsam weiter, ohne sich nach Vera umzusehen. Wenn der Junge sagte, daß sie käme, dann kam sie.

»Miserable Verfassung«, murmelte Arnie beim Weitergehen. »Ich will dir was sagen, Mike, wenn ich hier rauskomme, werde ich etwas für meine Verfassung tun. Ich weiß nicht was oder wie, aber ich werde etwas tun.«

»Haben Sie den Doktor gefragt, wann das sein wird?«

»Ja. Irgend etwas passiert an diesem Wochenende, und er kann zur Zeit keine Komplikationen gebrauchen. Nächste Woche, sagte er. Und, Mike, ich muß dir noch die Namen sagen. Ellie und Pam. Sie fahren am Donnerstagnachmittag weg und sind am Samstag zurück.« Der Junge wurde einen Augenblick lang starr, dann entspannte er sich wieder. Die beiden Mädchen waren zwölf und dreizehn Jahre alt, Kinder, grübelte Arnie. Was, zum Teufel, ging hier vor?

»Noch mal danke«, sagte Mike leise. »Genau das wollten wir wissen. Haben Sie etwas dagegen, wenn wir jetzt zurückgehen?«

»Gehen wir zurück, mein Junge.«

Als sie wieder am Gebäude angekommen waren, ließ ihn Mike in der Sonne ausruhen, ausgestreckt in einem

Liegestuhl. Die Kinder waren überall, das wußte Arnie. Sie gingen, wohin es ihnen gefiel und wann es ihnen gefiel, und die Einsperrvorrichtungen waren ein Witz, und dennoch konnten sie, wollten sie diesen Ort nicht verlassen. Falls nicht alle von ihnen gehen könnten, würde keins gehen. Er hatte noch nie erlebt, daß Kinder so loyal miteinander umgingen wie diese hier, selbst die älteren mit den kleinsten, die halbwüchsigen Jungen mit den halbwüchsigen Mädchen, jedes von ihnen mit jedem.

Es war gespenstisch, dachte er, und er machte ein düsteres Gesicht, weil auch er ein Gefangener war, zumindest im Moment. Dohemy hatte keinen Zweifel daran gelassen, daß in nächster Zeit niemand gehen dürfte. Und welche Rolle, zum Teufel, spielte Lancaster in diesem Spiel? Seine düstere Miene verfinsterte sich noch mehr. Er kam sich vor wie ein eingesperrtes Tier, das durch eine einseitig durchsichtige Glasscheibe beobachtet wird. Die Kinder wußten, was geschah, davon war er überzeugt; sie hatten nichts weiter wissen wollen als die Namen der zwei oder drei, die für einen kleinen Ausflug ausersehen waren. Es wäre genug Zeit gewesen, daß sie das selbst hätten herausfinden können, es wurde kein Geheimnis daraus gemacht, das hatte er schon vor ein paar Wochen festgestellt. Wenn einer von ihnen etwas wußte, schienen es alle zu wissen; aber das funktionierte nicht mit dem Personal, nicht mit ihm, nicht mit Dohemy und nicht mit Vera noch mit irgend jemandem sonst außer zwischen ihnen selbst. Sie waren Gefangene, und etwas braute sich zusammen, etwas, das keineswegs gut war, das wußte er. Er spürte es mit jeder Faser seines Empfindens, mit dem gleichen Instinkt, der ihn sein Leben lang vor dem Gefängnis bewahrt hatte, der ihn vollständig aus den Polizeiakten herausgehalten hatte. Bis jetzt vor dem Gefängnis bewahrt, berichtigte er sich bitter. Jetzt hing er genau wie eine Fliege auf dem klebrigen Fliegenfänger fest.

»Sieh mal«, sagte Florence Charmody zu Drew. »Für Huysman waren diese Schimpansen nie etwas Reales. Sie waren seine Produkte, Kreaturen, die er geschaffen hatte. Diese Einstellung spricht aus all seinen Aufzeichnungen. Er war nicht grausam oder bösartig, nicht einmal übermäßig herzlos; für ihn waren sie nichts anderes als für jemand anderen vielleicht eine spezielle Pilzkultur, die man auf einer Petrischale züchtet.«

»Und wie war das mit den Kindern? Glaubst du, im Hinblick auf sie war es das gleiche?«

»Wahrscheinlich. Sie waren einfach eine Art von Experimentierobjekten. Ein Wissenschaftler muß sich von ihnen distanzieren, von den Dingen, die er mit ihnen macht, sonst wäre Wissenschaft nicht möglich. Wenn du einem Tier ein tödliches Virus injizierst, mußt du dich emotional davon entfernen. Ein Tierquäler könnte niemals Wissenschaftler sein, er brächte einfach nicht die Objektivität auf, die dafür erforderlich ist.«

»Laß uns bei den Kindern bleiben. Glaubst du, er führte an ihnen die gleichen Experimente durch wie an den Schimpansen?« Drew faszinierte dieses Gespräch, und gleichzeitig widerte es ihn an; es war das gleiche Gefühl, mit dem er als Junge einen großen Stein umgedreht hatte, nachdem er lange gezögert hatte, da er wußte, daß darunter etwas sein könnte, das er nicht sehen wollte, das zu berühren er nicht ertragen könnte und das er dennoch zu sehen beabsichtigte.

Florence schüttelte langsam den Kopf. »Das glaube ich wirklich nicht. Er hatte schon sehr viel unter Beweis gestellt, Dinge, die er nicht noch einmal beweisen mußte. Vergiß nicht, er selbst glaubte an sich am allermeisten. Er wußte, was er tat, daß es funktionierte, er brauchte keine Beweise mehr. Es fanden wahrscheinlich andere Experimente statt, psychologische Experimente. Ich glaube, auf diesem Weg machte er weiter.«

»Und Dohemy?«

Plötzlich sah ihr Gesicht versteinert aus, wie zu Eis

erstarrt. »Er zögerte nicht, alles zu tun, was ihm in den Sinn kam. Huysman handelte aus wissenschaftlicher Wißbegier, um seine Theorie zu beweisen, ohne Hintergedanken, davon bin ich überzeugt. Aber Dohemy? Er strebt nach Macht, Reichtum, Ansehen, Gott weiß was alles. Und er glaubt, daß ihm all das zusteht, und er wird alles tun, um es zu erlangen.«

Schließlich stellte Drew die Frage, die er schon lange mit sich herumtrug. »Glaubst du, daß er gefährlich ist? Wie weit würde er gehen, um sein Projekt und sich selbst zu schützen?«

»So weit, wie es erforderlich ist«, sagte sie nach einigem Nachdenken langsam.

Drew nickte düster. Die meiste Zeit der Nacht hatte er besorgt über Dohemy und seine Festung auf dem Hügel und die Kinder, die er dort festhielt, nachgedacht. Blaubart, dachte er, mit seinem abscheulichen Geheimnis. Und nachdem er stundenlang darüber nachgedacht hatte, war er letzten Endes zu keinem Ergebnis gekommen, was er tun könnte. Er befürchtete, daß er nichts anderes tun konnte, als die Dinge anzuprangern, Untersuchungen zu fordern, einen Skandal heraufzubeschwören. Aber aus irgendwelchen Gründen, die er bis jetzt noch nicht zu Ende durchdacht hatte, zögerte er, das zu tun. Es hatte etwas mit Lisa zu tun; sie stünde im Mittelpunkt, soviel stand fest, als Monster, als experimentelles Tier, geschaffen von einem wahnsinnigen Genie. Er bäumte sich innerlich auf bei dieser Vorstellung und verzog das Gesicht. Jedes öffentliche Aufsehen mußte vermieden werden, beschloß er, soweit es sich vermeiden ließ, aber was blieb ihm dann noch übrig? Ein direkter Angriff? Vor seinem geistigen Auge entstand ein Bild, wie er mit seinen Mädchen den Hügel stürmte, alle bewaffnet mit Keulen, Speeren und Wurfgeschossen. Gefolgt von Leons Truppen, malte er das Bild weiter aus, und er sah die Prozession vor sich, die das abgeben würde, eine echte Angriffsarmee. Er brauchte noch mehr Truppen, bevor er an Angriff denken konnte.

Es wurde laut an die Tür des Arbeitszimmers geklopft, und dann steckte Sherry den Kopf herein und brüllte: »He, Papi, Franklin ist da und hat noch eine Schwester dabei! Und Papi, Mami und Julianna sind auch gerade gekommen!«

DREIUNDZWANZIG

Michelle, Lisa und Franklin kauerten dicht beieinander und unterhielten sich. Sherry blickte Lisa mit betrübten Augen an, T. M. sah mit dem gleichen jammervollen Gesichtsausdruck zu Michelle hin. Julianna und Florence waren tief in ein Gespräch versunken, zwischen ihnen lagen Notizbücher und Papiere auf dem kleinen Tischchen des unberührbaren Salons. Pat stand abseits, verwirrt, erschöpfter, als sie sich eingestehen wollte nach der rasenden Fahrt nach Princeton, zu der sie im Morgengrauen aufgebrochen waren. Drew stand und betrachtete sie; er fand, daß sie immer noch die bestaussehende Frau im Zimmer war, und, bei Gott, plötzlich waren reichlich viele Frauen im Zimmer.

»Drew, was geht hier vor, um Himmels willen?« Pat war neben ihn gekommen und blickte mit erstaunten Augen in dem Raum voller Menschen herum. »Wer sind all diese Frauen?«

Er hatte sie einander vorgestellt, so gut er es vermochte. Das meinte sie jedoch nicht. »Wie geht's dir?« fragte er, da er jetzt die Schatten um ihre Augen bemerkte.

»Was geht hier vor? Ich werde Sherry mit nach Hause nehmen, bis du dich aus diesem ... Wirrwarr befreist.«

Sie sahen beide zu Sherry hin, die dicht an Lisa herangerückt war und voller Besitzanspruch deren Hand ergriffen hatte.

»Sie möchte nirgendwo anders hin«, sagte Drew unsicher. Sherry war eindeutig in Lisa vernarrt. Ein Elefant hätte sie vielleicht wegzerren können, aber jede geringere Kraft hätte nicht ausgereicht.

»Wer ist diese Frau? Und diese, und diese? Was macht ihr alle hier?«

»Das ist eine lange Geschichte«, hob Drew an, und sie

verzog ungeduldig das Gesicht. »Hattest du schon die Möglichkeit, in die Akten zu sehen?«

»Ja. Sie sind natürlich alle vertraulich.«

»Natürlich.« Sie hörten auf zu reden, denn Lisa, Franklin und Michelle kamen zu ihnen herüber, wobei Sherry wie eine Klette an Lisa hing.

»Können wir mit Ihnen sprechen?« fragte Franklin.

»Papi, in dem Krankenhaus geschehen schreckliche Dinge«, sagte Sherry feierlich. »Der Doktor wird dort am Freitag etwas ganz, ganz Schlimmes machen, und wir müssen ihn daran hindern!«

»Drew!« rief Pat aus, und darin lag der Vorwurf: Sieh, was du angerichtet hast!

»Wir haben eine Idee, wie wir in die Anlage hineingelangen können«, fuhr Franklin fort. »Wenn wir irgendwo ungestört reden könnten ...«

»Sherry, komm! Wir müssen jetzt gehen!« sagte Pat und streckte die Hand nach ihrer Tochter aus.

»Du verstehst nicht«, schrie Sherry. »Es könnte sogar jemand sterben! Ich kann jetzt nicht weg von hier!«

Pat warf Drew einen unheilverkündenden Blick zu, mit dem sie ohne Worte ausdrückte: Tu etwas!

»Du solltest lieber mit Pat gehen, mein Schatz«, sagte er. »Wir werden die Dinge hier schon regeln. Das verspreche ich dir. Und später werde ich dir alles ganz genau erzählen.«

»Nein! Sie könnten Lisa etwas antun!«

»Was hat Lisa mit dem Krankenhaus zu tun?« fragte Pat. »Was hat jeder einzelne von euch damit zu tun?«

Es entstand ein langes Schweigen. Schließlich sagte Michelle: »Wir sollten uns zusammensetzen und über alles reden.«

Irma Huysman stand in der Tür und hielt sich am Rahmen fest; sie nickte. Sie gesellte sich schweigend zu der Gruppe im Salon und nahm auf einem der Brokatsessel Platz.

»Mrs. Huysman«, sagte Drew, nachdem sie lange und ausführlich miteinander gesprochen hatten. »Sie baten mich herauszufinden, ob Ihr Mann etwas Verwerfliches getan hat, wie Sie es ausdrückten. Urteilen Sie selbst!«

Ihre Haut war wie Pergament, so blaß und brüchig, daß sie jetzt wie eine Karikatur ihrer selbst aussah. Ihr Blick schweifte ständig zwischen den drei jungen Leuten hin und her: Lisa, Michelle und Franklin. Sie befeuchtete sich die Lippen. »Vielen Dank, Mister Lancaster. Was können wir nun in diesem Fall von ... Perversion der Wissenschaft unternehmen? Wenn Sie so leicht hinter all diese Dinge gekommen sind, liegt das Geheimnis wohl nicht allzu tief begraben, fürchte ich.«

Drew sah Florence an, die sagte: »Es lagen besondere Umstände vor, Mrs. Huysman. Die wissenschaftliche Gesellschaft wird sehr wahrscheinlich niemals über diese Dinge stolpern. Und selbst wenn es so wäre, würde ihnen keine Beachtung geschenkt, denn die Entscheidung ist längst gefallen, daß das, was er anstrebte, nicht funktionieren kann. Jedenfalls glaubt niemand daran.«

»Kein Wissenschaftler aus dem Bereich Physik würde sich damit befassen«, sagte Julianna voller Überzeugung.

»Was habt ihr alle nur für eine Einstellung?« rief Pat aus. »Wir können uns doch nicht einfach zurücklehnen, weil wir nicht zu befürchten brauchen, daß irgend jemand dahinterkommt! Dort oben leben Kinder, junge Leute, mit denen Experimente durchgeführt werden; sie vegetieren dahin! Drew!«

Drew beobachtete Irma Huysman, die langsam ihre Fassung wiedergewann; auf ihre Wangen war wieder etwas Farbe zurückgekehrt, und sie sah ebenso empört aus wie Pat.

»Ich habe Ihrem Wunsch entsprochen«, sagte er höflich. »Möchten Sie, daß ich jetzt all diese Leute hier entferne? Sie hatten nichts mit der Sache zu tun, niemand wird Sie zur Verantwortung ziehen.«

»Natürlich trage ich eine Verantwortung«, sagte sie in scharfem Ton. »Ich werde meine Anwälte beauftragen, die Besitzverhältnisse dieses ... dieses Anwesens zu prüfen. Es gibt keine solche Kirche. Die Kirche der Inneren und Äußeren Harmonie; der Name ist an sich schon etwas Verabscheuungswürdiges. Diese Kinder dürfen keinen Tag länger in Gefangenschaft gehalten werden, als es dauert, diesem aalglatten Claude Dohemy die Herrschaft zu entreißen. Drew, würden Sie Ihre Arbeit fortsetzen? Eine einzige Bitte habe ich allerdings: kein Aufsehen in der Öffentlichkeit. Das würde allen schaden, den Kindern, dem Andenken an meinen Mann, allen und allem.«

»Kein Aufsehen in der Öffentlichkeit«, wiederholte Drew heftig. »Weiß Gott nicht! Stellen Sie sich nur vor, was geschieht, wenn sich die Presse auf diese Kinder stürzt. Aber es reicht nicht, wenn wir nur dem Treiben Dohemys dort drin ein Ende setzen. Wenn die Regierung während all der Jahre dieses Projekt finanziert hat, dann erwartet sie irgendwann, daß es sich auszahlt, daß sie etwas dafür bekommt. Und für Freitag plant Dohemy etwas, ich glaube, daß er etwas demonstrieren will. Vielleicht will er unter Beweis stellen, daß er weitermachen muß. Wir müssen ihn und das Projekt so gründlich in Mißkredit bringen, daß alle Berichte, die Washington darüber erhält, einen Schock bewirken und jeder bemüht sein wird, die Hände davon zu lassen. Es ist nicht damit getan, daß Dohemy einfach durch jemand anderen ersetzt wird, jemanden, der fähiger ist als er.«

Irma stand von ihrem Sessel auf, ohne daß ihr eine Spur von der Mühe und dem Zögern anzumerken gewesen wäre, die sie noch vor einer Woche gezeigt hatte. Sie sagte: »Praktisch war mein Mann Vater dieser Kinder, sie unterstehen nicht der Regierung. Man muß für sie anständig sorgen. Wenn dieser Mann einen Plan hat und wenn es in Ihrer Macht liegt, ihn zu vereiteln, tun Sie es! In der Zwischenzeit bitte ich Sie alle, sich als meine Gäste zu betrachten. Wenn Sie einen Wunsch haben, lassen Sie es mich wissen. Ich habe das Gefühl, daß wir uns im Zustand des Krieges befinden, und ich will ihn gewinnen, um jeden Preis. Sie werden meine Kinder nicht bekommen!«

Später dachte Drew über jeden einzelnen nach. Michelle, Lisa und Franklin waren nicht Herr ihrer eigenen Entscheidungen. Sie mußten tun, wozu sie getrieben, gerufen wurden; sie konnten nur gehorchen. Mrs. Huysman hatte die erwünschte Antwort in bezug auf ihren Mann erhalten und hatte jetzt die Verantwortung für eine Familie. Er schüttelte den Kopf über die Größe ihrer neuen Familie, dann zuckte er die Achseln. Sie konnte es sich leisten. Pat hatte einen Kreuzzug ohne Ziel unternommen; jetzt hatte sie eins. Sie war glücklich. Julianna und Florence waren mitten ins Gehirn getroffen und in ihrer intellektuellen Verblüffung würden sie die Sache verfolgen, egal wohin sie führte; voller Unglauben und Verwunderung würden sie neue Gebiete der Wissenschaft erschließen, gleichzeitig begeistert und abgestoßen. Auch wenn sie niemals einer Menschenseele etwas davon berichten würden, konnten sie nicht davon lassen, das wußte er. Und der arme T. M. würde seiner Michelle durch alle Fegefeuer folgen, so lange er ihr die Hand hielt. So bliebe also nur noch er selbst übrig, sagte er sich.

Er wußte nicht, warum er hier war, warum er das Gesetz brach und eine Verschwörung anzettelte, es erneut zu brechen, wahrscheinlich mehr als einmal. Er hatte keinen Auftrag, befand sich auf keinem Kreuzzug. Er mochte Lisa sehr gern, aber genügte das? Sherry mochte sie noch mehr, aber war das der Grund? Er würde Stanley Huysmans Biographie nicht schreiben, niemand würde sie schreiben. Dies war sein Vermächtnis, und es war ein so monumentales Geheimnis, so erschütternd, daß niemand je davon erfahren durfte, wenn es zu vermeiden war. Von den Leuten, die sich jetzt hier in diesem Haus befanden, würde niemand darüber sprechen, das stand fest. Er gab den Versuch auf, hinter die Beweggründe zu kommen, warum er hier war, warum er die Sache bis zu Ende führte, denn er würde sie zu Ende führen, daran bestand kein Zweifel.

Er dachte wieder an die Studien über Zwillinge. Mary heiratet John A und Martha heiratet John B, beide bekommen am selben Tag Kinder, geben ihnen dieselben Namen, lassen sich am selben Tag die Mandeln herausnehmen und verursachen am selben Tag jeweils einen Autounfall. Und John A und John B und die Ärzte hier wie dort und die anderen beteiligten Autofahrer und Eltern und Lehrer und Lieferanten und Postbeamten tragen alle mit dazu bei, daß die Parallelen aufrechterhalten werden. Ein kalter Schauder fuhr seinen Rücken hoch und seine Arme hinunter.

Er könnte in dieser Sekunde von hier weggehen. Er könnte aufstehen, Sherry einen Abschiedskuß geben und durch die Tür hinausgehen, in seinen Wagen steigen und nach Californien fahren.

Ihm fiel wieder ein, was Florence über die Schimpansen erzählt hatte. Huysman versetzte einem einen Stromstoß und beobachtete, wie der andere reagierte. Wenn er den einen opferte, starb der andere ebenfalls kurze Zeit darauf.

Er blickte geistesabwesend im Zimmer umher, ohne die anderen zu bemerken, bis Sherry sagte: »Falls es nicht genügend Zimmer gibt, kann Lisa bei mir schlafen.« Sie blickte Lisa schmachtend an.

Er stellte sich vor, wie sie plötzlich vor Schmerz erstarrte, wenn sie von nirgendwoher ein Stromstoß traf. Er stellte sich vor, wie sie schwächer wurde, ins Krankenhaus gebracht wurde, wo man nach einer Ursache für ihren Zustand suchte und keinen fand, und wie man sie sterben ließ, weil man sie nicht am Leben erhalten konnte.

Leon Lauder hielt sich den Telefonhörer in einiger Entfernung vom Ohr weg und hörte seiner Frau zu. Verkauf das Haus unverzüglich, nimm das Geld aus der Entschädigung und zahle es für ein neues Eigenheim an, sofort! Er hörte seinen Enkelsohn im Hintergrund brüllen und etwas weniger weit weg seine Enkeltochter nach Geld schreien, weil der Eismann kam. Er schloß die Augen. Vor seinem geistigen Auge sah er seine neugepflanzte Ambassador-Rose, die in diesem Jahr zum erstenmal blühen würde, und die Sprossenwand, die er während des Winters für die Kletterrosen gebaut hatte, eine Sorte mit dem Namen *Black Velvet* mit Blüten von einem so dunklen Rot, daß sie wirklich wie aus schwarzem Samt aussahen. Ausstellungsreife Rosen hatte er, die besten Rosen, die außerhalb einer Rosenzüchterei zu finden waren. Kein Makel daran, keine Spur von Mehltau oder Schwarzfleckigkeit, kein von Insekten angeknabbertes Blatt. Ein Bilderbuchgarten. Ein Traumgarten. Und jetzt sollte eine gottverdammte Straße mitten hindurchführen, und auf der Straße würden irgendwelche Wichtigtuer zehn Minuten weniger lang zum Flughafen brauchen als auf dem Highway, den es jetzt schon gab.

»Ich sage dir«, sagte Mildred schrill, »ich bin es leid, dagegen anzukämpfen, wir können nicht gewinnen. Man gewinnt einen Rechtsstreit wie diesen nie. Wenn sie einen enteignen, dann kann man nichts dagegen machen. Warum siehst du das denn nicht ein?«

»Ich muß jetzt gehen«, sagte er ruhig. »Ich habe etwas zu erledigen. Wir werden darüber sprechen, wenn ich nach Hause komme.«

Sanft wog er den Telefonhörer in der Hand. Bob Samson blickte angestrengt durch das Fenster auf den

Motelparkplatz. Eine Zeitlang sprach keiner von beiden.

Princeton war ein Fehlschlag, zu diesem Entschluß war er gekommen. Lancaster arbeitete tatsächlich an den Recherchen für ein Buch über den Wissenschaftler. Lauder wußte, daß es seine Vorgesetzten nicht länger dulden würden, daß er seine Armee von Leuten dort in der Gegend im Einsatz hatte. Zu teuer, von zu zweifelhaftem Nutzen. Sie wollten etwas Handfestes sehen, damit die Kosten gerechtfertigt wären. Sein Instinkt, seine Intuition, nichts als altmodischer Glaube an sich selbst, bedeuteten gar nichts. Sein Chef neigte dazu, den Geldschein, der in Atlantic City aufgetaucht war, als einen Zufallstreffer zu betrachten; seiner Ansicht nach hatte die Blüte lange Zeit irgendwo bei jemandem in einer Schreibtischschublade geschlummert und war jetzt durch einen unschuldigen Unbeteiligten in Umlauf gebracht worden. Die Tatsache, daß sie von jemand anderem als dem Künstler fertiggestellt worden war, beeindruckte niemanden, höchstens zur Erhärtung der Theorie, daß der ursprüngliche Fälscher sein Handwerk an den Nagel gehängt hatte. Ja, natürlich, irgendwann würden sie ihn schnappen, das gelang ihnen immer, aber die Sache drängte nicht, es bestand kein Anlaß, den gesamten Etat für diesen Fall zu verwenden.

Und jetzt gab Lancaster im Huysmanschen Haus eine Party. Na und? Schaffen Sie Photos ran, hatte er Bob Samson angefaucht. Er würde diesen Fall weiterhin mit allem Ernst verfolgen, bis sie ihm die Sache endgültig aus der Hand nehmen würden, und das bedeutete, er wollte Photos von jeder Person, die dieses Haus betrat, von jedem, der irgendwie mit Lancaster in Verbindung stand, solange der leiseste Verdacht bestand, daß er Kontakt zu Sorbies hatte. Bob Samson stand immer noch am Fenster, und er starrte immer noch gedankenverloren das Telefon an, als die Photos hereingebracht wurden. Das dritte, das Lauder betrachtete, zeigte den

Jungen, von dem Jack Silberfuchs behauptete, daß er sein Enkel sei. Der Junge hatte das Huysmansche Haus betreten.

Irma Huysman sprach mit einer Stimme voller Autorität ins Telefon. »Ich werde heute nachmittag kommen, Dr. Dohemy. Um drei.« Sie wartete keine Antwort ab, sondern hängte entschlossen ein. Es war Mittwochvormittag.

Drew nickte zustimmend. Pat war mit Sherry und Lisa losgegangen, um Kameras zu kaufen. Sobald sie zurückkämen, würden Drew und seine Photographin zum Krankenhaus fahren. Du brauchst dich damit nicht auszukennen, hatte er zu Lisa gesagt. Tu nur so, als ob.

Sie mußten mindestens zwei Stunden dort verbringen, damit Franklin Zeit hatte, Kontakt aufzunehmen und mit einigen der Kinder zu sprechen. Zwei Stunden. Er grinste Irma Huysman an, die aufgeregt wie ein junges Mädchen aussah. T. M. kam ins Zimmer, angetan mit einer Chauffeursuniform, piekfein bis zum letzten. Sie alle gingen hinaus zur Garage.

Franklin kroch hinten in den Continental und richtete sich auf dem Boden ein. Drew zog einen braunen Teppich über ihn. Dann stieg Irma Huysman ein und plazierte vorsichtig ihre Füße so, daß sie ihn nicht trat; sie saß bolzengerade aufrecht, majestätisch wie eine Königin. Als sich T. M. ans Steuer setzte, war das Bild perfekt. Drew sah in den Wagen; er steckte sogar den Kopf halbwegs hinein und versuchte, Franklin zu entdecken. Er erkannte, daß irgend etwas dort sein mußte, aber wer würde es wagen, so dicht heranzukommen? Es würde klappen, entschied er, und er gab T. M. mit erhobenem Daumen ein Okay-Zeichen.

»Bon voyage«, sagte er. »Wir folgen in einer halben Stunde oder so. Viel Glück.«

Michelle beugte sich hinein, um T. M. einen Kuß zu geben, und einen Moment lang sahen sich die beiden seelenvoll in die Augen, dann zog sie sich zurück. Alle verließen die Garage, das Tor öffnete sich, und der Wagen glitt hinaus.

Schritt Nummer eins, dachte Drew. Als Pat mit Sherry und Lisa zurückkam, begann Schritt Nummer zwei. Er beobachtete, wie Lisa die Bewegungen und Handgriffe des Photographierens probte; sie machte es so professionell, daß sie ihn auf jeden Fall getäuscht hätte. Dann gingen er und Pat in sein Zimmer, um miteinander zu reden. Es war das erstemal seit ihrer Ankunft, daß sie allein waren.

»Ich kann Sherry nicht hier lassen«, sagte sie mit leiser Stimme. »Ich mache mir Sorgen wegen des Ganzen. Es könnte gefährlich werden, und sie ist ein Kind.«

»Ich weiß. Nimm sie mit zu dir nach Hause! Das hier wird in einem Tag oder zwei vorüber sein, oder wir müssen den ehrenwerten Dr. Dohemy verpfeifen. So oder so, es wird vorbei sein.«

Sie schüttelte den Kopf. »Ich möchte nicht abreisen, bevor alles zu Ende ist. Vielleicht kann ich noch irgend etwas tun. Wie heute zum Beispiel.«

»Pat, du kannst nicht beides haben. Oder willst du mir den Vorschlag machen, daß ich mit ihr wegfahren soll?«

»Ich mache mir Sorgen«, sagte sie. »Ich weiß nicht, welchen Vorschlag ich machen will. Du steckst wirklich tief in dieser Sache drin, nicht wahr? Wie ist das gekommen? Ich verstehe es nicht.«

Er zuckte die Achseln. »Ich auch nicht. Aber ich stecke nun mal drin. Wo wirst du mit Sherry den Nachmittag verbringen?«

»Hier«, sagte sie nach einem Moment. »Ich glaube, ich brächte sie auch mit Engelszungen nicht von hier weg. Erinnerst du dich, wie sie schon als Baby gekämpft hat, wenn sie etwas nicht tun wollte? Heute würde sie eine andere Art von Kampf liefern, aber bestimmt keine schlechtere.«

Sie standen in seinem Zimmer, auf Armeslänge voneinander entfernt. Er schloß die Lücke zwischen ihnen und nahm sie in die Arme, dann küßte er sie. »Später, wenn wir zurückkommen«, flüsterte er in ihr Haar, »können wir uns davonschleichen und in ein Motel gehen. Du kannst mir deine Postkartensammlung zeigen.«

»Sei ernst, Drew. Bitte.«

»Ich bin äußerst ernst, Baby. Seit Tagen bin ich von verführerischen Frauen umgeben. Glaube mir, ich bin ernst. Ich gebe eine Runde Eis und Schokolade aus.«

Sie lachte. »Idiot! Los jetzt! Und paß auf. Wir werden hier sein.«

»Papi, wirklich, kann ich nicht mit?« fragte Sherry zum wiederholten Mal, als Drew und Pat wieder nach unten gingen.

»Nein. Das würde nur Verdacht erregen, weil sich ja beim letzten Mal schon gezeigt hat, daß ich keinen Harem mit hinein nehmen kann.«

Pat gab einen erstickten Schnarrlaut von sich.

»Da Mrs. Huysman darauf bestand, an dem Ort photographiert zu werden, wo ihr Mann gewirkt hat, ist Dr. Dohemy schon an Photographen gewöhnt, aber bei einem kleinen Gör würde er sicher die Schranken herunterlassen. Und ich kann es ihm nicht im geringsten verübeln. Ich würde ebenfalls die Schranken davor herunterlassen, wenn es nicht schon einige Jahre zu spät wäre.«

Sherry grinste schwach, aber sie fügte sich in ihr Schicksal und umarmte ihn; Lisa umarmte sie noch etwas länger.

»Also dann, bis zum Abendessen«, sagte Drew, und er und Lisa gingen aus dem Haus.

Diesmal konnten sie das Tor fast ohne jede Verzögerung passieren. Lisa war sehr blaß, als Drew den Wagen vor dem Hauptportal des Krankenhauses anhielt. Ihre

Hände spielten nervös an der Kameraausrüstung herum – einer sehr teuren Hasselblad, stellte Drew mit einiger Erheiterung fest. Für Pat kam nur das Beste in Frage.

»Alles in Ordnung bei dir?« fragte er sanft.

»Es wird schon. Es ist ... es ist irgendwie überwältigend.«

»Da kommt Dohemy. Entfern dich etwas vom Gebäude und mach ein paar Rundumphotos, das gibt dir Zeit, dich etwas zu entspannen. Okay?«

Sie nickte und öffnete die Wagentür.

»Lisa, vergiß nicht, den Deckel vor der Linse abzunehmen!«

Sie wurde rot und ging schnell weg, bevor Dohemy zum Auto kam. Drew stieg an seiner Seite aus und sah ihr einen Moment lang nach, dann sagte er zu Dohemy: »Hübsch, nicht wahr? Ich wähle immer hübsche Photographinnen aus.« Lisa blickte durch die Kamera, ihr Gesicht war verborgen. Hinter ihr stand unter einigen Bäumen der Continental, den T. M. polierte.

»Sie kommen zu spät«, sagte Dohemy. »Mein Terminplan ist ziemlich dicht, Mister Lancaster. Lassen Sie uns schnell machen.«

»Zu spät? Wirklich? Wir haben nur für eine Minute oder zwei angehalten. Wir hätten natürlich gern einige Photos von Ihnen, innen und außen, wenn es Ihnen recht ist.« Er sah Sorbies und seinen Rollstuhl hinter Dohemy auf der breiten obersten Stufe der Eingangstreppe zum Krankenhaus.

»Lisa, kannst du ein paarmal den Doktor hier auf der Treppe machen? Ich helfe dem alten Kauz dort, aus dem Bild zu kommen.«

Dohemy sah ihn stirnrunzelnd an und versuchte gleichzeitig, Lisa anzulächeln. Drew rannte die Treppe hinauf, wobei er immer zwei Stufen auf einmal nahm, und packte die Griffe des Rollstuhls, drehte ihn herum und schob ihn wieder hinein.

»Was, zum Teufel, machen Sie hier?« fragte Sorbies. »Na ja, egal. Hier ist ein Brief. Lesen Sie ihn aufmerksam, Lancaster! Es ist wichtig. Und es ist ein echter Hammer!«

Drew steckte sich den Briefumschlag in die Tasche. »Möchten Sie hier rauskommen? Wir werden den Doktor verpfeifen, es könnten die Bullen erscheinen und all so was. Können Sie weg?«

»Nicht ohne Hilfe.«

»Möchten Sie raus?«

»Zum Teufel, ja!«

»Ich werde mich bei Ihnen melden. Jetzt muß ich schnell machen.«

Er hastete zurück zu der Treppe und sah, wie Lisa den Doktor so aufstellte, daß ihm die Sonne genau in die Augen schien.

Es war kein erfreulicher Nachmittag für den Doktor, dachte er eine Stunde später. Mrs. Huysman war sehr schwierig und bestand darauf, jeden Raum zu sehen, den ihr Mann je in seinem Leben betreten hatte, jedes Büro, in dem er je gearbeitet, in dem er gesessen, in das er geschaut hatte. Sie untersuchte jedes Fleckchen in den Labors, als ob sie nach Staub suchte. Mit einer Handbewegung verscheuchte sie Leute aus ihrem Weg, die gerade bei der Arbeit waren. Ihr sagte nicht zu, wie Lisa Dohemy aufgenommen hatte, und sie ließ alle Photos noch einmal machen. Sein Lächeln wurde verkrampft, dann verwandelte es sich in eine Grimasse. Seine Lippen zuckten.

»Wo stehen die Computer?« fragte Irma Huysman schließlich. »Stanley sprach immer von den Computern, mit denen er arbeitete.«

»Ich befürchte, dieser Bereich ist ... ah ... dort ist Zutritt verboten«, sagte Dohemy mit der aufgesetzten Grimasse eines Lächelns, wobei seine Lippen wieder zuckten.

»Unsinn! Bringen Sie uns hin! Ich habe noch einen Termin. Das hier dauert viel, viel länger, als ich eingeplant hatte. Ich hatte darauf vertraut, daß Sie uns unterstützen würden, Dr. Dohemy, und nicht erwartet, daß Sie dieses ermüdende Unterfangen auch noch hinauszögern.«

Drew machte sich Notizen in sein Buch und bemerkte kaum den mordlüsternen Blick, mit dem ihn Dohemy bedachte. Sie gingen in das Büro, in dem die Computeranlage untergebracht war. Es war sehr eindrucksvoll.

»Haben Sie keine echten Akten?« fragte Drew betrübt. »Richtige Papiere, die ich durchsehen könnte?«

»Nein«, sagte Dohemy unwirsch.

»Stanley hat mit diesen Maschinen gearbeitet? Wie entsetzlich. Ich habe genug gesehen. Mr. Lancaster, haben Sie alle Photos gemacht, die Sie brauchen? Ich bin ziemlich müde.«

»Ja, Ma'am. Ich schätze, wir sind hier fertig. Vielen Dank, Doktor, Sie waren uns wirklich eine Hilfe.«

Drew ging voraus, um dem Chauffeur die Anweisung zu geben, mit dem Wagen vorzufahren; sie stützte sich schwer auf den Arm von Dr. Dohemy und ging auf dem ganzen Weg mit quälender Langsamkeit. Er verzog das Gesicht in unbeherrschten Zuckungen. Mrs. Huysman hatte zwei Stunden und fünfundvierzig Minuten seiner Zeit beansprucht.

Drew half ihr beim Einsteigen in den Continental, wo sie vorsichtig die Füße aufsetzte und sich erschöpft zurücklehnte. Der Wagen glitt aus der Sichtweite, fast ohne Geräusch.

»Hören Sie zu, Lancaster«, sagte Dohemy, als er verschwunden war. »Ich kann Ihnen mit nichts mehr dienen, und ich bin ein vielbeschäftigter Mann. Ich kann es mir nicht leisten, auch nur noch eine weitere Stunde für Ihre Sache zu erübrigen. Verstehen Sie?«

»Das verstehe ich nur zu gut. Sie waren sehr geduldig. Los, Lisa, ab Marsch! Ich habe eine paar Meilen die

Straße runter eine einladende Kneipe gesehen, wo das Bier bestimmt schön kühl ist. Was sagen Sie dazu?«

»Mr. Lancaster! Sie wissen doch, daß ich nichts trinke!«

»Ich werde es Ihnen beibringen. Leben Sie wohl, Doktor. Verbindlichsten Dank und so weiter.«

Sie stiegen ins Auto und folgten dem Continental.

VIERUNDZWANZIG

SIE HATTEN SICH ALLE auf einer luftigen Sonnenterrasse versammelt, wo Marion Tabletts mit Sandwiches serviert hatte. Irma glühte vor Eifer, rote Flecken brannten ihr auf den Wangen, ihre Augen glitzerten vor Aufregung; sie trank Scotch mit sehr wenig Wasser. Drew prostete ihr mit seinem Bourbon wortlos zu, und sie nickte verhalten in Anerkennung seiner Glückwünsche zu ihrem Auftritt.

»Was hast du herausgefunden?« fragte er Franklin.

Franklin verschluckte sich an seinem Saft und sagte: »Junge! Die Kinder wissen genau, was da draußen vor sich geht. Aber sie sahen keine Möglichkeit, den Tests zu entgehen, die für Freitag geplant sind. Es haben schon mal so ähnliche Tests stattgefunden, als Huysman noch das Sagen hatte, und sie haben sie alle ganz gut überstanden, aber bei denen, die sich Dohemy ausgedacht hat, ist das anders. Er hat den Stuhl, auf dem das Opfer der Experimente sitzt, mit elektrischen Drähten versehen, und er läßt den Beobachter dem Kind dann und wann einen Stromstoß verpassen und beobachtet die Reaktionen der anderen Kinder. Zwei der Kleinen werden in einem Motel außerhalb von Princeton sein, und ein Kind in einem gesonderten Raum im Krankenhaus.«

Pat sah elend aus, und Irma schloß die Augen und kippte ihren Scotch in einem Schluck hinunter. Lisa und Michelle sahen sich vielsagend an; beide waren blaß. T. M. hielt Michelles Hand mit festem Griff. Auf der anderen Seite des Zimmers standen Florence und Julianna und beobachteten die Szene ohne sichtbare Gefühlsregung. Sherry fehlte. Pat hatte sie bis auf Widerruf nach oben geschickt. Drew erhaschte einen kurzen Blick auf ihr hellrotes Haar, das hinter einem Rattansofa aufblitzte, und seufzte.

»Komm raus und setz dich hin!« befahl er. »Los, komm zum Vorschein!«

Pat rief aus: »Sherry!« und die Kleine sah für den Bruchteil einer Sekunde peinlich berührt aus, dann sagte sie: »Ich habe auch etwas zu berichten.«

»Heraus mit der Sprache!« sagte Drew.

»Inzwischen sind es noch viel mehr Autos mit Agenten geworden. Ich bin auf der Straße auf und ab spaziert und habe sie gesehen.«

»Okay. Wir werden das im Gedächtnis behalten. Noch jemand?«

Pat räusperte sich. »Ich habe William Wiley heute angerufen und vorgeschlagen, daß ich die Vorgänge im Krankenhaus am Freitag beobachte. Er war einverstanden. Er vereinbart das Erforderliche mit Dohemy.«

Sie fügte nicht hinzu, daß er deswegen einverstanden gewesen war, weil er ihr noch immer vertraute und befürchtete, Senator Cummings könnte unbemerkt einen Vorsprung herausholen. Als sie zu Drew blickte, waren seine Augen warmherzig und strahlend, und er sah sie an.

»Bist du sicher, daß du das tun möchtest?«

»Ja. Und Julianna – das heißt, Dr. Jones – wird ins Motel gehen und dort unsere Beobachterin sein. Er hat natürlich keinen blassen Schimmer davon, daß Julianna Dr. Jones ist.«

Drew nickte. »Wir wollen diesen Test am Freitag nicht nur einfach stören. Wir wollen ihn vollkommen in Mißkredit bringen, ihn und das ganze Projekt. Einverstanden?« Überall wurde genickt.

»Ich kann seine Daten löschen«, sagte Michelle aufgeregt. »Alle.«

»Das halte ich nicht für zweckmäßig. Das würde einen Sabotageakt beweisen.«

»Nicht löschen«, sagte Florence gedankenverloren.

»Editieren. Ich kann aus diesen Daten den herrlichsten Wirrwarr machen, den je jemand versucht hat, zu entwirren, und dabei wird es ganz legitim aussehen. Aber das braucht Zeit.« Sie sah Michelle an, die nickte.

»Und ich muß morgen abend in die Festung gelangen«, sagte Franklin. »Ich habe eine Liste mit Zeug, die ich mit hinein nehmen muß, Isolierdraht, Widerstände, solche Sachen. Ich kann den Stuhl mit dem elektrischen System, das er einbauen läßt, manipulieren. Seine Bildschirme werden am Freitag bestens funktionieren, alles wird so aussehen, als wäre das Ganze in bester Ordnung, aber das Kind darauf wird nichts anderes spüren als ein leichtes Kitzeln.«

Drew sah ihn forschend an. Er wollte eigentlich fragen, ob das Experiment anderenfalls Erfolg haben würde, aber diese Frage erübrigte sich. Es würde. »Gut.« Er sah Michelle an. »Kannst du mit deinem Computer hier den Strom im elektrischen Zaun abschalten?« Sie nickte. »Okay. Wir haben also unseren Zeitplan und einen Weg, wie wir dort oben hineingelangen. Es gibt einen Typen dort drin, den ich gerne heraus haben möchte, bevor die Sache am Freitag losgeht. Noch irgendwelche Vorschläge?«

Es folgte ein längeres Schweigen. Franklin starrte auf seine Füße hinunter. »Ich will euch ein Stück aus seinem Brief vorlesen«, sagte Drew. Er zog den Brief aus der Tasche und fing an zu lesen. »Sie wissen, daß ich nicht lüge, und ich sage Ihnen, die Kinder sind hier in einem Gefängnis. Es ist kein Krankenhaus, es ist ein Gefängnis, und das haben sie nicht verdient. Es wird mich Kopf und Kragen kosten, ich weiß, aber rufen Sie die Bullen und heben Sie dieses Verbrechernest aus, Lancaster! Bringen Sie die ganze gottverdammte Armee herein, wenn es sein muß! Es bahnt sich etwas ganz Schreckliches an, und es könnte zu spät sein, wenn Sie nicht sofort etwas unternehmen. Ich komme nicht hier heraus, um es selbst zu tun, sonst würde ich es machen, weiß Gott! Einen Mordsaufstand entfachen! Die Reporter holen. Öffentliches Aufsehen erregen! Das ist das letzte, das Dohemy im Moment gebrauchen kann, gehen Sie also auf diese Art vor.« Er sah von dem Brief auf. »Es geht in diesem Stil weiter, aber das war's im Prinzip. Ich möchte ihn herausholen. Er lügt nicht. Wenn er geschnappt wird, bedeutet das Gefängnis für ihn.«

Franklin atmete tief durch. »Wenn ich Jack dazu bewegen kann zu helfen, dann können wir ihn den Felsen hinunterlassen, und Jack kann ihn mit unserem Ruderboot übernehmen und ihn irgendwohin bringen. Sofern ich ihn dazu überreden kann.«

Drew fing an zu lachen.

Der Indianer, den Leon suchte! Nach all diesen vielen Jahren würden der Indianer und der Falschgeldprofi wieder zusammenkommen! Er konnte sich vorstellen, wie überrascht Jack Silberfuchs wäre. Alle sahen ihn gespannt an.

»Mister Lancaster«, fragte T. M. plötzlich, »warum sind die vielen Polizisten da draußen? Sind sie hinter ihnen her?«

»Geheimdienst«, sagte er. »Sie glauben, ich stecke mit einem Geldfälscher unter einer Decke.«

Michelles Gesicht wurde blaß, dann dunkelrot. Sie und T. M. verstärkten jeweils den Griff um die Hand des anderen, aber sie sahen sich nicht an.

Drew erinnerte sich an seine Phantasievorstellung, in der er die Agenten den Hügel hinaufgeführt und sie die Festung stürmen lassen hatte. Er grübelte laut. »Wenn ich nur etwas von dem Falschgeld in die Hände bekäme.« Zu seinem größten Erstaunen öffnete Michelle den Mund, um etwas zu sagen.

Er legte ihr den Finger auf die Lippen. »Wir sprechen später darüber.« Er wollte niemanden zum Komplizen eines Verbrechens machen, nicht vorher, nicht währenddessen, nicht danach, ganz besonders nicht seine

Frau – Exfrau – und seine Tochter. Ihm wurde ein wenig schwindelig.

Julianna sprach zum erstenmal. »Ich weiß, wie wir Franklin unbeschattet hier herausbekommen können, vorausgesetzt, daß sie nicht jeden beschatten, der hier ein und aus geht. Das sollten wir erst einmal ausprobieren, meine ich. Warum stellt ihr mir nicht eine Einkaufsliste zusammen, dann werden wir sehen, ob mir jemand folgt, wenn ich zu einem Einkaufszentrum fahre und zurück.«

»Ich werde mitkommen, und wir werden Sherry mitnehmen«, sagte Pat. »Dadurch haben wir einen Vorwand, zurück zum Haus zu kommen, sie wieder hierher zu bringen.«

Drew beobachtete sie und dachte: Was für eine verschwörerische Bande! Und alles klang so selbstverständlich! Sogar, oder vielleicht besonders bei Pat und Sherry, die ohnehin geschickte und raffinierte Verschwörer waren. Er hatte das Gefühl, daß er auf seine beiden Frauen stolz sein konnte.

Drew zog Michelle und T. M. ihre Geschichte wie Würmer aus der Nase; beide sahen fürchterlich schuldbewußt aus. Er hoffte, sie würden nicht schon allein durch ihren Gesichtsausdruck den Verdacht auf sich lenken. »Ich werde sie nicht ausgeben«, sagte er sanft. »Ich brauche nur ein Lockmittel. Unfertige sind gut, vielleicht sogar noch besser, nicht so kriminell.«

»Der Mann dort oben im Krankenhaus kann sich in unserem Haus verstecken, wenn er will«, sagte T. M. anschließend. »Es ist gar nicht weit vom Krankenhaus.«

Pat, Sherry und Julianna kamen zurück. Drew starrte Julianna ungläubig an. Sie trug ein weites, blusiges Oberteil mit einem wilden Druckmuster in Rot und Gelb, und einen glänzenden schwarzen Rock aus schillerndem Stoff. Ohrringe baumelten an ihren Ohren, Perlen glitzerten an ihrem Hals.

»Du siehst ja vielleicht aus!« entfuhr es ihm heftig. »Gehst du auf eine Party?«

Julianna grinste und drehte eine langsame Pirouette. Sie hatte flache Goldsandalen und eine schwarze Strumpfhose an.

Pat sah Julianna von oben bis unten an; sie sagte geistesabwesend: »Wir haben einen Wagen für sie gemietet. Übrigens ist uns niemand gefolgt. Vielleicht denken sie, daß ich über jeden Verdacht erhaben bin.«

»Sie werden den Wagen zum Motel bringen«, sagte Sherry. Sie glühte vor Eifer. »Wir haben ein Seil und Werkzeuge und Draht und all solche Sachen gekauft. Ist sie nicht großartig, Papi?«

»Das ist sie in der Tat. Julianna, würdest du aufhören zu tanzen und mir erklären, was das Ganze soll?«

Sie blinzelte ihm zu, hob beide Hände an den Kopf und nahm die Afrofrisur ab, eine Perücke. Ihr eigenes Haar lag ihr in kurzgeschnittenen kleinen Locken dicht am Kopf an. Schweigend durchquerte sie den Raum, ging auf Franklin zu und setzte ihm die Perücke auf. Die Verwandlung grenzte an ein Wunder; seine Augen schienen sich zu weiten, seine Lippen kräuselten sich leicht, und ohne einen Takt auszulassen, machte er ihre Bewegungen nach, und sie tanzten in einem schwülstigen Rhythmus mit exakt abgestimmten Schritten miteinander. Sie führte ihn zur Tür, wo sie eine große Einkaufstüte aufhob, und gemeinsam entschwanden sie den Flur entlang.

Leon Lauder versuchte, sich die Dinge in einer gewissen Ordnung zurechtzulegen. Er wollte auf keinen Fall gegen Lancaster vorgehen, solange er in diesem Haus weilte. Mrs. Huysman würde mit Sicherheit Ärger machen. Und jetzt, nachdem auch Lancasters Exfrau in der Begleitung einer Schwarzen – ihrer Bediensteten? – aufgekreuzt war, war alles noch komplizierter geworden. Und sie war mit einem Dienstwagen hier – geschäftlich?

Und wer waren all die anderen? Zuerst das blonde Mädchen und jetzt noch das Pärchen, das mit Franklin Silberfuchs angekommen war. Gehörten sie alle zu einer Bande? Das glaubte er nicht. Silberfuchs hatte einst mit dem Künstler gearbeitet, das hatte er immer schon gewußt, aber er glaubte nicht, daß sonst irgend jemand mit ihm gearbeitet hatte. Der Künstler war ein Einzelgänger, er würde nichts mit einer Bande zu tun haben wollen. Das war auch der Grund, warum er ihnen in all den Jahren immer wieder durch die Lappen gegangen war. Allein und unauffällig, das war vom ersten Tag an seine Stärke gewesen.

Er betrachtete das Bild, auf dem die gutaussehenden Jugendlichen Kisten mit Computerausrüstung ins Haus trugen. Halfen sie Lancaster bei seiner Arbeit? Studenten? Junge Computertalente? Er kaute auf seiner Unterlippe herum. Noch nicht, entschied er in einem plötzlichen Entschluß. Laß sie an der langen Leine laufen! Sie hatten das Kennzeichen des Wagens, mit dem die jungen Leute gekommen waren; sie könnten sie aufspüren, wenn sie wollten. Er wollte den jungen Schwarzen, und er wollte Lancaster nicht aus den Augen lassen, das waren in diesem Moment seine beiden Hauptziele. Laß die anderen kommen und gehen, die Jugendlichen sollten nach Lust und Laune ein und aus schwirren, solang sie Lancaster und den Jungen nicht wieder entwischen ließen.

Später, als Bob Samson berichtete, daß die Exgattin und ihr Dienstmädchen weggefahren seien, nickte er, unglücklich und voller Unbehagen, das jedoch nicht so tief ging, daß er seine Taktik ändern wollte. Er wußte, wo er sie finden würde, wenn er wollte, dachte er und versuchte, das unterschwellige Summen zu unterdrükken, das ihm Kopfschmerzen bereitete.

Drew und Sherry waren zusammen mit Pat und Franklin, der in Julianas neuen Kleidern steckte, zum Wagen gegangen. Sherry winkte den Agenten in dem auf der anderen Straßenseite geparkten Wagen zu. Sie beachteten sie nicht, und Pat fuhr davon, ohne verfolgt zu werden. Drew nahm Sherrys Hand, und sie machten sich auf den Weg zurück zum Haus. Franklin war unterwegs.

Drew fing an, vor sich hinzusummen. Wirst du nach einiger Zeit zurückkommen, hatte er Pat gefragt, und sie hatte ja gesagt. Nach einiger Zeit. Er vollführte ein paar kleine tänzerische Hüpfer, und Sherry machte es ihm nach. Tanzend gingen sie die Treppe hinauf, drehten sich um, verbeugten sich und betraten das Haus.

Nachdem Drew Lancaster und seine Photographin weg waren, stürmte Claude Dohemy in die Büros im Keller hinunter, wo er Vera und Joe Bramwell antraf, die fernsahen.

»Ich habe Ihnen doch gesagt, daß Sie sich von den Büros fernhalten sollten, verdammt noch mal!« brüllte er den alten Mann an.

Bramwell setzte sich mit seinem Rollstuhl in Bewegung, um in den Flur zu rollen.

»Beruhige dich doch, um Himmels willen«, sagte Vera. »Wir haben uns doch nur eine Show an ...«

»Halt den Mund und komm mit! Wir haben etwas zu erledigen. Die Idioten sind jetzt endlich weg. Komm jetzt, los!«

Vera seufzte und schaltete den Apparat aus. Als sie in den breiten Flur hinaustraten, waren der alte Mann und sein Rollstuhl bereits nicht mehr zu sehen.

»Er ist einsam«, sagte Vera in beschwichtigendem Ton. »Das ist alles. Er ist nicht an einen Ort wie diesen hier gewöhnt. Und ich muß zugeben, es ist wahrlich nicht der unterhaltsamste Laden, in dem ich je meine Zeit verbracht habe.«

»Hältst du jetzt endlich den Mund! Ich habe dir doch gesagt, daß diese Phase nun sehr bald vorüber ist. Nach diesem Test dauert es noch ein paar Wochen, dann sind wir weg von hier. Ich glaube, es wird so sein, daß man von uns erwartet, in Washington vor den großen Tieren noch mal eine Reihe von Tests durchzuführen. Wie findest du das, Vera? Eine Hotelsuite für uns, vielleicht sogar im Watergate. Ein paar solche Wochen entschädigen für vieles. So, jetzt laß uns weitermachen!«

»Na gut. Was machen wir jetzt?«

Sie betraten ein Labor, eines, das er der alten Hexe Huysman und Lancaster nicht gezeigt hatte. Auf einem Schreibtisch lag ein Plan mit einem Grundriß; er ging hin und machte ihr ein Zeichen, ihm zu folgen.

»Hier ist die Zeichnung. Die Schlafzimmer sind dort drüben, aber dies hier ist der Raum, in dem wir die Fernsehkameras aufbauen lassen werden. Ich möchte, daß du besonders darauf achtest, wo sich die Kinder die ganze Zeit über aufhalten. Ich zeichne eine Linie ein, von wo an sie sich außerhalb der Reichweite befinden. Paß auf, daß sie diese Linie nicht überschreiten. Verstehst du?«

»Claude, hör auf! Mit einemmal benimmst du dich so, als würdest du mir nicht mehr vertrauen. Es ist doch nicht das erstemal, daß wir so etwas machen!«

»So etwas haben wir noch nie gemacht«, murmelte er vor sich hin.

»Nun, jedenfalls ist das Drumherum das gleiche, egal, was sich an deinem Ende abspielt und was hier. Ich weiß, was ich zu tun habe, ehrlich.«

Er forderte sie auf, den Grundriß des Raums mit ihm zusammen durchzugehen. Es war ein großer Wohnraum in einem Motel mit zwei Couchen, mehreren Sesseln, einem runden Tisch und Holzstühlen. Es würde Kaffee und Gebäck serviert werden, erzählte er ihr noch einmal. Die Kinder könnten Rosinenbrötchen und Milch bekommen, wenn sie wollten. Sie erhielten allerlei Spielzeug: Puppen, Malstifte, Papier, Bücher. Um Punkt neun müßten alle zum Spielen am Tisch sitzen, und die Beobachter müßten sich auf den Couchen und Sesseln im Raum verteilen.

»Und du tust verdammt nichts anderes als warten«, sagte er unwirsch. »Erkläre nichts, sage nichts voraus. Wenn jemand Fragen stellt, vertröste ihn, daß wir alles bei der Konferenz beantworten werden, die im Anschluß an die Tests hier stattfinden wird. Sobald alles vorüber ist, schicke sie los und bringe die Kinder hierher. Sie sind vielleicht traurig, ängstlich oder irgend etwas. Du wirst sie zusammen mit Johnson auf dem schnellsten Wege hierher bringen.«

»Es wäre besser, wenn sie in der Lage wären, selbst zu gehen.«

Er warf ihr einen prüfenden Blick zu; ihr Gesichtsausdruck war nicht zu deuten. »Das überlasse ich ganz dir«, sagte er. »Das verspreche ich.« Er streckte die Arme nach ihr aus, aber sie entwand sich seinem Griff. »Herrje«, fuhr er sie an, »niemand wird einen bleibenden Schaden davontragen.«

Ihre Augen blickten verschwommen, wie mit einer Eisschicht überzogen. »Wenn ich du wäre«, sagte sie mit Bestimmtheit, »würde ich die Schlösser zum Schlaftrakt am Freitag vor dem Morgengrauen auswechseln.«

»Ich habe die Sicherheitsvorkehrungen verdoppelt«, sagte er mit rauher Stimme. »Albert wird persönlich anwesend sein, und die Kinder haben bis jetzt noch keine Ahnung von dem Ganzen. Es sei denn, du hättest ihnen etwas davon erzählt.«

»Sie wissen, was sie wissen wollen. Ist dir nichts daran aufgefallen, welche unter ihnen sie ausgesucht haben, die an dieser kleinen Abwechslung teilnehmen sollen? Mach dir doch nichts vor, Claude. Du unterschätzt sie.«

Wenn er sie auch voller Feindseligkeit anstarrte, spürte er doch, wie ihn kalter Schweiß auf den Armen und am Rücken prickelte; seine Hände waren feucht.

»Albert bringt seine eigenen Sicherheitsleute und sein

medizinisches Personal mit«, sagte er mit plötzlich aufschäumender Wut. »Spiele jetzt nicht den Racheengel, Vera! Nicht nach all den Jahren!«

»Die Jahre unter Huysman waren anders, das weißt du genau! Hast du dir je die Mühe gemacht, seine Voraussagen und die tatsächlichen entsprechenden Ergebnisse miteinander zu vergleichen? Hast du das? Mein Gott, sie stimmten meistens vollkommen miteinander überein. Er wußte die ganze Zeit über genau, was er tat. Genau!«

»Du versuchst, mich fertigzumachen.«

»Weil du wie ein Kind bist, das in einer Munitionsfabrik mit Streichhölzern spielt.«

»Ich habe dir doch gesagt, daß wir das alles gemeinsam geplant haben; er hätte es letztes Jahr schon gemacht ...«

Ihr Ausdruck unverhohlener Ungläubigkeit ließ ihn innehalten.

»So«, sagte sie eiskalt. »Noch etwas?«

»Nein. Geh jetzt! Ich werde später mit dir reden.«

Sie ließ ihn allein im Labor zurück. Er räumte den Grundriß weg und verschob einen der Beobachtungssessel um einen oder zwei Zentimeter; dann ging er zu dem Fenster mit der von einer Seite durchsichtigen Scheibe und sah zu dem Sessel im anderen Zimmer hinüber. Auf einem Tisch unter dem Sichtfenster war eine Drehscheibe angebracht. Langsam drehte er den Zeiger auf Halb und dann noch langsamer den Rest der Umdrehung bis zum Anschlag. Er zuckte heftig zusammen und machte einen Satz; sofort drehte er die Scheibe wieder zurück. Schweiß rann ihm übers Gesicht und brannte ihm in den Augen.

FÜNFUNDZWANZIG

Als Franklin in seiner geckenhaften Aufmachung die Hütte betrat, blinzelte Jack Silberfuchs, gab aber keinen Kommentar dazu ab. Im Wohnraum zog sich Franklin bis auf die Unterhose aus.

»Puh!« sagte er. »So ist es besser.«

»Steckst du in größeren Schwierigkeiten als ich?« fragte ihn Jack. »Oder sind deine Schwierigkeiten meine Schwierigkeiten?«

»Ich schätze, es sind meine eigenen, und ich schätze, sie können ganz schön groß werden, wenn sie es jetzt auch noch nicht sind. Irgendwann morgen wird eine Frau kommen, um den Wagen zu holen und damit wegzufahren.«

Jack nickte. Franklin würde ihn schon aufklären, wenn die Zeit dafür reif war. Er wußte das, denn er wußte, daß Franklin ihm nichts zu erklären brauchte, und das wiederum wußte der Junge. Das machte die Dinge einfacher. »Hunger?« fragte er.

»Du ahnst nicht wieviel.«

Jack ging in die Küche und wühlte im Kühlschrank herum. Der Junge war immer hungrig und aß wie jemand, der nicht sicher war, ob er morgen noch etwas zu essen bekommen würde. Und er setzte kein Gramm Fett an. Sehnige Muskeln und Knochen und Haut, egal, was er zu essen bekam und wie oft. Maria hatte ein ganzes Jahr lang versucht, ihn mit Pasteten, Kuchen, Sahnesaucen und Bratensaft aufzupäppeln; Jack hatte dabei fünfzehn unerwünschte Pfund zugenommen. Daraufhin hatte sie es aufgegeben. Franklin war ihm in die winzige Küche gefolgt und gab ihm den Weg frei, als Jack Schweinekoteletts und übriggebliebene Bohnen hinaustrug. Er wartete, da er wuße, daß Franklin noch etwas auf der Seele hatte.

»Es gibt etwas, das du tun könntest«, sagte er schließlich. »Wenn dir der Sinn danach steht.«

Jack legte zwei Koteletts auf den Bratrost, und einen Augenblick lang stiegen in seinem Unterbewußtsein Erinnerungen auf; die Art von Erinnerungen, bei denen Träume und die wirkliche Welt miteinander verschmolzen und man nicht mehr unterscheiden kann, was was ist. Es hatte ein paar Vorkommnisse in seinem Leben gegeben, über die er nie mit jemandem gesprochen hätte, schon gar nicht mit Weißen. Allenfalls mit seiner Mutter hätte er darüber sprechen können, sonst mit niemandem. Einige davon hatten sich um sie gerankt, sie war zum Zeitpunkt des Geschehens mit dabei. Über die anderen hätte sie einfach genickt und sie ohne zu fragen akzeptiert. Jetzt überfiel ihn eine Erinnerung, die ihm nicht gefiel; sie entstand plastisch vor seinen geschlossenen Augenlidern. Er erinnerte sich an seinen Großvater, sehr alt, sehr schwach bis zu seinem Tod, und verrückt. Wirklich verrückt, verrückt vom Alkohol, verrückt von den Gefängnissen der Weißen, verrückt vor Verfolgungswahn. Es gibt Kreise im Leben, hatte er Jack erklärt, dein ganzes Leben besteht aus Kreisen, und wenn du mit einem anfängst, mußt du so lange weitermachen, bis er geschlossen ist, sonst ist er nicht vollständig. Nach und nach schließt du sie alle, anderenfalls stirbst du und läßt etwas unerledigt zurück. Verstehst du, was ich dir sagen will? Jack hatte genickt, hatte es aber nicht verstanden, damals nicht. Im Laufe der Jahre hatte er immer etwas mehr davon verstanden. Und jetzt hatte er das Gefühl, daß er einen der Kreise schließen würde, die seit vielen Jahren unvollständig waren.

In seiner unerfreulichen Erinnerung befand er sich in Dallas in einer Kneipe, wo Mädchen tanzten und sich wie Würmer wanden. Der Fälscher war hereingekommen und hatte sich neben ihn gesetzt.

»Du trinkst ja gar nichts.«

»Nö.« Er trank weder damals noch später, das gehörte nicht zu seinen Lastern. Alkohol war Gift für ihn, und das wußte er.

»Hab dich schon 'n paarmal gesehen. Hast du Lust zu reden?«

Es war nichts dabei herausgekommen, als sie in jener Nacht miteinander redeten, und genausowenig die folgenden halbes Dutzend Nächte. Doch dann träumte er irgendwann von dem Fremden, dem Fälscher, und er hatte gespürt, daß sich ein Kreis öffnete und daß er ein Teil davon war. In dem Traum ruderte er den Fälscher über schwarzes Wasser und brachte ihn bei Nacht irgendwohin. Das war alles. Als der Fälscher endlich mit der Sprache herausrückte, worauf er schon all die Wochen hinauswollte, steckte Jack schon in der Sache mit drin, war bereits sein Komplize.

Als Franklin endlich mit der Sprache herausrückte, was man von ihm wollte, grunzte er. Er steckte auch schon in der Sache drin, war bereits Komplize. Die beiden Enden der Schlinge würden sich treffen, der Kreis wäre vollendet.

»Ich habe mich nicht geändert«, sagte Drew zu Pat in seinem Zimmer im Huysmanschen Haus.

»Du kommst mir verändert vor.«

»Irgend etwas passiert, und ich gerate unversehens hinein. Ich habe nichts dazu getan.«

»Du hättest ihm ausweichen können.«

»Das glaube ich nicht.«

Er stand an der Tür; sie hatte das Zimmer durchquert und lehnte jetzt am Frisiertisch, wo sie seine Haarbürste abwechselnd aufnahm und wieder hinlegte. Sie zog einige Haare heraus und suchte einen Abfallkorb; dann warf sie die Haare hinein. »Ich glaube, es ist eitle Selbstdarstellung, wenn man ein Kulturzentrum baut und ihm den eigenen Namen gibt«, sagte sie mit leiser

Stimme und sah ihn dabei nicht an, sondern suchte offensichtlich nach noch einem anderen Gegenstand, den sie saubermachen könnte. »Und der große verschlammte Stausee ist reine Zeit- und Geldverschwendung. Im Anfang habe ich nicht so gedacht, aber ...« Sie zuckte die Achseln und strich mit der Hand den Bettüberwurf glatt, der schon vorher nicht die geringste Falte aufwies. »Du machst es mir schrecklich schwer, Drew.«

»Ich weiß nicht, welche Rolle von mir erwartet wird.«

»Ich versuche zu erklären, daß ich mich geirrt habe. Und das ist nicht leicht. Ich habe mich geirrt.« Und hastig fuhr sie fort: »Ich habe mich auch hinsichtlich der Bücher geirrt. Es ist wichtig, daß du sie schreibst, auch wenn sie kaum jemand liest.«

Er stieß einen lauten Lacher aus. Sie sah verdutzt aus, dann peinlich berührt.

»Ich habe es nicht so gemeint, wie es vielleicht geklungen hat.«

»Weißt du, was ich glaube?« Sie schüttelte den Kopf. »Zuviel Gerede verdirbt den Sex. Können wir jetzt ins Bett gehen?«

»Du kannst an nichts anderes denken.«

»Stimmt genau, verdammt.« Er zog sie an sich und küßte sie ausgiebig. Er zog sie so aus, wie er sie immer ausgezogen hatte, küßte jede ihrer Brüste, spielte mit den aufgerichteten Brustwarzen, küßte ihren Bauchnabel, der nicht mehr ganz so tief war, wie er einmal gewesen war, sondern durch die Schwangerschaft etwas verformt, verschnörkelt war. Er fand und küßte die beiden Dehnstreifen auf der Haut, und sie gab den Versuch auf, ihn auszuziehen. So wie sie immer hatte aufgeben müssen.

Sie untersuchten wieder einmal jeweils den Körper des anderen und taten murmelnd kund, was sie entdeckt hatten.

»Es tut mir leid, daß du abgenommen hast.«

»Dafür bist du perfekt. Eine Haut wie diese könntest du verkaufen.«

»Acht ... neun ... zehn ...« Sie zählte seine Rippen. »Du bist fast wieder so schlank wie du warst, als wir uns kennenlernten. Erinnerst du dich, wie du mich damals von oben bis unten begutachtet hast?«

»Ich kaufe doch keine Katze im Sack! Hm, hier ist es heiß!«

Sie hielt die Luft an und schloß die Augen. Einen Moment später entdeckte sie ein graues Haar zwischen seinen Schamhaaren und zupfte es aus.

Er jaulte auf, und sie kicherte. »Brüll nicht so, man wird glauben, ich bringe dich um.«

»Das tust du auch. Genug jetzt mit diesem Quatsch. Jetzt kriegst du es!«

Sie sagte: »Pst. Sprich nicht!«

Und er sprach nicht mehr.

Später, als sie dalag und sich von ihren Gedanken davontragen ließ, dachte sie, daß es bei ihnen schon immer so war. Sie spielten miteinander, dann wurden sie ernst; ihre Orgasmen waren wie Explosionen, und dann kuschelten sie sich aneinander und schliefen ein. Sie dachte an William, der sie für frigide hielt, weil sie es seit zwei Monaten vermieden hatte, mit ihm ins Bett zu gehen. Das war in Ordnung, hatte er ihr feierlich versichert. Er hatte Verständnis und würde keine Ansprüche stellen. Er sei romantisch veranlagt, nicht tierisch, hatte er ihr erklärt. Sie mußte leise vor sich hinkichern, weil sie sich an etwas erinnerte, das ihr Drew einmal gesagt hatte, bevor sie verheiratet waren. Das ist genau die Art, wie ich am liebsten einschlafe, hatte er geflüstert, warm, feucht und stinkend.

»Was?« fragte er schläfrig.

»Nichts. Ich liebe dich. Ich habe dich immer geliebt und werde dich immer lieben, auch wenn wir uns streiten.«

»Das sind meine Worte.«

»Ich weiß. Sie klangen so gut, daß ich dachte, du solltest sie auch hören. Gute Nacht, Drew.«

Am Donnerstag kamen T. M. und Michelle sehr früh an, und T. M. reichte Drew einen prallen Umschlag; sobald er ihn aus der Hand hatte, sah er erleichtert aus. Irma ging aus, wobei T. M. sie wieder chauffierte, diesmal um Julianna zu dem Feldweg zu bringen, der zu der Hütte führte, in der Franklin und Jack Silberfuchs wohnten, wo sie den Mietwagen übernehmen würde. Und Sherry platzte fast vor Vergnügen, dachte Drew, während er seine Tochter ansah, die zuviel wußte. Sie hatte einen Blick auf ihn geworfen, dann auf ihre Mutter, und hatte sich lachend in seine Arme geworfen. Pat sagte, sie würde wohl besser einmal um den Block laufen und ein wenig Energie abbauen, aber sie sagte es mit einem zärtlichen Lächeln. Julianna kam herunter, bereit, sich in dem Continental unter Irmas Füßen zu verstekken. Sie würde den Wagen zurückholen und die Verkleidung, in der Franklin geflohen war.

»Du siehst wie eine äthiopische Prinzessin aus«, sagte Drew zu ihr. Ihr Haar, das ihr in kleinen Locken eng am Kopf lag, ließ ihre ausgeprägten Gesichtsknochen noch weiter hervortreten. Sie lächelte ihn breit an, und er fügte hinzu: »Wenigstens so lange, bis du deine Zähne zeigst.«

Sie brach in lautes Lachen aus. »Dieser Mann redet sich noch um Kopf und Kragen«, warnte sie Pat. »Ich würde ihm den Mund stopfen, wenn er meiner wäre.«

Pat hatte ihr Ich-kann-nichts-für-sein-Betragen-Gesicht aufgesetzt.

Drew sah wieder einmal zu, wie der Continental wegfuhr, und drückte abergläubisch die Daumen. Er wußte, daß Leon Lauder sich in der Gegend aufhielt, und es schwirrten genügend Agenten herum, um Fort Knox zu stürmen, aber was trieben sie alle hier? Worauf wartete Lauder? Lisa erklärte sich freiwillig bereit, mit Sherry für ein paar Stunden wegzugehen, ins Kino, ins Einkaufszentrum, zum Essen. Sie fuhren in Drews Wagen weg. Florence und Michelle waren tief in ihre Arbeit an dem Datenmaterial versunken. Und Pat beschäftigte sich auf die Bitte von Mrs. Huysman hin mit den Unterlagen über das Huysmansche Vermögen. Blieb also nur noch Drew übrig, dachte er düster, der sich mit nichts Sinnvollem befaßte. Um elf Uhr kam Lauder zu Besuch.

»Leon«, sagte er mit ehrlicher Freude. »Ich freue mich, Sie zu sehen. Kaffee? Vielleicht bekommen wir sogar auch Eis dazu. Ich könnte mal die Köchin fragen.«

»Nein danke, nichts. Ich würde gern ein paar Worte mit dem Jungen wechseln, der hier gestern ankam, wenn es paßt. Franklin Silberfuchs.«

Drew schüttelte den Kopf. »Sie müssen den Tramper meinen, den Michelle und T. M. mitgenommen haben. Ich glaube, er ist nicht mehr da.«

»Ein Tramper?« sagte Lauder langsam. »Das war er also?«

»Genau. Möchten Sie vielleicht Michelle über ihn ausfragen? Sie arbeitet im Büro. Ich werde sie holen.«

»Das brauchen Sie nicht. Ich gehe gleich mit Ihnen.«

Sie gingen ins Arbeitszimmer. Michelle saß am Computer; Florence las einen Ausdruck, der viele Seiten lang war und an den perforierten Stellen noch zusammenhing. An einem Pulttisch las Pat einen getrennten Ausdruck durch und machte sich immer wieder Notizen dabei.

»Fleißige kleine Bienchen, nicht wahr?« bemerkte Drew. »Michelle, das ist Mister Lauder vom Geheimdienst. Er möchte von dir etwas über den Tramper erfahren, den du gestern mitgenommen hast.«

Gelobt sei sie, dachte er. Sie zuckte mit keiner Wimper.

»Was ist mit ihm?« fragte sie und hielt die Hände auf der Tastatur außer Sicht.

»Wo haben Sie ihn aufgelesen, Miss?«

»Oh, Entschuldigung«, murmelte Drew. »Das sind Mrs. Michelle Mathews, Miss Stevens und Dr. Charmody. Mister Leon Lauder, meine Damen.«

Leon wurde immer unbehaglicher zumute, aber das unhörbare Summen in seinem Kopf verstummte nicht. Er blickte von einer zur anderen, bemerkte die Stapel von Papieren, Ausdrucken, aufgeschlagenen Aktenordnern. Sie arbeiteten, das war offensichtlich. Aber Stevens? Woran arbeitete sie hier? Sie arbeitete für Senator Wiley. Er hatte das Gefühl, als würde er in einem Sumpf versinken. Er räusperte sich und wiederholte seine Frage an Michelle. »Wo haben Sie ihn aufgelesen, Mrs. Mathews?«

»Das weiß ich nicht mehr so genau. Irgendwo auf dem Weg von unserem Haus in Harmony und hier.«

Warum war sie wohl so nervös, fragte sich Leon Lauder. Sie war noch sehr jung, das genügte manchmal schon als Grund. Er seufzte. »Was sagte er, als sie bei ihm anhielten?«

»Er fragte einfach, ob wir ihn mitnehmen könnten.«

»Wohin war er unterwegs?«

»Das hat er nicht gesagt.«

»Warum haben Sie ihn dann hierher mitgenommen?«

»Er dachte, daß er vielleicht hier auch einen Job bekommen könnte.«

»Er suchte einen Job? Als was?«

»Das weiß ich nicht.«

Er biß sich auf die Unterlippe und sah sie forschend an. Er könnte sie aufs Glatteis führen, etwas aus ihr herausbringen, herausfinden, was sie so nervös machte. Aber dann? Unvermittelt sagte er zu Drew: »Ich habe keinen Durchsuchungsbefehl, aber ich könnte mir einen beschaffen. Wäre es möglich, daß ich mich ein wenig im Haus umsehe?«

Drew schüttelte bedauernd den Kopf. »Leon, so sehr ich Ihnen helfen möchte, aber das ist nicht möglich. Es ist nicht mein Haus, das wissen Sie. Ich kann nicht einfach jemanden hereinlassen und ihm gestatten, sich umzusehen. Da müssen Sie schon Mrs. Huysman fragen.«

»Haben Sie etwas dagegen, wenn ich auf sie warte?«

»Nicht das geringste«, sagte Drew fröhlich. »Aber nicht hier. Die Damen müssen arbeiten, und wir stören sie dabei. Lassen Sie uns hinausgehen auf die Veranda und Kaffee trinken! Selbst wenn Sie keinen wollen, ich habe Lust darauf.«

Lauder stellte noch ein paar weitere Fragen. Wann war Franklin weggegangen? Niemand hatte sein Weggehen bemerkt. Hatte er gesagt, wohin er gehen wollte? Nein. Er folgte Drew auf die Veranda. In der Küche verweilte er lange genug, um der Köchin die gleichen Fragen zu stellen. Sie war noch weniger entgegenkommend als die anderen und gab die gleichen Auskünfte.

»Wissen Sie«, sagte er, während er Platz nahm. »Das reimt sich irgendwie nicht zusammen. Ein fremder junger Schwarzer kommt ins Haus, und niemand beachtet ihn? Keiner merkt, wann er wieder geht? Man sollte annehmen, daß man in einem Haus, in dem es so viele wertvolle Sachen gibt, etwas vorsichtiger wäre.« Sogar auf der Veranda standen teure Vasen und Töpfe mit blühenden Pflanzen. Er bezweifelte, daß alles Porzellan in seinem Haus auch nur annähernd soviel wert wäre wie eine einzige von den Vasen hier.

»Da haben Sie sicher recht«, sagte Drew mit Nachdruck. »Ach, Marion, danke. Haben Sie zufällig Eis im Haus? Vanille oder Mokka oder Schokolade. Für Mister Lauder.«

»Eis?«

»Ja. Nur kein Erdbeereis. Er tut es in seinen Kaffee.«

»Keine Umstände, bitte«, warf Leon Lauder schnell ein. »Das sieht sehr gut aus, so wie es ist. Danke.«

»Eis!« Marion maß ihn mit einem abschätzenden Blick und ging dann kopfschüttelnd davon.

»Danke«, sagte Lauder mit saurer Miene zu Drew.

Drew grinste und goß für sie beide ein.

Nach einer Minute des Schweigens sagte Lauder: »Hübsche Veranda, nicht wahr? Schöne Geranien.«

»Sehr schön. Lieben Sie Blumen?«

Leon Lauder fing an, von seinen Rosen zu erzählen. Am Abend zuvor hatte er eine Liste von Leuten gemacht, denen er seine Rosenbüsche schenken könnte, und es waren ihm nicht viele eingefallen. »Es gibt nicht mehr viele Menschen, die sich aus Blumen etwas machen«, sagte er zu Drew. »Eine Schande ist das. Dabei sind sie ein hervorragendes Mittel gegen Stress und Anspannung. Es ist eine gute Therapie, wenn man mit Pflanzen zu tun hat.«

»Die meisten Wohnungen in der Stadt bieten nicht sehr viel Platz dafür«, entgegnete Drew, angenehm überrascht über diese bisher unbekannte Seite seines alten Freundes Leon Lauder.

»Das ist genau das Problem«, stimmte ihm Leon zu. »Und die Leute, die einen Garten haben, sind viel zu sehr mit anderen Dingen beschäftigt. Sie nehmen sich einen professionellen Landschaftsgestalter, wählen das, was am wenigsten Pflege braucht, und damit hat es sich. Ein Jammer.«

So plauderten sie weiter, bis Irma Huysman mit T. M. zurückkehrte. Sie sah Leon Lauder an, als ob er eine ekelhafte Krankheit hätte.

»Er ist ein was?« fragte sie Drew.

»Ein Geheimdienstagent, Ma'am. Er sucht jemanden.«

»Auf meiner Veranda? Wie lächerlich!« Sie wandte sich ab, um sie zu verlassen.

»Mrs. Huysman«, sagte Leon Lauder höflich, »wir wissen, daß der Mann Ihr Haus betreten hat, und wir haben nicht gesehen, daß er es wieder verlassen hat. Franklin Silberfuchs, ein Schwarzer im Alter von etwa vierundzwanzig Jahren.«

»Er ist ungefähr zur gleichen Zeit weggegangen, als

ich gestern das Haus verließ«, sagte sie hoheitsvoll. »Ich habe ihn gehen sehen. Er ist nicht mehr hier, Mister Lauder. Und natürlich werde ich niemandem die Erlaubnis erteilen, mein Haus zu durchsuchen. Wenn Sie weitere Fragen haben, wenden Sie sich bitte an meinen Rechtsanwalt, Malcolm Letterman. Guten Tag, Sir.«

Als sie gegangen war, zuckte Drew mitfühlend die Achseln. »Tut mir leid.«

»Na ja. So kann's gehen. Was für eine Frau! Glauben Sie, irgend jemand auf der Welt würde es wagen, es mit ihr aufzunehmen?«

»Ich nicht«, sagte Drew prompt.

»Ich mache mich auf den Weg. Wir sehen uns wieder, Mister Lancaster.«

»Bitte nennen Sie mich Drew, Leon. Ich habe das Gefühl, daß wir langsam Freunde werden. All der viele Kaffee, den wir schon zusammen getrunken haben, bedeutet doch sicher irgend etwas.«

Plötzlich grinste Leon Lauder und streckte die Hand aus. »Drew«, sagte er gutgelaunt und schüttelte ihm die Hand, »nichts würde mich mehr freuen, als wenn ich Sie wegen Fälscherei festnehmen lassen könnte. Verstehen Sie, was ich meine? Guten Tag, Sir.«

Sie mußten beide lachen, aber Drew hatte das unbehagliche Gefühl, daß Leon die uneingeschränkte Wahrheit gesagt hatte, die, bedachte man, wie er von allen im Haus behandelt worden war, eine Ungeheuerlichkeit war.

Als Julianna am Spätnachmittag zurückkam, bekleidet mit ihren aufsehenerregenden Sachen und im Afrostil frisiert, hatte sie eine Nachricht von Franklin. Er hatte darum gebeten, daß Pat am nächsten Morgen einige Sachen zur Festung brächte. »Er will das Falschgeld, wenigstens einen Teil davon. Und ein halbes Dutzend Marihuana-Zigaretten. Ich habe ihm gesagt, daß ich sie ihm bringen würde, falls ich diejenige wäre, die zum Krankenhaus käme, aber ich werde nicht diejenige sein. Du wirst es sein, Schätzchen.« Sie sah Pat mit einem unergründlichen Gesichtsausdruck an.

Pat wurde etwas blaß und nickte. »Woher bekommen wir das Marihuana?«

Julianna fletschte wieder ihre Zähne in einem breiten Lächeln. »Florence und ich werden dafür sorgen. An einem College in der Stadt dürfte das kein Problem sein. Überhaupt keins.«

SECHSUNDZWANZIG

DREW BLICKTE VOLLER UNBEHAGEN von Michelle zu Lisa. Michelle saß am Computer und Lisa mit geschlossenen Augen auf einem Stuhl neben ihr. Es war Donnerstagabend, zwanzig Minuten nach zehn. Michelles Blick war starr auf den Bildschirm gerichtet.

Pat rückte näher an Drew heran, griff nach seiner Hand und hielt sie fest.

Lisa rührte sich nicht, anscheinend nahm sie niemanden und nichts in dem Arbeitsraum wahr, sie war ihm entrückt. Sie war ›bei‹ Franklin in einem kleinen Ruderboot am Fuß einer Klippe, die von zwei Seiten Einlaß in die Festung bot. Im Krankenhaus prüfte Dohemy noch einmal Daten und Unterlagen, seine Pläne für das Experiment, das am nächsten Morgen stattfinden sollte. Er war schon fast eine Stunde lang damit beschäftigt.

Florence und Julianna gingen ganz in der Beobachtung der beiden jungen Frauen auf. Plötzlich gab der Drucker eine Art Räuspern von sich und begann auszudrucken.

»Er liefert sechs Kopien«, sagte Michelle. »Ein Handzettel für morgen. Ich mache auch einen für uns.«

Der Drucker flitzte Zeile um Zeile hin und her, eine Seite, zwei Seiten, drei, vier. Dann stoppte er. Drew dachte über all die vielen Computer nach, die es überall gab, offen zugänglich für jedermann, der das entsprechende Wissen zum Eindringen hatte, veränderliche Daten, keine Geheimnisse, geteilte Informationen, ohne daß irgend jemand wußte, mit wem und zu welchem Zweck er Informationen teilte. Er wandte den Blick nicht von Lisa, die sich immer noch nicht bewegt hatte. Und diese jungen Leute, dachte er beunruhigt, wer waren sie? Wie waren sie verändert worden, und zu welchem Zweck? Stanley hatte zum Ausdruck gebracht, daß er keinen anderen Zweck verfolgte als zu beweisen, daß er es schaffen konnte. Aber Dohemy? Huysman hatte seinen eigenen Samen verwendet, um Frauen bis noch vor zwölf Jahren zu schwängern, und seither hatte es keine veränderten Kinder mehr gegeben? Warum nicht? Die Informationen, die Michelle aus den Aufzeichnungen erhalten hatte, deuteten darauf hin, daß Dohemy wiederholt versucht hatte, Huysmans Arbeit nachzuahmen, und dabei Fehlschläge erlitten hatte. Huysmans Experimente mit den Kindern während ihrer Wachstumsperiode waren feinfühlig durchgeführt worden und laut Julianna und Florence unumstritten. Er hatte den Beweis für seine Theorie erbracht. Dohemys geplantes Experiment hingegen war nicht im geringsten feinfühlig, konnte gar nicht so feinfühlig wie die vergangenen sein, denn diesmal ging es ihm darum, Nichtwissenschaftler vom Wert seiner Arbeit zu überzeugen. Für seine Zwecke war eine äußerst dramatische Demonstration erforderlich.

»Er ist durch«, sagte Michelle ruhig.

Drew beobachtete Lisa. Sie bewegte sich immer noch nicht, schien sich jedoch irgendwie noch mehr zu entfernen. Ihre Hände lagen geballt in ihrem Schoß. Langsam öffneten und entspannten sie sich.

»Franklin klettert den Felsen hoch«, sagte sie. Niemand sonst sprach. »Jetzt«, sagte sie nach einigen Minuten. Michelles Hände glitten über die Tastatur. »Ich glaube, der Strom ist abgeschaltet.«

»Jetzt ist er am Zaun. Hat es mit einem Werkzeug berührt. Nichts ist passiert. Schneidet es durch. Geht hinein. Okay.«

Michelles Hände fuhren wieder über die Tasten. Der Strom war wieder da.

Drew wischte sich über die Stirn. Er spürte, wie ihm der Schweiß den Rücken hinabtropfte und ihm unter den Armen perlte. Pat starrte Lisa an; ihr Griff um Drews

Hand war so fest, daß sie ihm die Fingernägel ins Fleisch bohrte. Er machte keinen Versuch, ihn zu lockern.

Jeden Tag, seit sich dieses Trio, dieser ... dieser Bund, was immer es war, zum erstenmal zusammengefunden hatte, war es stärker geworden, hatte sich die Beziehung vertieft. Es war unheimlich und beängstigend, dachte er, und er wußte, was Dohemy zu bieten hatte. Wenn das gelänge, wenn sich der Weg als richtig erwies, wenn die Dinge kontrolliert ablaufen könnten, wenn Verhalten mit Befehlen erzwungen werden konnte ... Er dachte an einen Satz, den Dohemy in einem seiner Berichte verwendet hatte: Es ist soweit, daß man Gebrauch von ihnen machen kann.

Jack Silberfuchs beobachtete Franklin, der auf der Höhe der Klippe in der Dunkelheit verschwand. Während der letzten beiden Wochen waren seine Gedanken immer mehr in die Vergangenheit abgeschweift. Er erinnerte sich an die Geschichten, die ihm seine Mutter erzählt hatte, als er noch ein Kind war; viele davon handelten von den Fähigkeiten, die die Menschen einst besessen und verloren hatten. Fähigkeiten. Franklin hatte Fähigkeiten, zu diesem Schluß war er vor einigen Tagen gekommen. Er war ja immerhin sein echter Enkelsohn. Als Kind hatte er all ihre Geschichten geglaubt, als junger Mann keine einzige mehr, und jetzt schloß sich langsam der Kreis wieder, dachte er. Er war ein alter Mann, wurde senil, war bereit, wieder an Zauberkraft zu glauben, begrüßte die Magie in seinem Leben, stellte nichts in Frage. Er nickte in der Dunkelheit. Franklin hatte ihn gebeten, etwas zu erledigen, und – alter Mann oder nicht – er würde es erledigen, und eines Tages würde er eine Erklärung dafür erhalten.

Er saß reglos da und wartete auf den Mann, der die Klippe herabgelassen werden sollte. Er würde ihn an einen sicheren Ort bringen, würde sich versichern, daß er gut dort ankäme, und dann würde er zurückkommen und auf Franklin warten. Er verzog das Gesicht zu einem schwachen Lächeln. Es gefiel ihm, daß Franklin ihn um Hilfe gebeten hatte, daß Franklin keinen Zweifel daran hatte, daß er erledigen konnte, um was man ihn bat. Er wartete.

Im Arbeitszimmer wartete die Gruppe. Niemand wußte, wie lange Lisa bei Franklin bleiben konnte. Keiner von den dreien hatte so etwas je zuvor ausprobiert. Sie sah aus, als ob sie schliefe. Nicht angespannt, nicht schweißnaß wie Drew, sondern ganz entspannt, mit geschlossenen Augen, als ob sie ausruhte. Sie konnten den Strom nicht für längere Zeit ausgeschaltet lassen, denn die Wachtposten überprüften ihn in regelmäßigen Zeitabständen.

Drew bekam langsam Krämpfe in den Gliedern, weil er so lange unbeweglich gesessen hatte. Er verschaffte sich Erleichterung, indem er die Beine ausstreckte. Hinter sich, außerhalb seines Gesichtskreises, hörte er, wie sich T. M. bewegte. Eine Welle des Mitleids überkam ihn. T. M. war mit einer von ihnen verheiratet, verrückt vor Liebe zu ihr; was hielt er von dieser neu entstandenen Vereinigung, die so viel tiefer war als alles, was ihn mit Michelle verbinden konnte?

»Jetzt«, sagte Lisa, ohne die Augen zu öffnen.

Michelles Hände bewegten sich über die Tastatur.

Sorbies war draußen, dachte Drew. Auf dem Weg die Klippe hinunter, hilflos über dem Wasser baumelnd. Er hätte gern den Ausdruck auf Arnie Sorbies Gesicht gesehen, wenn er einen Blick auf den Wohltäter erhaschte, der ihn heute nacht rettete.

Jetzt mußte Franklin seine Arbeit im Innern des Labors verrichten: die Drähte der Anlage für das Experiment neu anschließen, die Monitore neu anschließen.

Die Kinder hätten jederzeit von jenem Ort weglaufen können, dachte er, aber bis jetzt war die Zeit noch nicht reif dafür gewesen. Sie hatten so lange gewartet, bis sie auf eine bestimmte Art entkommen konnten, nicht wie Flüchtende, die man jagt und die während der zukünftigen Jahre als Verfolgte leben müßten. Sie wollten diese Phase hinter sich bringen, wollten in die nächste Phase eintreten, und er hatte keinen Schimmer, wie die nächste Phase aussehen mochte. Er sah Lisa forschend an, dann Michelle, versuchte zu ermessen, wie es war, in deren Haut zu stecken, und kam zu keinem Schluß. Sie waren beide hübsch, typische amerikanische Mädchen; dem Anschein nach waren ihre Köpfe mit Marshmallow-Masse gefüllt; und doch war ihm der kalte Schweiß ausgebrochen, als er sie bei ihrem Tun beobachtet hatte.

Lisa sah ihn an und lächelte ihr hübsches Hilfloses-kleines-Mädchen-Lächeln ... »Wir können uns jetzt entspannen«, sagte sie. »Er wird ein paar Stunden brauchen, um alles zu erledigen. Die anderen dort oben werden aufpassen, daß er nicht von einem Wachtposten oder vom Doktor überrascht wird.«

»Ich hole mir etwas zu trinken«, sagte Drew und stand auf. »Bestellungen werden jetzt angenommen.«

Getränke, Kaffee, Plätzchen, Käse – es war wie in der Halbzeit eines Fußballspiels, dachte er und notierte sich im Sinn, was jeder von ihnen wollte. Pat stand in der Tür.

»Ich helfe dir«, sagte sie.

Auf dem Flur hielt sie inne und sah ihm ins Gesicht. »Drew, ich habe Angst. Machen wir es richtig? Was hat er diesen Kindern angetan?«

Er nahm sie in die Arme und hielt sie fest. »Wir tun, was wir tun müssen«, murmelte er und gab nicht einmal vor zu wissen, ob es richtig war oder nicht.

Arnie Sorbies hatte in seinem Zimmer gelesen, als Rachel, eines der älteren Mädchen, hereinkam. »Es ist Zeit, daß Sie hier wegkommen«, sagte sie lächelnd.

»Stimmt.«

»Mister Lancaster hat sich etwas ausgedacht, wie Sie wegkommen können«, sagte sie. »Kommen Sie!«

Lancaster? Langsam stand er auf. Sie half ihm dabei und reichte ihm seinen Stock.

»Wir müssen leise sein«, mahnte sie ihn. Sie blickte den Flur auf und ab, dann gab sie ihm ein Zeichen. Sie verließen das Gebäude, ohne jemandem zu begegnen, und draußen gesellte sich Mike zu ihnen. Und jetzt würden sie ihn aus dem Gefängnis herausschmuggeln. Sie verbargen sich tief im Schatten der Bäume, als ein patrouillierender Wachtposten vorbeikam, dann setzten sie ihren Weg fort. Sie kamen an die Stelle des Zauns, wo er durchgeschnitten war. Er verzog das Gesicht.

»Ihr Kinder wißt hoffentlich, daß ich nicht in bester Verfassung zum Bergsteigen bin«, flüsterte er heiser.

Plötzlich tauchten von überallher aus dem Nichts Kinder auf. Sie zogen ihm eine Schlinge unter den Armen durch, stellten seinen unversehrten Fuß in eine Schlaufe, und schon wurde er hinabgelassen. Er stieß gegen den Felsen, bis es ihm gelang, sich mit einer Hand dagegen abzustützten, während er sich mit der anderen an das Seil klammerte. Und dann war er unten, und starke Hände dirigierten ihn in ein Boot. Das Seil fiel herunter und kringelte sich um ihn herum, und der Mann im Boot fing an zu rudern. Es gab ein seltsames rumpelndes Geräusch, das er erst nach und nach als leises Lachen erkannte.

»Gottverdammt will ich sein!« sagte er atemlos. »Jack Silberfuchs! Verdammt will ich sein!« Er brach in Lachen aus.

»Das ist alles derartig grandios«, sagte Florence und deutete auf den Handzettel, den Dohemy hatte drucken lassen, »daß er ohne eine dick aufgetragene Demonstration als vollendeter Narr dasteht. Kein Wissenschaftler wird ihm eine dieser Behauptungen abnehmen. Es ist genau das gleiche, was Huysman vor Jahren mit den

Schimpansen beweisen wollte. Man hat ihn damals ausgelacht, und man wird Dohemy heute auslachen.«

Drew sah zu Julianna hinüber, die heftig nickte. »Ich persönlich glaube auch kein Wort davon«, sagte sie mit einem Achselzucken. »Nicht einmal nach dem, was ich alles gesehen habe.«

»Habt ihr die Dateien neu geordnet?« fragte er.

Julianna grinste Florence an, die voller Ernst sagte: »Die Dateien sind bestens geordnet.«

Drew sagte: »Du zeigst schon wieder deine Zähne«, und Julianna brach in lautes Lachen aus.

»Du kannst dir nicht vorstellen, welches Chaos er in diesen Dateien finden wird. Michelle ist ein sehr kluges Mädchen. Sie hat eine Zeitbombe installiert. Sobald die Dateien abgerufen werden, wird daraus Schrott, und zwar ab Freitagmorgen. Ab morgen früh. Und jedesmal, wenn sein Name erscheint, wird er erweitert werden, bis er eine ganze Zeile für sich beansprucht. Es ist herrlich.«

Florence hob die Augenbrauen, als ob sie sagen wollte, daß sie nichts mit all dem zu tun habe. Er kam zu dem Schluß, daß er diesen Frauen nicht gerne ausgeliefert wäre.

Im Moment passierte im Arbeitszimmer überhaupt nichts. Lisa wartete darauf, daß Franklin die Festung verlassen würde. Michelle saß am Computer und wartete ebenfalls. T. M. saß ihr zur Seite und hielt ihre Hand. Die anderen waren ausgeschwirrt in die Küche und die Badezimmer. Es war nach zwei Uhr morgens.

»Drew, wenn all das vorbei ist, was dann?« fragte Julianna. »Ich möchte gern mit diesen Kindern arbeiten, wenn sie einverstanden sind.«

»Was ist mit deinem Doktortitel?«

Sie schnaubte. »Vielleicht schreibe ich eines Tages ein ganz neues Physikbuch. Ich glaube nicht, daß mir viel entgeht, wenn ich jetzt nicht gleich weitermache. Ich möchte mit diesen Kindern zusammenbleiben.«

»Ich auch«, sagte Florence. »Sie werden Hilfe brauchen, ungeachtet ihrer großen Fähigkeiten. Und es darf sie niemand von außen mehr behelligen, wenn es sich vermeiden läßt.«

Das also auch? fragte er sich. Gehörte das alles zum Plan? Daß hilfreiche Menschen auftauchen würden, die verlangten, zu ihnen gelassen zu werden, die freiwillig ihr bisheriges Leben aufgaben? Gott sei Dank, dachte er, war er kein Wissenschaftler.

Pat kam zur Tür und sagte, daß Lisa wieder bei Franklin war und daß er gerade das Krankenhaus verließ. Sie alle begaben sich wieder ins Arbeitszimmer, aber dieses Zwischenspiel dauerte nicht lange. Sehr bald öffnete Lisa die Augen und sagte, daß Franklin am anderen Flußufer angekommen sei. Sie gähnte und streckte sich.

»Ich gehe ins Bett. Du lieber Himmel! Es ist nach zwei! Ich habe Sherry versprochen, daß ich heute mit ihr schwimmen gehe.«

Drew betrachtete sie eingehend. Sie unterschied sich nicht von anderen Mädchen, dachte er. Sie war hübscher als die meisten. Und Sherry war ganz verrückt nach ihr. Er hatte das Gefühl, als sei der Tag, an dem sie Lisa am Straßenrand aufgelesen hatte, für immer gestrichen; eine andere Person war an ihre Stelle getreten. Sie winkte ihnen allen gute Nacht zu und ging die Treppe hinauf. Diese Nacht schlief sie in Sherrys Zimmer; diese Nacht blieben alle hier und schliefen überall im Haus verstreut, sogar auf dem Wälz-Teppich im Salon. Oder immerhin, berichtigte er sich selbst, auf der Couch ganz in der Nähe des Wälz-Teppichs. Er dachte daran, wie er Florence aufgefordert hatte, die Weichheit des Teppichs zu testen, und seufzte.

Als er und Pat ins Bett gingen, sprachen sie nicht, sondern liebten sich mit überwältigender Hingabe, und er wußte, daß der Grund dafür ihre Angst war. Und auch er hatte Angst. Sie alle waren außerirdische Wesen, dachte er, jeder einzelne von ihnen.

SIEBENUNDZWANZIG

UNGEFÄHR JETZT, dachte Drew ein paar Stunden später, würde der letzte Akt beginnen. Er umarmte Julianna und küßte sie auf die Stirn. »Laß sie deine Krallen spüren, Tigerin«, murmelte er. Sie war an diesem Morgen nicht zum Scherzen aufgelegt. Er wandte sich an Pat, deren Gesicht blaß und entschlossen aussah.

»Du wirst auf dich aufpassen?« sagte er halb als Frage, halb als Bitte.

Sie nickte. »Und du auch?« Sie sah ihm eindringlich ins Gesicht, als ob sie es sich für lange Zeit einprägen wollte. »Wenn irgend etwas schiefgeht ...«

»Dann lande ich im Kittchen«, beendete er den Satz. »Aber es wird nicht schiefgehen. Mit ein bißchen Glück treffen wir uns in wenigen Stunden in der Festung.« Er küßte sie; es war ein heftiger, leidenschaftlicher und fordernder Kuß. Sie rang anschließend nach Luft.

»Ich liebe dich«, flüsterte sie. »Später.«

»Später.«

Pat steuerte den Dienstwagen. Es war ein strahlender, heißer Morgen ohne einen Lufthauch. Der Wetterbericht hatte für den Nachmittag ein Gewitter angekündigt, aber bis jetzt gab es noch kein Anzeichen dafür, daß sich das Wetter eintrüben würde. Sie ertappte sich dabei, daß sie schneller fuhr, als erlaubt war, und zwang sich, die Geschwindigkeitsbeschränkung einzuhalten. Es wäre nicht gut, dachte sie, wenn sie heute morgen aus irgendeinem Grund angehalten würde. Sie hatte Falschgeld in der einen Tasche bei sich, und in der anderen ein Dutzend Marihuana-Zigaretten. Was würde ihr Vater sagen, wenn sie so geschnappt und durchsucht würde? Und William? Was würde er sagen? Sie verspürte einen Drang zu lachen und erkannte das als Zeichen ihrer Nervosität.

Was sie auf jeden Fall vermeiden wollte, erkannte sie, war, zu eingehend über das nachzudenken, was Lisa in der letzten Nacht getan hatte. Sie schauderte und stellte die Klimaanlage anders ein, obwohl sie wußte, daß ihr Frösteln nichts damit zu tun hatte. Sie war nach Princeton gefahren, um Sherry abzuholen, und was noch? Es schien so lange her zu sein, daß die Erinnerung verschwamm. Als sie damals die betreffenden Akten in Williams Büro durchgesehen hatte, hatte sie nicht vorgehabt, Drew davon zu erzählen, erinnerte sie sich. Sie war entsetzt über das Ausmaß der Experimente mit Menschen, die Williams Vater unterstützt hatte, und vielleicht noch entsetzter darüber, daß William darin nur eine politische Waffe sah. Und jetzt war sie so tief in die Sache hineingeraten, daß sie Falschgeld und Rauschgift bei sich trug und keine Ahnung hatte, was die Kinder dort oben mit beidem anfangen würden.

Sie und Drew würden von hier weggehen, sobald alles vorüber war, versicherte sie sich selbst mit Bestimmtheit. Sie würden weggehen, sagte sie sich noch einmal und atmete hörbar aus.

Es war ein Viertel vor neun, als sie in das Anwesen des Krankenhauses eingelassen wurde. Sie fuhr vor das Hauptportal und parkte den Wagen; Claude Dohemy kam ihr entgegen.

»Miss Stevens, welche Freude, Sie heute morgen bei uns zu haben. Es ist äußerst dankenswert, daß sich Senator Wiley für unser Projekt interessiert. Ich bin sicher, Sie werden unsere kleine Demonstration aufschlußreich finden. Ich bin Claude Dohemy.«

Er sprach, während er ihr aus dem Wagen half und ihre Hand festhielt, ein wenig allzu lang, wie es den Anschein hatte. Sie entzog ihm ihre Hand mit einem Ruck, und er sagte: »Verzeihen Sie, ich hatte nicht erwartet, daß die rechte Hand eines Senators so ... so jung und hübsch sein würde. Würden Sie bitte mit hineinkommen?«

Die ganze Anlage sah verlassen aus; keine Kinder waren zu sehen, keine Hilfe irgendeiner Art. Dohemy führte sie in ein großes, behaglich ausgestattetes Büro mit ledernen Couchen und Sesseln. Auf einem langen Konferenztisch lagen Papier und Schreibstifte bereit, und eine mit Plastikfolie abgedeckte Platte mit Gebäck stand in der Mitte.

»Sind Sie allein hier?« fragte sie ihn.

»Natürlich nicht. Wir beschäftigen allein zwanzig Mitarbeiter im medizinischen und verwaltungstechnischen Bereich des Krankenhauses, und dazu kommen noch einmal fünfundzwanzig Bedienstete in der Küche und zur Unterhaltung der Anlage. Im Sommer findet natürlich für die Kinder kein Unterricht statt. Sie brauchen ja auch einmal Ferien.«

»Haben Sie Assistenten bei der wissenschaftlichen Arbeit, die Sie hier durchführen?«

Er legte den Kopf schräg und lauschte. »Ah, da kommt noch ein Wagen an. Das werden Walkman Perry und ... Mister Brown sein, nehme ich an. Wenn Sie mich entschuldigen würden, ich gehe sie eben begrüßen. Bedienen Sie sich mit Kaffee.«

Sie goß sich Kaffee ein und wanderte durch das Büro, wobei sie aus den verschiedenen Fenstern sah. Es gab einen Tennisplatz und ein Schwimmbecken. Alles war leer. Wie eine Ferienanlage, die auf den Ansturm der ersten Urlauber wartet. Genau wie es Drew beschrieben hatte, eine Ferienanlage. Dohemy trat mit Walkman Perry ein, den sie kannte, und einem zweiten Mann, der ihr bekannt war. Militär, dachte sie. So etwas Steifes konnte nur Militär sein.

»Pat! Wie schön, Sie zu sehen«, sagte Perry, aber er machte keineswegs den Eindruck, als ob er über ihre Begegnung besonders erfreut wäre. Sein Händedruck war schlaff. »Dies ist Wayne Brown. Ebenfalls ein Beobachter. Miss Stevens, Mitarbeiterin von Senator Wiley.« Wayne Brown schüttelte ihr die Hand, als ob sie zu einem Wettkampf angetreten seien. Zum zweitenmal befreite sie ihre Hand mit sanfter Gewalt.

»Ich habe Dr. Dohemy gerade danach gefragt, wer ihm bei der Arbeit hilft«, erklärte sie. »Sind es alles Wissenschaftler, Ärzte, Krankenschwestern? Oder was?«

»Ich habe einige Medizinstudenten hier«, sagte er. »Sie betrachten dies als eine Art Praktikum. Und mehrere fest angestellte Leute an medizinischem Personal. Sie werden einige von ihnen in Kürze kennenlernen. Meine Herren, bitte bedienen Sie sich mit Kaffee und einer Kleinigkeit zu essen. Bevor wir anfangen, möchte ich Sie kurz darüber informieren, was wir zu erwarten haben.«

Er erwähnte Huysman ein paarmal, dann sprach er nur noch von »wir« und ging sehr bald zu »ich« über. Pat ließ den Blick nicht von den Fenstern, während sie ihm zuhörte.

»Ich habe sofort erkannt, welche militärische und industrielle Bedeutung das Projekt hatte. Man sitzt sozusagen am Schaltpult zwischen zwei Widersachern, um was immer es auch gehen mag. Stellen Sie sich bitte vor, meine Herren und ... ah ... Miss Stevens, man bekommt Einblick in die Gefühle eines anderen, man kann jeden Gedanken, jedes Bild, das man im Kopf hat, einem anderen menschlichen Wesen zugänglich machen, egal über welche Entfernung! Das möchte ich Ihnen in wenigen Minuten demonstrieren.«

Vor einem Fenster tauchte ein Gesicht auf. Ein Junge, der der im Raum versammelten Gruppe die Zunge herausstreckte. Dohemy saß mit dem Rücken zum Fenster, aber Walkman Perry und Mr. Brown und Pat hatten ihn im Blick. Sie sah Walkman Perry an und hob die Augenbrauen. Er runzelte die Stirn. Der Junge am Fenster begann, an der Scheibe zu lecken.

»Es wird so vor sich gehen, daß einer von Ihnen in beliebigen Zeitabständen die Stromstöße auslöst, wie Sie es für richtig halten«, sagte Dohemy. Er lachte. »Und wir werden das zweite Objekt im Observationsraum beobachten, während gleichzeitig Ihre Kollegen in einem Motel außerhalb von Princeton die Objekte dort beobachten werden. Wir werden sie über eine Fernsehrundschaltung sehen können. Das ist alles. Sehen Sie nur zu und beobachten, was geschehen wird.« Er lachte wieder. Er ist nervös, dachte Pat, und kam zu dem Schluß, daß es an der Zeit sei, noch ein paar Fragen zu stellen.

»Ich habe über dieses Krankenhaus in Erfahrung gebracht«, sagte sie energisch, »daß es als Heim für geistig behinderte Kinder geführt wird. Wie behindert sind sie?« Ein zweites Gesicht war am Fenster erschienen, ein halbwüchsiges Mädchen, das den Jungen an den Haaren zerrte, der wiederum das Gesicht wie in Todesqualen verzog. Er drehte sich zu ihr um und biß sie, und sie fing an, ihn zu knuffen. Dann duckten sie sich außer Sicht.

»Es sind die bestangepaßten jungen Leute, die ich je gesehen habe«, sagte Dohemy mit Grabesstimme. »Die Behandlung, die sie durch uns erfahren, machte sie vielleicht zu den ersten geistig gesunden Menschen seit Adam und Eva.« Er warf einen schnellen Blick von Brown zu Perry, als ob er deren religiöse Überzeugung ergründen wollte.

»Geistig gesund!« rief Pat aus und schüttelte den Kopf. Durch das Fenster konnte sie einen jungen Mann Anfang Zwanzig sehen, splitterfasernackt, der an einen Baum pinkelte.

Deutlich erkennbar wandte sie sich vom Fenster ab. »Ich habe den Eindruck, Sie brauchen in dieser Anstalt mehr Aufsichtspersonal.«

Dohemy schwenkte auf seinem Stuhl herum und erstarrte; dann sprang er auf, alle Farbe war aus seinem Gesicht gewichen. Er sah aus, als ob er einen Schlag in die Magengrube erhalten hätte. Er rannte zur Tür, erinnerte sich, daß er Gäste hatte, murmelte irgend etwas, und stürzte hinaus. Kurze Zeit später erschien er mit einem stämmigen Mann vor dem Fenster. Der Mann packte den nackten jungen Mann am Arm und verschwand mit ihm. Pat preßte die Lippen zusammen.

»Geistig gesund«, raunte sie Perry zu. »Glauben Sie, daß der Doktor geistig gesund ist?«

Perry sah beunruhigt aus. Brown war steifer denn je und runzelte nachdenklich die Stirn. Dohemy kehrte zurück und sagte mit angespannter Stimme: »Ich weiß nicht, was plötzlich über sie gekommen ist. Sie müssen spüren, daß ein wichtiges Ereignis bevorsteht. Wenn Sie nichts dagegen haben, sollten wir fortfahren.« Seine Gesichtsmuskeln zuckten krampfartig.

Drew strahlte Leon Lauder in seinem Hauptquartier, das er sich in einem Motel eingerichtet hatte, leutselig an. »Aber Leon«, sagte er, »ich dachte, genau das hätten Sie von mir erwartet beim ersten Auftauchen von zweifelhaften Geldscheinen. Ich habe sie oder vielmehr Pat hat sie in meiner Tasche gefunden, und ich bin gleich zu Ihnen gekommen. Ich bin so schnell wie möglich gekommen.«

Leon Lauder spürte, wie sich ihm der Magen zusammenzog, spürte, wie ihm das Frühstück schwer und unverdaulich darin lag. Die beiden Scheine auf seinem Tisch waren unvollendet, sie hatten keine Seriennummern. Sie stammten von der Druckpresse des Künstlers.

»Erzählen Sie es mir noch einmal«, sagte er mit milder Stimme und verdrängte den Knoten in seinem Magen, den Zorn, der direkt hinter seinen Augen loderte.

»Als ich vor einigen Tagen in dem Krankenhaus war, kam einer der Jungen auf mich zugerannt und flüsterte mir zu, ich soll ihm Stoff besorgen. Er begrapschte mich überall, Sie wissen ja, wie Kinder das können, seine Hände waren überall gleichzeitig. Ich schaffte es, ihn los zu werden, und vergaß den Vorfall völlig bis zu dem Morgen, als Pat meine Taschen ausräumte und die Geldscheine fand. Ich wollte sie gerade in einen Umschlag stecken, um sie an den Arzt im Krankenhaus zurückzuschicken, als mir auffiel, daß irgend etwas an ihnen verdächtig war, und sofort fielen Sie mir ein.«

Er log. Und Leon Lauder wußte es ohne den geringsten Zweifel. Aber warum? Was steckte bei ihm dahinter? Er mußte es ihm abnehmen, das war ihm klar, und das war der Grund für den Zorn, der in seinem Gehirn wütete und ihm Kopfschmerzen bereitete.

»Und Miss Stevens hat nicht bemerkt, daß es sich um Fälschungen handelte?«

»Ich glaube nicht, daß sie sie sich überhaupt angesehen hat. Sie waren zusammengeknüllt, nicht sehr stark, aber immerhin so, daß man das Fehlen der Nummern nicht bemerken mußte.«

Wenn diese Scheine auch nur einen einzigen Tag lang zusammengeknüllt waren, geschweige denn zwei oder drei, dann würde er sie auffressen, dachte Lauder, und er forschte in Drew Lancasters Gesicht nach einem Grund, warum er log, warum er eine Strafe riskierte. Pat Stevens konnte nichts mit den Fälschungen zu tun haben, das wußte er, und Mrs. Huysman? Das war zum Lachen, hatte er Bob Samson gegenüber geäußert. Und es war zum Lachen. Aber Lancaster? Ihm war zuzutrauen, daß er sich aus lauter Langeweile in die Sache hineinziehen ließ. Aber würde er so weit gehen? Warum nur? Er stand auf. »Was spielt sich heute morgen dort oben ab?«

»Im Krankenhaus? Verdammt soll ich sein, wenn ich das wüßte. Pat sagte etwas von einer Demonstration. Dohemy bemüht sich um neue Geldgeber oder irgend so etwas, glaube ich. Diese Anlage muß verflucht teuer zu unterhalten sein.«

»Lassen Sie uns mal hingehen und sehen, was sie dort treiben.«

»Ich auch?«

»Jemand muß doch den Jungen wiedererkennen, der Ihnen das Geld zugesteckt hat, oder nicht?«

Drew seufzte. »So ist es wohl.«

Und Leon Lauder hatte das untrügliche Gefühl, daß das genau das war, womit Lancaster gerechnet hatte.

ACHTUNDZWANZIG

Claude Dohemy war zu dem Schluß gekommen, daß die Zeit reif sei, das Projekt in aller Offenheit unter die Schirmherrschaft der Regierung zu stellen. Unter bestimmten Voraussetzungen. Er wollte die Sache unter seiner Leitung groß aufziehen. Keine Laborarbeit mehr, keine weitere chemische Pantscherei mehr, um Sperma zu verändern, wie es Huysman gemacht hatte. Er wollte einer Armee von fähigen und willigen jungen Wissenschaftlern vorstehen. Das Ganze würde natürlich unter dem Namen Dohemy-Projekt laufen, und einer der jungen Wissenschaftler würde hinter die Methode kommen, die Huysman entwickelt hatte, und schon hätten sie ein für allemal ausgesorgt.

Er war nervös; irgend etwas lief jetzt schon schief, obwohl er seine Beobachter noch nicht einmal in die Labors geführt hatte. Wie, zum Teufel, waren die Kinder nach draußen gelangt? Es war vorgesehen, daß sie im Schlaftrakt eingeschlossen werden sollten. Seit Huysmans Tod waren die Kinder anders. Er fühlte sich jetzt unbehaglich, wenn sie mit ihm im gleichen Raum waren; er hatte das Gefühl, daß sie ihn beobachteten, ihn auf eine Art abschätzend ansahen, die ihn häufig veranlaßte, sich über die Schulter umzublicken. Es war nicht nur Unbehagen, gestand er sich ein, es war Angst, er hatte Todesangst vor ihnen. Sie waren nichtmenschlich auf eine Art, die er nicht fassen konnte. Sie wußten Dinge, die sie auf keine ihm erdenkliche Art erfahren haben konnten, und doch wußten sie sie. Und am schlimmsten war, daß sie wußten, daß er Angst vor ihnen hatte. Sie brachten ihm keine Spur der Anerkennung entgegen, die Huysman bei ihnen genossen hatte; aber Huysman war eben auch ein Narr gewesen, dachte er grimmig. Er hatte nicht erkannt, welchen Nutzen man aus ihnen ziehen konnte; er wollte sie nur erschaffen, und als er aufgehört hatte, sie zu erschaffen, war er damit zufrieden, sie zu beobachten und neue psychologische Tests mit ihnen zu planen und auszuarbeiten. Und Huysman, dieser Narr mit seinem Verfolgungswahn, hatte niemandem seine Methode zur Veränderung des Sperma anvertraut. Die wenigen Notizen, die er gemacht hatte, waren unverwertbarer Schrott.

Das machte jedoch nichts, beschloß er. Es gab den lebenden Beweis, daß Huysman sein Ziel erreicht hatte, und dieser Beweis war ausreichend. Mehr brauchte die Wissenschaft nicht, nur das Wissen, daß etwas möglich war. Wenn die Russen daran gearbeitet und die Regierung der Vereinigten Staaten davon erfahren hätte, wäre ein neues Manhattan-Projekt ins Leben gerufen worden und die Kosten hätten keine Rolle gespielt. Das war es, was er wollte: sein eigenes Manhattan-Projekt, seine eigene Armee von Wissenschaftlern, die rund um die Uhr arbeiteten und nach der Antwort suchten. Wenn es erst so weit war, dachte er oft, dann brauchte er diese Kinder nicht mehr zu sehen, nie mehr in seinem Leben. Und das wollte er mehr als alles andere.

Es erfüllte ihn mit Genugtuung, daß Senator Wiley ebenfalls jemanden zur Beobachtung geschickt hatte. Sollten die beiden Senatoren sich doch um die Schirmherrschaft prügeln. Das könnte seiner Sache nur förderlich sein. Er führte die kleine Gruppe hinunter zu den Labors im Keller. Miss Stevens entdeckte die Damentoilette und entschuldigte sich, die anderen verschwanden in der Herrentoilette, und schließlich waren alle bereit, Platz zu nehmen, damit die Demonstration beginnen konnte.

»Von Zeit zu Zeit«, sagte Dohemy, »habe ich einige der Kinder Ausflüge nach draußen machen lassen. Immer an irgendeinen einzigartigen Ort. Als wir anschließend allesamt einer Serie von Tests unterzogen, stellte sich heraus, daß auch die anderen, die nicht bei dem Ausflug dabei waren, die gleichen Eindrücke und Bilder davon hatten. Wir haben dieses Experiment viele Male wiederholt, vielleicht sogar zu oft. Es wurde schließlich schwierig, sich noch neue Erlebnisse auszudenken.« Er lachte wieder nervös. »Es ist in der Tat so, daß jeder Test mit ihnen inzwischen sehr schwierig ist, denn die älteren wissen bereits so viel, und ihr Wissen ist den jüngeren zugänglich. Der Test, den ich für heute vorgesehen habe, ist für sie neu. Heute werden sie in dieser Hinsicht noch naiv sein, aber morgen ... Nun, es bedarf schon eines schöpferischen Erfindungsreichtums, wie Sie sich vorstellen können.«

Pat gähnte und sah unverhohlen auf die Uhr. »Vielleicht könnten wir Unterlagen über diese ›einzigartigen‹ Tests und über die Ergebnisse bekommen?« Sie hatte die Blüten und das Marihuana im Vorraum der Toilette gelassen, so wie Franklin sie angewiesen hatte, aber sie konnte sich nicht vorstellen, auf welchem Weg die Eingesperrten daran kommen wollten.

»Natürlich. Ich werde Kopien machen lassen, während wir unseren kleinen Test hier drin durchführen.« Er nahm einen Telefonhörer ab und bat jemanden am anderen Ende, Kopien von den Unterlagen über Test eins und zwei machen zu lassen.

»Also, wie Sie bemerkt haben werden, gibt es zwei Fenster in diesem Raum, eins rechts, eins links«, sagte er, nachdem er den Hörer aufgelegt hatte. Er drückte einen Knopf auf seinem Schreibtisch, worauf sich die Rolläden hoben. »Die Fenster haben Scheiben aus einseitig durchsichtigem Glas, wie es bekanntlich bei Tests üblich ist. In dem Raum zu unserer Rechten befindet sich ein Fernsehgerät und ein Bedienknüppel. Unser Objekt wird dort drin ein Videospiel spielen. Und im Raum zur Linken steht ein Tisch mit Malutensilien. Das Objekt dort drin ist angewiesen, alles zu Papier zu bringen, was ihm in den Sinn kommt.« Er sah eindringlich von einem zum anderen der Beobachter. »Die Kinder sind an Tests gewöhnt, und für sie wird das ganz gewöhnliche Alltagsroutine sein, glauben Sie mir. Also, hier ist eine Drehscheibe mit einer Einteilung von eins bis zehn. Wenn an der Scheibe gedreht wird, fließt elektrischer Strom durch den Bedienknüppel, und unser Objekt bekommt einen schwachen Schlag. Ich bitte Sie, in diesem Moment Ihre Aufmerksamkeit auf das Objekt im anderen Raum zu richten. An seinem Kopf und seinen Armen werden Elektroden angeschlossen sein, damit wir einen genauen Aufschluß über seine Reaktionen erhalten – Herzschlag, Schweißabsonderung, Blutdruck, diese Dinge werden festgehalten. Die Aufzeichnungen darüber werden Ihnen ebenfalls zur Verfügung gestellt werden. Aber das, was Sie heute mit eigenen Augen sehen, wird aufschlußreicher als alle Aufzeichnungen sein. Sie können beobachten, wie der medizinische Befund hier auf diesem Oszilloskop aufgezeichnet wird.« Er deutete auf einen Bildschirm, der noch nicht angeschaltet war.

»Wie hoch sollen wir dieses Ding drehen?« fragte Walkman Perry und berührte die Drehscheibe für die Elektroschocks.

»Eins bis zwei wird durchaus genügen.«

»Warum geht die Skala dann so hoch?« fragte Pat. »Kann es gefährlich werden?«

»Miss Stevens, Wissenschaftler pflegen ihre Objekte nicht zu beschädigen, das kann ich Ihnen versichern.«

»Warum geht die Einteilung dann bis zehn?«

»Es ist die gleiche Scheibe, die wir für eine Reihe von anderen Experimenten benutzen, bei denen wir höher gehen müssen. Ich hatte keine Veranlassung, speziell für diesen Test eine neue Ausstattung anzuschaffen.« Er sagte das mit der Art von Herablassung, die Pat schon oft bei bestimmten Männern festgestellt hatte, wenn sie Frauen Dinge erklärten, von denen sie annahmen, daß sie sie ohnehin nicht verstehen würden.

»Ich werde jetzt diesen Monitor hier einschalten. Aha, da sind sie ja ...«

Er unterbrach sich abrupt. Zwei kleine Mädchen in dem Motelzimmer waren auf dem Bildschirm sichtbar. Das eine war auf Händen und Knien und weinte; das andere saß auf dem Boden, die Beine weit von sich gestreckt. Es starrte die Wand an. Eine sehr hübsche dunkelhaarige Frau zerrte an der weinenden Kleinen und versuchte, sie zum Aufstehen zu bewegen.

»Was, zum Teufel ...?« murmelte Dohemy, nahm den Telefonhörer auf und wählte eine Nummer.

Pat wandte sich ab. »Ich glaube, ich habe genug gesehen.«

Dohemy knallte den Hörer auf und drehte wütend den Monitor aus. »Ich weiß nicht, was an dem Ende dort passiert ist«, sagte er mit zorniger Stimme. »Aber es tut eigentlich nichts zur Sache. Das Experiment findet in Wirklichkeit hier statt. Lassen Sie uns damit fortfahren.«

Er drückte einen anderen Knopf auf seinem Schreibtisch. Die Türen zu den anderen beiden Räumen öffneten sich, und ein kleines Mädchen wurde in den Raum mit dem Fernsehgerät geführt. An ihrer Seite ging eine Frau in einem weißen Laborkittel.

»Das ist noch ein Kind!« rief Pat empört aus. »Sie können doch einem so kleinen Kind keine Elektroschocks geben!«

»Es wird ihr nicht weh tun, Miss Stevens«, sagte Dohemy; er klang jetzt fast verzweifelt.

Das kleine Mädchen schlurfte vorwärts, wobei es die Füße nachschleifte. Sie lutschte am Daumen. In dem anderen Raum hatte ein männlicher Pfleger ein weiteres Kind, einen Jungen, an den Tisch mit dem Papier und den Buntstiften und Filzschreibern geführt. Der Junge begann, damit um sich zu werfen.

»Verdammt!« murmelte Dohemy. »Entschuldigen Sie mich bitte für einen Augenblick.« Er ließ seine Beobachter allein zurück und ging in den Raum mit dem kleinen Jungen, der voller Angst vor ihm zurückschreckte.

»Jetzt habe ich aber bald genug«, sagte Pat mit ausdrucksloser, harter Stimme. »Dieser Mann ist verrückt, und diese Kinder sind krank. Das ist das Abscheulichste, was ich je gesehen habe.«

Perry nickte. Er sah angewidert aus. Wayne Brown hatte bis jetzt nichts gesagt und sagte auch jetzt nichts, aber er sah von Minute zu Minute steifer und militärischer aus. Als er jetzt Perry ansah, waren seine zusammengekniffenen Lippen kaum noch zu sehen.

Dohemy schaffte es, den Jungen zum Hinsitzen zu bewegen; er schob ihm die Malutensilien zurecht und schloß die Elektrodendrähte an. Er kehrte in den Beobachtungsraum zurück.

»Es ist, wie ich sagte«, brummte er. »Es wird immer schwieriger, sie zu testen. Ich werde jetzt seinen Monitor einschalten, dann können wir anfangen. Sie sehen, daß Janey mit dem Videospiel angefangen hat.«

Er schaltete den Monitor an, und die Linien schlugen wild aus.

»Herrje!« Er drehte an Knöpfen. Die Linien schlugen weiter aus.

»Er hat Angst«, sagte Pat, während sie sich dichter an die Scheibe beugte.

Janey bewegte träge einen Clown auf dem Bildschirm. Ein Bär jagte den Clown. Er erwischte den Clown pausenlos. Janey schien das egal zu sein.

Mit einem Schnauben streckte Brown plötzlich die Hand aus und drehte die Scheibe auf zwei. Janey zog die Hand vom Bedienknüppel zurück und schob wieder den Daumen in den Mund. Der Junge zeichnete etwas, wobei er den Stift wie ein Kleinkind in der Faust hielt. Die Linien auf dem Oszilloskop schlugen weiter aus, vielleicht nicht mehr ganz so heftig wie zuvor. Pat sah zu Dohemy hinüber, der ungläubig von einem Kind zum andern blickte. Die Frau neben Janey zwang sie, die Hand wieder auf den Knüppel zu legen.

Dohemy nickte Brown zu, der wieder an der Scheibe drehte, diesmal auf drei. Janey schrie auf und stieß den Knüppel heftig von sich fort. Der Junge brachte weiterhin dicke kindische Striche aufs Papier, die nichts zu bedeuten schienen. Seine Linien auf dem Monitor veränderten sich nicht.

»Sie müssen irgendwie Wind von der Sache bekommen haben«, tobte Dohemy. »Sie machen uns etwas vor.« Schweißperlen standen ihm auf der Stirn; ein Rinnsal floß ihm im Zickzack über die Wange.

Er streckte die Hand nach der Drehscheibe aus, und sobald die Frau bei Janey deren Hand wieder auf den Knüppel gezwungen hatte, drehte er hoch bis auf sieben, dann auf zehn. Kein Laut drang zu den Beobachtern herüber, und das machte das Ganze noch unerträglicher.

Pat rannte zur Tür. »Das ist Wahnsinn! Sie quälen ein Kind. Ich werde dafür sorgen, daß diese Anstalt unverzüglich geschlossen wird! Ich verlange, daß Sie sofort mit dieser Quälerei aufhören, oder ich werde die Polizei holen und sie selbst beenden.«

Hinter den Männern im Beobachtungsraum konnte sie durch das Fenster den kleinen Jungen sehen, der zeichnete. Er hatte auf gar nichts reagiert.

»Ich sage Ihnen doch, sie verstellen sich. Sie tun nur so, als ob, machen uns etwas vor. Sie haben auf irgendeine Art Wind von den Tests bekommen und machen uns jetzt etwas vor!«

Sie stieß die Tür auf und stapfte in den Flur hinaus, dicht gefolgt von Walkman Perry. Am anderen Ende des Flurs sah sie Drew mit drei anderen Männern. Sie atmete tief aus.

Sie warteten in dem großen, komfortabel eingerichteten Büro, wo frischer Kaffee serviert worden war und die

Kopien für sie bereitlagen. Ein Geheimdienstagent stand am Fenster. Pat vermied es angestrengt, Dohemy anzusehen. Sie beschäftigte sich angelegentlich damit, sich Notizen auf ihrem Block zu machen. Drew blätterte in einem dicken Wälzer über Physiologie. Perry und Brown hatten die Unterlagen über frühere Experimente durchgesehen. Perrys Gesicht war rot geworden; Brown hatte seine Papiere sorgfältig zusammengefaltet und sie in seine Brusttasche gesteckt, alles ohne Dohemy anzusehen. Sie hatten sich im Flüsterton besprochen, und jetzt schwiegen sie beide und grübelten. Dohemys Gesicht war wie Wachs, glänzend und weiß; sein Blick war wild.

Schließlich betrat Leon Lauder mit Bob Samson den Raum. Er setzte sich an den Schreibtisch und blickte von einem zum anderen. Er seufzte.

»Dr. Dohemy, ist es Ihren Patienten jemals gestattet, dieses Gelände unbeaufsichtigt zu verlassen?«

»Nein. Niemals.«

»Aha. Welche Gesellschaft haben sie? Kommen Besucher? Familienangehörige, Verwandte?«

»Nein, es sind alles Waisen. Sie haben keine Familien oder Freunde.«

»Haben sie Zugang zu den Büroräumen?«

Dohemy schüttelte leidenschaftlich den Kopf.

Wieder seufzte Leon Lauder. »Was diese kleine Demonstration betrifft, die Sie heute veranstaltet haben: Würden Sie mir bitte genau berichten, was Sie und Ihre Gäste dabei gemacht haben? Ich meine nicht die Demonstration an sich, sondern wo Sie sich aufhielten, wohin Sie sich begaben, alles, was Sie ab dem Zeitpunkt der Ankunft getan haben.«

Dohemy befeuchtete sich die Lippen. »Ich verstehe wirklich nicht, was das alles soll, Mister Lauder. Ich bin gern zur Mitarbeit bereit, aber vielleicht sollte ich zuerst meinen Anwalt zu Rate ziehen.«

Drew stand plötzlich auf. »Das haben Sie also gemacht? Ihre Entdeckung demonstriert? Leon, dieser Mann ist einer der echten Denker unserer Zeit. Er hat mir von seiner Entdeckung berichtet, und, um ehrlich zu sein, ich hatte meine Zweifel. Ein Enzym, das den Menschen ermöglicht, sich von Gras zu ernähren! Ist das nicht bemerkenswert? Ging darum die Demonstration?«

»Das war ein Scherz«, kreischte Dohemy geradezu. »Ich habe ihm das erzählt, damit ich ihn los wurde«, erklärte er, an Walkman Perry und Wayne Brown gewandt, und schließlich blieb sein Blick flehentlich auf Pat haften. »Sie sehen doch selbst, daß dieser Mann unmaßgeblich ist, ich würde ihm doch niemals etwas von meiner eigentlichen Arbeit preisgeben. Ich wollte ihn einfach los werden.«

»O je«, murmelte Drew. »Da habe ich ja etwas angerichtet, was? Die Katze aus dem Sack gelassen, das steht fest. Ich habe ihm versprochen, ich würde über seine Entdeckung schweigen. Aber ich bin sicher, diese Leute hier werden nichts weitersagen, Doktor«, sagte er.

»Was machen Sie überhaupt hier? Wie sind Sie wieder hereingekommen? Ich verlange einen Rechtsanwalt.«

»Ich werde Ihnen sagen, was ich getan habe«, sagte Pat scharf. »Er kam mir zu meinem Wagen entgegen und führte mich in dieses Büro. Ich trank Kaffee. Dann kamen Mister Perry und Mister Brown dazu, und wir gingen alle zusammen hinunter in die Labors. Ich ging im Keller auf die Toilette. Ich war gerade im Begriff, das Labor zu verlassen, als Sie auftauchten.«

Lauder nickte und sah Walkman Perry an, der sich beeilte, sein Tun zu beschreiben. Brown machte das gleiche. Lauder bat die beiden Männer, ihre Namen und Adressen bei seinem Assistenten zu hinterlassen und sagte, daß sie danach weggehen dürften. Er nickte Pat zu. »Das gleiche gilt für Sie, Miss Stevens. Wir haben

Ihre Adresse. Vielleicht bitte ich Sie alle in Kürze noch um Ihre ausführliche Aussage.«

Drew stand auf; Lauder bedeutete ihm mit einem Wink, sich wieder zu setzen. Pat nickte allen Anwesenden zu und verließ steif den Raum, gefolgt von Perry und Brown. Keiner von ihnen sah Dohemy an.

»Würde mir irgend jemand mal, um Himmels willen, erklären, was hier eigentlich vor sich geht?« verlangte Dohemy, sobald die drei Beobachter gegangen waren.

Lauder streckte die Hand aus, und sein Assistent reichte ihm einen großen Umschlag. Lauder schüttete den Inhalt auf den Tisch. Zwanzigdollarnoten, Marihuana-Zigaretten. Er betrachtete sie finster. Ohne Dohemy anzusehen, sagte er: »Ich muß Ihnen ein paar Fragen stellen, Doktor. Gibt es einen Ort, wo Mister Lancaster bequem warten kann?«

Nachdem Drew auf die Terrasse hinausgeführt worden war, sagte Lauder: »Dr. Dohemy, Sie können natürlich Ihren Anwalt anrufen. Aber verraten Sie mir doch, könnte es sein, daß irgendeiner Ihrer Besucher während der letzten zehn Tage oder so gemeinsame Sache mit den Patienten gemacht haben könnte? Zum Beispiel Lancaster?«

Einen Moment lang erhellte sich Dohemys Gesicht voller Hoffnung. Würde ihm irgend jemand den Rükken stärken, wenn er ja sagte? Nicht, wenn er nicht vorher mit ihnen reden könnte. Vera? Er kniff die Lippen zusammen. Nach dem Verrat, den sie heute begangen hatte, nach ihrer Pfuscherei im Motel ... Plötzlich fielen ihm die weiteren Beobachter ein, die sich bereits auf dem Weg zum Krankenhaus befanden.

»Dr. Dohemy!« sagte Lauder mit Nachdruck. »Lancaster hat mir gesagt, daß Sie Ihre Patienten vollkommen isoliert untergebracht haben, sozusagen in Quarantäne. Stimmt das?«

»Ja. Ja, das ist Teil der Behandlung ...« Er dachte an die Kinder, die sich unter dem Fenster gerauft hatten, und an Jud, der sich vollkommen nackt zur Schau gestellt hatte. Wie waren sie herausgekommen? Wie? Albert, fiel ihm voller Zorn ein. Albert muß sich mit ihnen verschworen haben, um ihn zu schwächen, ihn aus dem Projekt hinauszudrängen. Und Vera! Sie machten gemeinsame Sache, Albert und Vera! Mit größter Anstrengung brachte er halbwegs Ordnung in seine chaotischen Gedanken und versuchte, sich auf die Frage zu konzentrieren, die ihm dieser Agent gestellt hatte. Mitarbeiter des Kongresses hatten die Kinder gesehen; würde einer von ihnen etwas darüber in seinem Bericht erwähnen? Er benetzte sich die Lippen. »Manchmal entwischt uns das eine oder andere, aber höchstens für ein paar Minuten. Sie stehen unter ständiger Bewachung. Ebenso wie die Gäste.«

Lauder seufzte. »Würden Sie mir bitte zeigen, wo Sie und Ihre Gäste sich heute morgen aufgehalten haben?«

»Nicht ohne meinen Anwalt«, sagte Dohemy fast flehentlich. Lauder nickte, und er telefonierte mit kurzen, knappen Worten. Dann führte er den Agenten in den Keller und beobachtete, wie Lauder die Türen untersuchte, die Wände abtastete, und mit einemmal wußte er, daß er mit seiner Vermutung während des Tests recht gehabt hatte. Die Kinder hatten alles gespielt. Sie hatten genau gewußt, wie sie mimen mußten. Sie konnten gehen, wohin sie wollten, konnten tun, was sie wollten. Sie hatten seine Pläne gekannt, hatten gewußt, wie die Tests ablaufen würden. Sie hatten ihn beobachtet und ein Komplott gegen ihn geschmiedet. Wenn Albert ihnen geholfen hatte, und jetzt bezweifelte er das, dann hatten sie ihn dazu gezwungen.

»Sie brauchten keine Hilfe von außen«, knurrte er. »Sie haben es allein gemacht.«

»Wer, Doktor? Was gemacht?«

»Sie sind gefährlich! Hören Sie auf mich, sie sind gefährlich! Oh, mein Gott, die gespeicherten Daten!«

»Dr. Dohemy, geht es Ihnen gut? Wovon sprechen Sie?«

»Sie hatten Einsicht in die Daten. Sie kannten sich mit der Drehscheibe aus«, flüsterte er. »So muß es sein.« Sein Gesicht wurde noch aschgrauer, er sah wild um sich. »Sie können gehen, wohin sie wollen, können tun, was sie wollen, alles!«

Einer von Lauders Leuten erschien; von der Pforte war angerufen worden. Weitere Mitarbeiter des Kongresses waren angekommen, außerdem eine Frau aus dem Krankenhaus mit zwei Kindern.

»Wo ist hier unten ein Telefon?« fragte Lauder hastig.

Dohemy deutete in den Nebenraum, und Lauder ging in den Raum, in dem sich die Beobachter aufgehalten hatten.

»Ich bin in einem Büro nebenan«, sagte Dohemy und entfernte sich steif; ihm gingen immer wieder die gleichen Gedanken im Kopf herum: sie wußten von den Tests, kannten sich mit der Drehscheibe aus, mit dem Bedienknüppel, den Stromstößen – sie waren stark genug, um Janey zusammenzucken zu lassen, sowohl bei ihr als auch bei den anderen drei Kindern und vielleicht noch einigen im Schlaftrakt ein Elektroschocktrauma zu induzieren. Niemand hatte es gewußt, dieser Test hätte es gezeigt. Niemand wäre verletzt worden, sagte er tonlos. Nicht wirklich. Niemand hätte einen dauerhaften Schaden davongetragen. Niemand hätte die Scheibe bis zum Anschlag gedreht, nicht, wenn die Dinge normal gelaufen wären. Er schaltete seinen Computermonitor ein und rief eine der Dateien auf den Bildschirm; als er sie sah, stöhnte er. Sie wußten es. Sie waren irgendwie in den Speicher eingedrungen! Wie hatten sie gelernt, wie man so etwas macht? Sie konnten gehen, wohin sie wollten, wann immer sie wollten ...

Drew saß auf der Terrasse hinter dem Gebäude und sah den Kindern am Schwimmbecken zu. Als er herausgekommen war, war keins von ihnen in der Nähe gewesen, dann waren sie alle wie auf ein Stichwort erschienen. Sie waren alle gutaussehend, wohlgeformt, gesund. Ein Junge machte vom oberen Sprungbrett einen eleganten Hechtsprung und landete so glatt im Wasser, daß er kaum Wellen verursachte. Drew schloß die Augen.

Er wurde aus einem leichten Schlummer aufgeschreckt, als ein lauter Knall an sein Ohr drang. Er fuhr aus seinem Sessel hoch, dann erstarrte er. Ein halbes Dutzend der Kinder verharrte ebenfalls in einer Starre, die unnatürlich wirkte. Plötzlich bewegten sie sich alle wieder, einige sprangen wieder ins Becken, zwei spazierten in eine Unterhaltung vertieft davon. Eines, das zurückgeblieben war, blickte Drew direkt ins Gesicht. Sein Ausdruck war entrückt und kühl, und er sah nicht mehr wie ein kleiner Junge aus, sondern wie jemand, der schon seit sehr langer Zeit lebte, schon zuviel von allem gesehen hatte. Sein Gesichtsausdruck war weise und auf eine Art unbarmherzig, die einen frösteln ließ. Langsam lehnte sich Drew in seinem Sessel zurück; der Junge wandte sich ab.

Stunden später, als Lauder ihn holen kam, saß Drew immer noch mit geschlossenen Augen da, doch diesmal schlummerte er nicht, lief er keine Sekunde lang Gefahr einzuschlafen.

»Ich werde Sie in die Stadt zurückbringen«, sagte Lauder hölzern. »Sie wissen, was mit Dohemy passiert ist?«

»Ich hörte den Schuß, das ganze Hin und Her. War das ...?«

»Wir befanden uns in dem Büro im Keller. Wahnsinn! Er ging auf die Herrentoilette und schoß sich die Schädeldecke weg! Wer hätte gedacht, daß er eine Waffe hat? Wofür?« Lauder sah müde und alt aus. Als ob er bereits die Verantwortung übernommen hätte und bereit wäre, die Folgen zu tragen. »Gehen wir!«

Man brauchte ihn hier nicht, das wußte Lauder. Die örtliche Polizei würde sich mit Dohemys Tod befassen, und niemand würde je etwas von dem Falschgeld und dem Rauschgift erfahren. Er wußte das, als ob er bereits das Drehbuch für die nächsten paar Monate gelesen hätte. Samson könnte sich um das alles hier kümmern. Er wollte in sein Motel zurückkehren, die Füße hochlegen, in einem kühlen Raum einige Drinks zu sich nehmen. Während er mit Lancaster zu seinem Wagen ging, dachte er, was für ein hübsches Anwesen das hier hätte sein können, wenn sich jemand dafür eingesetzt hätte, es herzurichten und zu unterhalten.

»Ich hätte Landschaftsgärtner werden sollen«, sagte er. »Ein angenehmes Leben, immer an der frischen Luft, man bringt Dinge zum Gedeihen, schöne Dinge. Kein schlechtes Leben.«

»Sie hätten ihn nicht daran hindern können«, sagte Drew. Ihm war übel.

»Ich weiß. Wenn es jetzt nicht passiert wäre, dann später. Wenn einer es intensiv genug will, dann macht er es. Ich habe ihn falsch eingeschätzt. Ich hätte nicht gedacht, daß er der Typ dafür ist. Verrückt, nehme ich an. Er verhielt sich verrückt. Bildete sich ein, die Kinder wären hinter ihm her. Er sagte, es gäbe keinen Ort, der weit genug von ihnen entfernt wäre. Verrückt. Ich würde Rosen entlang der Auffahrt pflanzen. Teerosen.«

Sie erreichten seinen Wagen. Er setzte sich ans Steuer. An der Pforte versah jetzt einer seiner Leute den Dienst. Er richtete ein paar kurze Worte an ihn, dann fuhr er mit Lancaster weiter. Während einer langen Zeitspanne schwiegen sie beide.

»Was mich wirklich ankotzt«, sagte Lauder, »ist das Gefühl, daß ich benutzt worden bin.« Dann verfiel er wieder in Schweigen.

Drew nickte. Lauder hatte eine notwendige Rolle gespielt. Lauder und seine Leute waren das i-Tüpfelchen bei der Aktion, mit der sie das ganze Projekt in Mißkredit bringen wollten; er war notwendig gewesen, benutzt. Die Senatoren würden schnell aus ihren Schlupflöchern kommen – Rauschgift, Falschgeld, Skandal, Kindesmißhandlung, Gott weiß, was noch alles ... die Vernichtung war vollkommen, unabwendbar. Die Kinder hätten jederzeit ausbrechen können, aber dann wären sie Flüchtende gewesen. Jetzt schwebten keine offenen Fragen mehr über ihnen, über dem Projekt. Die Enden hatten sich getroffen. Irma würde die Sache in die Hand nehmen, sich dafür einsetzen, alles unter öffentlicher Aufsicht, über jeden Verdacht erhaben, das Projekt war gestorben, ein Sumpf von atemberaubendem Größenwahnsinn trockengelegt, der am besten so schnell wie möglich zugeschüttet und vergessen würde. Die Jugendlichen hätten die Freiheit zu gehen, sich in alle Himmelsrichtungen zu zerstreuen. Niemand würde ihnen Fragen stellen, niemals mehr.

Aber ohne Sorbies und sein Falschgeld hätte sich der Geheimdienst niemals eingeschaltet. Auch Sorbies war nötig gewesen. Als Köder für Lauder. Der ganze verdammte Geheimdienst, dachte er mit Staunen und fügte hinzu: und das Finanzamt. Ihm war schwindelig. Michelle und T. M. waren nötig gewesen, waren Schritt für Schritt durch die Stationen geleitet worden – Steuerprüfung, Verlust beider Jobs, Umzug, Finden des Falschgeldes ... Sie waren hierher manövriert worden, genauso sicher wie Lauder, wie Sorbies und wie er selbst.

Er konnte seine eigenen Schritte nachvollziehen, jeder einzelne davon scheinbar ohne Bezug zu den anderen, aber mit einem bestimmten Muster, gestand er sich zögernd ein. Er mußte allein sein, und das bedeutete die Trennung und die Scheidung – und die Krankheit von Pats Vater. Nötig, alles nötig. Wie sonst hätten sie den Spalt zwischen sich überbrücken können?

Franklin, der Indianer, Lisa ... Sogar Irmas Vermögen, die Weisheit ihres Vaters ... – vor mehr als fünfzig

Jahren, dachte er, und ein kalter Schauder verursachte eine Gänsehaut auf seinen Armen.

Wenn die Uhr des Universums vor Äonen in Gang gesetzt worden war, dachte er weiter, dann hatte sie in den letzten Tagen jemand umgestellt, an den Zeigern gedreht.

»Ich habe Grund zu der Befürchtung, daß wir die neuen Dinosaurier sind«, murmelte er vor sich hin, ohne zu merken, daß er laut sprach.

Lauder sah ihn an. »Was soll das denn heißen?«

»Nichts, Leon. Gar nichts. Haben Sie schon mal was von der Wüstenrennmaus gehört?«

»Herrje!«

»Manche sagen – Leute, die sich mit solchen Dingen auskennen –, daß sie, wenn nur ein paar von ihnen freigelassen werden, sich überallhin verteilen können, ihre Sprößlinge überall verteilen können, irgendwann wieder ihre ursprünglichen Nagezähne entwickeln. Wäre das so schlimm, was meinen Sie?«

»Hören Sie auf mit dem Quatsch!« fuhr ihn Lauder an. Er holte tief Luft, dann sagte er mit ruhiger Stimme: »Sie müssen noch einmal hineingehen. Heute ist kein guter Tag dafür, aber Sie müssen den Jungen identifizieren, der Ihnen die falschen Geldnoten gegeben hat.«

»Ich habe ihn gar nicht gesehen«, sagte Drew, »ich bezweifle, daß ich ihn wiedererkennen würde.«

Lauder schnaubte. »Das kann passieren. Aber wir werden es versuchen.«

Drew konnte das Bild der Kinder nicht loswerden, wie sie erstarrten, mit dem einheitlichen entrückten, eisigen Blick. Hatten sie es getan? Konnten sie so etwas überhaupt tun? Oder hatten sie nur davon gewußt? Er konnte sich diese Frage nicht beantworten. Er fragte sich, ob Leon wohl an Gott glaubte, an das Schicksal, an versteckte Variable wie Einstein?

»Werden Sie tatsächlich Huysmans Biographie schreiben?« fragte Lauder.

»Nein.«

Drew erinnerte sich an das, was ihm Sorbies vor langer Zeit einmal gesagt hatte, daß er an Menschen interessiert sei, die die Welt veränderten, Menschen, die etwas ins Rollen brachten. Das war er auch, aber nicht an diesem. Niemand würde je dessen Biographie schreiben, niemand.

Vor dem Huysmanschen Haus stellte Lauder den Motor ab. »Werden Sie und Miss Stevens wieder zueinanderkommen?«

»Ja.«

»Das ist schön. Sie ist eine feine Dame. Glauben Sie, wenn ich sie darum bitte, wird sie mir erklären, worum es bei der heutigen Demonstration eigentlich ging?«

»Ich weiß nicht.«

»Ja, ja. Ich habe nachgedacht. Wenn ich jemanden in Mißkredit bringen wollte, dann würde ich abwarten, bis er eine wichtige Demonstration für die großen Tiere veranstaltet, und dann würde ich die Bullen in einer Überraschungsrazzia darauf hetzen. Er dachte, die Kinder steckten dahinter. Das glaube ich nicht.«

Drew sah ihm fest in die Augen. »Leon, es gibt Dinge im Leben, die nie jemand erfahren wird. Hat sich das bei Ihnen nicht auch immer wieder bestätigt?«

Lauder seufzte noch tiefer als zuvor und drehte den Zündschlüssel um. »Wir bleiben in Verbindung. Wir sind noch nicht fertig miteinander, Mr. Lancaster. Noch nicht.«

»Drew. Nennen Sie mich Drew, Leon! Vielleicht können Sie mir eines Tages erzählen, wie es ist, Geheimdienstagent zu sein, so viele Jahre lang, mit allen Abenteuern, Enttäuschungen, Erfolgen. Würden Sie das machen? Ich gebe ein Mittagessen oder ein Abendessen aus, oder sonst was.«

Lauders Kehle entrang sich ein erstickter Laut. »Hinaus mit Ihnen! Ich rufe Sie in einem oder zwei Tagen an. Machen Sie's gut!«

Das würde er bestimmt, dachte Drew beim Aussteigen. Leons Leben war ein faszinierender Stoff für ein Buch, und er war in der Lage, die Sache aus beiden Richtungen zu betrachten. Die gleiche Geschichte aus zwei verschiedenen Perspektiven. Das lieferte immer interessantes Material. Und sie würden sich über Gott und das Schicksal unterhalten, nahm er sich vor.

Pat kam ihm an der Tür entgegen. Er nickte schweigend und küßte sie dann. Durch die Flurtür konnte er in den Salon sehen, wo Lisa mit Sherry am Boden saß und sie sich ein Buch mit eingeklebten Glanzbildchen ansahen, offenbar eins von Irma. Sie saß auf einem der Brokatsessel und strahlte auf die beiden hinunter.

Lisa blickte auf und lächelte Drew an, ihr wundervolles, hübsches Hilfloses-kleines-Mädchen-Lächeln. Und wieder einmal durchfuhr ihn ein eisiger Schauder.

Was hatten sie getan? Was würden sie noch alles tun? Was konnten sie tun?

Er verstärkte den Griff seiner Hand auf Pats Schulter, und sie betraten den Salon, während er dachte: Das ist der Anfang.